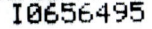
CONTES
FANTASTIQUES

PAR

CHARLES NODIER

DE L'ACADÉMIE FRANÇAISE

NOUVELLE ÉDITION

ACCOMPAGNÉE DE NOTES

Le Songe d'or
La Fée aux Miettes
Trésor des Fèves et Fleur des Pois
Le Génie Bonhomme
Smarra

PARIS

CHARPENTIER, LIBRAIRE-ÉDITEUR

19, RUE DE LILLE

1853

Y^2

CONTES

FANTASTIQUES

Imprimerie de Gustave GRATIOT, rue Mazarine, 30.

CONTES
FANTASTIQUES

PAR

CHARLES NODIER

DE L'ACADÉMIE FRANÇOISE

NOUVELLE ÉDITION

ACCOMPAGNÉE DE NOTES

Le Songe d'Or
La Fée aux Miettes
Trésor des Fèves et Fleur des Pois
Le Génie Bonhomme
Smarra

PARIS

CHARPENTIER, LIBRAIRE-ÉDITEUR

39, RUE DE L'UNIVERSITÉ

—

1855

AVERTISSEMENT.

Les morceaux qui se trouvent ici réunis pour la première fois dans un seul et même volume offrent ce que Nodier a produit, comme conteur, de plus hardi, de plus téméraire même, en fait de caprice et d'innovation littéraire, et c'est surtout à propos de ces compositions, aussi originales par la pensée que savantes par le style, qu'on peut citer ces lignes d'un éminent critique : « Nodier touchoit en se jouant à toutes les questions d'art, de littérature et de goût, marchant un peu le premier, avant même les plus hardis, plantant le drapeau sur les côtes escarpées, et, quand le drapeau étoit planté, s'amusant à regarder qui donc sera assez hardi pour l'enlever et le porter plus loin encore! — Alors il battoit franchement des mains, admirant (sans se douter qu'il y étoit allé le premier) qu'on pût aller si loin. Ainsi il a ouvert tous les sentiers dans lesquels sont entrés hardiment les jeunes esprits de ce siècle; il a donné le signal auquel ils ont obéi ; il a indiqué le nouveau monde qu'ils ont découvert. »

L'auteur de *Smarra* et de *la Fée aux miettes*, ce frère cadet des grands poëtes romantiques étrangers, comme l'a dit M. Sainte-Beuve, ce novateur hardi qui reste en même temps le dépositaire fidèle des plus belles traditions de notre belle langue, n'est pas seulement de la famille d'Hoffmann ou de Jean-Paul, il est aussi de la lignée de Perrault et un peu de celle de Sterne. Il devine, il invente, en même temps qu'il se souvient et qu'il raille ; et dans cette fantaisie aventureuse qui l'emporte vers le pays des rêves, il y a toujours comme une satire détournée contre l'orgueil de la raison humaine, comme une mélancolique protestation contre la réalité. Ici encore on sent que le conteur a besoin de se consoler de vivre et d'amuser, par des créations pleines de caprices, son imagination désabusée, quoique toujours vive et mobile.

Poëte des temps nouveaux, mais défenseur obstiné des antiques traditions et même des mensonges attrayants des vieux âges, Nodier admiroit Perrault presqu'à l'égal de La Fontaine, et au déclin de sa vie il étudioit ces épopées des enfants dont le souvenir charme encore, en l'égayant comme un écho lointain des premières années, l'esprit attristé des vieillards. Cœur droit, intelligence lucide et saine, il se détourne des élucubrations politiques, statistiques, philanthropiques et humanitaires, pour se distraire par la poésie, et à ses yeux la poésie, c'est l'expression naïve de l'homme simple qui sent vivement ; c'est le langage naturel de l'homme dans tout ce qui n'appartient pas à la vie positive ; la poésie, c'est tout ce qu'il y a de beau, de noble, de mystérieux dans les croyances traditionnelles du genre humain ; c'est tout ce qu'il y a de touchant dans ces livres « que dédaignent notre expérience morose et notre savoir pédantesque : archives ingénues du bon vieux temps, qui conservent tout ce que la vieillesse des nations comme celle des hommes aime à conserver du passé. » La poésie, dans les *Contes de la Veillée*, c'est la *Légende de sœur Béatrix ;* dans la *Bibliothèque bleue,* c'est *Grisélidis* ou *Geneviève de Brabant.*

Toujours en émoi lorsqu'il s'agit du perfectionnement progressif, Nodier s'afflige que le peuple ne lise plus ces histoires naïves du vieux temps, cette *Bibliothèque bleue,* illustrée d'une si brillante préface par sa plume élégante et simple. Il voudroit retenir sur cette voie fatale où la civilisation l'emporte cette société de publicains, d'intrigants et de parleurs sur laquelle pèsent comme un cauchemar les rêveries turbulentes des ambitieux ou les rêveries impies des sophistes. Inutile effort! ce monde vieilli ne s'arrêtera pas sur la pente qui l'entraîne vers l'abîme du désenchantement et du doute. Nodier, le sceptique au fin sourire, ne le sait que trop! Lui, du moins, rêveur attardé, il se reposera quelques instants dans les fictions aimables, et demandera grâce pour les mensonges de l'art; il rajeunira sa pensée aux sources mêmes des traditions merveilleuses, comme il a rajeuni son style par l'étude patiente de l'antiquité et de la langue indépendante et vive du seizième siècle; par un heureux privilége, il restera novateur et original à côté de ses modèles.

Nous n'insisterons pas plus longtemps, Nodier ayant pris soin lui-même d'expliquer à diverses reprises la pensée qui lui a inspiré ces *Contes fantastiques*; et il est du très-petit nombre des écrivains qui ne laissent rien à dire après eux. Ici, d'ailleurs, comme pour les *Romans*, nous avons donné la théorie complète de l'auteur, en reproduisant le morceau intitulé : *Du fantastique en littérature*. Pour ce genre tout à fait exceptionnel, l'œuvre de Nodier, si longtemps mêlée et dispersée, se trouvera donc dégagée, isolée et complète en ce qu'elle a de plus saillant et de plus durable. Cette fois encore elle sera digne de son talent. Les lecteurs sont des amis fidèles qui quittent toujours à regret l'écrivain bien-aimé; et ceux qui, charmés par Nodier, se sont attachés à suivre, dans ses phases diverses, le développement de sa pensée, ceux qui savent par les *Souvenirs de la révolution* les agitations de sa vie politique, miroir fidèle de notre vie sociale depuis cinquante ans; par les *Souvenirs de jeunesse*, les agitations de son cœur, ceux-là reconnoîtront encore dans les *Contes fantastiques* l'enchanteur qui les a séduits, et ils voudront le suivre dans le pays des fées.

DU FANTASTIQUE EN LITTÉRATURE

Si l'on cherche comment dut procéder l'imagination
de l'homme dans le choix de ses premières jouissances,
on arrivera naturellement à croire que la première littérature, esthétique par nécessité plutôt que par choix, se
renferma longtemps dans l'expression naïve de la sensation. Elle compara un peu plus tard les sensations
entre elles, elle se plut à développer les descriptions, à
saisir les côtés caractéristiques des choses, à suppléer
aux mots par les figures. Tel est l'objet de la poésie primitive. Quand ce genre d'impression fut modifié et
presque usé par une longue habitude, la pensée s'éleva
du connu à l'inconnu. Elle approfondit les lois occultes
de la société, elle étudia les ressorts secrets de l'organisation universelle; elle écouta, dans le silence des nuits,
l'harmonie merveilleuse des sphères, elle inventa les
sciences contemplatives et les religions. Ce ministère
imposant fut l'initiation du poëte au grand ouvrage de la
législation. Il se trouva, par le fait de cette puissance
qui s'étoit révélée en lui, magistrat et pontife, et s'insti-
tua au-dessus de toutes les sociétés humaines un sanctuaire sacré duquel il ne communiqua plus avec la terre
que par des instructions solennelles, du fond du buisson

1.

ardent, du sommet du Sinaï, des hauteurs de l'Olympe et du Parnasse, des profondeurs de l'antre de la sibylle, à travers les ombrages des chênes prophétiques de Dodone ou des bosquets d'Égérie. La littérature purement humaine se trouva réduite aux choses ordinaires de la vie positive, mais elle n'avoit pas perdu l'élément inspirateur qui la divinisa dans le premier âge. Seulement, comme ses créations essentielles étoient faites, et que le genre humain les avoit reçues au nom de la vérité, elle s'égara à dessein dans une région idéale moins imposante, mais non moins riche en séductions ; et, pour tout dire, elle inventa le mensonge. Ce fut une brillante et incommensurable carrière où, abandonnée à toutes les illusions d'une crédulité docile, parce qu'elle étoit volontaire, aux prestiges ardents de l'enthousiasme, si naturel aux peuples jeunes, aux hallucinations passionnées des sentiments que l'expérience n'a pas encore désabusés, aux vagues perceptions des terreurs nocturnes, de la fièvre et des songes, aux rêveries mystiques d'un spiritualisme tendre jusqu'à l'abnégation ou emporté jusqu'au fanatisme, elle augmenta rapidement son domaine de découvertes immenses et merveilleuses, bien plus frappantes et bien plus multipliées que celles que lui avoit fournies le monde plastique. Bientôt toutes ces fantaisies prirent un corps, tous ces corps factices une individualité tranchante et spéciale, toutes ces individualités une harmonie, et le monde intermédiaire fut trouvé. De ces trois opérations successives, celle de l'intelligence inexplicable qui avoit fondé le monde matériel, celle du génie divinement inspiré qui avoit deviné le monde spirituel, celle de l'imagination qui avoit créé le monde fantastique, se composa le vaste empire de la pensée humaine. Les langues ont fidèlement conservé les traces de cette génération progressive. Le point culminant de son essor se perd dans le sein de Dieu, qui est la sublime science. Nous appelons encore *supersti-*

tions, ou science des choses élevées, ces conquêtes secondaires de l'esprit sur lesquelles la science même de Dieu s'appuie dans toutes les religions, et dont le nom indique dans ses éléments qu'elles sont encore placées au delà de toutes les portées vulgaires. L'homme purement rationnel est au dernier degré. C'est au second, c'est-à-dire à la région moyenne du fantastique et de l'idéal, qu'il faudroit placer le poëte, dans une bonne classification philosophique du genre humain.

J'ai dit que la science de Dieu elle-même s'étoit appuyée sur le monde fantastique ou *superstant*, et c'est une de ces choses qu'il est à peu près inutile de démontrer. Je ne considère ici que les emprunts qu'elle a faits à l'invention fantastique chez toutes les nations, et les bornes étroites que je me suis prescrites ne me permettent pas de multiplier les exemples qui se présentent aisément d'ailleurs à tous les esprits. Qui ne se rappelle au premier abord les amours si mystérieux des anges, à peine nommés dans l'Écriture, avec les filles des hommes, l'évocation de l'ombre de Samuel par la vieille pythonisse d'Endor, cette autre vision sans forme et sans nom, qui se manifestoit à peine comme une vapeur confuse, et dont la voix ressembloit à un petit souffle, cette main gigantesque et menaçante qui écrivit une prophétie de mort, au milieu des festins, sur les murs du palais de Balthazar, et surtout cette incomparable épopée de l'Apocalypse, conception grave, terrible, accablante pour l'âme comme son sujet, comme le dernier jugement des races humaines, jeté sous les yeux des jeunes Églises par un génie de prévision qui semble avoir anticipé sur tout l'avenir, et s'inspirer de l'expérience de l'éternité !

Le fantastique religieux, s'il est permis de s'exprimer ainsi, fut nécessairement solennel et sombre, parce qu'il ne devoit agir sur la vie positive que par des impressions sérieuses. La fantaisie purement poétique se revê-

tit au contraire de toutes les grâces de l'imagination.
Elle n'eut pour objet que de présenter sous un jour hy-
perbolique toutes les séductions du monde positif. Mère
des génies et des fées, elle sut emprunter elle-même aux
fées les attributs de leur puissance et les miracles de
leur baguette. Sous son prisme prestigieux, la terre ne
sembla s'ouvrir que pour découvrir des rubis aux feux
ondoyants, des saphirs plus purs que l'azur du ciel ; la
mer ne roula que du corail, de l'ambre et des perles sur
ses rivages ; toutes les fleurs devinrent des roses dans
le jardin de Sadi, toutes les vierges des houris dans le
paradis de Mahomet. C'est ainsi que prirent naissance,
au pays le plus favorisé de la nature, ces contes orientaux, resplendissante galerie des prodiges les plus rares
de la création et des rêves les plus délicieux de la pensée,
trésor inépuisable de bijoux et de parfums qui fascine
les sens et divinise la vie. L'homme qui cherche inutilement une compensation passagère à l'amer ennui de
sa réalité n'a probablement pas lu encore *les Mille et
une Nuits.*

De l'Inde, cette Muse capricieuse, à la riante parure,
aux voiles embaumés, aux chants magiques, aux éblouissantes apparitions, arrêta son premier vol sur la Grèce
naissante. Le premier âge de la poésie finissoit avec ses
inventions mystiques. Le ciel mythologique étoit peuplé
par Orphée, par Linus, par Hésiode. L'*Iliade* avoit complété cette chaîne merveilleuse du monde sublime en
rattachant à son dernier anneau les héros et les demi-
dieux, dans une histoire sans modèle jusque-là, où
l'Olympe communiquoit pour la première fois avec la
terre, par des sentiments, des passions, des alliances
et des combats. L'*Odyssée*, seconde partie de cette
grande bilogie poétique, et il ne me faut point d'autre
preuve qu'elle fut conçue par le génie sans rival qui
avoit conçu la première, nous montra l'homme en rapport avec le monde imaginaire et le monde positif,

dans les voyages aventureux et fantastiques d'Ulysse.
Là, tout se ressent du système d'invention des Orientaux ; tout manifeste l'exubérance de ce principe créateur qui venoit d'enfanter les théogonies, et qui répan-
doit abondamment le superflu de sa polygénésie féconde
sur le vaste champ de la poésie, semblable à l'habile
sculpteur qui, des restes de l'argile dont il a formé la
statue d'un Jupiter ou d'un Apollon, se délasse à pétrir
sous ses doigts les formes bizarres, mais naïves et caractéristiques, d'un grotesque, et qui improvise, sous les
traits difformes de Polyphème, la caricature classique
d'Hercule. Quelle prosopopée plus naturelle et plus
hardie à la fois que l'histoire de Charybde et de Scylla ?
N'est-ce pas ainsi que les anciens navigateurs ont dû se
représenter ces deux monstres de la mer, et l'effroyable
tribut qu'ils imposent au vaisseau inexpérimenté qui
ose tenter leurs écueils, et l'aboiement des vagues qui
hurlent en bondissant dans leurs rochers ? Si vous
n'avez pas entendu parler encore des mélodies insi-
dieuses de la syrène, des enchantements plus séducteurs d'une sorcière amoureuse qui vous captive par des
liens de fleurs, de la métamorphose du curieux téméraire qui se trouve tout à coup saisi, dans une île inconnue aux voyageurs, des formes et des instincts d'une
bête sauvage, demandez-en des nouvelles au peuple ou
à Homère. La descente du roi d'Ithaque aux enfers rappelle, sous des proportions gigantesques et admirablement idéalisées, les goules et les vampires des fables
levantines, que la savante critique des modernes reproche à notre nouvelle école ; tant les pieux sectateurs de
l'antiquité homérique, auxquels est si risiblement con-
fiée chez nous la garde des bonnes doctrines, sont loin
de comprendre Homère, ou se souviennent mal de
l'avoir lu !

Le fantastique demande à la vérité une virginité d'i-
magination et de croyances qui manque aux littératures

secondaires, et qui ne se reproduit chez elles qu'à la suite de ces révolutions dont le passage renouvelle tout; mais alors, et quand les religions elles-mêmes, ébranlées jusque dans leurs fondements, ne parlent plus à l'imagination, ou ne lui portent que des notions confuses, de jour en jour obscurcies par un scepticisme inquiet, il faut bien que cette faculté de produire le merveilleux dont la nature l'a douée s'exerce sur un genre de création plus vulgaire et mieux approprié aux besoins d'une intelligence matérialisée. L'apparition des fables recommence au moment où finit l'empire de ces vérités réelles ou convenues qui prêtent un reste d'âme au mécanisme usé de la civilisation. Voilà ce qui a rendu le fantastique si populaire en Europe depuis quelques années, et ce qui en fait la seule littérature essentielle de l'âge de décadence ou de transition où nous sommes parvenus. Nous devons même reconnoître en cela un bienfait spontané de notre organisation; car si l'esprit humain ne se complaisoit encore dans de vives et brillantes chimères, quand il a touché à nu toutes les repoussantes réalités du monde vrai, cette épo   de désabusement seroit en proie au plus violent désespoir, et la société offriroit la révélation effrayante d'un besoin unanime de dissolution et de suicide. Il ne faut donc pas tant crier contre le romantique et contre le fantastique. Ces innovations prétendues sont l'expression inévitable des périodes extrêmes de la vie politique des nations, et sans elles, je sais à peine ce qui nous resteroit aujourd'hui de l'instinct moral et intellectuel de l'humanité.

Ainsi, à la chute du premier ordre de choses social dont nous ayons conservé la mémoire, celui de l'esclavage et de la mythologie, la littérature fantastique surgit, comme le songe d'un moribond, au milieu des ruines du paganisme, dans les écrits des derniers classiques grecs et latins, de Lucien et d'Apulée. Elle étoit alors

en oubli depuis Homère; et Virgile même, qu'une imagination tendre et mélancolique, transportoit aisément
dans les régions de l'idéal, n'avoit pas osé emprunter
aux muses primitives les couleurs vagues et terribles
de l'enfer d'Ulysse. Peu de temps après lui, Sénèque,
plus positif encore, alla jusqu'à déposséder l'avenir de
son impénétrable mystère, dans les chœurs de *la Troade*;
et alors expira, étouffée sous sa main philosophique, la
dernière étincelle du dernier flambeau de la poésie. La
muse ne se réveilla plus qu'un moment, fantasque, dés-
ordonnée, frénétique, animée d'une vie d'emprunt, se
jouant avec des amulettes enchantées, des touffes d'herbes vénéneuses et des os de morts, aux lueurs de la torche des sorcières de Thessalie, dans *l'Ane de Lucius.*
Tout ce qui est resté d'elle depuis, jusqu'à la renaissance des lettres, c'est ce murmure confus d'une vibration qui s'éteint de plus en plus dans le vide, et qui
attend une impulsion nouvelle pour recommencer. Ce
qui est arrivé des Grecs et des Latins devoit arriver
pour nous. Le fantastique prend les nations dans leurs
langeurscomme le roi des aulnes, si redouté des enfants,
ou vient les assister à leur chevet funèbre, comme l'esprit familier de César; et quand ses chants finissent,
tout finit.

Notre littérature moderne ne fut pas moins soumise
que la littérature latine à l'esprit d'imitation. Mais l'invasion des Maures, si favorable, en ce point, au développement moral du moyen âge, avoit déjà transporté
sur notre sol le génie vivace et producteur des jeunes
poésies. Sans cet événement, la littérature classique,
soigneusement perpétuée jusqu'à nous par le zèle admirable des moines, se relevoit tout entière et sans intermédiaire du sein de la barbarie, au premier appel d'une
société avide des lumières de l'esprit, et c'est ce qui
advint plus tard, quand l'imprimerie eut jeté à foison
dans la circulation les œuvres de l'antiquité, c'est-à-dire

une création littéraire toute faite. Singulière époque, où
une génération de savants et de poëtes reproduisit tout
à coup les sophistes d'Alexandrie, les grammairiens du
Bas-Empire et les versificateurs de la décadence romaine,
comme un peuple d'Épiménides, inspirés d'une religion,
d'une civilisation et d'une langue mortes, et qui ne dif-
féroient en quelque sorte d'eux-mêmes que par cette
langueur d'organes et d'imagination qui trahit l'abattement d'un long sommeil. A leur aspect, le fantastique
s'évanouit; mais il éclairoit seul l'Europe depuis quelques siècles. C'est lui qui avoit inventé ou embelli l'histoire des âges équivoques de nos jeunes nations, peuplé
nos châteaux en ruines de visions mystérieuses, évoqué
sur les donjons la figure des fées protectrices, ouvert
un refuge impénétrable, dans le creux des rochers ou
sous les créneaux des murs abandonnés, à la formidable
famille des vouivres et des dragons. C'est lui qui avoit
allumé sur leur front les feux de l'escarboucle, quand
ils traversent rapidement le ciel comme une étoile qui
tombe; lui qui égaroit les voyageurs au bord des eaux
stagnantes, sur la trace capricieuse du follet; qui con-
soloit leur veillée rustique dans la cabane du bûcheron,
au coin d'un âtre hospitalier, par les jeux inoffensifs des
lutins; qui entretenoit de douces promesses les espérances crédules des jeunes filles, et de doux loisirs la
rêverie sédentaire des vieillards, hélas! sitôt déçue par
la mort. Le fantastique étoit partout alors, dans les
croyances les plus sévères de la vie comme dans ses
erreurs les plus gracieuses, dans ses solennités comme
dans ses fêtes. Il occupoit le barreau, la chaire et le
théâtre; il s'asseyoit avec Albert le Grand dans les
stalles du sanctuaire; avec Agrippa, dans le cabinet du
philosophe; avec Roger Bacon et Paracelse, dans le
laboratoire du chimiste, et introduisoit la nécromancie
et l'astrologie judiciaire jusque dans le conseil des rois.
Son influence ne sera jamais oubliée en littérature, où

elle produisit les récits naïfs des légendes [1], où elle
anima d'une pompe si imposante la chronique des tournois, des batailles et des croisades, où elle se répandit
à pleins bords dans les gabs des vieux conteurs et dans
les fabliaux des trouvères. C'est à elle que nous devons
les romans de chevalerie, espèce d'épopée innommée,
dans laquelle se confondent avec une harmonie inexprimable toutes les scènes d'amour et d'héroïsme du
moyen âge; amour sans exemple, dans lequel on ne
sait qu'admirer davantage de la pudique tendresse de
l'aimée ou de l'enthousiasme passionné de l'amant;
héroïsme idéal, qui avoit tout à combattre, la bravoure

---

[1] En reproduisant cette brillante théorie littéraire, la plus complète et sans
aucun doute la plus élevée qu'on ait donnée de notre temps sur la *littérature
fantastique*, nous rappellerons que Nodier en a encore touché quelque chose
dans la charmante composition intitulée : *Légende de sœur Béatrix*. Bien
que cette légende soit imprimée dans les *Contes de la Veillée*, qui font partie
de cette collection, nous croyons devoir mettre ici sous les yeux du lecteur un
passage qui complète heureusement ce qu'on vient de lire sur les récits naïfs
des légendes. Voici ce passage :   (*Note de l'éditeur.*)

« O vous ! mes amis, que le feu divin qui anima l'homme au jour de sa création n'a pas encore tout à fait abandonnés ; vous qui conservez encore une àme
pour croire, pour sentir et pour aimer ; vous qui n'avez pas désespéré de
vous-mêmes et de votre avenir, au milieu de ce chaos des nations où l'on dés-
espère de tout, venez participer avec moi à ces enchantements de la parole,
qui font revivre à la pensée l'heureuse vie des siècles d'ignorance et de vertu ;
mais surtout ne perdons point de temps, je vous en conjure ! Demain peut-être
il seroit trop tard ! le progrès vous a dit : Je marche, et le monstre marche
en effet. Comme la mort physique dont parle le poëte latin, l'éducation première, cette mort hideuse de l'intelligence et de l'imagination, frappe au seuil
des moindres chaumières. Tous les fléaux que l'écriture traîne après elle, tous
les fléaux de l'imprimerie, sa sœur perverse et féconde, menacent d'envahir
les derniers asiles de la pudeur antique, de l'innocence et de la piété, sous une
escorte de sombres pédants. Quelques jours encore, et ce monde naissant, que
la science du mal va saisir au berceau, connoîtra un ridicule alphabet et ne
connoîtra plus Dieu ; quelques jours encore, et ce reste, hélas ! des enfants de
la nature, seront aussi stupides et aussi méchants que leurs maîtres. Hâtons-
nous d'écouter les délicieuses histoires du peuple, avant qu'il les ait oubliées,
avant qu'il en ait rougi, et que sa chaste poésie, honteuse d'être nue, se soit
couverte d'un voile comme Ève exilée du paradis. »

des hommes de guerre, la colère des rois paladins, les embûches de la trahison, les bouleversements de la nature domptée par la magie, l'intervention de mille puissances inattendues, modifiées sous des aspects toujours nouveaux, au gré de l'imagination inventrice du romancier, par tous les accidents possibles de la fatalité, et qui triomphoit de tout. Ce n'étoit plus Junon, Neptune ou Vénus excités, comme dans la théogonie païenne, à la perte d'un homme : c'étoit l'univers entier personnifié sous une multitude d'individualités différentes, et luttant contre un guerrier couvert, pour toute défense, de son courage, de son amour et de son bon droit. Ce n'étoit plus la querelle honteuse et sanglante de deux peuples acharnés à se détruire pour la cause ou pour la réparation du rapt et de l'adultère : c'étoit le procès moral du juste et de l'injuste, débattu dans l'intérêt général des hommes, entre le ciel et l'enfer, sous les yeux d'une Hélène qui en étoit le prix, et non pas l'objet, et qui, plus heureuse que l'autre, pouvoit se dévoiler sans rougir devant les deux camps. Ce fut là, il faut en convenir, une merveilleuse poésie, un ordre d'inventions tel que si les anciens avoient eu les Amadis, nous ne parlerions peut-être pas d'Achille ; une imagination tout à la fois grandiose et charmante, qu'on ne renouvellera plus et qu'on regrettera toujours, comme cette jument de Roland, qui étoit si belle, si forte, si agile, qui imprimoit si puissamment son pied sur le sable de la lice et du champ de bataille, dont la main des princesses avoit brodé la housse et les harnois, et qui est morte.

Si j'étois capable de ressentir quelque mouvement de haine contre Cervantes, je lui reprocherois peut-être d'avoir contribué plus que personne à nous ravir ces délicieuses fantaisies du génie des siècles intermédiaires, qu'il brisa aussi facilement que don Quichotte avoit fait les marionnettes de Ginésille ; mais je suis obligé de convenir que cette œuvre de destruction, qui nous a valu

d'ailleurs un des plus beaux livres qu'ait produits l'imagination des modernes, étoit probablement la condition
indispensable de sa destinée littéraire[1]. Quand les fables
d'un peuple ont vieilli, l'impitoyable instinct de changement qui réside en lui se manifeste à son jour et à son
heure, et il vient manifester aux hommes, par des signes
certains, qu'il faut recommencer la vie sociale sur nouveaux frais, sans égard aux traditions et aux sympathies
du passé. Il déchaîne alors des esprits de dérision, poussés
d'une haine irréfléchie, qui se font des hochets de ce
que tous les siècles antérieurs ont vénéré, et qui jouent
avec ces débris d'une civilisation expirante, en proférant
des paroles d'ironie et de dédain, comme Hamlet, pesant
la cendre des morts et analysant dans le crâne d'un fou
les ressorts de l'intelligence, à la fosse d'Yorick. C'est
ainsi que Lucien fut envoyé à la fin du paganisme, Cervantes après la chevalerie, Érasme et Rabelais avec la
réforme, et Voltaire au-devant des révolutions politiques
qui alloient accompagner la grande conflagration du
christianisme. Quand un ordre de choses meurt, il y a
toujours quelque ingénieux démon qui assiste en riant
à son agonie, et qui lui donne le coup de grâce avec une
marotte.

[1] Renfermé strictement dans notre humble rôle d'éditeur, ce n'est qu'avec
une extrême réserve que nous nous permettons de contredire un écrivain de la
valeur de Nodier ; mais ce qu'on vient de lire nous paroît trop contestable
pour ne point appeler la discussion. Si, d'une part, la chevalerie, dans l'esprit de son institution primitive, poursuit réellement l'idéal de la pureté, de
l'équité, de la tendresse, de l'autre, il est incontestable, quoi qu'on en ait dit,
qu'elle s'écarte très-souvent dans la pratique de cet idéal qui formoit avec la
barbarie du moyen âge et les mœurs féodales un si brillant contraste. Les faits
et les textes sont là pour appuyer cette opinion, et il suffit d'ouvrir les troubadours et les romans de chevalerie. Nodier nous paroît aussi trop indulgent,
quand il donne le nom de *fantaisies délicieuses* aux livres qui ont inspiré à
Cervantes son immortelle satire ; trop sévère, quand il accuse cet immortel écrivain d'avoir accompli une œuvre de destruction. Lorsque Cervantes créa le
type de don Quichotte, ce qu'il y avoit de sérieux, d'élevé, dans la chevalerie,
étoit depuis longues années déjà fini sans retour.　(*Note de l'éditeur.*)

Le premier génie fantastique de la renaissance par
ordre de date, et aussi par ordre de supériorité, car, dans
les chefs-d'œuvre qui le révèlent, le génie n'est pas progressif, c'est Dante[1]. Il arriva de lui-même, et tout seul,
au dernier crépuscule d'une société finie, à la première
aube d'une société commencée; et quoiqu'il eût ouvert
la carrière, il la remplit toute. Il est vrai qu'il plaça le
théâtre de sa terrible fantasmagorie sous la protection
des croyances de son temps; mais il le fit sien par les
passions, par les acteurs, et même par les détails de la
scène, qui ne sont ni homériques, ni virgiliens, mais
dantesques. On trouve souvent aujourd'hui des critiques
pleins de goût qui déplorent l'erreur de cette magnifique
imagination, et la confusion apparente de cette fable
poétique, où le Virgile du moyen âge prend pour introducteur dans l'enfer chrétien le Virgile du paganisme.
Cette idée est cependant le pivot de sa composition, et
c'est elle qui la rend sublime. L'enfer d'une théogonie
particulière auroit été trop étroit pour une si large invention. Il falloit que Dante s'y précipitât, sur le torrent
des siècles, sans ménagement pour les formes circon-
scrites d'une timide épopée, et ce qu'il a conservé des
idées universellement reçues est au contraire une con-
cession très-ingénieuse et très-légitime au mythisme de

---

[1] Cette belle appréciation de *la Divine Comédie* et du génie de Dante n'est
point la seule que Nodier ait faite de ce grand poëme et de ce grand poëte.
Nous en connaissons une autre non moins remarquable, publiée à propos de
l'édition italienne : *la Divina Comedia di Dante Alighieri, col commento
di G. Biagioli*, et insérée dans les *Mélanges de littérature et de critique*,
par Ch. Nodier, Paris, 1820, in-8°, tome I, p. 231.

On a dit de notre auteur qu'il était du petit nombre des écrivains qu'on est
forcé d'aimer en les lisant. On pourrait dire avec autant de raison qu'il est
aussi du petit nombre de ceux qu'on apprécie d'autant mieux qu'on les com-
pare, ceci soit dit en passant et sans intention d'épigramme contre un assez bon
nombre d'historiens et de critiques littéraires, romantiques ou néo-catholiques,
qui depuis tantôt vingt ans nous ont donné des études *dantesques*.

(Note de l'éditeur.)

son époque, qui étoit de sa propre nature une des pièces essentielles de *la Divine Comédie,* mais qui ne pouvoit en former l'âme exclusive dans cette conception de géant. Aussi l'enfer de Dante ne ressemble à aucun des innombrables enfers que la sombre mélancolie des poëtes a inventés, et qui rappellent plus ou moins entre eux le *vade in pace* du monachisme et la chambre des tortures de l'inquisition. Dans son architecture colossale, il contient tous les enfers, et il est propre à recevoir pendant les siècles éternels toutes les générations des méchants. Cette création atrabilaire ne doit pas être mesurée au compas de l'artiste et aux unités du rhéteur. Sa grandeur est dans sa liberté sans frein, dans le droit conquis de faire jouer incessamment sur le miroir à mille facettes de l'imagination tous les aspects de la vie, tous les reflets de la pensée, tous les rayons de l'âme. Il ne faut lui chercher, je ne dis pas un modèle, mais un objet de comparaison que dans l'Apocalypse de saint Jean; il faut moins lui chercher des imitateurs heureux dans les siècles qui l'ont suivi; car c'est ici l'œuvre spéciale d'une époque, et l'homme de génie qui l'a conçue étoit à lui seul l'expression d'un siècle dont on ne peut séparer son individualité sans la mutiler. Ce qui a passé de lui dans des écrits modernes, comme le rêve du parricide, dans *les Voleurs,* comme la prosopopée désespérante de Jean-Paul, où Jésus-Christ vient révéler le néant éternel aux âmes innocentes des limbes, comme la vision incomparable du condamné, dans le roman psychologique de Victor Hugo, c'est une émanation locale, partielle, inextensible, incommunicable aujourd'hui, qui agit avec toute la puissance du principe dont elle est sortie, mais sur un point borné, dans une circonstance rare, et à travers un milieu insensible, ainsi que le feu d'un soleil qui s'éclipse et qui enflamme encore la poudre à travers une lentille de glace. Le monde que la civilisation nous à fait n'en permet pas davantage.

2.

Ainsi la tradition révérée de *la Divine Comédie* n'a pas produit un ouvrage remarquable du même genre chez le peuple de la terre qui sait le mieux l'apprécier. Elle est restée comme un monument inviolable et inaccessible des temps reculés, à la frontière extrême de la littérature italienne, et le respect qui s'attache aux choses sacrées paroît la défendre à jamais de l'impuissante témérité des copistes. La nouvelle mine d'invention qu'exploitèrent tour à tour dans le même pays l'esprit, l'imagination, le génie, et puis cette industrie infaillible d'imitation qui s'attache partout à la suite des muses créatrices, et qui finit, dans les temps qu'on appelle classiques, par se parer de leurs couronnes, étoit commune à l'Europe entière ; mais l'Italie avoit seule encore le privilége d'imprimer à ses découvertes un sceau immortel, parce que sa langue étoit faite. Il lui appartenoit d'enrichir nos chroniques et nos romans des beautés faciles d'une versification libre et gracieuse ; et en les soumettant au mètre harmonieux de ses octaves, elle les affranchissoit d'ailleurs du reproche le plus sérieux d'une critique maussade, qui toléroit jusqu'à nouvel ordre, par condescendance pour l'antiquité, les mensonges rhythmiques. Pour se servir du langage familier de cette poésie, il seroit aussi aisé de compter les étoiles du ciel et les sables de la mer que les épopées chevaleresques du plns ingénieux de tous les âges littéraires. Les curieux en conservent plus de cent qui sont antérieures à l'Arioste, et que l'Arioste a fait oublier, comme Homère avoit fait oublier les rapsodies de ses prédécesseurs inconnus. Quelle imagination, en effet, n'auroit pas pâli devant cette imagination prodigieuse qui asservissoit, en se jouant, à ses combinaisons pleines de grâce, de fraîcheur et d'originalité, la traditions d'une histoire obscure, et les délicieuses rêveries d'une mythologie nouvelle, injustement négligée ? On a dit qu'Hésiode avoit été nourri de miel par la main des filles du Pinde. Oh ! ce sont les fées qui ont nourri l'Arioste de quelque ambroisie plus enivrante, et qui ont communiqué à ses divins écrits l'invincible séduction de leurs enchantements! Comment douter de la magie, quand le poëte, magicien lui-même, vous entraîne à son gré dans des espaces moins familiers à l'intelligence de l'homme que ceux où il a égaré l'hippogriffe, quand ses chants se ressentent d'une inspiration surnaturelle, et semblent provenir d'un autre monde? Pénétré de l'étude des anciens, il ne dédaigne pas d'enlever quelques lambeaux à leur dépouille, mais ce n'est jamais sans les assortir à l'air, à la physionomie de ses personnages et à la libre allure de ses compositions. Il est encore indépendant quand il obéit, encore neuf quand il imite, et il ne se soumet à l'invention des autres qu'en satiété de ses propres inventions, dont la profusion le lasse et le rebute. C'est qu'il a dérobé l'écrin d'Alcine ou les trésors secrets des mines du Cattay, et que la pudeur de l'opulence lui enseigne à mêler de temps en temps des richesses plus vulgaires à celles dont il dispose avec trop de facilité. Après l'Arioste et ses foibles copistes, le fantastique ne se montra presque plus dans la littérature italienne, et rien ne se comprend mieux. C'est qu'il l'avoit épuisé.

Qui croiroit que cette muse de l'idéal, fille élégante et fastueuse de l'Asie, se réfugia longtemps sous les brumes de la Grande-Bretagne? Épouvantée peut-être des pompes mélancoliques du Nord dont le théisme lugubre l'avoit porté jusqu'au trône d'Odin, et des vaporeuses fictions de l'Écosse, où la harpe du barde ne se marie qu'au fracas des claymores et aux mugissements des tempêtes, elle chercha bientôt à se reposer dans une de ces imaginations vives et riantes qui avoient égayé de leurs chants voluptueux les premières fêtes de son berceau. Shakspeare vint, qui connoissoit à peine dans l'enceinte de son île, *orbe toto divisa*, suivant l'expression de Virgile, les merveilles du monde physique, mais

qui les avoit aperçues dans quelque vision sublime, et
qui comprenoit les prodiges du royaume du soleil, comme
s'il y eût été promené en songe dans les bras d'une fée;
car Shakspeare et la poésie, c'est la même chose. Spencer
n'avoit fait que lui tracer le chemin; il l'élargit, le prolongea, l'embellit de spectacles nouveaux, le remplit,
l'inonda de nouvelles figures, plus fraiches, plus aérien-
nes, plus transparentes que les apparitions fugitives des
rêves du matin; il y mena les danses romantiques d'Obéron, de Titania, et des génies qui, d'un pied plus léger
que celui de Camille, touchent aussi le gazon sans le
courber; il y sema ces fleurs embaumées de parfums
célestes qui s'ouvrent, aux tièdes chaleurs de l'aurore,
pour recevoir le peuple nocturne des esprits, et se refer-
ment sur lui jusqu'au soir, comme des pavillons enchantés; il répandit dans l'air des lumières inconnues, accorda
des lyres célestes qui n'avoient jamais vibré à l'oreille
des hommes, suspendit l'orchestre mélodieux d'Ariel aux
branches émues de l'arbrisseau, cacha le nid invisible
de Puck dans un bouton de rose, et fit sourdre de tous
les pores de la terre, de tous les atomes de l'air, de
toutes les profondeurs du ciel, un concert de voix magiques. Dans les innombrables couleurs de la palette, et
dans cette multitude de remuantes sympathies que la
parole ébranle jusqu'au fond de l'âme, tout appartient à
Shakspeare. Quand son pinceau a fini de caresser les
formes séduisantes d'un sylphe, c'est à lui seul qu'il est
réservé de tracer les proportions gigantesques et gros-
sières du gnome sous les traits de Caliban, de déguiser le
satyre antique sous l'attirail burlesque de Falstaff, et de
suspendre le croquis de Michel-Ange au tableau délicieux
du Corrége. Si Dante et l'Arioste ne vous ont pas encore
offert toutes les conditions essentielles de l'individualité
d'un demi-dieu, arrêtez-vous à celui-ci : *incessu patuit*.

Ce que tout le monde ne sait que trop de notre littérature nationale répond d'avance aux questions qu'on

pourroit me faire sur les progrès qui y étoient promis au poëme fantastique. Ce n'est pas sur le sol académique et classique de la France de Louis XIII et de Richelieu que cette littérature, qui ne vit que d'imagination et de liberté, pouvoit s'acclimater avec succès. Les mensonges brillants du génie y auroient été aussi mal reçus que la vérité. L'empire de la pensée y appartenoit, de par la Sorbonne et Aristote, aux desservants d'une muse guindée, qui traînoit avec privilége du roi, sur le théâtre de la cour et dans les salons de l'hôtel de Rambouillet, les oripeaux de l'antiquité travestie. Racine, inspiré sur ses vieux jours du génie des livres saints, osa bien, par exception, jeter dans un récit téméraire la grande figure du spectre de Jézabel, et Voltaire crut avoir poussé assez loin l'audace du chef d'une opposition sociale qui cherchoit la nouveauté en tout, quand il eut fait hurler quelques alexandrins à travers un porte-voix par l'ombre tragique de Ninus. Nous avions eu nos chroniques et nos romans de chevalerie ; mais ces respectables truchements du moyen âge parloient une langue surannée que personne n'étoit plus capable d'entendre, et les chevaliers de la Table-Ronde attendirent long-temps, pour obtenir à l'OEil-de-bœuf quelque chose de l'accueil auquel ils avoient été accoutumés par Charlemagne, qu'un introducteur coquet eût substitué l'habit françois à leur lourde armure de fer, et le talon rouge à leurs bruyants éperons. Les personnages ainsi accoutrés par M. de Tressan resremblent à peu près à leur type héroïque et naïf, comme la lanterne du clown dans *le Songe d'une nuit d'été* ressemble au clair de la lune.

Ce seroit être injuste cependant que de refuser au grand siècle la seule palme qui eût manqué à ses triomphes si vantés, et bien qu'il l'ait outrageusement repoussée, l'avenir plus juste la lui décernera peut-être en compensation de la gloire avortée de Chapelain, et des admirations un peu amorties qui couronnèrent jadis le sonnet de Voiture, le triolet de Ranchin, et le madrigal de Sainte-Aulaire. Cette production digne de faire époque dans les plus beaux âges littéraires, ce chef-d'œuvre ingénu de naturel et d'imagination qui fera longtemps le charme de nos descendants, et qui survivra sans aucun doute, avec Molière, La Fontaine, et quelques belles scènes de Corneille, à tous les monuments du règne de Louis XIV, ce livre sans modèle que les imitations les plus heureuses ont laissé inimitable à jamais, ce sont les *Contes des Fées*, de Perrault. La composition n'en est pas exactement conforme aux règles d'Aristote, et le style peu figuré n'a pas offert, que je sache, aux compilateurs de nos rhétoriques beaucoup de riches exemples de descriptions, d'amplifications, de métaphores et de prosopopées; on auroit même quelque peine, et je le dis à la honte de nos dictionnaires, à trouver dans ces amples archives de notre langue des renseignements positifs sur certaines locutions inaccoutumées, qui, du moins pour les étrangers, y attendent encore les soins de l'étymologiste et du commentateur; je ne disconviens pas qu'il en est dans le nombre, comme : *Tirez la cordelette et la bobinette cherra*, qui pourroient donner de graves soucis aux Saumaises futurs; mais ce qu'il y a de certain, c'est que leurs innombrables lecteurs les comprennent à merveille, et il est visible que l'auteur a eu la modeste bonhomie de ne pas travailler pour la postérité. Quel vif attrait d'ailleurs dans les moindres détails de ces charmantes bagatelles, quelle vérité dans les caractères, quelle originalité ingénieuse et inattendue dans les péripéties! quelle verve franche et saisissante dans les dialogues! Aussi, je ne crains pas de l'affirmer, tant qu'il restera sur notre hémisphère un peuple, une tribu, une bourgade, une tente où la civilisation trouve à se réfugier contre les invasions progressives de la barbarie, il sera parlé aux lueurs du foyer solitaire de l'odyssée aventureuse du *Petit Poucet*, des vengeances conjugales de la

Barbe Bleue, des savantes manœuvres du *Chat Botté*; et l'Ulysse, l'Othello, le Figaro des enfants vivront aussi longtemps que les autres. S'il y a quelque chose à mettre en comparaison avec la perfection sans taches de ces épopées en miniature, si l'on peut opposer quelques idéalités plus fraîches encore aux charmes innocents du Chaperon, aux grâces espiègles de Finette et à la touchante résignation de Grisélidis, c'est chez le peuple lui-même qu'il faut chercher ces poëmes inaperçus, délices traditionnelles des veillées du village, et dans lesquels Perrault a judicieusement puisé ses récits. Je ne disconviens pas qu'on a savamment disserté de nos jours sur les *Conte des Fées*, qu'on a voulu en trouver l'origine bien loin, et qu'il ne tient qu'à nous de croire, sur la foi des érudits, que *Peau d'âne* est une importation de l'Arabie, que *Riquet à la Houppe* n'exerçoit pas le droit de fief sur ses vieux domaines, sans un titre d'investiture timbré au nom de l'Orient, et que la galette et le pot à beurre, malgré leur fausse apparence de localité, nous furent apportés un beau matin par quelque autre Sindbad, sur les épaules d'un afrite, du pays des *Mille et une Nuits*. On nous a tellement accoutumés à l'imitation, depuis l'établissement de cette dynastie aristotélique dont nous sommes encore gouvernés du haut de l'Institut, qu'il est à peu près reçu en dogme littéraire qu'on n'invente rien en France, et il est probable que l'Institut ne manque pas de bonnes raisons pour nous engager à le croire. Ma soumission à ses arrêts ne sauroit aller jusque-là. Nos fées bienfaisantes à la baguette de fer ou de coudrier, nos fées rébarbatives et hargneuses à l'attelage de chauves-souris, nos princesses tout aimables et toutes gracieuses, nos princes avenants et lutins, nos ogres stupides et féroces, nos pourfendeurs de géants, les charmantes métamorphoses de l'Oiseau bleu, les miracles du Rameau d'or, appartiennent à notre vieille Gaule, comme son ciel, ses mœurs et ses monuments trop longtemps méconnus. C'est porter bien loin de mépris d'une nation spirituelle qui s'est élancée si avant de son propre mouvement dans toutes les routes de la civilisation, que de lui contester le mérite d'invention nécessaire pour mettre en scène les héros de la *Bibliothèque bleue*. Si le fantastique n'avoit jamais existé chez nous, de sa nature propre et inventive, abstraction faite de toute autre littérature ancienne ou exotique, nous n'aurions pas eu de société, car il n'y a jamais eu de société qui n'eût le sien. Les excursions des voyageurs ne leur ont pas montré une famille sauvage qui ne racontât quelques étranges histoires, et qui ne plaçât, dans les nuages de son atmosphère ou dans les fumées de sa hutte, je ne sais quels mystères, surpris au monde intermédiaire par l'intelligence des vieillards, la sensibilité des femmes et la crédulité des enfants. Que ne se sont-ils assis quelquefois, les orientalistes passionnés qui nous dérobent les fables de nos nourrices pour en faire hommage aux coryphées des almées et des bayadères, sous le chaume du paysan, ou près de la baraque nomade du bûcheron, ou à la veillée parlière des teilleuses, ou dans la joyeuse écraigne des vendangeurs! Loin d'accuser Perrault de plagiat, ils se plaindroient peut-être de la parcimonie avare avec laquelle il a distribué à nos aïeux ces surprenantes chroniques des âges qui n'ont pas été et qui ne seront jamais, si actuelles et si vivantes encore dans la mémoire de nos trouvères de hameaux! Que de belles narrations ils auroient entendues, empreintes, avec tant de vivacité, des coutumes, des mœurs et des noms du pays, que l'étymologiste le plus intrépide est obligé, en les écoutant, de s'arrêter pour la première fois à la source incontestable des inventions et des choses, et qu'il ne lui est jamais arrivé d'en demander compte dans sa pensée à une autre nature et à une autre société! Depuis la vieille femme sentimentale, rêveuse et peut-être un peu sorcière, qui s'est avisée la première d'improviser ces fabliaux poétiques, aux clartés flambantes d'une bourrée de genevrier sec, pour endormir l'impatience et les douleurs d'un pauvre petit enfant malade, ils se sont répétés fidèlement, de génération en génération, dans les longues soirées des fileuses, au bruit monotone des rouets, à peine varié par le tintement du fer crochu qui fourgonne la braise, et ils se répéteront à jamais, sans qu'un nouveau peuple s'avise de nous les disputer ; car chaque peuple a ses histoires, et la faculté créatrice du conteur est assez féconde en tout pays pour qu'il n'ait pas besoin d'aller chercher au loin ce qu'il possède en lui-même, aussi bien que les guiriots et les calenders. Le penchant pour le merveilleux, et la faculté de le modifier suivant certaines circonstances naturelles ou fortuites, est inné dans l'homme. Il est l'instrument essentiel de sa vie imaginative, et peut-être même est-il la seule compensation vraiment providentielle des misères inséparables de sa vie sociale.

L'Allemagne a été riche dans ce genre de créations, plus riche qu'aucune autre contrée du monde, sans en excepter ces heureux Levantins, les suzerains éternels de nos trésors, à l'avis des antiquaires. C'est que l'Allemagne, favorisée d'un système particulier d'organisation morale, porte dans ses croyances une ferveur d'imagination, une vivacité de sentiments, une mysticité de doctrines, un penchant universel à l'idéalisme, qui sont essentiellement propres à la poésie fantastique ; c'est aussi que, plus indépendante des conventions routinières et du despotisme gourmé d'une oligarchie de prétendus savants, elle a le bonheur de se livrer à ses sentiments naturels sans craindre qu'ils soient contrôlés par cette douane impérieuse de la pensée humaine qui ne reçoit les idées qu'au poids et au sceau des pédants. Cette individualité méditative, impressionnable et originale qui caractérise ses habitants, se manifeste de temps immémorial dans les innombrables monuments de sa bibliothèque fantastique, et là, au contraire de nos habitudes littéraires où tout est subordonné à l'aristocratie de l'esprit, c'est la popularité qui consacre le succès. L'Allemagne jouit encore, sous ce rapport, des mêmes franchises qu'au siècle de Goëtz de Berlichingen. Elle en est redevable à cette multitude de circonscriptions locales et d'usages particuliers qui ont maintenu en elle la précieuse ingénuité des peuples primitifs, qui l'ont sauvée de l'avidité dévorante de cette monstrueuse Méduse de la centralisation, dont les bras, inertes pour tout autre usage que pour prendre, ne s'occupent qu'à rassasier l'insatiable faim de la Gorgone, et qui la maintiendront jusqu'à la fin de notre civilisation actuelle, quoi qu'en disent nos théoriciens de clubs et de cafés, au premier rang des nations libres. Depuis la belle histoire de *Faust,* admirablement poétisée par Goethe, qui n'a rien ajouté d'ailleurs à l'idéalité philosophique de l'invention, depuis la profonde allégorie de l'aventurier qui a vendu son ombre au diable, et que le dernier rapsode qui l'a recueillie n'a fait que réduire aux formes naines du roman, l'Allemagne a été jusqu'à nos jours le domaine favori du fantastique. Elle a complété l'histoire psychique de l'homme, si magnifiquement ouverte dans *la Genèse* par l'emblème vraiment divin de l'arbre de la science et des séductions du serpent. Faust est l'Adam du Paradis terrestre, parvenu à se croire égal de Dieu. Le *Rêve* de Jean-Paul est le dénoûment solennel de ce triste drame, et cette autre Apocalypse, le terrible mot de l'énigme de notre vie matérielle. Hors de ces trois fables, il n'y a point de vérité absolue sur la terre.

Les malheurs toujours croissants de la nouvelle société présageoient si visiblement sa ruine prochaine, que la trompette de l'ange des derniers jours ne l'annoncera pas plus distinctement à la génération condamnée. De ce moment, le fantastique fit irruption sur toutes les voies qui conduisent la sensation à l'intelligence; et voilà comment il est entré, malgré Aristote, Quintilien, Boileau, La Harpe et je ne sais qui, dans le drame, dans l'élégie, dans le roman, dans la peinture, dans tous les jeux de l'esprit, comme dans toutes les passions de l'âme. Et alors ce fut un cri d'aigre et ignorante colère contre l'invasion inopinée qui menaçoit les belles formes du classique ; et on ne comprit pas qu'il y avoit encore une forme plus large, plus universelle, plus irréparable, qui alloit finir ; que cette forme, c'étoit celle d'une civilisation usée, dont le classique n'est que l'expression partielle, momentanée, indifférente, et qu'il n'étoit pas étonnant que le lien puéril des sottes unités de la rhétorique se relâchât, quand l'immense unité du monde social se rompoit de toutes parts.

Parmi les hommes d'élection qu'un instinct profond du génie a jetés, dans ces derniers temps, à la tête des littératures, il n'en est point qui n'ait senti l'avertissement de cette muse d'une société qui tombe, et qui n'ait obéi à ses inspirations, comme à la voix imposante d'un mourant dont la fosse est déjà ouverte. L'école romanesque de Lewis, l'école romantique des lackistes, et, par-dessus tout, ces grands maîtres de la parole, Byron, et Walter Scott, et Lamartine, et Hugo, s'y sont précipités à la recherche de la vie idéale, comme si un organe particulier de divination, que la nature a donné au poëte, leur avoit fait pressentir que le souffle de la vie positive étoit près de s'éteindre dans l'organisation caduque des peuples. Je n'ai pas nommé parmi eux M. de Chateaubriand, qui est resté, par conscience et par choix, au terme de l'ancien monde, comme la pyramide dans les sables de l'Égypte, comme l'arche du déluge sur le sommet de l'Ararat, comme les colonnes d'Hercule sur le rivage des mers inconnues. Walter Scott, enchaîné aussi par des souvenirs, des études et des affections, a placé un peu plus loin, mais non avec plus de solidité et de puissance, les bases de sa renommée à

venir entre les deux sociétés. C'est un phare qui jette
indistinctement quelques lueurs sur le port, quelques
lueurs sur l'abîme. L'abîme! Byron s'y est perdu à toutes
voiles, et nul regard d'homme n'a pu l'y suivre.

Le fantastique de l'Allemagne est plus populaire, et
cela s'explique, je le répète, par une longue fidélité à
des mœurs de tradition, à des institutions sorties du
pays, et souvent défendues et sauvées au prix du sang
des citoyens; à un système d'études plus général, mieux
entendu, mieux approprié aux besoins du temps. Cela
s'explique surtout par une répugnance prononcée pour
les innovations purement matérielles, et dans lesquelles
le principe intelligent et moral des nations n'a rien à
gagner. Ce peuple, qui a touché aux bornes de toutes
les sciences, qui a produit presque toutes les inventions
essentielles dont l'impulsion a complété la civilisation
de l'Europe, et qui s'occupe délicieusement, dans la
douce possession d'une liberté sans faste, aux contem-
plations sédentaires de l'astronomie et à l'enrichissement des nomenclatures naturelles, méritoit de conserver longtemps le goût innocent et sensé des contes
d'enfant. Grâces soient rendues à Musœus, à Tieck, à
Hoffmann, dont les heureux caprices, tour à tour mystiques ou familiers, pathétiques ou bouffons, simples
jusqu'à la trivialité, exaltés jusqu'à l'extravagance, mais
remplis partout d'originalité, de sensibilité et de grâce,
renouvellent pour les vieux jours de notre décrépitude
les fraîches et brillantes illusions de notre berceau.
Leur lecture produit, sur une âme fatiguée des convulsions d'agonie de ces peuples inquiets qui se débattent
contre une crise inévitable, l'effet d'un sommeil serein,
peuplé de songes attrayants qui la bercent et la délas-
sent. C'est la fontaine de Jouvence de l'imagination.

En France, où le fantastique est aujourd'hui si dé-
crié par les arbitres suprêmes du goût littéraire, il n'é-
toit peut-être pas inutile de chercher quelle avoit été

son origine, de marquer en passant ses principales épo-
ques et de fixer à des noms assez glorieusement consa-
crés les titres culminants de sa généalogie ; mais je n'ai
tracé que de foibles linéaments de son histoire, et je me
garderai bien d'entreprendre son apologie contre les
esprits doctement prévenus qui ont abdiqué les premières impressions de leur enfance pour se retrancher
dans un ordre d'idées exclusif. Les questions sur le fantastique sont elles-mêmes du domaine de la fantaisie.
Dieu me garde de réveiller, à leur sujet, les misérables
disputes des scolastiques des derniers siècles, et de
transporter une querelle théologique sur le terrain de la
littérature, dans l'intérêt de la grâce des féeries et du
libre arbitre de l'esprit ! Ce que j'ose croire, c'est que
si la liberté dont on nous parle n'est pas, comme je l'ai
craint quelquefois, une déception de jongleurs, ses deux
principaux sanctuaires sont dans la croyance de l'homme
religieux et dans l'imagination du poëte. Quelle autre
compensation promettrez-vous à une âme profondément
navrée de l'expérience de la vie, quel autre avenir
pourra-t-elle se préparer désormais dans l'angoisse de
tant d'espérances déchues, que les révolutions empor-
tent avec elles, je le demande à vous, hommes libres
qui vendez aux maçons le cloître du cénobite, et qui
portez la sape sous l'ermitage du solitaire, où il s'étoit
réfugié à côté du nid de l'aigle ? Avez-vous des joies à
rendre aux frères que vous repoussez, qui puissent les
dédommager de la perte d'une seule erreur consolante,
et vous croyez-vous assez sûrs des vérités que vous faites
payer si cher aux nations, pour estimer leur aride
amertume au prix de la douce et inoffensive rêverie du
malheureux qui se rendort sur un songe heureux ? Cependant tout jouit chez vous, il faut le dire, d'une liberté
sans limites, si ce n'est la conscience et le génie. Et
vous ne savez pas que votre marche triomphante à travers les idées d'une génération vaincue n'a toutefois pas

3.

tellement enveloppé le genre humain, qu'il ne reste autour de vous quelques hommes qui ont besoin de s'occuper d'autre chose que de vos théories, d'exercer leur pensée sur un progression imaginaire, sans doute, mais qui ne l'est peut-être pas plus que votre progression matérielle, et dont la prévision n'est pas moins placée que celle des tentatives de votre perfectionnement social sous la protection des libertés que vous invoquez ! Vous oubliez que tout le monde a reçu comme vous, dans l'Europe vivante, l'éducation d'Achille, et que vous n'êtes pas les seuls qui ayez rompu l'os et les veines du lion pour en sucer la moelle et pour en boire le sang ! Que le monde positif vous appartienne irrévocablement, c'est un fait et sans doute un bien; mais brisez, brisez cette chaîne honteuse du monde intellectuel, dont vous vous obstinez à garrotter la pensée du poëte. Il y a longtemps que nous avons eu, chacun à notre tour, notre bataille de Philippes; et plusieurs ne l'ont pas attendue, je vous jure, pour se convaincre que la vérité n'étoit qu'un sophisme, et que la vertu n'étoit qu'un nom. Il faut à ceux-là une région inaccessible aux mouvements tumultueux de la foule pour y placer leur avenir. Cette région, c'est la foi pour ceux qui croient, l'idéal pour ceux qui songent, et qui aiment mieux, à tout compenser, l'illusion que le doute. Et puis, il faudroit bien, après tout, que le fantastique nous revînt, quelques efforts qu'on fasse pour le proscrire. Ce qu'on déracine le plus facilement chez un peuple, ce ne sont pas les fictions qui le conservent : ce sont les mensonges qui l'amusent.

TRÉSOR DES FÈVES

ET

FLEUR DES POIS.

CONTE DES FÉES.

Tout ce que la vie a de positif est mauvais.
Tout ce qu'elle a de bon est imaginaire.
                    BRUSCAMBILLE.

Il y avoit une fois un pauvre homme et une pauvre
femme qui étoient bien vieux, et qui n'avoient jamais
eu d'enfants : c'étoit un grand chagrin pour eux, parce
qu'ils prévoyoient que dans quelques années ils ne pourroient plus cultiver leurs fèves et les aller vendre au
marché. Un jour qu'ils sarcloient leur champ de fèves
(c'étoit tout ce qu'ils possédoient avec une petite chaumière (je voudrois bien en avoir autant); un jour, dis-
je, qu'ils sarcloient pour ôter les mauvaises herbes, la
vieille découvrit dans un coin, sous les touffes les plus
drues, un petit paquet fort bien troussé qui contenoit
un superbe garçon de huit à dix mois, comme il paroissoit à son air, mais qui avoit bien deux ans pour la
raison, car il étoit déjà sevré. Tant y a qu'il ne fit point
de façons pour accepter des fèves bouillies qu'il porta
aussitôt à sa bouche d'une manière fort délicate. Quand

le vieux fut arrivé du bout de son champ aux acclamations de la vieille, et qu'il eut regardé à son tour le bel enfant que le bon Dieu leur donnoit, le vieux et la vieille se mirent à s'embrasser en pleurant de joie; et puis ils firent hâte de regagner la chaumine, parce que le serein qui tomboit pouvoit nuire à leur garçon.

Une fois qu'ils furent rendus au coin de l'âtre, ce fut bien un autre contentement, car le petit leur tendoit les bras avec des rires charmants, et les appeloit *maman* et *papa*, comme s'il ne s'en étoit jamais connu d'autres. Le vieux le prit donc sur son genou, et l'y fit sauter doucement, comme les demoiselles qui se promènent à cheval, en lui adressant mille paroles agréables, auxquelles l'enfant répondoit à sa manière, pour ne pas être en reste avec le vieux dans une conversation si honnête. Et pendant ce temps, la vieille allumoit un joli feu clair de gousses de fèves sèches qui éclairoit toute la maison, afin de réjouir les petits membres du nouveau venu par une douce chaleur, et de lui préparer une excellente bouillie de fèves où elle délaya une cuillerée de miel qui en fit un manger délicieux. Ensuite elle le coucha dans ses beaux langes de fine toile qui étoient fort propres, sur la meilleure couchette de paille de fèves qu'il y eût à la maison ; car de la plume et de l'édredon, ces pauvres gens n'en connoissoient pas l'usage. Le petit s'y endormit très-bien.

Quand le petit fut endormi, le vieux dit à la vieille : Il y a une chose qui m'inquiète, c'est de savoir comment nous appellerons ce bel enfant, car nous ne connoissons pas ses parents, et nous ne savons pas d'où il vient. — La vieille, qui avoit de l'esprit, quoique ce ne fût qu'une simple femme de campagne, lui répondit sur-le-champ : Il faut l'appeler Trésor des Fèves, parce que c'est dans notre champ de fèves qu'il nous est venu, et que c'est un véritable trésor pour la consolation de nos vieux jours. — Le vieux convint qu'on ne pouvoit rien imaginer de mieux.

Je ne vous dirai pas en détail comment se passèrent tous les jours suivants et toutes les années suivantes, ce qui allongeroit beaucoup l'histoire. Il suffit que vous sachiez que les vieux vieillirent toujours, tandis que Trésor des Fèves devenoit à vue d'œil plus fort et plus beau. Ce n'est pas qu'il eût beaucoup grandi, car il n'avoit que deux pieds et demi à douze ans; et quand il travailloit dans son champ de fèves, qu'il tenoit en grande affection, vous l'auriez à grand'peine aperçu de la route; mais il étoit si bien pris dans sa petite taille, si avenant de figure et de façons, si doux et cependant si résolu en paroles, si brave dans son sarrau bleu de ciel à rouge ceinture, et sous sa fine toque des dimanches au panache de fleurs de fèves, qu'on ne pouvoit s'empêcher de l'admirer comme un vrai miracle de nature, en sorte qu'il y avoit nombre de gens qui le croyoient génie ou fée.

Il faut avouer que bien des choses donnoient crédit à cette supposition du moyen peuple. D'abord, la chaumine et son champ de fèves, où une vache n'eût trouvé que brouter quelques années auparavant, étoient devenus un des bons domaines de la contrée, sans que l'on pût dire comment; car de voir des pieds de fèves qui poussent, qui fleurissent, qui passent fleur, et des fèves qui mûrissent dans leur gousse, il n'y a vraiment rien de plus ordinaire; mais de voir un champ de fèves qui grandit sans qu'on n'y ait rien ajouté par acquisition ou par empiètement méchamment fait sur le terrain d'autrui, c'est ce qui passe la portée de l'entendement. Cependant le champ de fèves alloit toujours grandissant et grandissant, grandissant à vent, grandissant à bise, grandissant à matin, grandissant à ponant; et les voisins avoient beau mesurer leurs terres, leur compte s'y trouvoit toujours avec le bénéfice d'une sexterée ou deux, de manière qu'ils en vinrent à penser naturellement que tout le pays étoit en croissance. D'un autre côté, les

fèves donnoient si fort, que la chaumine n'auroit pu
contenir sa récolte, si elle ne s'étoit notablement élargie ; et cependant elles avoient manqué partout à plus
de cinq lieues à la ronde, ce qui les rendoit hors de
prix, à cause du grand usage qu'on en faisoit à la table
des rois et des seigneurs. Au milieu de cette abondance,
Trésor des Fèves suffisoit à toutes choses, retournant la
terre, triant les semences, mondant les plants, sarclant,
fouissant, serfouant, moissonnant, écossant, et, de sur-
croît, entretenant soigneusement les haies et les échaliers ; après quoi il employoit le temps qui lui restoit à
recevoir les acheteurs et à régler les marchés, car il
savoit lire, écrire et calculer sans avoir appris : c'étoit
une véritable bénédiction.

Une nuit que Trésor des Fèves dormoit, le vieux dit à
la vieille : Voilà Trésor des Fèves qui a porté un grand
avantage à notre bien, puisqu'il nous a mis en état de
passer doucement, sans rien faire, quelques années qui
nous restent à vivre encore. En lui donnant par testa-
ment l'héritage de tout ceci, nous n'avons fait que lui
rendre ce qui lui appartient ; mais nous serions ingrats
envers cet enfant si nous n'avisions à lui procurer un rang
plus convenable dans le monde que celui de marchand
de fèves. C'est bien dommage qu'il soit trop modeste pour
avoir brevet de savant dans les universités, et un tantet
trop petit pour être général.

— C'est dommage, dit la vieille, qu'il n'ait pas étudié
pour apprendre le nom de cinq ou six maladies en latin ;
on le recevroit médecin tout de suite.

— Quant aux procès, continua le vieux, j'ai peur qu'il
n'ait trop d'esprit et de raison pour en jamais débrouiller
un seul. — Remarquez qu'on n'avoit pas encore inventé
les philanthropes.

— J'ai toujours eu en idée, reprit la vieille, qu'il
épouseroit Fleur des Pois quand il seroit d'âge.

— Fleur des Pois, dit le vieillard en hochant la tête,

est bien trop grande princesse pour épouser un pauvre
enfant trouvé, qui n'aura vaillant qu'une chaumine et
un champ de fèves. Fleur des Pois, ma mie, est un parti
pour le sous-préfet ou pour le procureur du roi, et peut-
être pour le roi lui-même s'il devenoit veuf. Nous par-
lons ici de choses sérieuses, et vous n'êtes pas raisonnable.

— Trésor des Fèves l'est plus que nous deux ensemble, répondit la vieille, après avoir un brin réfléchi. C'est
d'ailleurs lui que l'affaire concerne, et il seroit de mauvaise grâce de la pousser plus avant sans le consulter.
— Là-dessus le vieux et la vieille s'endormirent profondément.

Le jour commençoit à poindre quand Trésor des Fèves
sauta de son lit pour aller au champ, selon sa coutume.
Qui fut étonné? ce fut lui, de ne trouver que ses habits
de fête au bahut où il avoit rangé les autres en se couchant. — C'est cependant jour ouvrable ou jamais, si le
calendrier n'est en défaut, dit-il à part lui; et il faut que
ma mère ait quelque saint à chômer, dont je n'ouïs parler
de ma vie, pour m'avoir préparé durant la nuit mon
beau sarrau et ma toque de cérémonie. Qu'il soit fait
pourtant comme elle l'entend, car je ne voudrois pas la
contrarier en rien dans son grand âge, et quelques heures
perdues se retrouveront aisément sur ma semaine, en me
levant plus tôt et rentrant plus tard. Sur quoi Trésor des
Fèves s'habilla aussi galamment qu'il le put, après avoir
prié Dieu pour la santé de ses parents et la prospérité de
ses fèves.

Comme il se disposoit à sortir, afin d'avoir au moins
un coup d'œil à donner à ses échaliers avant le réveil
de la vieille et du vieux, il rencontra la vieille sur l'huis,
qui apportoit un bon brouet tout fumant, et le plaça sur sa
petite table avec une cuiller de bois : — Mange, mange,
lui dit-elle, et ne te fais pas faute de ce brouet au miel
avec une pointe d'anis vert, comme tu l'aimois quand

tu étois encore tout enfant ; car tu as du chemin, mon mignon, et beaucoup de chemin à faire aujourd'hui.

— Voilà qui est bien, dit Trésor des Fèves en la regardant d'un air étonné ; mais où donc m'envoyez-vous ?

La vieille s'assit sur une escabelle qui étoit là, et les deux mains sur ses genoux : — Dans le monde, répondit-elle en riant, dans le monde, mon petit Trésor ! tu n'as jamais vu que nous, et deux ou trois méchants regrattiers auxquels tu vends tes fèves pour fournir aux dépenses de la maisonnée, digne garçon que tu es ; et comme tu dois être un jour un grand monsieur, si le prix des fèves se soutient, il est bon, mon mignon, que tu fasses des connoissances dans la belle société. Il faut te dire qu'il y a une grande ville, à trois quarts de lieue d'ici, où l'on rencontre à chaque pas des seigneurs en habit d'or, et des dames en robe d'argent, avec des bouquets de roses tout autour. Ta jolie petite mine si gracieuse et si éveillée ne manquera pas de les frapper d'admiration ; et je serai bien trompée si tu passes le jour sans obtenir quelque profession honorable où l'on gagne beaucoup d'argent sans travailler, à la cour ou dans les bureaux. Mange donc, mange, mignon, et ne te fais pas faute de ce brouet au miel avec une pointe d'anis vert.

Comme tu connois mieux la valeur des fèves que celle de la monnoie, continua la vieille, tu vendras au marché ces six litrons de fèves choisies à la grande mesure. Je n'en ai pas mis davantage pour ne pas te charger ; avec cela, les fèves sont si chères au temps présent, que tu serois bien empêché d'en rapporter le prix, quand on te payeroit tout en or. Aussi nous entendons, ton père et moi, que tu en emploieras moitié à t'ébaudir honnêtement, comme il convient à ton âge, ou en achat de quelques joyaux bien ouvrés, propres à te récréer le dimanche, tels que montres d'argent à breloques de rubis ou d'émeraudes, bilboquets d'ivoire et toupies de Nuremberg. Le reste du montant, tu le verseras à la caisse.

Pars donc, mon petit Trésor, puisque tu as fini ton brouet, et avise de ne pas t'attarder en courant après les papillons, car nous mourrions de douleur si tu ne rentrois avant la nuit. Garde aussi les chemins battus, crainte des loups.

— Vous serez obéie, ma mère, dit Trésor des Fèves en embrassant la vieille, quoique j'aimasse mieux pour mon plaisir passer la journée au champ. Quant aux loups, je n'en ai cure avec ma serfouette.

Disant cela, il pendit hardiment sa serfouette à sa ceinture, et partit d'un pas délibéré.

— Reviens de bonne heure, lui cria longtemps la vieille, qui regrettoit déjà de l'avoir laissé partir.

Trésor des Fèves marcha, marcha, faisant des enjambées terribles comme un homme de cinq pieds, et regardant de ci, de là, les choses d'apparence inconnue qui se trouvoient sur sa route; car il n'avoit jamais pensé que la terre fût si grande et si curieuse. Cependant, quand il eut marché plus d'une heure, ce qu'il jugeoit à la hauteur du soleil, et comme il s'étonnoit de n'être pas encore rendu à la ville au train qu'il étoit allé, il lui sembla qu'on le récrioit :

— Bou, bou, bou, bou, bou, bou, tui! arrêtez, monsieur Trésor des Fèves, on vous en prie!

— Qui m'appelle? dit Trésor des Fèves, en mettant fièrement la main sur sa serfouette.

— De grâce, arrêtez-ci, monsieur Trésor des Fèves! Bou, bou, bou, bou, bou, bou, tui! c'est moi qui vous parle.

— Est-il vrai? dit Trésor des Fèves en dressant son regard jusqu'au sommet d'un vieux pin caverneux et demi-mort, sur lequel un maître hibou se berçoit lourdement au souffle du vent; et qu'avons-nous à démêler ensemble, mon bel oiseau?

— Ce seroit merveille que vous me reconnussiez, répliqua le hibou, car je ne vous ai obligé qu'à votre insu,

comme doit faire un hibou délicat, modeste et homme
de bien, en mangeant un à un, à mes risques et périls,
les canailles de rats qui grignotoient, bon an mal an, la
moitié de votre récolte ; mais c'est ce qui fait que votre
champ vous rapporte aujourd'hui de quoi acheter quelque part un joli royaume, si vous savez vous contenter.
Quant à moi, victime malheureuse et désintéressée du
dévouement, je n'ai pas au crochet un misérable rat
maigre pour mes bons jours, mes yeux s'étant tellement
affoiblis à votre service, que j'ai peine à me diriger,
même de nuit. Je vous appelois donc, généreux Trésor
des Fèves, pour vous prier de m'octroyer un de ces bons
litrons de fèves que vous portez pendus à votre bâton,
et qui suffiroit à soutenir ma triste existence jusqu'à la
majorité de mon aîné, que vous pouvez compter pour
féal.

— Ceci, monsieur du hibou, s'écria Trésor des Fèves
en détachant du bout de son bâton un des trois litrons
de fèves qui lui appartenoient, c'est la dette de la reconnoissance, et j'ai plaisir à l'acquitter.

Le hibou s'abattit dessus, le saisit des serres et du bec,
et d'un tire-d'aile il l'emporta sur son arbre.

— Oh ! que vous partez donc vite ! reprit Trésor des
Fèves. Oserois-je vous demander, monsieur du hibou,
si je suis encore loin du monde où ma mère m'envoie ?

— Vous y entrez, mon ami, dit le hibou ; et il alla se
percher ailleurs.

Trésor des Fèves se remit donc en chemin, allégé
d'un de ses litrons, et comme sûr qu'il ne tarderoit pas
d'arriver ; mais il n'avoit pas fait cent pas qu'il s'entendit appeler encore.

— Béé-é, béé-é, béé-é, bekki ! Arrêtez-ci, monsieur
Trésor des Fèves, on vous en prie.

— Je crois connoître cette voix, dit Trésor des Fèves
en se retournant. Eh ! oui, vraiment, c'est cette mièvre
effrontée de chevrette de montagne, qui rôdoit toujours

avec ses petits autour de mon champ pour me rafler
quelque bonne lippée. Vous voilà donc, madame la ma-
raudeuse !

— Que dites-vous de marauder, joli Trésor ! Ah ! vos
haies étoient bien trop frondues, vos fossés trop profonds,
et vos échaliers trop serrés pour cela ! Tout ce qu'on
pouvoit faire étoit de tondre le bout de quelques feuilles
qui for-issoient entre les joints de la claie, et c'est au
grand bénéfice des pieds que nous émondons, comme dit
le commun proverbe :

> Dent de mouton porte nuisance
> Et dent de chevrette abondance.

— Voilà qui suffit, dit Trésor des Fèves, et le mal que
je vous ai souhaité puisse-t-il m'advenir incontinent !
Mais qu'aviez-vous à m'arrêter, et que saurois-je faire
qui vous fût à gré, dame chevrette ?

— Hélas ! répondit-elle en versant de grosses larmes..
Béé-é, béé-é, bekki… c'est pour vous dire qu'un méchant
loup a mangé mon mari le chevret, et que nous sommes
en grand misère, l'orpheline et moi, depuis qu'il ne va
plus fourrager pour nous ; de sorte qu'elle est en danger
de mourir de male-faim, si vous ne lui portez aide, la
malheureuse biquette ! Je vous appelois donc, noble
Trésor, pour vous prier de nous faire la charité d'un
de ces bons litrons de fèves que vous portez pendus à
votre bâton, et qui nous seroit un suffisant réconfort,
en attendant que nous ayons reçu des secours de nos
parents.

— Ceci, dame chevrette, s'écria Trésor des Fèves, en
détachant du bout de son bâton un des deux litrons de
fèves qui lui appartenoient encore, c'est œuvre de bienfaisance et de compassion que je me tiens heureux d'accomplir.

La chevrette le happa du bout des lèvres, et d'un bond
disparut dans le hallier.

— Oh! que vous partez donc vite! reprit Trésor des Fèves. Oserois-je vous demander, ma voisine, si je suis encore loin du monde où ma mère m'envoie?

— Vous y êtes déjà, cria la chevrette en s'enfonçant parmi les broussailles.

Et Trésor des Fèves se remit en chemin, allégé de deux de ses litrons, et cherchant du regard les murailles de la ville, quand il s'aperçut, à quelque bruit qui se faisoit sur la lisière du bois, qu'il devoit être suivi de près. Il s'avança soudainement de ce côté, sa serfouette ouverte à la main; et bien lui en prit, car le compagnon qui l'escortoit à pas de loup n'étoit autre qu'un vieux loup dont la physionomie ne promettoit rien d'honnête.

— C'est donc vous, maligne bête, dit Trésor des Fèves, qui me réserviez l'honneur de figurer chez vous au banquet de la vesprée? Heureusement ma serfouette a deux dents qui valent bien toutes les vôtres, sans vous faire tort; et il faut vous tenir pour dit, mon compère, que vous souperez aujourd'hui sans moi. Regardez-vous de plus comme bien chanceux, s'il vous plaît, que je ne venge pas sur votre vilaine personne le mari de la chevrette, qui étoit le père de la biquette, et dont la famille est réduite par votre cruauté à une piteuse misère. Je le devrois peut-être, et je le ferois justement, si je n'avois été nourri dans l'horreur du sang, jusqu'au point de ménager celui des loups!

Le loup, qui avoit écouté jusqu'alors en toute humilité, partit subitement d'une longue et plaintive exclamation, en élevant les yeux au ciel comme pour le prendre à témoin:

— Puissance divine qui m'avez donné la robe des loups, dit-il en sanglotant, vous savez si j'en ai jamais senti dans mon cœur les mauvaises inclinations! Vous êtes maître cependant, monseigneur, ajouta-t-il avec abandon, la tête respectueusement penchée vers Trésor

des Fèves, de disposer de ma triste vie, que je remets
à votre merci, sans crainte et sans remords. Je périrai
content de vos mains, s'il vous convient de m'immoler
en expiation des crimes trop avérés de ma race ; car je
vous ai toujours aimé tendrement, et parfaitement honoré, depuis le temps où je prenais un innocent plaisir
à vous caresser au berceau, quand madame votre mère
n'y étoit pas. Vous étiez dès lors de si bonne mine, et
si imposante, qu'on auroit deviné, rien qu'à vous voir,
que vous deviendriez un prince puissant et magnanime
comme vous êtes. Je vous prie seulement de croire,
avant de me condamner, que je n'ai pas trempé mes
pattes sanglantes à l'assassinat perpétré sur l'époux infortuné de la chevrette. Élevé dans les principes d'ab-
stinence et de modération, auxquels je n'ai failli de toute
ma vie de loup, j'étois alors en mission pour répandre
les saines doctrines de la morale parmi les tribus lupines
qui relèvent de ma communauté, et pour les amener
graduellement, par l'enseignement et par l'exemple, à
la pratique d'un régime frugal, qui est le but essentiel
de la perfectibilité des loups. Je vous dirai mieux, monseigneur, l'époux de la chevrette fut mon ami ; je ché-
rissois en lui d'heureuses dispositions, et nous voya-
geâmes souvent ensemble en devisant, parce qu'il avoit
beaucoup d'esprit naturel et de goût pour apprendre.
Une malheureuse rixe de préséance (vous savez combien
le caractère de sa nation est chatouilleux sur ce chapitre)
occasionna sa mort en mon absence, et je ne m'en suis
pas consolé.

Et le loup pleura, ce sembloit, du profond de son
cœur, ni plus ni moins que la chevrette.

— Vous me suiviez pourtant, dit Trésor des Fèves,
sans remboîter le double fer de sa serfouette.

— Il est vrai, monseigneur, répondit le loup en câli-
nant ; je vous suivois dans l'espérance de vous intéresser
à mes vues bénévoles et philosophiques en quelque en-

4.

droit plus propre à la conversation. Las! me disois-je, si monseigneur Trésor des Fèves, dont la réputation est si étendue et si accréditée dans le pays, vouloit contribuer de sa part au plan de réforme que j'ai fait, il en auroit une belle occasion aujourd'hui; je suis caution qu'il ne lui en coûteroit qu'un des litrons de bonnes fèves qu'il porte pendus à son bâton, pour affriander une table d'hôte de loups, de louvats et de louveteaux, à la vie granivore, et pour sauver des générations innombrables de chevrettes et de chevrets, de biquettes et de biquets.

— C'est le dernier de mes litrons, pensa Trésor des Fèves; mais qu'ai-je affaire de bilboquet, de rubis et de toupie? et qu'est-ce qu'un plaisir d'enfant au prix d'une action utile?

— Voilà ton litron de fèves! s'écria-t-il en détachant du bout de son bâton le dernier des litrons que sa mère lui avoit donnés pour ses menus plaisirs, mais sans fermer sa serfouette.

— C'est le reste de ma fortune, ajouta-t-il; mais je n'y ai point de regret, et je te serai reconnoissant, ami loup, si tu en fais le bon usage que tu m'as dit.

Le loup y enfonça ses crocs et l'emporta d'un trait vers sa tanière.

— Oh! que vous partez donc vite! reprit Trésor des Fèves. Oserois-je vous demander, messire loup, si je suis encore loin du monde où ma mère m'envoie?

— Tu y es depuis longtemps, répondit le loup en riant de travers, et tu y resterois bien mille ans, sans voir autre chose que ce que tu as vu.

Trésor des Fèves se remit alors en chemin, allégé de ses trois litrons, et cherchant toujours du regard les murailles de la ville, qui ne se montroient jamais. Il commençoit à céder à la lassitude et à l'ennui, quand des cris perçants, qui partoient d'un petit sentier détourné, réveillèrent son attention. Il courut au bruit.

— Qu'est-ce, dit-il, la serfouette à la main, et qui a besoin de secours? Parlez, car je ne vous vois pas.

— C'est moi, monsieur Trésor des Fèves; c'est Fleur des Pois, répondit une petite voix pleine de douceur, qui vous prie de la délivrer de l'embarras où elle se trouve ; il ne faut que vouloir, et il ne vous en coûtera guère.

— Eh! vraiment, madame, je n'ai point coutume de regarder à ce qu'il m'en coûtera pour obliger! Vous pouvez disposer de ma fortune et de mon bien, continua-t-il, à l'exception de ces trois litrons de fèves que je porte pendus à mon bâton, parce qu'il ne m'appartiennent pas, mais à mon père et à ma mère, et que j'ai donné tout à l'heure ceux qui étoient miens à un vénérable hibou, à un saint homme de loup qui prêche comme un ermite, et à la plus intéressante des chevrettes de montagne. Il ne me reste pas une seule fève que j'aie licence de vous offrir.

— Vous vous moquez, reprit Fleur des Pois un peu piquée. Qui vous parle de vos fèves, seigneur? Je n'ai que faire de vos fèves, grâce à Dieu; et on ne sait ce que c'est dans mon office. Le service que je vous demande, c'est de mettre le doigt sur le bouton de ma calèche pour en relever la capote, sous laquelle je suis près d'étouffer.

— Je ne demanderois pas mieux, madame, s'écria Trésor des Fèves, si j'avois l'honneur de voir votre calèche, mais il n'y a pas ombre de calèche dans ce sentier, qui me paroît d'ailleurs peu voyable aux équipages. Cependant je ne mettrai pas longtemps meshuy à la découvrir, car je vous entends de bien près.

— Eh quoi! dit-elle, en s'éclatant de rire, vous ne voyez pas ma calèche! vous avez failli l'écraser en courant comme un étourdi! Elle est devant vous, aimable Trésor des Fèves, et il est facile de la reconnoître à son apparence élégante, qui a quelque chose de celle d'un pois chiche.

— Tellement l'apparence d'un pois chiche, rumina Trésor des Fèves en s'accroupetonnant, que je me serois laissé pendre avant d'y voir autre chose qu'un pois chiche.

Un coup d'œil suffit pourtant à Trésor des Fèves pour remarquer que c'était un fort gros pois chiche, plus rond qu'orange, et plus jaune que citron, porté sur quatre petites roues d'or et muni d'un joli porte-manteau qui étoit fait d'une petite gousse de pois, verte et lustrée comme maroquin.

Il se hâta de mettre la main sur le bouton et la porte s'ouvrit.

Fleur des Pois en jaillit comme une graine de balsamine et tomba leste et joyeuse sur ses talons. Trésor des Fèves se releva émerveillé, car il n'avoit jamais rien imaginé de si beau que Fleur des Pois. C'étoit en effet le minois le plus accompli qu'un peintre puisse inventer : des yeux longs comme des amandes, violets comme des betteraves, aux regards pointus comme des alènes, et une bouche fine et moqueuse qui ne s'entr'ouvroit à demi que pour laisser voir des dents blanches comme albâtre et luisantes comme émail. Sa robe courte, un peu bouffante, panachée de flammes roses, comme les fleurs qui viennent aux pois, parvenoit à peine à moitié de ses jambes faites au tour, chaussées d'un bas de soie blanc aussi tendu que si on y avoit employé le cabestan, et terminées par des pieds si mignons, qu'on ne pouvoit les voir sans envier le bonheur du cordonnier qui les avoit de sa main emprisonnés dans le satin.

— De quoi t'étonnes-tu? dit Fleur des Pois. — Ce qui prouve, par parenthèse, que Trésor des Fèves n'avoit pas l'air extrêmement spirituel dans ce moment-là.

Trésor des Fèves rougit; mais il se remit bientôt. — Je m'étonne, répondit-il modestement, qu'une aussi belle princesse, qui est à peu près de ma taille, ait pu tenir dans un pois chiche.

— Vous déprisez mal à propos ma calèche, Trésor des Fèves, reprit Fleur des Pois. On y voyage très-commodément quand elle est ouverte ; et c'est par hasard que je n'y ai pas mon grand-écuyer, mon aumônier, mon gouverneur, mon secrétaire des commandements, et deux ou trois de mes femmes. J'aime à me promener seule, et ce caprice m'a valu l'accident qui m'est arrivé. Je ne sais si vous avez jamais rencontré en société le roi des Grillons, qui est fort reconnaissable à son masque noir et poli, comme celui d'Arlequin, à deux cornes droites et mobiles, et à certaine symphonie de mauvais goût dont il a coutume d'accompagner ses moindres paroles. Le roi des Grillons me faisoit la grâce de m'aimer ; il n'ignoroit pas que ma minorité expire aujourd'hui, et qu'il est de l'usage des princesses de ma maison de prendre un mari à dix ans. Il s'est donc trouvé sur ma route, suivant l'usage, pour m'obséder du tintamarre infernal de ses carillonnantes déclarations, et je lui ai répondu, comme à l'ordinaire, en me bouchant les oreilles !

— O bonheur ! dit Trésor des Fèves enchanté ; vous n'épouserez pas le roi des Grillons !

— Je ne l'épouserai pas, répondit Fleur des Pois avec dignité. Mon choix étoit fait. — Je ne lui eus pas plus tôt signifié ma résolution, que l'odieux Cri-Cri (c'est le nom de ce monarque) s'élança d'un bond sur ma voiture, comme s'il avoit voulu la dévorer, et qu'il en fit brutalement tomber la capote. — Marie-toi maintenant, me dit-il, impertinente mijaurée ! marie-toi si tu peux et si jamais mari vient te chercher dans cet équipage ! Quant à moi, je ne fais pas plus cas de ton royaume et de ta main que d'un pois chiche.

— Si vous pouviez me dire en quel trou le roi des Grillons s'est caché, s'écria Trésor des Fèves furieux, je l'aurais bientôt déterré avec ma serfouette, et je l'amènerois pieds et poings liés, princesse, à votre discré-

tion. — Je comprends cependant son désespoir, ajouta-
t-il en laissant tomber son front sur sa main. — Mais
ne pensez-vous pas qu'il faut que je vous accompagne
jusque dans vos États, pour vous mettre à l'abri de ses
poursuites ?

— Il le faudroit en effet, magnanime Trésor des Fèves,
si j'étois loin de ma frontière ; mais voilà un champ de
pois musqués où je ne compte que des sujets fidèles, et
dont l'approche est interdite à mon ennemi. — Ainsi
parlant, elle frappa la terre du pied et tomba suspendue
des deux bras à deux tiges penchantes qui s'inclinèrent
et se relevèrent sous elle, en semant ses cheveux des
débris de leurs fleurs parfumées.

Pendant que Trésor des Fèves se complaisoit à la regarder, et je vous réponds que j'y aurois pris plaisir
moi-même, elle le fixoit des traits acérés de ses yeux,
le lioit des petits plis de son sourire, tellement qu'il auroit voulu mourir de la joie de la voir ainsi, et qu'il y
seroit peut-être encore si elle ne l'avoit averti.

— C'est trop vous avoir retenu, lui dit-elle, car je
sais que le commerce des fèves est fort affaireux par le
temps qui court ; mais ma calèche, ou plutôt la vôtre,
vous fera regagner les moments perdus. Ne m'offensez
pas, je vous prie, du refus d'un si mince cadeau. J'ai des
millions de calèches pareilles dans les greniers du château, et quand j'en veux une nouvelle, je la trie sur le
volet au milieu d'une poignée et je donne le reste aux
souris.

— Le moindre des bienfaits de votre altesse feroit la
gloire et le bonheur de ma vie, répondit Trésor des
Fèves ; mais elle ne pense pas que je suis encore chargé
de provisions. Or, je conçois à merveille, si bien mesu-
rées que soient mes fèves, qu'il y auroit moyen de faire
entrer assez commodément votre calèche dans un de
mes litrons ; mais mes litrons dans votre calèche, c'est
une chose impossible.

— Essaie, dit Fleur des Pois en riant et en se balan-
çant à ses fleurs ; essaie, et ne t'émerveille pas de tout,
comme un enfant qui n'a rien vu. — En effet, Trésor des
Fèves n'éprouva aucune difficulté à placer les trois litrons dans la caisse de la voiture ; elle en auroit contenu
trente et davantage. Il fut un peu mortifié.

— Je suis prêt à partir, madame, reprit-il en se plaçant lui-même sur un coussin bien rembourré dont l'am-
pleur lui permettoit de s'accommoder fort agréablement
dans toutes les positions, jusqu'à s'y coucher tout du
long s'il lui en avoit pris envie. Je dois à la tendresse de
mes parents de ne pas leur laisser d'inquiétude sur ce
que je suis devenu à notre première séparation, et je n'attends plus que votre cocher qui s'est enfui épouvanté, sans
doute, à l'incartade grossière du roi des Grillons, en
reconduisant l'attelage et en emportant les brancards.
Alors j'abandonnerai ces lieux avec l'éternel regret de
vous avoir vue sans espérer de vous revoir.

— Bon ! repartit Fleur des Pois, sans avoir l'air de
prendre garde à cette dernière partie du discours de
Trésor des Fèves, qui tiroit fort à conséquence ; bon !
ma calèche n'a ni cocher, ni brancards, ni attelage : elle
marche à la vapeur, et il n'y a pas d'heure où elle ne
fasse aisément cinquante mille lieues. Je te demande si
tu seras en peine de retourner chez toi quand cela te
conviendra. Il suffira que tu retiennes bien le geste et
le mot dont je me servirai pour la mettre en route. —
Le porte-manteau contient différents objets qui peuvent
te servir en voyage, et qui t'appartiennent sans réserve.
En l'ouvrant à la manière dont tu ouvrirois une gousse
de pois verts, tu y trouveras trois écrins de la forme et
de la juste grosseur d'un pois, suspendu chacun d'un
fil léger qui les soutient dans leur étui comme des pois
en cosse, de telle façon qu'ils ne puissent se heurter
dommageablement dans les déménagements et le transport : c'est un travail merveilleux. Ils céderont à la pres-

sion de ton doigt comme le soufflet de ma calèche, et tu n'auras plus qu'à en semer le contenu en terre dans un trou fait à la pointe de ta serfouette, pour voir poindre, tresir, éclore tout ce que tu auras souhaité. N'est-ce pas miracle, cela? Retiens bien seulement que, le troisième épuisé, il ne me reste rien à t'offrir, car je n'ai à moi que trois pois verts, comme tu n'avois que trois litrons de fèves, et la plus belle fille du monde ne peut donner que ce qu'elle a. — Es-tu disposé à te mettre en route maintenant?

Sur le signe affirmatif de Trésor des Fèves, qui ne se sentoit pas la force de parler, Fleur des Pois fit claquer le pouce de sa main droite contre le doigt du milieu, en criant : Partez, pois chiche!

Et le pois chiche étoit à plus de quinze cents kilomètres du champ musqué de Fleur des Pois, que les yeux de Trésor des Fèves la cherchoient encore inutilement. — Hélas! dit-il.

C'est que ce seroit faire tort à la célérité du pois chiche que de dire qu'il parcouroit l'espace avec la célérité d'une balle d'arquebuse. Les bois, les villes, les montagnes, les mers disparoissoient incomparablement plus vite sur son passage que les ombres chinoises de Séraphin sous la baguette du fameux magicien Rotomago. Les horizons les plus lointains se dessinoient à peine dans une immense profondeur, qu'ils s'étoient précipités sur le pois chiche, et que Trésor des Fèves se seroit efforcé en vain de les retrouver derrière lui. Pendant qu'il se retournoit, crac, ils n'y étoient plus. Enfin il avoit plusieurs fois repris l'avance sur le soleil; plusieurs fois il l'avoit rejoint au retour pour le devancer encore, dans de brusques alternatives de jour et de nuit, quand Trésor des Fèves se douta qu'il avoit laissé de côté la ville qu'il alloit voir, et le marché où il portoit vendre ses litrons.

— Les ressorts de cette voiture sont un peu gais, imagina-t-il soudain; car on n'oublie pas qu'il étoit doué d'un esprit très-subtil. Elle est partie à l'étourdie avant que Fleur des Pois eût achevé de s'expliquer sur ma destination, et il n'y a pas de raison pour que ce voyage finisse dans tous les siècles des siècles, cette aimable princesse, qui est assez évaporée, comme le comporte sa jeunesse, ayant bien pensé à me dire en quelle sorte on mettoit sa calèche en route, mais non pas ce qu'il falloit faire pour l'arrêter.

Effectivement Trésor des Fèves s'étoit servi sans succès de toutes les interjections mal sonnantes qu'il eût jamais recueillies, pudeur gardée, de la bouche blasphématoire des voiturins et des muletiers, gens de pauvre éducation et de méchant langage. La diantre de calèche alloit toujours, elle n'alloit que de plus belle; et, pendant qu'il fouilloit dans sa mémoire pour varier ses apostrophes de plus d'euphémismes que n'en pourroit enseigner la rhétorique, madame la calèche coupoit des latitudes à la course, et passoit sur le ventre de dix royaumes qui n'en pouvoient mais. — Le diable t'emporte, chienne de calèche! s'écrioit Trésor des Fèves: et le diable obéissant ne manquoit pas d'emporter la calèche des tropiques aux pôles, ou des pôles aux tropiques, et de la ramener par tous les cercles de la sphère, sans égard au changement insalubre des températures. Il y avoit de quoi rôtir ou se morfondre avant peu, si Trésor des Fèves n'avoit pas été doué, ainsi que nous l'avons dit souvent, d'une admirable intelligence.

— Voire, dit-il en lui-même, puisque Fleur des Pois l'a lancée à travers le monde, en lui disant: Partez, pois chiche!... on l'arrêteroit peut-être en lui disant le contraire. Cela étoit extrêmement logique.

— Arrêtez, pois chiche! cria Trésor des Fèves en faisant claquer le pouce de sa main droite contre le doigt du milieu, comme il l'avoit vu faire à Fleur des Pois.

Voyez si une académie tout entière auroit aussi bien trouvé! Le pois chiche s'arrêta si juste, que vous ne l'auriez pas mieux arrêté en le fichant sur terre avec un clou. Il ne bougea.

Trésor des Fèves descendit de son équipage, le ramassa précieusement, et le laissa couler dans une bougette de cuir qu'il avoit à sa ceinture pour y serrer les échantillons de ses fèves, mais après en avoir retiré le porte-manteau.

L'endroit où la calèche de Trésor des Fèves s'étoit ainsi butée à son ordre n'est pas décrit par les voyageurs. Bruce le place aux sources du Nil, M. Douville au Congo, et M. Caillé à Tombouctou. C'étoit une plaine sans bornes, si sèche, si rocailleuse et si sauvage, qu'il n'y avoit pas un buisson sous lequel gîter, ni une mousse du désert pour reposer sa tête endormie, ni une feuille nourricière ou rafraîchissante pour apaiser la faim et la soif. Trésor des Fèves ne s'inquiéta point. Il fendit proprement de l'ongle son porte-manteau, et il en détacha un des petits écrins dont Fleur des Pois lui avoit fait la description.

Ensuite, il l'ouvrit comme il avoit fait de la calèche, et semant son contenu en terre, à la pointe de la serfouette : — Il en arrivera ce qui pourra, dit-il, mais j'aurois grand besoin d'un pavillon pour me couvrir cette nuit, ne fût-il que d'une plante de pois en fleur ; d'un petit régal pour me nourrir, ne fût-il que d'une purée de pois au sucre ; et d'un lit pour me coucher, ne fût-il que d'une plume de colibri. Aussi bien, je ne saurois revoir mes parents d'aujourd'hui, tant je me sens pressé d'appétit, et courbattu de la fatigue du voyage.

Trésor des Fèves n'avoit pas fini de parler, qu'il vit sourdre du sable un superbe pavillon en forme de plante de pois, qui monta, grandit, s'épanouit au loin, s'appuya, d'espace en espace, sur dix échalas d'or, se répandit de toutes parts en gracieuses tentures de feuil-

lage, parsemées de fleurs de pois, et s'arrondit en arcades innombrables, dont chacune supportoit à la clef de
son cintre un riche lustre de cristal chargé de bougies
musquées. Tout le fond des arcades étoit garni de glaces
de Venise, d'une hauteur démesurée, qui n'avoient pas
le moindre défaut, et qui réfléchissoient les lumières à
éblouir d'une lieue la vue d'un aigle de sept ans.

Sous les pieds de Trésor des Fèves, une feuille de pois,
tombée d'accident de la voûte, s'élargit en magnifique
tapis diapré, de toutes les couleurs de l'arc-en-ciel et
d'une multitude d'autres. Bien plus, ce tapis étoit bordé
de guéridons, de bois d'aloès et de sandal, qui sembloient
prêts à s'affaisser sous le poids des pâtisseries et des
confitures, ou sur lesquels des fruits glacés au maras-
quin cernoient élégamment dans leurs coupes de porcelaine surdorée une bonne jatte de purée de petits pois
au sucre, marbrée à sa surface de raisins de Corinthe
noirs comme le jais, de vertes pistaches, de dragées de
coriandre et de tranches d'ananas.

Au milieu de toutes ces pompes, Trésor des Fèves ne
fut cependant pas en peine de reconnoître son lit, c'est-
à-dire la plume de colibri qu'il avoit souhaitée, et qui
scintilloit dans un coin, comme une escarboucle tombée
de la couronne du grand mogol, quoiqu'elle fût si petite,
qu'on l'auroit cachée d'un grain de mil. Trésor des
Fèves pensa d'abord que ce sommier répondoit peu au
reste des commodités du pavillon ; mais à mesure qu'il
regardoit la plume de colibri, elle se mit à foissonner
tellement, qu'il eut bientôt des plumes de colibri à la
hauteur de la main, couchette de molles topazes, de
flexibles saphirs et d'opales élastiques, où un papillon
auroit enfoncé en s'y posant. — Assez, dit Trésor des
Fèves, assez, plume de colibri ! je dormirai trop bien
comme cela !

Que notre voyageur ait fait fête à son banquet, et
qu'il eût hâte de se reposer, cela n'a pas besoin d'être

dit. L'amour lui trottoit bien un peu dans la tête ; mais douze ans ne sont pas l'âge où l'amour ôte le sommeil, et Fleur des Pois, à peine vue, n'avoit laissé à sa pensée que l'impression d'un rêve charmant, dont le sommeil seul pouvoit lui rendre l'illusion. Raison de plus pour dormir, s'il vous en souvient comme à moi. Toutefois, Trésor des Fèves étoit trop prudent pour s'abandonner à cette joie paresseuse avant de s'être assuré de l'extérieur de son pavillon, dont l'éclat suffisoit pour attirer de fort loin les voleurs et les gens du roi. Il y en a en tous pays. Il sortit donc de l'enceinte magique, la serfouette ouverte à la main, comme d'habitude, pour faire le tour de sa tente, et aviser au bon état de son campement.

Aussitôt qu'il fut parvenu à son extrême frontière (c'étoit un petit ravin creusé par les eaux, et que la biquette auroit franchi sans façons), Trésor des Fèves s'arrêta transi du frisson d'un homme de cœur ; car le vrai courage a des terreurs communes à notre pauvre humanité, et ne s'affermit en lui-même que par réflexion. Il y avoit, ma foi, de quoi réfléchir au spectacle dont je parle !

C'étoit un front de bataille où reluisoient dans l'obscurité d'une nuit sans étoiles deux cents yeux ardents et immobiles au-devant desquels couroient sans relâche, de la droite à la gauche, de la gauche à la droite et sur les flancs, deux yeux perçants et obliques dont l'expression indiquoit assez la ronde d'un général fort actif. Trésor des Fèves ne connoissoit ni Lavater, ni Gall, ni Spurzheim ; il n'étoit pas de la société phrénologique, mais il avoit l'instinct de simple nature qui instruit tous les êtres créés à discerner de loin la physionomie d'un ennemi ; et il n'eut pas regardé un moment le commandant en chef de cette louvetaille affamée, sans reconnoître en lui le loup couard et patelin qui lui avoit adroitement escroqué, sous couleur de philosophie et de vertu, le dernier de ses litrons.

— Messire loup, dit Trésor des Fèves, n'a pas perdu de temps pour rassembler son bercail et le mettre à ma poursuite! Mais par quel mystère ont-ils pu me rejoindre, tous tant qu'ils sont, si ces vauriens de loups n'ont aussi voyagé en pois chiche? — C'est probablement, reprit-il en soupirant, que les secrets de la science ne sont pas inconnus des méchants; et je n'oserois juger, quand j'y pense, que ce ne sont pas eux qui les ont inventés pour mieux engeigner les bonnes créatures dans leurs détestables machinations.

Trésor des Fèves étoit réservé dans ses entreprises, mais soudain dans ses résolutions; il exhiba donc hâtivement de sa bougette le porte-manteau qu'il y avoit glissé à côté de sa calèche; il en détacha le second de ses petits pois, l'ouvrit comme il avoit fait le premier et la calèche, et sema son contenu en terre, à la pointe de la serfouette. — Il en arrivera ce qui pourra, dit-il; mais j'aurois grand besoin cette nuit d'une muraille solide, ne fût-elle pas plus épaisse que celle de la chaumine, et d'une claie bien serrée, ne fût-elle pas plus forte que celle de mes échaliers, pour me défendre de messieurs les loups.

Et des murailles se dressèrent, non pas murailles de chaumine, mais murailles de palais; et des claies germèrent devant tous les portiques, non pas claies en façon d'échalier, mais hautes grilles seigneuriales d'acier bleu, à flèches et buissons dorés, où loup, ni blaireau, ni renard n'auroit passé sans se meurtrir ou se navrer la fine pointe de son museau. Au point où en étoit alors la statégie des loups, l'armée des loups n'y avoit que faire. Après avoir tenté quelques pointes, elle se retira en mauvais ordre.

Tranquille sur la suite de cet événement, Trésor des Fèves regagna son pavillon; mais ce fut cette fois sur des parvis de marbre, à travers des péristyles illuminés comme pour une noce, des escaliers qui montoient toujours et des galeries sans fin. Il fut tout aise de retrouver

5.

son pavillon de fleurs de pois au cœur d'un grand jardin verdoyant et florissant qu'il ne se connoissoit pas, et son lit de plumes de colibri, où je suppose qu'il dormit plus heureux qu'un roi. On sait que je n'exagère jamais.

Son premier soin du lendemain fut de visiter la somptueuse demeure qu'il s'étoit trouvée dans un petit pois, et dont les moindres beautés le remplirent d'étonnement, car l'ameublement répondoit très-bien à la bonne mine du dehors. Il examina en détail son musée de tableaux, son cabinet des antiques, son casier de médailles, ses insectes, ses coquillages, sa bibliothèque, délicieuses merveilles encore nouvelles pour lui. Ses livres le charmèrent surtout pas le goût délicat qui avoit présidé à leur choix. Ce qu'il y a de plus exquis dans la littérature et de plus utile dans les sciences humaines s'y trouvoit rassemblé pour le plaisir et l'instruction d'une longue vie, comme les Aventures de l'ingénieux Don Quichotte de la Manche, les chefs-d'œuvre de la *Bibliothèque bleue*, de la fameuse édition de madame Oudot; des Contes des fées de toute sorte, avec de belles images en taille-douce; une collection de Voyages curieux et récréatifs dont les plus authentiques étoient déjà ceux de Robinson et de Gulliver; d'excellents Almanachs pleins d'anecdotes divertissantes et de renseignements infaillibles sur les phases de la lune et les jours propres aux semailles; des Traités innombrables, écrits d'une manière fort simple et fort claire, sur l'agriculture, le jardinage, la pêche à la ligne, la chasse au filet, et l'art d'apprivoiser les rossignols; tout ce qu'on peut désirer enfin quand on est parvenu à connoître ce que valent les livres de l'homme et son esprit : il n'y avoit d'ailleurs point d'autres savants, point d'autres philosophes, point d'autres poëtes, par la raison incontestable que tout savoir, toute philosophie, toute poésie sont là ou ne seront amais nulle part : c'est moi qui vous en réponds.

Pendant qu'il procédoit ainsi à l'inventaire de ses richesses, Trésor des Fèves se sentit frappé du reflet de son image dans un des miroirs dont tous les salons étoient ornés. Si la glace n'étoit menteuse, il devoit avoir grandi, ô prodige! de plus de trois pieds depuis la veille; et la moustache brune qui ombrageoit sa lèvre supérieure annonçoit distinctement en effet qu'il commençoit à passer d'une adolescence robuste à une jeunesse virile. Ce phénomène le travailloit un peu, quand une riche pendule, placée entre deux trumeaux, lui permit de l'éclaircir à son grand regret : une des aiguilles marquoit le quantième des années, et Trésor des Fèves s'aperçut, à n'en pas douter, qu'il avoit réellement vieilli de six ans.

— Six ans! s'écria-t-il, malheur à moi! Mes pauvres parents sont morts de vieillesse et peut-être de besoin! peut-être, hélas! sont-ils morts de la douleur de ma perte! et qu'auront-ils pensé, en mourant, de mon cruel abandon ou de ma pitoyable infortune? Je comprends, calèche maudite, que tu fasses bien du chemin, car tu dévores bien des jours dans tes minutes? Partez donc, partez donc, pois chiche! continua-t-il en tirant le pois chiche de sa bougette, et en le lançant par la fenêtre. Allez si loin, damné de pois chiche, que l'on ne vous revoie jamais! — Aussi, n'a-t-on jamais revu, à ma connoissance, de pois chiche en façon de chaise de poste qui fît cinquante lieues à l'heure.

Trésor des Fèves descendit ses degrés de marbre plus triste qu'il n'avoit jamais fait l'échelle du grenier aux fèves. Il sortit du palais sans le voir; il chemina dans ses plaines incultes, sans prendre garde si les loups n'y avoient pas insolemment bivouaqué pour le menacer d'un blocus. Il rêvoit en marchant, se frappoit le front de la main et pleuroit quelquefois.

— Et qu'aurois-je à souhaiter maintenant que mes parents n'existent plus? dit-il en tournant machinale-

ment son porte-manteau entre ses doigts... Maintenant
que Fleur des Pois est depuis six ans mariée, car c'étoit
le jour où je l'ai vue qu'expiroit sa dixième année, et
cette époque est celle du mariage des princesses de sa
maison! D'ailleurs, son choix étoit fait. — Que m'importe le monde entier, le monde qui ne se composoit
pour moi que d'une chaumière et d'un champ de fèves
que vous ne me rendrez jamais, petit pois vert, ajouta-
t-il en le détachant de sa gousse, car les jours si doux de
l'enfance ne se renouvellent plus. Allez, petit pois vert,
allez où Dieu vous portera, et produisez ce que vous
devez produire à la gloire de votre maîtresse, puisque
c'en est fait de mes vieux parents, de la chaumine, du
champ de fèves et de Fleur des Pois! Allez, petit pois
vert, allez bien loin!

Et il le lança de si grande force, que le petit pois vert
auroit facilement rattrapé le gros pois chiche, si cela
avoit été de sa nature. — Après quoi, Trésor des Fèves
tomba par terre d'accablement et de douleur.

Quand il se releva, tout l'aspect de la plaine étoit
changé. C'étoit jusqu'à l'horizon une mer sans bornes
de brume ou de riante verdure, sur laquelle se rouloient
comme des flots confus, au petit souffle des brises, de
blanches fleurs à la carène de bateau et aux ailes de
papillon, lavées de violet comme celles des fèves, ou de
rose comme celle des pois; et quand le vent courboit
ensemble tous leurs fronts ondoyants, toutes ces nuances
se confondoient dans une nuance inconnue, qui étoit
plus belle mille fois que celle des plus beaux parterres.

Trésor des Fèves s'élança, car il avoit tout revu, le
champ agrandi, la chaumine embellie, son père et sa
mère vivants, et qui accouroient au-devant de lui, bien
qu'un peu cassés, de toute la force de leurs jambes,
pour lui apprendre comment, depuis le jour de son
départ, ils n'avoient jamais manqué de recevoir de ses
nouvelles tous les soirs avec quelques gracieusetés qui

ameilleuroient leur vie, et de bonnes espérances de retour qui les avoient sauvés de mourir.

Trésor des Fèves, après les avoir tendrement embrassés, leur donna ses bras pour l'accompagner à son palais. A mesure qu'ils en approchoient, le vieux et la vieille s'ébahissoient de plus en plus, et Trésor des Fèves auroit craint de troubler leur joie. Il ne put cependant s'empêcher de dire en soupirant : Ah! si vous aviez vu Fleur des Pois! Mais il y a six ans qu'elle est mariée!

— Et que je suis mariée avec toi, dit Fleur des Pois en ouvrant la grille à deux battants. Mon choix étoit fait alors, t'en souvient-il? Entrez ici, continua-t-elle en baisant le vieux et la vieille qui ne pouvoient se lasser de l'admirer, car elle étoit aussi grandie de six ans, et l'histoire indique par là qu'elle en avoit seize. — Entrez ici chez votre fils : c'est un pays d'âme et d'imagination où l'on ne vieillit plus et où l'on ne meurt pas.

Il étoit difficile d'apprendre une meilleure nouvelle à ces pauvres gens.

Les fêtes du mariage s'accomplirent dans toute la splendeur requise entre de si grands personnages, et leur ménage ne cessa jamais d'être un parfait exemple d'amour, de constance et de bonheur.

C'est ainsi que finissent les contes de fées.

LE GÉNIE BONHOMME.

Il y avoit autrefois des génies. Il y en auroit bien encore, si vous vouliez croire tous ceux qui se piquent d'être des génies ; mais il ne faut pas s'y fier.

Celui dont il sera question ici n'étoit pas d'ailleurs de la première volée des génies. C'étoit un génie d'entresol, un pauvre garçon de génie, qui ne siégeoit dans l'assemblée des génies que par droit de naissance, et sauf le bon plaisir des génies titrés. Quand il s'y présenta pour la première fois, j'ai toujours envie de rire quand j'y pense, il avoit pris pour devise de son petit étendard de cérémonie : *Fais ce que dois advienne que pourra.* Aussi l'appela-t-on le génie BONHOMME. Ce dernier sobriquet est resté depuis aux esprits simples et naïfs qui pratiquent le bien par sentiment, ou par habitude, et qui n'ont pas trouvé le secret de faire une science de la vertu.

Quant au sobriquet de *génie*, on en a fait tout ce qu'on a voulu. Cela ne nous regarde pas.

A plus de deux cents lieues d'ici, et bien avant la révolution, vivoit, dans un vieux château seigneurial, une riche douairière dont ces messieurs de l'école des chartes n'ont jamais pu retrouver le nom. La bonne

dame avoit perdu sa bru jeune, et son fils à la guerre.
Il ne lui restoit pour la consoler dans les ennuis de sa
vieillesse que son petit-fils et sa petite fille, qui sembloient être créés pour le plaisir de les voir; car la peinture elle-même, qui aspire toujours à faire mieux que
Dieu n'a fait, n'a jamais rien fait de plus joli. Le garçon, qui avoit douze ans, s'appeloit SAPHIR, et la fille,
qui en avoit dix, s'appeloit AMÉTHYSTE. Ou croit, mais
je n'oserois l'assurer, que ces noms leur avoient été
donnés à cause de la couleur de leurs yeux, et ceci me
permet de vous apprendre ou de vous rappeler deux
choses en passant : la première, c'est que le saphir est
une belle pierre d'un bleu transparent, et que l'améthyste en est une autre qui tire sur le violet. La seconde,
c'est que les enfants de grande maison n'étoient ordinairement nommés que cinq ou six mois après leur
naissance.

On chercheroit longtemps avant de rencontrer une
aussi bonne femme que la grand'mère d'AMÉTHYSTE et
de SAPHIR; elle l'étoit même trop, et c'est un inconvénient dans lequel les femmes tombent volontiers quand
elles ont pris la peine d'être bonnes; mais ce hasard n'est
pas assez commun pour mériter qu'on s'en inquiète.
Nous la désignerons cependant par le surnom de TROP-
BONNE, afin d'éviter la confusion, s'il y a lieu.

TROPBONNE aimoit tant ses petits-enfants qu'elle les
élevoit comme si elle ne les avoit pas aimés. Elle leur
laissoit suivre tous leurs caprices, ne leur parloit jamais
d'études, et jouoit avec eux pour aiguiser ou renouveler
leur plaisir quand ils s'ennuyoient de jouer. Il résultoit
de là qu'ils ne savoient presque rien, et que, s'ils n'a-
voient pas été curieux comme sont tous les enfants, ils
n'auroient rien su du tout.

Cependant TROPBONNE étoit de vieille date l'amie du
génie BONHOMME, qu'elle avoit vu quelque part dans sa
jeunesse. Il est probable que ce n'étoit pas à la cour.

Elle s'accusoit souvent auprès de lui, dans leurs entretiens secrets, de n'avoir pas eu la force de pourvoir à l'instruction de ces deux charmantes petites créatures auxquelles elle pouvoit manquer d'un jour à l'autre. Le génie lui avoit promis d'y penser quand ses affaires le permettroient, mais il s'occupoit alors de remédier aux mauvais effets de l'éducation des pédants et des charlatans, qui commençoient à être à la mode. Il avoit bien de la besogne.

Un soir d'été, cependant, TROPBONNE s'étoit couchée de bonne heure, selon sa coutume : le repos des honnêtes gens est si doux! AMÉTHYSTE et SAPHIR s'entretenoient dans le grand salon de quelques-uns de ces riens qui remplissent la fade oisiveté des châteaux, et ils auroient bâillé plus d'une fois en se regardant, si la nature n'avoit pris soin de les distraire par un de ses phénomènes les plus effrayants, et pourtant les plus communs. L'orage grondoit au dehors. De minute en minute les éclairs enflammoient le vaste espace ou se croisoient en zigzags de feu sur les vitres ébranlées. Les arbres de l'avenue crioient et se fendoient en éclats; la foudre rouloit dans les nues comme un char d'airain; il n'y avoit pas jusqu'à la cloche de la chapelle qui ne vibrât de terreur et qui ne mêlât sa plainte longue et sonore au fracas des éléments. Cela étoit sublime et terrible.

Tout à coup les domestiques vinrent annoncer qu'on avoit recueilli à la porte un petit vieillard percé par la pluie, transi de froid, et probablement mourant de faim, parce que la tempête devoit l'avoir écarté beaucoup de sa route. AMÉTHYSTE, qui s'étoit pressée dans son effroi contre le sein de son frère, fut la première à courir à la rencontre de l'étranger; mais comme SAPHIR étoit le plus fort et le plus leste, il l'auroit facilement devancée, s'il n'avoit pas voulu lui donner le plaisir d'arriver avant lui, car ces aimables enfants étoient aussi bons qu'ils étoient beaux. Je vous laisse à penser si les mem-

bres endoloris du pauvre homme furent réjouis par un
feu pétillant et clair, si le sucre fut ménagé dans le vin
généreux qu'AMÉTHYSTE faisoit chauffer pour lui sur un
petit lit de braise ardente, s'il eut enfin bon souper, bon
gîte, et surtout bonne mine d'hôte. Je ne vous dirai pas
même qui étoit ce vieillard, parce que je veux vous ménager le plaisir de la surprise.

Quand le vieillard fut un peu remis de sa fatigue et
de ses besoins, il devint joyeux et causeur, et les jeunes
gens y prirent plaisir. Les jeunes gens de ce temps-là
ne dédaignoient pas la conversation des vieilles gens, où
ils pensoient avec raison qu'on peut apprendre quelque
chose. Aujourd'hui, la vieillesse est beaucoup moins
respectée, et je n'en suis pas surpris. La jeunesse a si
peu de chose à apprendre!

— Vous m'avez si bien traité, leur dit-il, que mon
cœur s'épanouit à l'idée de vous savoir heureux. Je suppose que dans ce château magnifique, où tout vous vient
à souhait, vous devez couler de beaux jours?

SAPHIR baissa les yeux.

— Heureux, sans doute! répondit AMÉTHYSTE. Notre
grand'mère a tant de bontés pour nous et nous l'aimons
tant! Rien ne nous manque, à la vérité, mais nous nous
ennuyons souvent.

— Vous vous ennuyez! s'écria le vieillard avec les
marques du plus vif étonnement. Qui a jamais entendu
dire qu'on s'ennuyât à votre âge, avec de la fortune et
de l'esprit? L'ennui est la maladie des gens inutiles, des
paresseux et des sots. Quiconque s'ennuie est un être à
charge à la société comme à lui-même, qui ne mérite
que le mépris. Mais ce n'est pas tout d'être doué par la
Providence d'un excellent naturel comme le vôtre, si on
ne le cultive par le travail. Vous ne travaillez donc
pas?

— Travailler? répliqua SAPHIR un peu piqué. Nous
sommes riches, et ce château le fait assez voir.

— Prenez garde, reprit le vieillard en laissant échapper à regret un sourire amer. La foudre qui se tait à peine auroit pu le consumer en passant.

— Ma grand'mère a plus d'or qu'il n'en faut pour suffire au luxe de sa maison.

— Les voleurs pourroient le prendre.

— Si vous venez du côté que vous nous avez dit, continua Saphir d'un ton assuré, vous avez dû traverser une plaine de dix lieues d'étendue, toute chargée de vergers et de moissons. La montagne qui la domine du côté de l'occident est couronnée d'un palais immense qui fut celui de mes ancêtres, et où ils avoient amassé à grands frais toutes les richesses de dix générations !

— Hélas ! dit l'inconnu, pourquoi me forcez-vous à payer une si douce hospitalité par une mauvaise nouvelle ? Le temps, qui n'épargne rien, n'a pas épargné la plus solide de vos espérances. J'ai côtoyé longtemps la plaine dont vous parlez. Elle a été remplacée par un lac. J'ai voulu visiter le palais de vos aïeux. Je n'en ai trouvé que les ruines, qui servent tout au plus d'asile aujourd'hui à quelques oiseaux nocturnes et à quelques bêtes de proie. Les loutres se disputent la moitié de votre héritage, et l'autre appartient aux hiboux. C'est si peu, mes amis, que l'opulence des hommes !

Les enfants se regardèrent.

— Il n'y a qu'un bien, poursuivit le vieillard comme s'il ne les avoit pas remarqués, qui mette la vie à l'abri de ces dures vicissitudes, et on ne se le procure que par l'étude et le travail. Oh ! contre celui-là, c'est en vain que les eaux se débordent, et que la terre se soulève, et que le ciel épuise ses fléaux. Pour qui possède celui-là, il n'y a point de revers qui puisse démonter son courage, tant qu'il lui reste une faculté dans l'âme ou un métier dans la main. L'aimable science des arts est la plus belle dot des fiancés. L'aptitude aux soins domestiques est la couronne des femmes. L'homme qui possède une industrie utile, ou des connoissances d'une application commune, est plus réellement riche que les riches, ou plutôt il n'y a que lui de riche et indépendant sur la terre. Toute autre fortune est trompeuse et passagère. Elle vaut moins et dure peu.

AMÉTHYSTE et SAPHIR n'avoient jamais entendu ce langage. Ils se regardèrent encore et ne répondirent pas. Pendant qu'ils gardoient le silence, le vieillard se transfiguroit. Ses traits décrépits reprenoient les grâces du bel âge, et ses membres cassés, l'attitude saine et robuste de la force. Ce pauvre homme étoit un génie bienfaisant avec lequel je vous ai déjà fait faire connoissance. Nos jeunes gens ne s'en étoient guère doutés, ni vous non plus.

— « Je ne vous quitterai pas, ajouta-t-il en souriant, sans vous laisser un foible gage de ma reconnoissance, pour les soins dont vous m'avez comblé. Puisque l'ennui seul a jusqu'ici troublé le bonheur que la nature vous dispensoit d'une manière si libérale, recevez de moi ces deux anneaux, qui sont de puissants talismans. En poussant le ressort qui en ouvre le chaton, vous trouverez toujours dans l'enseignement qui y est caché un remède infaillible contre cette triste maladie du cœur et de l'esprit. Si cependant l'art divin qui les a fabriqués trompoit une fois mes espérances, nous nous reverrons dans un an, et nous aviserons alors à d'autres moyens. En attendant, les petits cadeaux entretiennent l'amitié, et je n'attache à celui-ci que deux conditions faciles à remplir : la première, c'est de ne pas consulter l'oracle de l'anneau sans nécessité, c'est-à-dire avant que l'ennui vous gagne. La seconde, c'est d'exécuter ponctuellement tout ce qu'il vous prescrira. »

En achevant ces paroles, le génie BONHOMME s'en alla, et un auteur doué d'une imagination plus poétique vous diroit probablement qu'il disparut. C'est la manière dont les génies prenoient congé.

AMÉTHYSTE et SAPHIR ne s'ennuyèrent pas cette nuit-là, et j'imagine cependant qu'ils dormirent peu. Ils pensèrent probablement à leur fortune perdue, à leurs années d'aptitude et d'intelligence, plus irréparablement perdues encore. Ils regrettèrent tant d'heures passées dans de vaines dissipations, et qui auroient pu devenir profitables et fécondes s'ils avoient su les employer. Ils se levèrent tristement, se cherchèrent en craignant de se rencontrer, et s'embrassèrent à la hâte en se cachant une larme. Au bout d'un moment d'embarras, la force de l'habitude l'emporta pourtant encore une fois. Ils retournèrent à leurs amusements accoutumés et s'amusèrent moins que de coutume.

— Je crois que tu t'ennuies? dit AMÉTHYSTE.

— J'allois t'adresser la même question, répondit SAPHIR; mais j'ai eu peur que l'ennui ne servît de prétexte à la curiosité.

— Je te jure, reprit AMÉTHYSTE en poussant le ressort du chaton, que je m'ennuie à la mort!

Et au même instant elle lut, artistement gravée sur la plaque intérieure, cette inscription que SAPHIR lisoit déjà de son côté :

TRAVAILLEZ
POUR VOUS RENDRE UTILES.
RENDEZ-VOUS UTILES
POUR ÊTRE AIMÉS.
SOYEZ AIMÉS
POUR ÊTRE HEUREUX.

— Ce n'est pas tout, observa gravement SAPHIR. Ce que l'oracle de l'anneau nous prescrit, il faut l'exécuter ponctuellement. Essayons, si tu m'en crois. Le travail n'est peut-être pas plus ennuyeux que l'oisiveté.

— Oh! pour cela, je l'en défie! répliqua la petite fille. Et puis l'anneau nous réserve certainement quelque autre ressource contre l'ennui. Essayons, comme tu dis. Un mauvais jour est bientôt passé.

Sans être absolument mauvais, comme le craignoit AMÉTHYSTE, ce jour n'eut rien d'agréable. On avoit fait venir les maîtres, si souvent repoussés, et ces gens-là parlent une langue qui paroît maussade parce qu'elle est inconnue, mais à laquelle on finit par trouver quelque charme quand on en a pris l'habitude.

Le frère et la sœur n'en étoient pas là. Vingt fois, pendant chaque leçon, le chaton s'étoit entr'ouvert au mouvement du ressort, et vingt fois l'inscription obstinée s'étoit montrée à la même place. Il n'y avoit pas un mot de changé.

Ce fut toujours la même chose pendant une longue semaine ; ce fut encore la même chose pendant la semaine qui la suivit. SAPHIR ne se sentoit pas d'impatience — On a bien raison de dire, murmuroit-il en griffonnant un *pensum*, que les génies de ce temps-ci se répètent ! Et puis, ajoutait-il, on en conviendra, c'est un étrange moyen pour guérir les gens de l'ennui, que de les ennuyer à outrance !

Au bout de quinze jours, ils s'ennuyèrent moins, parce que leur amour-propre commençoit à s'intéresser à la poursuite de leurs études. Au bout d'un mois, ils s'ennuyèrent à peine, parce qu'ils avoient déjà semé assez pour recueillir. Ils se divertissoient à lire à la récréation, et même dans le travail, des livres fort instructifs, et cependant fort amusants, en italien, en anglois, en allemand ; ils ne prenoient point de part directe à la conversation des personnes éclairées, mais ils en faisoient leur profit, depuis que leurs études les mettoient à portée de la comprendre. Ils pensoient enfin ; et cette vie de l'âme que l'oisiveté détruit, cette vie nouvelle pour eux leur sembloit plus douce que l'autre, car ils avoient beaucoup d'esprit naturel. Leur grand'mère étoit d'ailleurs si heureuse de les voir étudier sans y être

contraints et jouissoit si délicieusement de leurs succès! Je me rappelle fort bien que le plaisir qu'ils pro-
curent à leurs parents est la plus pure joie des enfants.

Le ressort joua cependant bien des fois durant la première moitié de l'année; le septième, le huitième, le
neuvième mois, on l'exerçoit encore de temps à autre. Le
douzième, il étoit rouillé.

Ce fut alors que le génie revint au château, comme il
s'y étoit engagé. Les génies de cette époque étoient fort
ponctuels dans leurs promesses. Pour cette nouvelle
visite, il avoit déployé un peu plus de pompe, celle d'un
sage qui use de sa fortune sans l'étaler en vain appareil,
parce qu'il sait le moyen d'en faire un meilleur usage.
Il sauta au cou de ses jeunes amis, qui ne se formoient
pas encore une idée bien distincte du bonheur dont ils
lui étoient redevables. Ils l'accueillirent avec tendresse,
avant d'avoir récapitulé dans leur esprit ce qu'il avoit
fait pour eux. La bonne reconnoissance est comme la
bienfaisance : elle ne compte pas.

— Eh bien! enfants, leur dit-il gaiement, vous m'en
avez beaucoup voulu, car la science est aussi de l'ennui.
Je l'ai entendu dire souvent, et il y a des savants par le
monde qui m'ont disposé à le croire. Aujourd'hui, plus
d'études, plus de science, plus de travaux sérieux! Du
plaisir, s'il y en a, des jouets, des spectacles, des fêtes!
SAPHIR, vous m'enseignerez le pas le plus à la mode.
Mademoiselle, j'ai l'honneur de vous retenir pour la
première contredanse. Je me suis réservé de vous apprendre que vous étiez plus riches que jamais. Ce maudit
lac s'est retiré, et le séjour de ces conquérants importuns
décuple la fertilité des terres. On a déblayé les ruines
du palais, et on a trouvé dans les fondations un trésor
qui a dix fois plus de valeur.

— Les voleurs pourroient le prendre, dit AMÉTHYSTE.

— Le lac regagnera peut-être le terrain qu'il a perdu!
dit SAPHIR.

Le génie avoit perdu leurs dernières paroles, ou il en avoit l'air. Il étoit dans le salon.

— Ce brave homme est bien frivole pour un vieillard! dit SAPHIR.

— Et bien bête pour un génie, dit AMÉTHYSTE. Il croit peut-être que je ne finirai pas le vase de fleurs que je peins pour la fête de grand'maman. Mon maître dit qu'il voudroit l'avoir fait, et qu'on n'a jamais approché de plus près du fameux monsieur Rabel.

— Je serois fâché, bonne petite sœur, reprit SAPHIR, d'avoir quelque avantage sur toi ce jour-là ; mais j'espère qu'elle aura autant de joie qu'on peut en avoir sans mourir, en comptant mes six couronnes.

— Encore faudra-t-il travailler pour cela, repartit AMÉTHYSTE, car tes cours ne sont pas finis.

— Aussi faudra-t-il travailler pour finir ton vase de fleurs, répliqua SAPHIR, car il n'est pas fini non plus.

— Tu travailleras donc? dit AMÉTHYSTE d'une voix caressante, comme si elle avoit voulu implorer de l'indulgence pour elle-même.

— Je le crois bien, dit SAPHIR, et je ne vois aucune raison pour ne pas travailler, tant que je ne saurai pas tout.

— Nous en avons pour longtemps, s'écria sa sœur en bondissant de plaisir.

Et en parlant ainsi, les jeunes gens arrivèrent auprès de TROPBONNE, qui étoit alors trop heureuse. SAPHIR s'avança le premier comme le plus déterminé, pour prier sa grand'mère de leur permettre le travail, au moins pour deux ou trois années encore. Le génie, qui essayoit les entrechats et les ronds de jambe, en attendant sa première leçon de danse, partit d'un éclat de rire presque inextinguible, auquel succédèrent pourtant quelques douces larmes.

— Travaillez, aimables enfants, leur dit-il, votre bonne aïeule le permet, et vous pouvez reconnoître à son émotion le plaisir qu'elle éprouve à vous contenter. Travaillez avec modération, car un travail excessif brise les meilleurs esprits, comme une culture trop exigeante épuise le sol le plus productif. Amusez-vous quelquefois, et même souvent, car les exercices du corps sont nécessaires à votre âge, et tout ce qui délasse la pensée d'un travail suspendu à propos la rend plus capable de le reprendre sans effort. Revenez au travail avant que le plaisir vous ennuie; les plaisirs poussés jusqu'à l'ennui dégoûtent du plaisir. Rendez-vous utiles enfin pour vous rendre dignes d'être aimés, et, comme disoit le talisman, SOYEZ AIMÉS POUR ÊTRE HEUREUX. S'il existe un autre bonheur sur la terre, je n'en sais pas le secret.

LA FÉE AUX MIETTES.

AU LECTEUR QUI LIT LES PRÉFACES.

Je vous déclare, mon ami, et, qui que vous soyez, je vous donne ce nom, selon toute apparence, avec une affection plus sincère et plus désintéressée qu'aucun homme dont vous l'ayez jamais reçu; je vous déclare, dis-je, qu'après le plaisir de faire quelque chose qui vous soit agréable, je n'en ai point ressenti d'aussi vif que celui d'entendre raconter ou de raconter moi-même une histoire fantastique.

C'est donc à mon grand regret que je me suis aperçu depuis longtemps qu'une histoire fantastique manquoit de la meilleure partie de son charme quand elle se bornoit à égayer l'esprit, comme un feu d'artifice, de quelques émotions passagères, sans rien laisser au cœur. Il me sembloit que la meilleure partie de son effet étoit dans l'âme, et comme c'est là, en vérité, l'idée dont je me suis le plus sérieusement occupé toute ma vie, il s'en va sans dire qu'elle devoit infailliblement me conduire à faire une sottise, parce que c'est un résultat auquel je n'échappe jamais quand je raisonne.

La sottise dont il est question cette fois-ci est intitulée : *la Fée aux Miettes.*

Je vais vous dire maintenant pourquoi *la Fée aux Miettes* est une sottise, afin de vous épargner trois ennuis assez fâcheux : celui de me le dire vous-même après l'avoir lue; celui de chercher les raisons de votre mauvaise humeur dans un journal; et jusqu'à celui de feuilleter le livre au lieu de le jeter au vieux papier, pour votre honneur et pour le mien, à côté du *Roi de Bohême*, avant d'avoir attenté du tranchant de votre couteau d'ébène à la pureté de ses marges toujours vierges.

Notez bien toutefois que je vous engage à ne pas commencer et non à ne pas finir, ce qui seroit une précaution de luxe, à moins que votre mauvaise destinée ne vous ait condamné comme moi à l'intolérable métier de lire des épreuves, ou au métier plus intolérable encore d'analyser des romans!

Allez maintenant! et prenez pitié de moi, refrain de litanies qui n'est pas commun dans les préfaces.

J'ai dit souvent que je détestois le vrai dans les arts, et il m'est avis que j'aurois peine à changer d'avis; mais je n'ai jamais porté le même jugement du vraisemblable et du possible, qui me paroissent de première nécessité dans toutes les compositions de l'esprit. Je consens à être étonné; je ne demande pas mieux que d'être étonné, et je crois volontiers ce qui m'étonne le plus, mais je ne veux pas que l'on se moque de ma crédulité, parce que ma vanité entre alors en jeu dans mon impression, et que notre vanité est, entre nous, le plus sévère des critiques. Je n'ai pas douté un instant. sur la foi d'Homère, de la difforme réalité de son Polyphème, type éternel de tous les ogres, et je conçois à merveille le loup doctrinaire d'Ésope, qui l'emportoit, au moins en naïveté diplomatique, sur les fins politiques de nos cabinets, du temps où les bêtes parloient, ce qui ne leur arrive plus quand elles ne sont pas éligibles. M. Dacier et le bon La Fontaine y croyoient comme moi, et je n'ai pas de raisons pour être plus difficile qu'eux en hypothèses historiques. Mais si l'on rapproche l'évé-

nement des jours où j'ai vécu, et qu'on n'en affronte d'un ton
railleur à travers de brillantes théories d'artiste, de poëte et de
philosophe, je m'imagine tout d'abord qu'on imagine ce qu'on
me raconte, et me voilà malgré moi en garde contre la séduction de mes croyances. A compter de ce moment-là, je ne
m'amuse qu'à contre-cœur, et je deviens ce que vous êtes peut-
être déjà pour moi, un lecteur défiant, maussade et mal inten-
tionné, vu que je ne sais pas à quoi sert la lecture, si ce n'est
à amuser ceux qui lisent. Ce n'est probablement pas à les instruire ou à les rendre meilleurs. Regardez plutôt.

Permettez-moi, mon ami, de vous présenter cette pensée sous
un aspect plus sensible, dans un exemple. Quand je courois
doucement ma vingt-cinquième année entre les romans et les
papillons, l'amour et la poésie, dans un pauvre et joli village
du Jura, que je n'aurois jamais dû quitter, il y avoit peu de
soirées que je n'allasse passer avec délices chez le patriarche
de mon cher Quintigny, bon et vénérable nonogénaire qui s'appeloit Joseph Poisson. Dieu ait cette belle âme en sa digne garde !
Après l'avoir salué d'un serrement de main filial, je m'asseyois
au coin de l'âtre sur un petit bahut assez délabré qui faisoit
face à sa grande chaise de paille ; j'ôtois mes sabots, selon le
cérémonial du lieu, et je chauffois mes pieds au feu clair et
brillant d'une bonne bourrée de genévrier qui pétilloit dans le
sapin. Je lui disois les nouvelles du mois précédent qui m'é-
toient arrivées par une lettre de la ville, ou que j'avois recueillies en passant de la bouche de quelque mercier forain, et il
me rendoit en échange, avec un charme d'élocution contre lequel je n'ai jamais essayé de lutter, les dernières nouvelles du
sabbat dont il étoit toujours instruit le premier, quoiqu'il ne
fût certainement pas initié à ses mystères criminels. Par quelle
mission particulière du ciel il étoit parvenu à les surprendre,
c'est ce que je ne me suis pas encore suffisamment expliqué ;
mais il n'y manquoit pas la plus légère circonstance, et j'atteste, dans la sincérité de mon cœur, que je n'ai de ma vie

7

élevé le moindre soupçon sur l'exactitude de ses récits. Joseph Poisson étoit convaincu, et sa conviction devenoit la mienne, parce que Joseph Poisson étoit incapable de mentir.

Les veillées rustiques de l'excellent vieillard acquirent de la célébrité à cent cinquante pas à la ronde. Elles devinrent des soirées auxquelles les gens lettrés du hameau ne dédaignèrent pas de se faire présenter. J'y ai vu le maire, sa femme et leurs neuf jolies filles, le percepteur du canton, le médecin vétérinaire, qui étoit un profond philosophe, et même le desservant de la chapelle, qui étoit un digne prêtre. Bientôt on exploita le thème commun de nos historiettes à l'envi les uns des autres, et il ne se trouva personne, au bout de quelques semaines, qui n'eût à raconter quelque événement du monde merveilleux, depuis les lamentables aventures d'une noble châtelaine des environs qui se changeoit naguère en loup-garou pour dévorer les enfants des bûcherons, jusqu'aux espiègleries du plus mince lutin qui eût jamais grêlé sur le persil; mais mon impression alloit déjà en diminuant, ou plutôt elle avoit changé de nature. A mesure que la foi s'affoiblissoit dans l'historien, elle s'évanouissoit dans l'auditoire, et je crois me rappeler qu'à la longue nous n'attachâmes guère plus d'importance aux légendes et aux traditions fantastiques, que je n'en aurois accordé pour ma part à quelque beau conte moral de M. de Marmontel.

L'induction que je veux tirer de là se présente assez naturellement, si elle est vraie. C'est que, pour intéresser dans le conte fantastique, il faut d'abord se faire croire, et qu'une condition indispensable pour se faire croire, c'est de croire. Cette condition une fois donnée, on peut aller hardiment et dire tout ce que l'on veut.

J'en avois conclu — et cette idée bonne ou mauvaise qui m'appartient vaut bien la peine que je lui imprime le sceau de ma propriété dans une préface, à défaut de brevet d'invention, — j'en avois conclu, dis-je, que la bonne et véritable histoire fantastique d'une époque sans croyances ne pouvoit être placée convenablement que dans la bouche d'un fou, sauf à le choisir parmi ces fous ingénieux qui sont organisés pour tout ce qu'il y a de bien, mais préoccupés de quelque étrange roman dont les combinaisons ont absorbé toutes leurs facultés imaginatives et rationnelles. Je voulois qu'il eût pour intermédiaire avec le public un autre fou moins heureux, un homme sensible et triste qui n'est dénué ni d'esprit ni de génie, mais qu'une expérience amère des sottes vanités du monde a lentement dégoûté de tout le positif de la vie réelle, et qui se console volontiers de ses illusions perdues dans les illusions de la vie imaginaire; espèce équivoque entre le sage et l'insensé, supérieur au second par la raison, au premier par le sentiment; être inerte et inutile, mais poétique, puissant et passionné dans toutes les applications de sa pensée qui ne se rapportent plus au monde social; créature de rebut ou d'élection, comme vous ou comme moi, qui vit d'invention, de caprice, de fantaisie et d'amour, dans les plus pures régions de l'intelligence, heureux de rapporter de ces champs inconnus quelques fleurs bizarres qui n'ont jamais parfumé la terre. Il me sembloit qu'à travers ces deux degrés de narration l'histoire fantastique pouvoit acquérir presque toute la vraisemblance requise..... pour une histoire fantastique.

Je me trompois cependant, et voilà, mon ami, ce que vous dira votre journal. Un fou n'intéresse que par le malheur de sa folie et n'intéresse pas longtemps. Shakspeare, Richardson et Goethe ne l'ont trouvé bon qu'à remplir une scène ou un chapitre, et ils ont eu raison. Quand son histoire est longue et mal écrite, elle ennuie presque autant que celle d'un homme raisonnable, qui est, comme vous savez, la chose la plus insipide que l'on puisse imaginer, et si je refaisois jamais une histoire fantastique, je la ferois autrement. Je la ferois seulement pour les gens qui ont l'inappréciable bonheur de croire, les honnêtes paysans de mon village, les aimables et sages enfants qui n'ont pas profité de l'enseignement mutuel, et les poëtes de pensée et de cœur qui ne sont pas de l'Académie.

Ce que votre journal ne vous dira pas, c'est que cette idée m'auroit rebuté de mon livre, si je n'y avois vu qu'un conte de fées, mais que, par une grâce d'état qui est propre à nous autres auteurs, j'en avois peu à peu élargi la conception dans ma pensée, en la rapportant à de hautes idées de psychologie où l'on pénètre sans trop de difficulté quand on a bien voulu en ramasser la clef. C'est que j'avois essayé d'y déployer, sans l'expliquer, mais de manière peut-être à intéresser un physiologiste et un philosophe, le mystère de l'influence des illusions du sommeil sur la vie solitaire, et celui de quelques monomanies fort extraordinaires pour nous, qui n'en sont pas moins fort intelligibles, selon toute apparence, dans le monde des esprits. Ce n'est ni de l'Académie des sciences, ni de la Société de médecine que je parle.

Ce que votre journal vous dira, c'est que le style de *la Fée aux Miettes* est singulièrement commun, et je vous avouerai que j'aurois bien voulu qu'il le fût davantage, comme je l'aurois fait si je m'étois avisé plus tôt du mérite du simple et des grâces du naturel, et qu'une éducation littéraire mieux dirigée n'eût jamais placé sous mes yeux que deux modèles achevés de sentiment et de vérité, le *Catéchisme historique* de M. Fleury et les *Contes* de M. Galland; mais si l'on étoit obligé d'arriver à ce degré de perfection pour écrire, l'art d'écrire seroit encore un art sublime, et la presse périroit d'inaction.

Ce que votre journal ne vous dira pas, c'est que j'ai adopté cette manière dans la ferme intention de prendre une avance de quelques mois sur l'époque prochaine et infaillible où il n'y aura plus rien de rare en littérature que le commun, d'extraordinaire que le simple, et de neuf que l'ancien.

Ce que votre journal vous dira enfin, c'est que le sujet de *la Fée aux Miettes* rappelle par le fond, autant qu'il s'en éloigne par la forme, un badinage délicieux qu'il n'est pas permis de paraphraser sous peine d'un ridicule éternel, et que j'avois mille fois moins en vue en écrivant que *Riquet à la Houppe* et *la Belle au bois dormant*; mais si on vouloit se prescrire, après quatre ou cinq mille ans de littérature écrite, la bizarre obligation de ne ressembler à rien, on finiroit par ne ressembler qu'au mauvais, et c'est une extrémité dans laquelle on tombe assez facilement sans cela, quand on est réduit à écrire beaucoup par une sotte passion ou par une fâcheuse nécessité.

Si ce dernier reproche vous inquiétoit, cependant, sur l'originalité de mon invention, je vous tirerois bientôt, mon ami, de cette crainte bénévole, en déclarant avec candeur que l'idée première de cette histoire doit nécessairement se trouver quelque part. Quant à *la Fée Urgèle*, je vous dirai au besoin où l'auteur l'a prise et où l'avait prise avant lui le conteur de fabliaux chez lequel il l'a prise, en remontant ainsi jusqu'à Salomon, qui reconnut dans sa sagesse qu'il n'y avoit rien de nouveau sous le soleil [1].

Salomon vivoit pourtant bien des siècles avant l'âge des romans; il avoit peu de dispositions à en faire, et c'est probablement pour cela qu'il a été surnommé LE SAGE.

---

[1] Sans remonter jusqu'à Salomon, nous ajouterons pour notre part que la plupart des contes de Perrault sont, comme la tradition de *la fée Urgèle*, un emprunt fait par le dix-septième siècle aux souvenirs des âges antérieurs. Plusieurs de ces contes, entre autres *le Chat botté*, ont été tirés des *Notti piacevoli* de Straparole, publiées à Venise en 1550, et traduites en françois de 1560 à 1570.   *(Note de l'éditeur.)*

LA FÉE AUX MIETTES[1].

I.

Qui est une espèce d'introduction.

— Non ! sur l'honneur, m'écriai-je en lançant à vingt
pas le malencontreux volume...

C'étoit cependant un Tite Live d'Elzevir relié par
Padeloup.

— Non ! je n'userai plus mon intelligence et ma mémoire à ces détestables sornettes !... Non, continuai-je
en appuyant solidement mes pantoufles contre mes che-
nets, comme pour prendre acte de ma volonté, il ne
sera pas dit qu'un homme de sens ait vieilli sur les sottes
gazettes de ce Padouan crédule, bavard et menteur,
tant que les domaines de l'imagination et du sentiment
lui étoient encore ouverts !...

O fantaisie ! continuai-je avec élan !... Mère des fa-

[1] « C'est une jolie chose, cette *Fée aux Miettes*, pleine de caprice, d'esprit, de malice, et d'une piquante bonhomie toute naturelle à l'esprit franc-
comtois. *La Fée aux Miettes* est un peu comme *le Roi de Bohême*, qui est
introuvable dans ses sept châteaux, d'autant plus introuvable, que même le
premier de tous ces châteaux s'en va disparaissant toujours. Au reste, ces
sortes de tours de force, renouvelés de l'Arioste, plaisaient à Nodier. Jamais
il n'avait plus d'esprit qu'entre deux parenthèses. »   J. JANIN.

bles riantes, des génies et des fées! enchanteresse aux
brillants mensonges, toi qui te balances d'un pied léger
sur les créneaux des vieilles tours, et qui t'égares au
clair de la lune avec ton cortége d'illusions dans les
domaines immenses de l'inconnu; toi qui laisses tomber
en passant tant de délicieuses rêveries sur les veillées du
village, et qui entoures d'apparitions charmantes la
couche virginale des jeunes filles!...

Là-dessus, je m'arrêtai, parce que cette invocation
menaçoit de devenir longue.

— L'histoire positive, repris-je gravement, l'expression d'une aveugle partialité, le roman consacré d'un
parti vainqueur, une fable classique devenue si indifférente à tout le monde que personne ne prend plus la
peine de la contredire.

Et qui m'assure aujourd'hui, par exemple, qu'il y a
plus de vérités dans Mézeray que dans les contes naïfs du
bon Perrault, et dans l'*Histoire byzantine* que dans les
Mille et une Nuits?

Je voudrois bien savoir, ajoutai-je en rejetant une de
mes jambes sur l'autre, car il ne manquoit plus rien dès
lors à la forme de cette protestation sacramentelle...

Je voudrois bien savoir vraiment ce qu'il y a de plus
probable, des pérégrinations de la *Santa Casa* de Lo-
rette, ou de celles du *voyageur aérien!*... et puisque la
grande moitié du monde connu croit fermement aux
allocutions de l'âne de Balaam et du pigeon de Mahomet, je vous demande, messieurs, quelles objections vous
avez contre les succès oratoires du *Chat botté?*...

Car, enfin, l'historien du *Chat botté* fut, comme chacun l'avoue, un homme honnête, pieux, sincère, investi
de la confiance publique. La tradition dont il s'est servi
n'a jamais été contestée dans ce siècle douteur; le sévère
Fréret et le sceptique Boulanger, qui attaquoient à l'envi
tout ce que les hommes respectent, l'ont ménagée dans
leurs diatribes les plus audacieuses; les enfants même

qui ne savent pas lire parlent tous les jours entre eux
d'un chat de bonne maison qui portoit des bottes comme
un gendarme et qui péroroit comme un avocat, et si la
famille du marquis de Carabas a disparu de nos fastes
nobiliaires, ce que je n'oserois assurer, l'extinction des
races illustres est un événement si commun dans les
temps de guerre et de révolution, qu'on n'en peut tirer
aucune induction défavorable contre l'existence de
celle-ci...

L'histoire et les historiens!... Malédiction sur elle et
sur eux! je prends Urgande à témoin que je trouve mille
fois plus de crédibilité aux illusions des lunatiques!...

— Les lunatiques! interrompit Daniel Cameron, que
j'avois oublié derrière mon fauteuil, où il attendoit debout, dans une attitude patiente et respectueuse, le moment de me passer ma redingote... Les lunatiques,
monsieur? Il y en a une superbe maison à Glasgow.

— J'en ai entendu parler, dis-je en me retournant du
côté de mon valet de chambre écossois. Quelle espèce
d'homme est-ce là?

— Je n'oserois le dire précisément à monsieur, répondit Daniel en baissant les yeux avec un embarras qui
laissoit deviner cependant je ne sais quelle arrière-pen-
sée sournoise et malicieuse. Les lunatiques sont des
hommes qu'on appelle ainsi, je suppose, parce qu'ils
s'occupent aussi peu des affaires de notre monde que
s'ils descendoient de la lune, et qui ne parlent au contraire que de choses qui n'ont jamais pu se passer nulle
part, si ce n'est à la lune, peut-être.

— Il y a de la finesse et presque de la profondeur dans
cette idée, Daniel. Nous remarquons en effet que la nature, dans l'enchaînement méthodique des innombrables
anneaux de sa création, n'a point laissé d'espace vide.
Ainsi le lichen tenace qui s'identifie avec le rocher unit
le minéral à la plante; le polype aux bras rameux, végé-
tatifs et rédivives, qui se reproduit de bouture, unit la

plante à l'animal; le pongo, qui pourroit bien devenir
éducable, et qui l'est probablement devenu quelque
part, unit le quadrupède à l'homme. A l'homme s'arrête
la portée de nos classifications naturelles, mais non la
portée du principe générateur des créations et des
mondes. Il est donc non-seulement possible, mais certain... et je ne crains même pas d'établir en principe
que si cela n'étoit point, toute l'harmonie de l'univers
seroit détruite!... Il est incontestable que l'échelle des
êtres se prolonge sans interruption à travers notre tourbillon tout entier, et de notre tourbillon à tous les
autres, jusqu'aux limites incompréhensibles de l'espace
où réside l'être sans commencement et sans fin, qui est
la source inépuisable de toutes les existences et qui les
ramène incessamment à lui.

Et comme le microcosme ou petit monde est l'image
réduite et visible du macrocosme ou grand monde, qui
échappe à nos jugements par son immensité, une comparaison te fera beaucoup mieux comprendre cette idée,
si tu la comprends; car Dieu ou la puissance inconnue
qui tient la place de cette profonde et insaisissable abstraction... — Je te prie de me suivre attentivement! —
— Dieu, dis-je, a daigné imprimer intelligiblement
l'image imparfaite de ce cycle immense de production,
d'absorption, d'épuration et de reproduction, qui commence, aboutit et recommence éternellement à lui, dans
la fonction perpétuellement agissante de l'Océan, qui
produit, absorbe, épure et reproduit à jamais les eaux
qui en dérivent... — et cette similitude est vraiment
trop claire pour que je me croie obligé à t'en donner la
figure.

— Mais les lunatiques, monsieur? dit Daniel en dépo-
sant proprement mon habit sur mon pupitre...

—J'y arrivois, Daniel. Les lunatiques, dont tu parles,
occuperoient selon moi le degré le plus élevé de l'échelle
qui sépare notre planète de son satellite, et comme ils

communiquent nécessairement de ce degré avec les intelligences d'un monde qui ne nous est pas connu, il est assez naturel que nous ne les entendions point, et il est absurde d'en conclure que leurs idées manquent de sens et de lucidité, parce qu'elles appartiennent à un ordre de sensations et de raisonnements qui est tout à fait inaccessible à notre éducation et à nos habitudes. As-tu jamais vu, Daniel, des sauvages Esquimaux ?

— Il y en avoit deux sur le vaisseau du capitaine Parry.

— As-tu parlé à ces Esquimaux ?

— Comment aurois-je pu leur parler, puisque je ne savois pas leur langue ?

— Et si tu avois subitement reçu le don des langues, par intuition, comme Adam, ou par inspiration, comme les compagnons du Sauveur, ou par tout autre phénomène moral, comme un membre de l'Académie des inscriptions et belles-lettres, qu'aurois-tu dit à ces Esquimaux ?

— Qu'aurois-je pu leur dire, puisqu'il n'y a rien de commun entre les Esquimaux et moi ?

— Voilà qui est bien. Je n'ai plus qu'une question à te faire. Crois-tu que ces Esquimaux pensent et qu'ils raisonnent ?

— Je le crois, dit Daniel, comme voilà une brosse, et la redingote de monsieur que je viens de plier sur le pupitre.

— Eh bien, m'écriai-je en claquant des mains, puisque tu crois que les Esquimaux pensent et qu'ils raisonnent, quoique tu ne les comprennes point, que me diras-tu maintenant des lunatiques ?

— Je dirai, monsieur, répondit intrépidement Daniel, que la maison des lunatiques de Glasgow est certainement la plus belle de l'Écosse, et par conséquent du monde entier.

Je ne sais si vous avez jamais éprouvé, lecteur, un désappointement plus cruel que celui de mon ami le

bachelier Farfallo de las Farfallas, qui passa toute une
nuit pluvieuse à sonner des cantatilles sur sa mando-
line, au pied de la croisée d'une belle richement vêtue à
la françoise — elle n'en bougea pas!.... — et qui ne s'a-
perçut qu'au point du jour que c'étoit un mannequin
dont la Pédrilla venait de faire emplette à Paris, pour sa
boutique de modes.

Je ressentis quelque chose de pareil à la réponse de
Daniel, dont il résultoit démonstrativement que mes
inductions philosophiques n'étoient ni plus ni moins
inintelligibles pour lui que le langage des Esquimaux
du capitaine Parry.

Mais je me consolai en pensant qu'il y avoit là un ar-
gument irrésistible en faveur de ma théorie des lunatiques. — Et vous savez par expérience que rien n'imprime une impulsion plus bienveillante à la pensée que
la satisfaction de soi-même.

Qu'importe où je vivrai, pensai-je intérieurement,
pourvu que j'emporte avec moi des idées douces et d'a-
gréables fantaisies, qui entretiennent dans mon organisme parfaitement équilibré ce jeu souple des agents de
la vie, cette température tiède et régulière du sang, cette
inaltérable harmonie de l'action et de la fonction qu'on
appelle vulgairement la santé?

— Daniel, dis-je à haute voix, tu es né à Glasgow,
mon enfant?...

— En Canongate, monsieur, cinq ou six maisons au-
dessous de celle du bailli Jervis...

— Tu as laissé à Glasgow quelque jeune maîtresse à
la mante rouge ou noire, aux pieds nus plus blancs que
l'albâtre, à l'œil vif et hardi comme celui du faucon,
tes amis d'enfance, tes parents, ta vieille mère peut-
être...

Daniel me répondit par un signe négatif, mais je ne
voulus pas m'en apercevoir.

— Tu te souviens des jeux des rives de la Clyde, et de

ses talus verdoyants, et du bruit retentissant des marteaux d'High-Street, et de la solennité sérieuse de la vieille église! Écoute, Daniel, nous irons à Glasgow, et je verrai tes lunatiques...

— Nous irons à Glasgow! s'écria Daniel ivre de joie.

— Nous partirons à six heures du soir, continuai-je en réglant ma montre. Comme dans le pays de liberté plénière où nous sommes, j'ai la précaution d'être toujours muni d'un passe-port et d'un permis de poste, je n'attends plus que les chevaux. Et la route intermédiaire m'étant tout à fait inconnue, ne manque pas de dire que je ne m'arrêterai qu'à 55 degrés 51 minutes de latitude.

Daniel étoit parti.

Dix jours après je descendis à *Bucks'head Inn*, où l'on est pour le moins aussi bien qu'au *Star*.

II.

Qui est la continuation du premier, et où l'on rencontre le personnage le plus raisonnable de cette histoire à la maison des fous.

Je visitai la maison des lunatiques, le jour de Saint-Michel, époque où l'aube d'Écosse commence à se rapprocher visiblement du crépuscule qui la suit, et je m'y pris de bonne heure, parce que j'avois entendu parler de son jardin botanique si riche en plantes rares et merveilleuses. J'y arrivai à dix heures, par une de ces matinées pâles et sans soleil, mais calmes et de bon augure, qui annoncent une soirée paisible. Je ne m'arrêtai pas à ces tristes infirmités de l'espèce qui attirent les curieux devant la loge des fous. Je ne cherchois pas le fou malade qui épouvante ou qui rebute, mais le fou ingénieux et presque libre, qui s'égare dans les allées sous l'escorte attentive de la pitié, et qui n'a jamais rendu nécessaire celle de la défiance et de la force. Et moi aussi, j'allois, je me perdois parmi ces détours, comme un lunatique volontaire qui venoit réclamer de ces infortunés quelques droits de sympathie. Je remarquai bientôt qu'ils s'écartoient de mon passage avec une dignité triste, celle du malheur, peut-être, et peut-être aussi celle d'une révélation instinctive de supériorité morale, qui est pour eux la compensation de l'esclavage philanthropique auquel notre sublime raison les condamne. Je m'éloignai respectueusement du chemin de ces solitaires plus judicieux que nous, pour lesquels l'homme social n'est que trop justement un objet d'inquiétude et de terreur.

Hélas! dis-je dans la profonde amertume de mon cœur, voilà l'effet de notre ambitieuse et fausse civilisation!... Ce que j'ai de frères sur la terre se détournent de moi, parce que je porte ce funeste habit du riche qui leur dénonce un ennemi!... Et ce qui me reste à moi qui fuis le monde, comme ils me fuient, c'est le commerce de cette création vivante et sensible, mais impensante et impassionnée, qui ne peut pas payer mes sentiments d'un sentiment!...

Je réfléchissois à ceci en mesurant du regard un grand carré de mandragores presque entièrement moissonné jusqu'à la racine par la main de l'homme, et sur lequel toutes ces mandragores gisoient flétries et mortes sans que personne eût pris la peine de les recueillir. Je doute qu'il y ait un endroit au monde où l'on voie plus de mandragores.

Comme je me rappelai subitement que la mandragore étoit un narcotique puissant, propre à endormir les douleurs des misérables qui végètent sous ces murailles, j'en arrachai une de la partie du carré qui n'étoit pas encore atteinte, et je m'écriai en la considérant de près : Dis-moi, puissante solanée, sœur merveilleuse des belladones, dis-moi par quel privilége tu suppléés à l'impuissance de l'éducation morale et de la philosophie politique des peuples, en portant dans les âmes souffrantes un oubli plus doux que le sommeil, et presque aussi impassible que la mort?...

— Vous a-t-elle répondu?... me demanda un jeune homme qui se levoit à mes pieds. A-t-elle parlé? a-t-elle chanté? Oh! de grâce, monsieur, apprenez-moi si elle a chanté la chanson de la mandragore :

C'est moi, c'est moi, c'est moi,
Je suis la mandragore,
La fille des beaux jours qui s'éveille à l'aurore,
Et qui chante pour toi !

— Elle est sans voix, lui répondis-je en soupirant, comme toutes les mandragores que j'ai cueillies de ma vie...

— Alors, reprit-il en la recevant de ma main, et en la laissant tomber sur la terre, ce n'est donc pas elle encore !

Pendant qu'il restoit plongé dans une méditation douloureuse, en proie au regret inexplicable pour vous et pour moi de n'avoir pas encore trouvé une mandragore qui chantât, je prenois le temps de le regarder avec attention, et je sentois s'accroître de plus en plus l'intérêt que le son tendrement accentué de sa voix, et le caractère innocent et naïf de son aliénation, m'avoient inspiré d'abord. Quoique sa physionomie, fatiguée par une habitude non interrompue d'espérances et de désappointements, portât les traces d'un souci amer, elle n'annonçoit pas plus de vingt-deux ans. Il étoit pâle ; mais de cette pâleur de tristesse et d'abattement sur laquelle on sent qu'un jour de pure allégresse ranimeroit toute la fraîcheur de la santé ; ses traits avoient la pureté du style grec, mais non sa froideur et sa symétrie ; on devinoit même au galbe bien arrêté de ces lignes régulières l'impression d'une âme rêveuse et mobile, quoique soumise et timide. La courbure étroite et noire de ses sourcils

parfaitement arqués n'avoit certainement jamais fléchi
sous le poids d'un remords, que dis-je? sous celui d'une
de ces inquiétudes passagères de la conscience qui troublent quelquefois jusqu'au repos légitime de la vertu.
Ses grands yeux, quand il les ramena sur moi, m'éton-
nèrent par je ne sais quelle transparence humide et bleue
qui baignoit un disque d'ébène où le feu du regard s'étoit
assoupi, et ma monomanie poétique vint me rappeler
l'atmosphère d'azur livide où plonge un astre éclipsé.
Enfin, pour m'expliquer plus clairement, et j'aurois peut-
être dû commencer par là, ce qui seroit arrivé infailliblement si j'étois maître de me défendre de l'invasion de
la métaphore et du despotisme de la phrase, je vous dirai
en langue vulgaire que c'étoit un fort beau garçon, qui
avoit les yeux, les sourcils et les cheveux noirs comme
du jais.

Ce qui me frappa cependant le plus, tant la recommandation extérieure agit invinciblement sur la raison
la plus libre de préjugés, ce fut la recherche singulière,
pour ne pas dire fastueuse, du costume de mon lunatique, et l'aisance abandonnée avec laquelle il portoit ces
richesses, aussi insoucieusement qu'un montagnard des
Highlands qui descend aux basses-terres, drapé de son
plaid. Une de ces chaînes d'or souple et doux que les
nababs rapportent de l'Inde paroissoit soutenir un médaillon sur sa poitrine, et le châle le plus fin de tissu et
le plus élégant de broderies qui soit sorti des fabriques
de Cachemire la traversoit en sautoir flottant. Quand il
passa ses doigts forts et sa main musclée, mais d'un
blanc pur et joli comme l'ivoire, dans les touffes de sa
chevelure, je les vis étinceler de bagues, de rubis et de
bracelets de diamants, et c'est un fait sur lequel je ne
saurois me tromper, moi qui apprécie de l'œil des pierres
précieuses, au carat et au grain, et qui défie sur ce point
le réactif du chimiste, l'émeri du lapidaire et la balance
du joaillier.

— Comment vous appelez-vous, monsieur?..... lui
dis-je, avec l'expression un peu confuse, et difficile à
caractériser pour moi-même, de l'attendrissement que
m'inspiroit l'infortune de mon semblable, et du respect
que m'imposoient malgré moi les débris de l'opulence
d'un grand prince déchu.

— Monsieur!... reprit-il en souriant... je ne suis pas
un monsieur. On m'appelle Michel, et plus communément Michel le charpentier, parce que c'est mon état.

— Permettez-moi de vous dire, Michel, que rien n'annonce dans vos manières un simple charpentier, et que
je crains qu'une préoccupation d'esprit qui vous maîtrise
à votre insu ne vous trompe sur votre véritable condition.

— Il est assez naturel, monsieur, de former une pareille conjecture dans la maison où nous sommes, vous
comme curieux, et moi comme détenu; mais je vous
assure que mon nom et ma profession sont les seules
choses qu'on n'y ait pas contestées. Ce qu'il y a de vrai,
c'est que je suis un charpentier opulent, le plus riche du
monde, peut-être; et quant à ces objets de luxe dont
l'étalage explique très-bien l'erreur obligeante dans laquelle vous êtes tombé sur mon compte, je ne les porte
point par orgueil, je vous prie de le croire, mais parce
que ce sont des présents de ma femme, qui fait, depuis
plusieurs années, un commerce florissant avec le Levant. Si l'on ne m'en a pas retiré l'usage en m'admettant
ici, c'est peut-être, comme je l'ai pensé quelquefois, que
j'y suis placé sous quelque protection inconnue, et aussi
parce que mon caractère inoffensif et paisible me re-
commande à l'humanité, à la confiance et aux égards
des gardiens.

Frappé de cette manière nette et simple d'exprimer
des idées naturelles, dont je ferois probablement moins
de cas si elle m'étoit plus familière : — Attendez, mon
cher Michel, lui demandai-je d'un ton de curiosité in-

8.

quiète : — Vous avez dû participer à des opérations bien importantes pour parvenir à un état de fortune aussi considérable?...

Michel rougit, parut embarrassé un moment, et puis, arrêtant sur moi un œil assuré mais plein de candeur :

— Oui, monsieur, répondit-il, mais j'ai peine moi-même à me rendre un compte exact de l'origine et de l'objet de mes entreprises, quoiqu'il n'y ait rien de plus vrai. C'est moi qui fournis les solives de cèdre et les lambris de cyprès du palais que Salomon fait bâtir à la reine de Saba, au juste milieu du lac d'Arrachich, à deux jours de l'oasis de Jupiter Ammon, dans le grand désert libyque.

— Oh! oh! m'écriai-je, ceci est tout à fait différent. Mais vous m'avez dit, si je ne me trompe, que vous étiez marié. Votre femme est-elle jeune?

— Jeune! dit Michel encore plus troublé. Non, monsieur. J'imagine qu'elle a plus de trois mille ans, mais elle n'en paroît guère que deux cents.

— De mieux en mieux, mon ami! Ces notions, Dieu soit loué, ne sont plus de ce monde. Au moins, pensez-vous qu'elle soit belle, malgré son grand âge?

— Ni pour le monde, ni pour vous, monsieur. Belle pour moi, comme la femme qu'on aime, comme la seule femme qu'on puisse aimer!...

— Et ne vous est-il jamais arrivé de croire que la volonté de votre femme, que l'influence de sa fortune et de son crédit, soient entrées pour quelque chose dans les persécutions que vous éprouvez?

— Je l'ignore, et je regretterois de l'avoir ignoré, car cette idée auroit embelli ma prison.

— Pourquoi, Michel, pourquoi?

— Parce qu'elle ne peut rien vouloir qui ne soit bien.

— Oh! Michel! vous excitez vivement ma curiosité! Je voudrois connoître cette histoire!

Je ne sais si vous êtes comme moi, mes amis, mais

j'aurois volontiers cédé ma place à trois séances solennelles de l'Institut, pour suivre Michel dans le labyrinthe fantastique où ses demi-confidences m'avoient engagé...

Et si vous n'étiez pas comme moi, j'ai le bonheur de tenir le fil d'Ariane à votre disposition. Faites passer rapidement sous le pouce de la main droite, — ou bien sous celui de la main gauche, si vous êtes scaeve ou gaucher, — ou même sous celui des deux mains qu'il vous plaira d'employer, si vous êtes ambidextre ; faites-y passer, dis-je, en rétrogradant, les feuillets que vous venez de parcourir. Cela sera facile et bientôt fait, surtout si vous avez le geste assez sûr et assez agile, dans votre empressement, pour en ramener plusieurs à la fois. Vous arriverez ainsi au frontispice, à la garde, à la couverture, c'est-à-dire à la porte d'entrée de ce dédale ennuyeux, et vous pourrez faire voile vers Naxos.

— Mon histoire, dit Michel, d'un air réfléchi, en portant successivement les yeux sur le point qu'occupoit alors le soleil dans le ciel, et sur le petit coin de mandragores qui lui restoit à défricher, pour se détromper de l'existence de la mandragore qui chante, au moins dans le jardin des lunatiques de Glasgow... — Mon histoire ? elle est bizarre et incompréhensible, sans doute, puisque personne n'y croit ; puisqu'on juge au contraire, partout où j'en parle, que ma foi dans des événements imaginaires au jugement de la raison universelle est un signe de foiblesse et de dérangement d'esprit ; puisque ce motif seul a déterminé les précautions bienveillantes dont je suis l'objet, que vous appeliez tout à l'heure des persécutions, et que je n'attribue qu'à l'humanité. Que vous dirai-je, enfin ? cette histoire est pour moi une suite de notions claires et certaines, mais telles que j'en trouve moi-même l'enchaînement inexplicable, et que j'essayerois quelquefois d'en détourner ma pensée, si elles ne me retraçoient l'idée de mes jours heureux, et si elles ne me rendoient surtout présente la nécessité d'accomplir un saint devoir, pour lequel il ne me reste que ce jour, qui expire au coucher du soleil.

J'allois l'interrompre. Il s'en aperçut, et continuant vivement, comme s'il avoit prévu mon dessein :

— Il faut, poursuivit-il en mettant le doigt sur sa bouche, avec une expression mystérieuse, que j'arrive à Greenock avant minuit, et je m'inquiéterois peu de la longueur et de la difficulté du voyage si j'avois achevé ma tâche. Voilà ce qui m'en reste, ajouta Michel en me montrant les mandragores sur pied, qui se déployoient en verdoyant, et se balançoient gaiement à une petite brise, sous le jeu des rayons qui traversoient les nuages comme une clairière. — Je ne suis pas en peine, continua-t-il, de finir ma besogne en quelques minutes ; mais je n'ai pas de raison de vous le dissimuler, puisque vous avez la bonté de vous intéresser à moi... c'est là, c'est dans cette touffe de vertes et riantes mandragores qu'est caché le secret de mes dernières illusions ; c'est là qu'à la dernière, à laquelle il reste encore une fleur, à celle qui cédera sous le dernier effort de mes doigts, et qui arrivera muette à mon oreille, comme la vôtre, mon cœur se brisera ! et vous savez si l'homme aime à repousser jusqu'à son dernier terme, sous l'enchantement d'une espérance longtemps nourrie, la désolante idée qu'il a tout rêvé... TOUT ; et qu'il ne reste rien derrière ses chimères... RIEN !... j'y pensois quand vous êtes venu, et voilà pourquoi je m'étois assis.

Quel infortuné, ô mon Dieu ! n'a pas eu sur la terre, où tu nous as jetés pêle-mêle, sans nous peser et sans nous compter... dans un moment de colère ou de dérision !... quel homme n'a pas eu sa mandragore qui chante ?...

— Vous avez donc le temps, Michel, de me faire ce récit.... et, pendant que vous me le ferez, nous veille-

rons à la garde de vos mandragores, et surtout de celle
qui a encore une fleur, belle d'ici comme une étoile.
J'imagine que la Providence peut nous fournir, durant
les heures qui nous restent, quelque motif de consolation.

Michel pressa ma main ; il s'assit près de moi, les
yeux tournés sur ses mandragores, et il commença
ainsi :

III.

Comment un savant, sans qu'il y paroisse, peut se trouver chez les lunatiques,
par manière de compensation des lunatiques qui se trouvent chez les
savants.

Je suis né à Granville en Normandie.
— Attendez, Michel ; un mot avant d'entrer dans ce
récit, que je tâcherai de ne pas interrompre souvent.

Jusque-là, Michel m'avoit parlé en anglois ; il me
parloit en françois alors.

— La langue françoise est votre langue naturelle, et
je ne m'en serois pas aperçu, à la manière dont vous
vous exprimez dans celle dont nous nous sommes ser-
vis. Laquelle des deux vous est plus familière, car cela
me seroit indifférent pour vous entendre ?

— Je le sais, monsieur ; mais j'ai cru remarquer que
vous étiez mon compatriote ; et, quoique les deux
langues me soient également familières, j'ai préféré celle
qui me donnoit un titre de plus à votre attention, et
peut-être à votre indulgence.

— Devez-vous cet avantage, assez rare à votre âge
et dans votre état, à l'usage ou à l'éducation ?

— A l'usage et à l'éducation.

— Pardonnez-moi tant de questions, Michel ; parlez-
vous d'autres langues que ces deux langues avec la
même facilité ?

Ici Michel baissa les yeux, comme toutes les fois qu'il
avoit à faire un aveu pénible pour sa modestie.

— Je crois parler avec la même facilité toutes les
langues que je sais.

— Mais encore?

— Celles de tous les peuples dont le nom a été recueilli par les historiens ou les voyageurs, et qui ont
écrit leur alphabet.

— Oh! pour cette fois, Michel, ce n'est ni l'éducation
ni l'usage qui ont pu vous communiquer cette science
perdue depuis les apôtres! A qui en avez-vous l'obligation, je vous prie?

— A l'amitié d'une vieille mendiante de Granville.

— Alors, dis-je en laissant tomber mes mains sur
mes genoux, pour Dieu, Michel, reprenez votre narration, dussé-je ne jamais sortir, pour en entendre la fin,
de l'hospice des lunatiques de Glasgow. — D'ailleurs,
ajoutai-je en moi-même, il est probable, si cela continue, que je n'aurai rien de mieux à faire que d'y rester.

IV.

Ce que c'est que Michel, et comment son oncle l'avoit sagement instruit dans
l'étude des bonnes lettres et la pratique des arts mécaniques.

Je suis né à Granville en Normandie. Ma mère mourut peu de jours après ma naissance. Mon père, que
j'ai connu à peine, étoit un riche négociant qui trafi-
quoit depuis longtemps dans les Indes. A son dernier
voyage, qui devoit être plus long et plus hasardeux que
les autres, il me laissa sous la garde de son frère aîné,
qui l'avoit précédé dans ce commerce, et qui n'avoit
d'autre héritier que moi.

Mon oncle se ressentoit peut-être un peu, dans ses
manières, de la rudesse qu'on attribue ordinairement

aux marins : la fréquentation des Orientaux, et quelque séjour parmi ces peuplades peu civilisées qu'on appelle sauvages, lui avoient inspiré une sorte de mépris systématique pour la société et pour les mœurs européennes; mais il étoit doué, à cela près, d'un sens juste et délicat; et, bien qu'il m'entretint de préférence des histoires merveilleuses de ces pays d'enchantement pour lesquels sa conversation m'inspiroit une prédilection de jour en jour plus vive, il trouvoit toujours manière d'en tirer, pour mon instruction, d'excellents enseignements. Les imaginations poétiques de l'homme simple, dont le commerce du monde n'a pas altéré la naïveté, ne lui paroissoient gracieuses et charmantes qu'autant qu'il en résultoit un avantage réel d'utilité morale pour la conduite de la vie, et il les regardoit comme d'admirables emblèmes qui enveloppent agréablement les leçons les plus sérieuses de la raison. Il avoit coutume de les terminer, pendant que j'étois encore suspendu au charme de ses récits, par cette formule qui ne sortira jamais de mon esprit :

« Et si cela n'est pas vrai, Michel, chose dont je suis à peu près convaincu, ce qu'il y a de vrai, c'est que la destination de l'homme sur la terre est le travail; son devoir, la modération; sa justice, la tolérance et l'humanité; son bonheur, la médiocrité; sa gloire, la vertu; et sa récompense, la satisfaction intérieure d'une bonne conscience. »

Quoiqu'il ne fût pas très-savant et qu'il n'entendît que par pratique la plupart des sciences essentielles de son état, il n'avoit rien négligé pour mon éducation : à quatorze ans, je savois passablement ce qu'on enseigne aux enfants qui doivent être riches; les langues anciennes et modernes qui entrent dans les bonnes études classiques, la partie indispensable des beaux-arts, qui s'applique le plus communément aux besoins de la société, et même quelques arts d'agrément qui contri-

buent au bien-être ou à la consolation de l'homme livré
à lui-même, par l'effet de son caractère ou le hasard de
sa fortune; mais on m'avoit fait approfondir davantage
les éléments les plus positifs des connoissances humaines dans leur rapport expérimental avec l'utilité commune, et mes maîtres ne trouvoient pas que j'eusse mal
profité.

J'arrivois, comme je l'ai dit, au commencement de
ma quinzième année. Un soir, mon oncle me tira à part
à la fin d'un petit régal qu'il avoit donné à mes institu-
teurs et à mes camarades, le propre jour de Saint-Michel, qui est celui-ci, et qui est l'anniversaire de ma
naissance et de la fête de mon patron; c'étoit à Granville, où saint Michel est particulièrement honoré, un
des derniers jours des vacances.

Après m'avoir baisé tendrement sur les deux joues, il
me fit asseoir en face de lui, vida sa pipe sur son ongle,
et me parla dans les termes que je vais vous rapporter.

« Écoute, mon enfant, ce n'est pas un conte que je
vais te faire aujourd'hui : je suis content de toi; te
voilà, grâce à Dieu et à ton bon naturel, un assez joli
garçon pour ton âge; il faut maintenant penser à l'a-
venir, qui est toute la vie du sage, puisque le présent
n'est jamais, et que le passé ne sera plus. J'ai entendu
dire cela dans un pays où l'on en sait plus long qu'ici.
Je te vois tous les avantages qui peuvent recommander
dans le monde un aimable enfant bien nourri, entretenu
d'utiles instructions, et pénétré de principes honnêtes;
cependant, mon pauvre Michel, tu ne tiens pas plus à
la vie, par une ressource solide, que la cendre qui vient
de tomber de ma pipe, tant que tu n'as pas un bon état
à la main. Je n'ai pas parlé de ceci, tant que je t'ai vu
frêle et gentil comme une petite fille qui n'a affaire que
de vivre et de se porter gaillardement, parce que je
craignois de te fatiguer, en compliquant des études que
tu poussois déjà plus chaudement que je n'aurois voulu

pour une santé qui m'est si chère! A cette heure, petit,
que nous sommes sortis des brisants, que nous filons
sous un joli vent comme des oiseaux, et que nous avons
notre gourdoyement aussi libre que des poissons, il faut
que nous parlions raison dans la chambre du capitaine.

— Avec tes joues épanouies et vermeilles qui ressemblent à des pivoines, et tes mains aussi fortes que le
meilleur harpon qu'ait jamais lancé un pêcheur hollan-
dois sur les côtes du Spitzberg, tu serois bien étonné
s'il falloit, je ne dis pas gréer un canot, mais tailler une
pièce au radoub, étancher une étoupe goudronnée au
calfat, ou tendre une ligne à l'estrope. Je te parlerai
de cela une autre fois, et je ne te reproche pas, cher neveu, de ne pas savoir ce que je ne t'ai jamais fait apprendre; ce que je veux te dire pour ta gouverne, c'est
que c'est dans la pratique des métiers, quel que soit le
vent qui fatigue tes relingues, ou le sable que te rapporte
la sonde, c'est là seulement, vois-tu, que sont placés nos
moyens les plus assurés d'existence; et si tu voyois,
dans une de ces occasions difficiles où tous les hommes
peuvent se trouver, un savant ou un homme de génie
qui ne sache faire œuvre de ses dix étages, tu en aurois
vraiment pitié. Après le prêtre auquel j'ai foi, et le roi
que je respecte, la position la plus honorable de la société, Michel, c'est celle de l'ouvrier.

« Tu pourrois me dire à cela, Michel, que tu as de
la fortune, et tu ne me le diras pas, car tu es un enfant
raisonnable et beaucoup plus réfléchi que ton âge ne le
comporte. Il me seroit en effet trop facile de te répondre
et de te désabuser; il n'y a de fortune solide pour
l'homme que celle qu'il doit à son travail ou à son industrie, et qu'il ménage et conserve par sa bonne conduite : celle qu'il reçoit du hasard de sa naissance
appartient toujours au hasard, et la plus hasardeuse de
toutes est celle de ton père et la mienne, la fortune du
marin.

« La tienne est en effet assez grande aujourd'hui pour satisfaire à l'ambition d'un homme simple qui ne veut que se reposer, et qui ne cherche de plaisirs que ceux dont la nature est prodigue pour les hommes simples; mais à supposer qu'elle t'arrive bien plus tôt que tu ne le voudrois, et que notre mort devance le terme commun, pour t'enrichir malgré toi, au moment où l'aisance et la liberté ont le plus de prix, que ferois-tu, mon pauvre Michel, de ton opulente oisiveté? les loisirs des gens riches ne sont qu'un insupportable ennui pour ceux qui n'en savent pas appliquer l'usage au bien-être des autres; et il n'y a point de Crésus, vois-tu, qui n'ait senti quelquefois que le meilleur des jours de la vie est celui qui gagne son pain.

« J'arrive maintenant au point le plus important de mon sermon, car tu savois aussi bien que moi tout ce que je t'ai dit jusqu'ici. Mon intention, cher petit neveu, n'est pas d'attrister ta fête par l'inquiétude d'un malheur possible, mais contre lequel toutes les circonstances nous rassurent. Ton père avoit placé son bien et une partie du mien dans une belle spéculation qui nous sourioit depuis vingt ans; il y en a deux que je n'ai reçu de ses nouvelles, et les malheureuses guerres de l'Europe expliquent trop ce retard, pour que je m'en sois mis en peine plus qu'il ne convient à un vieux loup de mer qui a été retenu trois ans aux îles Bissayes, et qui regretteroit de n'y être pas encore, soit dit en passant, si je ne t'aimois aussi tendrement que mon propre fils. Mais, comme dit le marin, au bout du câble faut la brasse, et si dans deux autres années d'ici nous n'avions pas entendu parler de Robert, il seroit force de risquer le tout pour le tout, et d'aller le chercher d'île en île, certain que je suis de te le ramener, car je sais mieux son itinéraire, Michel, que tu ne sais la longitude d'Avranches. Alors cependant, adieu le double patrimoine du pauvre Michel! Plus d'oncle, plus de père, plus d'habit

d'hiver, plus d'habit d'été, plus d'argent dans la poche
le dimanche, plus de banquet à la maison le jour de sa
fête : il faudroit, tout savant qu'il fût, si on lui refusoit
une place de répétiteur chez le riche, ou une place d'ex-
péditionnaire chez le chef de bureau, que M. Michel
allât déterrer ses coques dans le sable pour déjeuner, et
qu'il allât mendier pour dîner, à côté de la vieille naine
de Granville, sur le morne de l'église. »

Arrêtez, arrêtez, mon oncle! lui dis-je en baignant
sa main de larmes de tendresse. Je serois trop indigne
de vous, si je ne vous avois pas encore compris. L'état
de charpentier m'a toujours plu. « L'état de charpentier! s'écria mon oncle avec une sorte d'explosion de
joie, tu n'es vraiment pas dégoûté! Je ne t'en aurois
jamais indiqué un autre! Le charpentier, mon enfant!
c'est dans ses chantiers que notre divin maître a daigné
choisir son père adoptif!... et ne doute pas qu'il ait
voulu nous enseigner par là que, de tous les moyens
d'existence de l'homme en société, le travail manuel
étoit le plus agréable à ses yeux; car il ne lui en coû-
toit pas davantage de naître prince, pontife ou publicain.
Le charpentier, souverain sur mer et sur terre par droit
d'habileté, qui jette des vaisseaux à travers l'Océan, et
qui édifie des villes pour commander aux ports, des
châteaux pour commander aux villes, des temples pour
commander aux châteaux! Sais-tu que j'aimerois mieux
qu'on dît de moi que j'ai lancé dans l'espace les solives
de cèdre et les lambris de cyprès du palais de Salomon
que d'avoir écrit la loi des Douze Tables? »

C'est ainsi, monsieur, qu'il fut convenu que j'ap-
prendrois l'état de charpentier, jusqu'à l'âge de seize
ans, qui étoit l'époque extrême où le défaut de renseignements sur le sort de mon père pouvoit en faire pour
moi une importante ressource; mais mon oncle exigea
en même temps que je ne renonçasse point aux études
que j'avois commencées, et qui furent seulement dis-

tribuées en sorte que mes doubles travaux ne se nuisis-
sent pas mutuellement. Comme cette disposition, qui
ne me prenoit pas plus de temps, jetoit au contraire une
distraction agréable et variée dans ma vie, mes foibles
progrès parurent encore plus sensibles que par le passé.
En moins de deux ans, j'étois devenu maître ouvrier;
et d'un autre côté, je connoissois assez les langues classiques pour pénétrer peu à peu, avec une facilité qui
s'augmentoit tous les jours, dans l'intelligence des auteurs. Je vous prie de croire que ma modestie n'est
presque intéressée en rien à cet aveu, puisque je devois
ces nouvelles acquisitions de mon esprit à des enseignements particuliers, dont tout autre que moi auroit
certainement tiré un plus grand profit. C'est ce qu'il
faut que je vous explique maintenant pour l'intelligence
du reste de mon histoire, si toutefois elle n'a pas déjà
lassé votre patience.

Je témoignai à Michel que je l'entendrois avec un
plaisir que ma seule crainte est de ne pas faire partager
au lecteur, — et il continua :

V.

Où il commence à être question de la *Fée aux Miettes*.

Si vous êtes jamais allé à Granville, monsieur, vous
devez avoir entendu parler de la naine qui couchoit sous
le porche de l'église, et qui mendioit à la porte?

— Ce que vient d'en dire votre oncle, Michel, est
tout ce que j'en sais; et je ne pensois pas que cette
malheureuse créature pût tenir une autre place dans
votre histoire. C'est ce qui m'a empêché de m'en informer.

La naine de Granville, reprit Michel, étoit une petite

femme de deux pieds et demi au plus, dont la taille courte, et d'ailleurs assez svelte, étoit la moindre singularité. Personne ne lui avoit connu ni origine ni parents; et quant à son âge, il étoit tel qu'il n'existoit pas un vieillard à dix lieues à la ronde, qui se souvînt de l'avoir connue plus jeune en apparence, plus huppée ou plus grandelette. Les gens instruits pensoient même qu'on ne pouvoit expliquer naturellement les traditions populaires qui couroient à son sujet, qu'en supposant qu'il y avoit eu successivement plusieurs femmes semblables à celle-ci, que la mémoire des habitants s'étoit accoutumée à confondre entre elles, à cause de l'analogie de leur physionomie et de leurs habitudes, et on citoit en effet un titre de 1369, où le droit de coucher sous le porche du grand portail, et de présenter l'eau bénite aux fidèles pour en obtenir quelque légère aumône, lui étoit garanti en reconnoissance du don qu'elle avoit fait à l'église de plusieurs belles reliques de la Thébaïde.

Cette méprise paroissoit d'autant plus vraisemblable qu'on avoit vu maintes fois la naine de Granville s'absenter pendant des mois, pendant des saisons, pendant des années, et même pendant le cours d'une ou deux générations, sans qu'on sût ce qu'elle étoit devenue; et il falloit en effet qu'elle eût considérablement voyagé, car elle parloit toutes les langues avec la même facilité, la même propriété de termes, la même richesse d'élocution, que le françois de Blois ou de Paris, qui n'étoit pas lui-même sa langue naturelle. Cette science de souvenirs dont elle ne faisoit aucun étalage, car elle ne se servoit d'ordinaire que de notre patois bas-normand, lui avoit donné, comme vous pouvez croire, un immense crédit dans les écoles où elle venoit journellement recueillir pour ses repas les débris de nos déjeuners, et cette dernière particularité, jointe aux idées superstitieuses et aux folles rêveries dont nos nourrices et nos

domestiques nous berçoient depuis l'enfance, avoit valu
à la pauvre naine, parmi les jeunes garçons de mon
âge, un surnom assez fantasque : on l'appeloit la *Fée
aux Miettes*. C'est ainsi que je vous en parlerai à
l'avenir.

Ce qu'il y a de certain, monsieur, c'est qu'aucune
difficulté de thème ou de version n'eût embarrassé la
Fée aux Miettes, et elle se gardoit bien de nous les expliquer sans nous les rendre aussi claires qu'elles l'é-
toient pour elle-même, de sorte que notre travail se
trouvoit infiniment meilleur et notre instruction aussi,
puisque nous entendions parfaitement tout ce qu'elle
nous faisoit faire, et que nous pouvions appuyer par de
bonnes autorités et de bons raisonnements tout ce que
nous avions fait. Nous n'étions pas assez ingrats pour
cacher les obligations que nous avions à la Fée aux
Miettes ; mais nos respectables maîtres, qui ne voyoient
en elle qu'une misérable mendiante, et qui l'honoroient
cependant comme une digne femme, n'étoient pas fâ-
chés de sentir notre émulation excitée par une illusion
innocente.—Oh ! oh ! s'écrioient-ils en riant, quand il
arrivoit une excellente composition cicéronienne qui en-
levoit d'emblée la première place, — voici qui ressent
la touche et l'inspiration de la Fée aux Miettes.—Et il
n'y avoit rien de plus vrai. J'ai souvent désiré de savoir
si ce dicton s'étoit conservé à Granville.

— La Fée aux Miettes n'est donc plus à Granville,
mon ami?

— Non, monsieur, répondit Michel en soupirant et en
élevant les yeux au ciel !

VI.

ù la Fée aux Miettes est représentée au naturel, avec de beaux détails sur la
pêche aux coques, et sur les ingrédients propres à les accommoder, pour
servir de supplément à *la Cuisinière bourgeoise*.

Il n'y avoit pas un écolier à Granville qui n'aimât la
ʰéc aux Miettes, continua Michel, mais elle m'inspiroit
lès ma douzième année un penchant de vénération
ʲendre et de soumission presque religieuse qui tenoit à
ɪn autre ordre d'idées et de sentiments. Étoit-il l'effet
l'une reconnoissance profondément sentie ou le résul-
ːat de cette éducation privée qui m'avoit fait contracter
ʲle bonne heure, dans la conversation de mon oncle An-
ʲré, le goût de l'extraordinaire et du surnaturel, c'est ce
ʲue je ne saurois démêler. Il est vrai, cependant, qu'elle
m'affectionnoit elle-même entre tous mes camarades, et
ʲue, si je l'avois voulu, j'aurois toujours été le premier
de l'école. Je ne le désirois point, parce que cet avantage qu'on prend sur les autres est une des raisons qui
nous en font haïr, et que je regardois l'amitié comme
un avantage bien plus doux que ceux qui résultent de
la supériorité de l'instruction et du talent. C'étoit donc
pour mon propre bonheur, et il y a bien peu de mérite à cela, que dans les fréquentes conférences où nous
admettoit la Fée aux Miettes, sous le porche de l'église,
avant d'entrer à la messe ou aux vêpres, je lui disois le
plus souvent, en la tirant un peu en particulier : —
J'ai eu du temps cette semaine pour travailler à ma composition, et je la crois aussi bonne que je puisse la faire,
en m'aidant, à part moi, des conseils que j'ai reçus de
vous jusqu'ici; mais voilà Jacques Pellevey que ses parents veulent mettre dans les ordres, et Didier Orry
dont le père est bien malade et recevroit une grande

consolation de voir Didier réussir dans ses études. Comme j'ai fait tout ce qu'il falloit pour contenter mon oncle et mes professeurs, je ne désire maintenant que de voir Jacques et Didier alterner à la première place jusqu'à la fin de l'année. Je vous prie aussi de soutenir un peu Nabot, le fils du receveur, quoique je sache bien qu'il ne m'aime pas et qu'il me battroit s'il en avoit la force; mais parce qu'il me semble qu'il auroit moins d'aigreur dans le caractère, s'il n'étoit pas si malheureux dans ses études, et que le dépit d'être toujours le dernier n'eût pas altéré son naturel.

— Je ferai ce que tu me demandes, me répondoit la Fée aux Miettes en prenant un petit air soucieux, et je ne suis pas étonnée que tu me l'aies demandé, parce que je connois ton bon cœur; mais il seroit possible, si je réussissois, que tu n'eusses pas le grand prix à la Saint-Michel. — Alors, lui répondis-je, cela me seroit égal. — Et à moi aussi, reprenoit la Fée aux Miettes, avec un sourire doux et significatif que je n'ai jamais connu qu'à elle.

J'eus pourtant le grand prix cette année-là, avec Jacques, qui entra au séminaire, et Didier, dont le père guérit. Nabot mérita l'*accessit*, au grand étonnement de tout le monde, mais il m'en a longtemps voulu, parce qu'il regarda comme une injustice la préférence qu'on m'avoit donnée sur lui.

— Avez-vous eu d'autres ennemis au monde, Michel?...

— Je ne crois pas, monsieur.

Jusqu'ici je ne vous ai parlé que de l'âge et de la taille de la Fée aux Miettes. Vous ne la connoissez pas encore. Je vous ai dit, si je ne me trompe, qu'elle étoit assez svelte dans sa tournure, mais cela ne peut s'entendre que d'une très-vieille femme qui a conservé, par bonheur ou par régime, quelque souplesse et quelque élégance de formes. Elle prêtoit souvent cependant à l'idée

ue nous nous faisions de sa décrépitude, en s'appuyant
ute courbée sur une petite béquille de bois du Liban,
irmontée d'une forte poignée de je ne sais quel métal
iconnu, mais qui avoit l'éclat et l'apparence du vieil
.. C'est cette baguette curieuse dont elle n'avoit jamais
oulu se défaire en faveur des juifs dans sa plus grande
idigence, qui lui fit décerner bien avant nous, par les
etites écoles de Granville, ses titres de féerie. Il est
rai qu'elle lui venoit de sa mère, ou même de sa grand'-
ière, si la chronologie du monde permet cette supposi-
on, et je vous demande si ces deux respectables per-
onnes devoient avoir été de grandes princesses. Il faut
ien passer quelque vanité aux pauvres gens. C'est le
ul dédommagement de leurs misères.

Aussi n'étoit-ce pas ce petit travers qui tourmentoit
ia vive et sincère amitié pour la Fée aux Miettes. Elle
a avoit un autre, la bonne femme, qui m'affligeoit mille
ois davantage, le souvenir d'une ancienne beauté qu'elle
e croyoit pas tout à fait effacée, et dont elle parloit,
a se rengorgeant, avec une complaisance qu'on ne pou-
oit s'empêcher de trouver risible. Je n'étois pas des
erniers à m'en égayer en sa présence, car autrement
e ne me le serois jamais permis. Je lui avois trop d'o-
ligations pour cela. — Tu as beau plaisanter, méchant
ournois, disoit-elle alors en me frappant gentiment de
a béquille... Il arrivera un jour où mes charmes auront
ssez d'empire sur le beau Michel pour le faire extrava-
uer d'amour!... — De l'amour pour vous, Fée aux
Iiettes! m'écriois-je en riant; ni plus ni moins, en vé-
ité, que pour ma bisaïeule, si elle ressuscitoit aujour-
'hui avec un siècle de plus sur la tête. — Et notre dia-
ogue étoit bientôt couvert par les acclamations de toute
a brigade joyeuse, qui dansoit en rond autour d'elle en
hantant : Ah! qu'elle est belle, la Fée aux Miettes!...
nais nous finissions toujours par la cajoler un peu, et
lle s'en alloit contente...

Ce n'est pas que la caducité de la Fée aux Miettes eût rien de repoussant. Ses grands yeux brillants qui rouloient avec un feu incomparable entre deux paupières fines et allongées comme celles des gazelles; son front d'ivoire où les rides étoient creusées avec des flexions si douces et si pures, qu'on les auroit prises pour des embellissements ajustés par la main d'un artiste; ses joues, surtout, éclatantes comme une pomme de grenade coupée en deux, avoient un attrait d'éternelle jeunesse qu'il est plus facile de sentir que d'exprimer; ses dents même auroient paru trop blanches et trop bien rangées pour son âge, si, aux deux coins de sa lèvre supérieure, sa bouche fraîche et rose encore n'en avoit laissé échapper deux, qui étoient à la vérité plus blanches et plus polies que des touches de clavecin, mais qui s'allongeoient assez disgracieusement d'un pouce et demi audessous du menton.

Et je me surprenois quelquefois à dire tout seul : Pourquoi la Fée aux Miettes ne s'est-elle pas fait arracher ces deux diables de dents?...

La Fée aux Miettes ne montroit jamais ses cheveux, probablement parce qu'ils auroient contrasté avec l'ébène de ses sourcils. Ils étoient ramassés sous un bandeau d'une blancheur éblouissante, surmonté d'un fichu également blanc, plié en carré à plusieurs doubles, et posé horizontalement sur la tête comme la plinthe ou le tailloir du chapiteau corinthien. Cette coiffure, qui est celle des femmes de Granville, de temps immémorial, et dont on ne fait usage en aucune autre partie de la France, quoiqu'elle soit merveilleuse dans sa simplicité, passe pour avoir été apportée chez nous par la Fée aux Miettes, de ses voyages d'outre-mer, et nos antiquaires conviennent qu'ils seroient fort embarrassés de lui assigner une origine plus vraisemblable. Le reste de son costume se composoit d'une espèce de juste blanc serré au corps, mais dont les manches larges et pendantes

utenoient au-dessous de l'avant-bras d'amples garni-
res d'une étoffe un peu plus fine, découpée à grands
stons, et d'une jupe courte et légère de la même cou-
ur, bordée à la hauteur du genou de garnitures pa-
illes, qui tomboient assez bas pour laisser à peine
atrevoir un pied fort mignon, chaussé de petites ba-
ouches aussi nettes que galantes. L'habit complet pa-
oissoit, je vous jure, plus frais, à telle heure et en tel
ndroit qu'on la rencontrât, que s'il venoit de sortir des
iains d'une lingère soigneuse; et ce n'est pas ce qu'il
avoit de moins extraordinaire dans la Fée aux Miettes,
ar elle étoit si pauvre, comme vous savez, qu'on ne lui
onnoissoit de ressources que dans la charité des bonnes
ens, et d'autre logement que le porche du grand por-
ail. Il est vrai que les coureurs nocturnes prétendoient
ju'on ne l'y rencontroit jamais quand minuit avoit sonné,
nais on n'ignoroit pas qu'elle passoit souvent ses nuits
en prières à l'ermitage Saint-Paterne, ou à celui du fon-
dateur de la belle basilique de Saint-Michel, *dans le
péril de la mer,* sur le rocher où l'on voit encore em-
preint le pied d'un ange.

Comme mon histoire est pleine de tant d'événements
incroyables que j'ai déjà quelque pudeur à les raconter,
je me garderai bien d'ajouter à l'invraisemblance des
vaines conjectures populaires. La seule chose que je
puisse attester sans crainte d'être contredit des personnes qui ont vu la Fée aux Miettes, et qui n'a pas vu
la Fée aux Miettes à Granville!... c'est qu'il ne s'est
jamais trouvé sur terre une petite vieille plus blanchette,
plus proprette et plus parfaite en tout point.

Les seules distractions que je prenois alors, car j'é-
tois fort affectionné au travail, c'étoit la recherche des
papillons, des mouches singulières, des jolies plantes
de nos parages, mais plus souvent la pêche aux coques,
dont il faut, si vous le permettez, que je vous dise quelque chose.

Les grèves du mont Saint-Michel, alternativement
couvertes et délaissées par les eaux, ont cela de particulier qu'elles changent tous les jours d'aspect, de
forme et d'étendue, et que le sable menu dont elles sont
composées conserve l'apparence des récifs et des bas-
fonds de la mer, avec toutes les embûches de cet élément, de sorte qu'elles ont en son absence leurs vagues, leurs écueils et leurs abimes. Ce n'est pas sans
une certaine habitude qu'on peut y marcher hardiment
sans s'exposer, jusqu'au rocher pyramidal sur lequel
saint Michel a permis à l'audace des hommes de bâtir
son église miraculeuse. Si un voyageur inexpérimenté
s'égare de quelques pas, le sable trompeur le saisit, l'aspire, l'enveloppe, l'engloutit, avant que la vigie du
château et la cloche du port aient eu le temps d'envoyer
le peuple à son secours. Cet horrible phénomène a quelquefois dévoré jusqu'à des vaisseaux abandonnés par le
reflux.

La nature est si bonne pour sa création, qu'elle a
semé dans cette arène mobile une ressource plus abondante que la manne du désert. C'est cette petite coquille
à sillons profonds et rayonnants dont les valves rebon-
dies, et comme lavées d'un incarnat pâle, ornent si
souvent le camail grossier du pèlerin. On l'appelle la
coque, et sa recherche est devenue pour les habitants
du rivage une de ces innocentes industries qui n'offen-
sent au moins le regard de l'homme sensible, ni par
l'effusion du sang, ni par la palpitation des chairs vivantes. L'attirail du pêcheur est tout simple. Il se réduit
à une résille à mailles serrées qui pend sur son épaule,
et dans laquelle il jette par douzaines son gibier retentissant; et puis, à un bâton armé d'une pointe de fer
un peu crochue qui sert à la fois à sonder le sable et à
le retourner. Un petit trou cylindrique, seul vestige de
vie que les vagues aient respecté en se retirant, lui indique le séjour de la coque, et d'un seul coup de pic il

a découvre ou l'enlève. C'est de là qu'il montoit à la
ce de l'Océan, le pauvre petit animal, sur une de ses
cailles voguant en chaloupe, et sous l'autre dressée
omme une voile. Il y a aussi là dedans une âme et un
Dieu, comme dans toute la nature; mais l'habitude a
i vite appris aux enfants que rien n'est délicieux
omme la coque, fricassée avec du beurre d'Avranches
t des fines herbes!

Il y a loin de Granville aux grèves de Saint-Michel,
t le chemin le plus court n'est pas le plus sûr à beau-
oup près; mais je m'y engageois volontiers quand j'a-
ois trois jours de vacances devant moi, ce qui se pré-
ente souvent à l'époque des grandes fêtes, et mon oncle
toit enchanté de me voir essayer sans danger réel les
ortunes du voyageur de mer. J'ai dit qu'on rencontroit
quelquefois la Fée aux Miettes sur cette route, parce
qu'elle avoit une grande dévotion à saint Michel, et
ette rencontre m'étoit toujours agréable, la Fée aux
Miettes ayant des trésors de souvenirs qui rendoient sa
conversation la plus intéressante et la plus profitable du
monde. Je ne saurois dire comment cela se faisoit, mais
'apprenois plus de choses utiles dans une heure de son
entretien que les livres ne m'en auroient appris en un
mois, ses courses lointaines et son bon jugement naturel l'ayant familiarisée avec toutes les études comme
avec toutes les langues. Elle joignoit à cela une manière si saisissante et si lumineuse de communiquer ses
idées, que j'étois étonné de les voir apparoître subitement dans mon intelligence aussi claires que si elles
s'étoient réfléchies sur la glace d'un miroir. D'ailleurs,
la marche de la Fée aux Miettes ne retardoit jamais la
mienne; tout accablée qu'elle étoit du fardeau des ans,
vous auriez dit qu'elle glissoit sur le sable, plutôt que
d'y imprimer ses pieds; et, pendant que je mesurois de
l'œil pour elle un rocher difficile à l'escalade, il m'arrivoit quelquefois de l'apercevoir au sommet, et de l'en-

tendre crier, riant aux éclats : « Eh bien, brave Michel,
« faut-il que je te tende la main? »

Un jour que nous revenions ensemble ainsi, en cau-
sant des petites conquêtes d'histoire naturelle que j'a-
vois faites la veille, et qu'elle s'amusoit à me décrire,
aussi exactement qu'une bonne iconographie auroit pu
le faire, les arbres à grandes fleurs des forêts de l'Amérique, et les papillons de lapis et d'or des deux presqu'îles de l'Inde. — Comment est-il donc advenu, Fée
aux Miettes, lui dis-je, que vos voyages aient abouti à
Granville où je me plais, parce que j'y suis né et que
mes affections d'enfance y étoient, mais qui ne sauroit
vous offrir cet attrait de la patrie dont toutes choses
s'embellissent? Je vous avouerai que cela m'embarrasse
un peu. — C'est précisément, répondit-elle, cet attrait
de la patrie dont tu parles qui me fait rechercher avec
empressement les ports d'où la route d'Orient m'est
toujours ouverte; je comptois obtenir, tôt ou tard, de
la charité des marins, mon passage sur quelque bâtiment, et les longues guerres qui viennent de finir m'ont,
durant tout le temps de ton enfance, privée de cet avantage. Combien, si je ne t'avois connu, n'aurois-je pas
regretté d'avoir quitté Greenock, où cette occasion se
présente tous les jours, et où je n'étois du moins pas
obligée de coucher sur la pierre froide, sous un porche
battu du vent, car j'y avois et j'y ai encore, si Dieu l'a
permis, une jolie maisonnette appuyée contre les murs
de l'arsenal. Une autre raison, continua-t-elle en mi-
naudant, et en me flattant du geste et du regard, c'est
l'amour que j'ai conçu pour un petit cruel qui ne re-
connoit pas ma tendresse. — Et puis, comme par un
fâcheux retour sur elle-même, elle baissa les yeux, sou-
pira et parut repousser du dos de la main une larme
prête couler.

— Laissons, laissons, repris-je, cette plaisanterie hors
de saison qui ne va pas à votre âge ni au mien; une

emme aussi pieuse et aussi sensée que vous êtes peut-
en faire un jeu innocent, mais elle viendroit mal dans
me conversation sérieuse. Maintenant que la paix est
aite, il n'y a rien de plus aisé que de vous assurer, avec
ingt louis d'or de mes épargnes, un bon passage pour
Greenock, qui n'est pas au bout du monde, mais qui
loit être, si je ne me trompe, à six ou sept lieues plein-
uest de Glasgow, dans le comté de Renfrew. Voyez,
na bonne mère, si cela vous accommode, et pour peu
jue vous pensiez y être plus heureuse qu'à Granville, je
ous dispenserai avec plaisir de recourir à la générosité
les mariniers.

— Et de qui veux-tu que j'accepte ce bienfait, Michel? de toi, dont la fortune est peut-être perdue à
amais, au moment où tu y penses le moins?

— Je ne sais, dis-je, Fée aux Miettes, mais la for-
une réelle d'un maître ouvrier n'est jamais perdue,
ant qu'il a des bras et du courage; mon éducation est
inie, mon aptitude au travail éprouvée, ma constitution
igoureuse, et mon âme ferme. L'avenir ne peut m'en-
ever désormais que ce qu'il plairoit à la Providence de
ne ravir, et je suis tout résigné d'avance à ses volontés,
parce qu'elle sait mieux ce qui nous convient que nous
ne le savons nous-mêmes.

— Je te sais gré de ta générosité, repartit la Fée aux
Miettes, mais tu comprends qu'elle n'inquiète pas médiocrement ma pudeur et ma délicatesse. Passe encore si
lu me laissois l'espérance de partager un jour ma petite
fortune avec la tienne et de devenir ton heureuse femme!

— Oh! oh! Fée aux Miettes, que ce ne soit pas cela
jui vous arrête, dis-je à mon tour, en lui cachant le
mieux que je pus le fou rire dont sa proposition faillit
me faire éclater. Je suis, à la vérité, fort loin de penser
aujourd'hui à un établissement aussi grave que le mariage, mais tout vient à son temps dans la vie; nous
sommes gens de revue, s'il plaît à Dieu, et je ne réponds

de rien, si nous nous retrouvons quelque part, quand je serai mûr pour prendre le parti que vous dites. Au moins puis-je vous répondre que je n'ai contracté jusqu'ici aucun engagement qui m'en empêche!

— Tu me combles de joie, mon cher Michel, et il n'y a plus qu'une chose qui m'arrête. J'ai eu le bonheur de te servir quelquefois de mon expérience et de mes conseils, et tu n'es pas encore arrivé au point de t'en passer toujours. Si tu me procures le moyen de retourner à Greenock, ne te manquera-t-il rien quand je serai partie?

— De vous savoir heureuse, Fée aux Miettes.

En prononçant ces paroles, je serrai cordialement sa petite main qui trembloit dans la mienne, et je rencontrai ses yeux animés, en se fixant sur moi, d'un feu extraordinaire que je n'avois jamais vu briller dans ceux d'une femme.

Seroit-il possible, en effet, me demandai-je en la quittant, que cette pauvre vieille m'aimât?

VII.

Comment l'oncle de Michel se mit en mer, et comment Michel fut charpentier.

J'avois réellement vingt louis d'or en réserve sur les gratifications de douze francs que mon oncle André ne manquoit pas de me distribuer tous les dimanches, et dont il me restoit toujours quelque chose, parce que je ne dépensois que ce que je trouvois l'occasion de donner. Cependant, je n'étois pas sans quelque scrupule sur le droit que je pouvois avoir de disposer à seize ans d'une somme aussi forte, et si je m'étois engagé très-avant dans ma promesse à la Fée aux Miettes, c'est que je savois que mon oncle André ne me contrarioit jamais, et qu'il me contrarieroit moins encore, en cette occasion, sur l'honnête emploi d'un argent inutile.

Quand j'entrai le soir dans sa chambre, son maintien grave et rêveur m'interdit. J'imaginai d'abord que le moment n'étoit pas favorable pour lui faire ma confidence, et je me retirois doucement, lorsque j'entendis qu'il me rappeloit.

« Michel, me dit-il, en me faisant asseoir en face de lui, et en prenant une de mes mains entre les siennes, mon cher Michel, le moment dont je t'avois parlé est venu, sans que nous ayons reçu de nouvelles de Robert. Il faut donc, mon fils, que je parte, et que j'accomplisse le devoir d'un bon associé, d'un bon frère et d'un honnête homme, pour retrouver la trace de ton père, qui ne peut m'échapper; et s'il m'est impossible d'y parvenir, — Dieu veuille nous épargner cette douleur, — pour recueillir du moins quelques débris de la fortune qu'il devoit te laisser. Cette résolution étoit formée de loin, comme tu sais, et mes mesures si bien prises que l'arrivée inopinée de Robert en pouvoit seule empêcher l'effet. Voilà le sablier vide, et celui qui marque les années de ma vie s'épuise aussi. Je n'ai pas dû perdre de temps, mais j'ai voulu m'épargner autant que possible la vue des larmes qui mouillent tes joues, et qui tombent amèrement sur mon cœur d'homme. Tu es assez fort aujourd'hui pour mettre de toi-même le courage d'un vieillard à l'abri de cette épreuve. Essuie tes yeux, petit, et embrasse-moi avec la fermeté d'un noble garçon. Je pars demain. »

A ces mots, les sanglots m'étouffèrent, je n'eus pas la force de me lever pour me jeter dans les bras de mon oncle André, et je cachai ma tête entre ses genoux.

« Voilà qui est bien, dit-il d'une voix assurée. Cela se dissipera comme un nuage, et gaiement, j'espère, car le soleil est à l'horizon. J'aurois plus de motifs que toi de m'inquiéter, si je te laissois dans une position qui

pût m'alarmer sur ton avenir, mais tu as bien profité de
tes études et de ton apprentissage, et je ne crois pas
qu'il y ait un homme dans les cinq parties du monde
qui puisse se passer plus allégrement de cette fiction de
la fortune, qu'on n'a inventée, crois-moi, que pour les
infirmes et les paresseux. Tu es grand, bien fait, alerte,
suffisamment informé des connoissances utiles, et, par
dessus tout cela, comme je l'ai désiré, un des bons ouvriers qui aient jamais fait crier une scie et retentir un
maillet dans les chantiers de Granville. Toutes les inclinations que je te connois sont pour le travail et la
médiocrité, et je n'ai plus besoin de te rappeler qu'une
médiocrité aisée, qui est meilleure que la richesse, ne
manque jamais au travail. C'est demain que tu entres
à la journée chez ton charpentier, et c'est à compter de
demain que chaque jour te rapporte un salaire. Comme
j'ai pourvu à te conserver jusqu'à la Saint-Michel prochaine, dans la maison où nous sommes, le domicile,
la nourriture, et toutes les nécessités de la vie, sans
compter mes vieilles nippes et tout ce qui en dépend,
dont tu useras à ton plaisir, cette première année de
profits, que tu peux convertir en économies, suffira
pour t'assurer, à chaque année qui suivra, le modeste
bien-être auquel tu es accoutumé, et dont tu n'as jamais
désiré de sortir; car une année d'avance pour un ouvrier
est un trésor plus solide que ceux du grand Mogol. Et
si je te fais tant d'éloges de l'économie que je n'ai jamais
beaucoup pratiquée par moi-même, ce n'est pas que je
la considère comme un moyen d'enrichissement, mais
parce que je ne connois point d'autre moyen d'indépendance. A cela près, c'est la moindre des vertus réelles;
et il n'y a pas de libéralité bien placée, pourvu qu'elle
le soit sans calcul et sans ostentation, qui ne vaille
mieux qu'une économie. »

Ces paroles de mon oncle, dites en pareille circonstance, enlevoient un poids énorme de dessus mon cœur.

'étois maître des vingt louis que je venois de promettre
la Fée aux Miettes, et dont elle avoit si grand besoin.
Ion oncle continua .

« Il me reste peu de chose à te dire, et je t'en dis-
enserois, si la vieille naine de l'église, que vous appe-
ez, je crois, la Fée aux Miettes, n'étoit venue m'ap-
rendre, un instant avant que tu n'entrasses auprès de
noi, qu'elle partoit demain pour sa petite ville de Gree-
iock, où je ne sais quels intérêts, peut-être imaginaires,
éclament la présence de cette pauvre femme, et pour
ne demander en même temps si je t'autorisois à dispo-
er en sa faveur de tes petites épargnes, dont tu es tout
i fait le maître, et que tu ne peux mieux employer de
a vie qu'à soulager une honnête misère. Je suppose
eulement, Michel, que tu as compté sur ton travail
our les remplacer ? »

Sur un signe d'affirmation et de plaisir que je lui fis
dors : — « A merveille, reprit mon oncle, tu vois que
e sais prévenir tes confidences, et pour revenir à mon
liscours, je m'en serois volontiers rapporté à la Fée
ux Miettes de ces derniers enseignements, parce que
?'est une femme de bon conseil, dans tout ce qui ne
:ouche point à quelques rêveries assez bizarres dont
:lle s'est infatuée, mais que nous devons passer à son
grand âge ; et qu'elle a toujours été portée de si bonne
intention pour notre maison, que mon père n'hésitoit
pas à lui attribuer le succès de ses meilleures entreprises, et l'agrandissement de son bien, au point de la
mettre à l'aise si elle l'avoit voulu, et si elle n'eût préféré obstinément son vagabondage mystérieux à une
existence plus solide. Les bonnes dispositions que Dieu
t'a données, et dont il m'a permis de voir le germe
éclore et se développer sous mes yeux, me permettent
d'ailleurs d'abréger beaucoup ces instructions, et de les
rapporter seulement au nouvel état que tu vas embrasser pendant mon absence.

« Quoique tu ne sois pas né pour lui, ne le méprise jamais, et surtout ne le quitte jamais par orgueil. Le parvenu qui dédaigne le métier qui l'a nourri n'est guère moins méprisable que l'enfant dénaturé qui renie sa mère.

« Sois charpentier avec les charpentiers. Ne te distingue d'eux par ton éducation qu'autant qu'il le faut pour leur en communiquer lentement le bienfait sans les humilier. Crois que ceux qui t'écoutent avec une envie sincère de s'instruire valent presque toujours mieux que toi, puisqu'ils doivent à un instinct naïf de ce qui est bien ce que tu ne dois, peut-être, qu'au hasard de la naissance et au caprice de la fortune.

« Ne fuis pas les plaisirs de tes camarades. Le plaisir est de ton âge. Ne t'y livre pas aveuglément. Le plaisir auquel on s'est livré sans défense et sans retour devient le plus inexorable des ennemis.

« Si ton cœur s'ouvre à l'amour des femmes avant de me revoir, n'oublie pas, de quelque charme qu'elle soit revêtue, que toute femme qui détourne un homme du soin de son devoir et de son honneur est moins digne d'amour que la naine de l'église. L'amour est le plus grand des biens, mais il n'est jamais vraiment heureux tant qu'il ne satisfait pas la conscience.

« Souviens-toi, de plus, qu'un homme de ton âge qui a par devers lui une année d'existence assurée, le goût du travail et de la simplicité, un tempérament robuste, une santé à l'épreuve et un bon métier, est cent fois plus riche que le roi, quand il joint à tout cela douze francs vaillant dans sa poche; six francs pour satisfaire aux besoins de son imagination, six francs pour adoucir le sort d'un pauvre, ou pour soulager les angoisses d'un malade.

« Enfin, si les principes de religion que je t'ai inculqués soigneusement depuis le berceau s'effaçoient de ton esprit, ce qui n'est que trop à craindre par le temps

qui court, retiens-en au moins deux pour l'amour de
moi, parce qu'ils peuvent tenir lieu de tous les autres :
le premier, c'est qu'il faut aimer Dieu, même quand il
est sévère ; le second, c'est qu'il faut se rendre utile
aux hommes autant qu'on le peut, même quand ils sont
méchants. »

Après cela, il me quitta en me serrant la main.

Quand je fus de retour dans ma chambre, j'envoyai
mes vingt louis à la Fée aux Miettes.

Le lendemain, sans m'en prévenir, mon oncle partit
de bonne heure en me laissant tout ce qui m'étoit nécessaire pour un an. La Fée aux Miettes, qui n'avoit
pris que le temps de manifester son contentement devant mon commissionnaire, par une de ses explosions
familières de joie fantasque et capricieuse, étoit partie
dès la veille.

Je restai seul, — tout seul, j'essuyai quelques larmes,
et j'allai à l'atelier.

VIII.

Dans lequel on apprend qu'il ne faut jamais jeter ses boutons au rebut
sans en tirer le moule.

L'année qui suivit auroit été douce, car il n'y a rien
de plus doux que de gagner sa vie, si l'absence de mon
père, et celle de mon oncle, qui me tenoit lieu de père
depuis longtemps, n'avoient laissé un vide profond dans
mon cœur. Je regrettois souvent que celui-ci ne m'eût
pas permis de le suivre dans ses recherches lointaines,
malgré toutes mes prières, sous prétexte que j'étois
réservé à autre chose, et que mon obéissance pouvoit
seule lui faire espérer que nous nous trouverions tous
réunis un jour. Je pensois aussi à la Fée aux Miettes,
car elle m'avoit aussi aimé.

La Saint-Michel revint sans que j'eusse amassé d'économies, parce que mes amis se faisoient sans cesse de nouveaux besoins que je ne comprenois pas toujours, mais auxquels je ne pouvois m'empêcher de compatir. Jacques Pellevey étoit vicaire, mais il vaquoit deux ou trois bonnes cures dans le diocèse, et cela le forçoit à de fréquents voyages à l'archevêché. Didier Orry, qui étoit de plusieurs années plus âgé que moi, commençoit à penser au mariage, et il ne pouvoit se flatter de réussir dans quelques espérances qu'il avoit formées, s'il ne se faisoit voir avec avantage à la préfecture. Quant à Nabot, qui m'avoit rendu sincèrement son amitié depuis que nos rivalités d'école avoient cessé, il s'étoit adonné au jeu, et n'y étoit pas plus heureux qu'au collége. Il étoit de mon devoir de le dissuader de ce penchant, et je n'y épargnois par mes efforts. Il étoit aussi de mon devoir de l'aider à réparer le mal qu'il se faisoit, surtout quand les résultats de cette malheureuse passion menaçoient de compromettre sa réputation, et je n'y épargnois pas mon argent. Enfin, quand l'année expira, et avec elle les dernières ressources que la bonté de mon oncle m'avoit ménagées, je fus réduit à celles de mon travail journalier, qui me fournissoit à peine de quoi vivre assez pauvrement; mais je m'y étois préparé, et je ne m'en trouvai pas plus malheureux.

Comme je m'étois perfectionné dans mon métier en le pratiquant, et que j'annonçois d'ailleurs cet esprit d'ordre et d'activité qui tient lieu de l'intelligence des affaires, l'entrepreneur qui nous employoit alors et dont les entreprises alloient mal, probablement parce qu'il avoit trop entrepris à la fois, s'avisa je ne sais comment alors de m'en confier la direction; je ne fus pas deux jours à cette nouvelle tâche, que je m'aperçus qu'il étoit malheureusement trop tard pour sauver sa fortune. Je ne profitai donc pas de l'augmentation de mon salaire, et je le laissai dans ses mains, en me contentant de pré-

ver avec mes compagnons ce qui me revenoit comme
eux pour le travail ordinaire de l'établissement que
n'avois pas quitté, car les conseils de mon oncle André
étoient trop présents pour que j'eusse un moment
onçu le dessein de devenir autre chose qu'un artisan.
passai par conséquent cette seconde année sans pou-
oir mettre à côté l'un de l'autre ces deux écus de six
ancs, dont l'un appartient au luxe et l'autre à la cha-
ité, et qui suffisent au bonheur d'un homme sobre et
borieux. Comme elle finissoit, le maître, obsédé par
es créanciers, passa un beau jour à Jersey, et nous
issa sans occupation et sans moyens d'existence, les
hantiers de Granville étant toujours fournis d'ouvriers
abiles dont le nombre excédoit déjà celui que récla-
ent les besoins ordinaires du pays. Ce malheur ne fut
ependant très-réel que pour moi, mes camarades l'ayant
révu depuis plus longtemps que je n'avois fait, et s'étant
récautionnés contre l'événement, en plaçant leurs pe-
ts fonds dans une assez jolie spéculation de cabotage
ui commençoit à prospérer. Comme je leur avois inspiré
e l'attachement, et qu'ils connoissoient l'état de ma
ortune si rapidement déchue, ils vinrent m'offrir d'entrer
n partage avec eux, et ils mirent dans cette proposition
ne effusion si franche et si tendre, que j'en fus touché
squ'aux larmes. J'avoue même que je n'aurois pas
ait difficulté de me rendre à leurs instances, dans l'es-
oir de payer utilement ma quote-part en industrie et
n talents, si mon parti n'eût pas été pris d'avance. Je
e pouvois compter, à la vérité, ni sur Jacques Pellevey,
uoiqu'il fût devenu curé, ni sur Didier Orry, quoiqu'il
ût fait un mariage opulent. L'un me promettoit bien
me place de maître d'école quand elle seroit vacante,
ais le titulaire étoit un homme vert et vigoureux ;
autre me réservoit un logement et un accueil fraternel
lans sa maison, pour y être précepteur de ses enfants,
ussitôt qu'ils seroient sortis des mains des femmes,

mais on venoit de porter le premier en nourrice, et
c'étoit, si je ne me trompe, une fille. Tous deux étoient
si empêchés de satisfaire à leurs frais d'établissement,
qui doivent être, en effet, fort considérables, que je
crois qu'ils n'avoient jamais été plus réellement pauvres
que depuis qu'ils étoient riches, de sorte que mon malheur n'avoit rien à envier, même quand j'en aurois été
capable, au malheur de mes amis. Je pouvois moins
encore penser à Nabot, qui jouoit toujours, qui ne ga-
gnoit jamais, et qui n'étoit pas encore parvenu à concevoir qu'un homme bien né pût se réduire à ce qu'il appeloit la honte de travailler. Je dois lui rendre la justice
de dire qu'il étoit devenu plus expansif et plus affec-
tueux, en devenant plus à plaindre. Tout ce que nous
pouvions l'un pour l'autre, c'étoit de rire ou de pleurer
ensemble, quand je n'avois pas trouvé d'occupation, et
c'est une compensation qui répare tant de misères, que
je me suis quelquefois demandé alors si je voudrois y renoncer, au prix de cette prospérité sans nuage dont la
monotonie sèche le cœur.

Je ne crois pas vous avoir dit quelle résolution j'avois
prise. Je me proposai d'aller offrir mes services de ville
en ville et de village en village, partout où il se trouvoit
un pont à jeter sur la rivière, ou une maison à con-
struire, et comme cela ne manque jamais, j'étois sûr
aussi que la Providence ne me manqueroit pas. Elle ne
manque qu'aux oisifs.

Ce qui m'affligeoit le plus, c'est que mes habits
avoient vieilli, et que j'avois quelque pudeur de me
présenter à la fête de Saint-Michel en si mauvais équipage, non que j'attachasse beaucoup de prix pour moi à
cette recommandation extérieure, mais parce que le délabrement de ma toilette pouvoit faire penser aux honnêtes gens dont j'avois eu le bonheur de gagner l'estime que j'avois cessé de la mériter par ma conduite. Je
comprenois pour la première fois le besoin que tous

les hommes ont de l'opinion, et je sentois que la satisfaction de nous-mêmes, qui réside essentiellement dans
notre conscience, se maintient et se fortifie par le jugement que les autres portent de nous; j'apprenois, s'il
faut le dire, une vérité toute nouvelle, c'est que l'homme
en société, quelque progrès qu'il ait fait dans l'exercice
de la vertu, ne peut se passer de considération, pour
être justement content de lui, et qu'on est bien près de
renoncer à sa propre estime quand on dédaigne celle du
monde. Je me souvins heureusement que mon oncle
avoit laissé ses vieux habits à ma disposition, et j'en fis
la revue avec une joie pareille à celle de Robinson, lorsqu'il se rendit compte des richesses utiles de son vaisseau, certain que le meilleur des parents et des amis
ne me reprocheroit pas d'en avoir usé, surtout quand je
lui dirois dans quelle extrémité j'y avois recouru, car il
croyoit à ma parole. Il y avoit en effet du beau linge bien
net, et des habits si proprement accoutrés qu'on les
auroit crus faits à ma taille. Seulement, des deux vestes
qu'il n'avoit pas comprises dans son bagage, l'une, qui
paroissoit toute neuve et qui m'alloit comme un charme,
étoit garnie de dix gros vilains boutons d'un drap fort
grossier, et l'autre, que je l'avois vu porter, et qui étoit
taillée d'un goût plus ancien, se fermoit de dix boutons
d'une espèce de nacre dont la matière étoit fort brillante
et le travail fort délicat. Je n'hésitai point à me mettre
à la besogne pour substituer ceux-ci aux autres, et les
dix boutons à l'œil de perle et aux reflets d'argent ne
tardèrent pas à resplendir à mes yeux enchantés, comme
autant de jolis miroirs.

Dès le premier coup de ciseau que je portai aux autres,
soit précipitation, soit maladresse, le moule s'échappa;
il roula par terre aussi prestement que s'il avoit été
lancé par un joueur de siam ou par un discobole, jusqu'à la pierre de mon âtre où il continuoit à rouler avec
une petite vibration sonore semblable à celle de l'or, et

je crois, je vous jure, qu'il rouleroit toujours si je ne
l'avois arrêté de la main. C'étoit en effet un louis
double.

Vous pensez bien qu'il ne tomba pas de la vieille
veste de mon oncle André un seul bouton qui ne fût un
louis double aussi, et je n'en tirai pas un de son enveloppe que mes joues ne s'humectassent de quelques
pleurs de reconnoissance pour la tendre prévoyance de
ce père d'adoption, qui m'avoit réservé si à propos cette
ressource contre des revers inattendus. Je me retrou-
vois maître, en effet, de vingt louis, c'est-à-dire de la
plus forte somme que j'eusse jamais possédée, et qui
n'est pas de peu de conséquence dans la vie, puisqu'elle
avoit suffi au bonheur de la Fée aux Miettes. Comme
c'étoit la juste mise des fonds de nos caboteurs, et que
cet état industrieux et honnête, mais qui n'est pas sans
périls et sans aventures, me plaisoit beaucoup en espérance, je m'empressai de les prévenir que j'étois en
état de contribuer de toute ma part aux entreprises de
la société, dès le premier voyage qui devoit avoir lieu
dans trois jours. Et c'étoit précisément le temps qui
m'étoit nécessaire pour accomplir, selon notre usage, le
devoir de mon pèlerinage annuel à l'église de Saint-Michel, *dans le péril de la mer*.

Je partis le lendemain au point du jour, la résille sur
l'épaule, la pointe à coques à la main, mes vingt louis
dans la ceinture; plus riche, plus heureux, plus dispos
que je n'avois jamais été. — Voyez Michel, disoient les
mères, quand j'embrassois sur le chemin les camarades
que j'avois eus à l'école! — Le pauvre garçon a perdu
toute sa fortune, sans qu'il y eût de sa faute; mais
comme il a toujours été laborieux, sage, et craignant
Dieu, il ne manque de rien; et il porte une si belle chemise de toile fine à petits plis, et une si belle veste à
boutons de nacre de perle, qu'on jureroit qu'il va se
marier ce matin à la chapelle de son saint patron. Où

avez-vous trouvé, mon Michel, ces superbes boutons de
nacre qui brillent de loin comme des étoiles?... Je ré-
pondis en rougissant que je devois tout à mon oncle
André, dont la seule bonté m'avoit préservé de la misère. — Mais je n'aurois pas rougi de la misère même,
parce que je ne me reprochois rien.

Ma pêche aux coques fut si productive, que je m'é-
tonnois en vérité qu'il en pût entrer un si grand nombre
dans ma résille, quoique personne dans le pays n'en eût
d'aussi large et d'aussi profonde. Cependant, j'en avois
donné trois fois autant pour le moins à de pauvres gens
si disgraciés, ce jour-là, qu'ils auroient retourné la grève
de fond en comble sans en tirer une coquille. Cela me
fit penser que la Providence me protégeoit, et que saint
Michel accueilloit favorablement les prières que j'allois
lui porter pour mon père, pour mon oncle, et pour la
Fée aux Miettes, seuls protecteurs que Dieu m'eût donnés sur la terre. Aussi, quand les pêcheurs eurent vendu
leurs provisions, je régalai tous les pèlerins d'une partie
de la mienne, et je payai l'apprêt du peu d'argent qui me
restoit, sans toucher à mes vingt louis, dont l'emploi
étoit réglé dans mon esprit, avant mon départ.

IX.

Comment Michel pêcha une fée, et comment il se fiança.

Je revenois gaiement du mont Saint-Michel, en chantant cet air d'une ballade que les jeunes gens de Granville avoient apprise de je ne sais qui, si ce n'est de la
Fée aux Miettes :

C'est moi, c'est moi, c'est moi !
Je suis la Mandragore,
La fille des beaux jours qui s'éveille à l'aurore,
Et qui chante pour toi.

Je jetois, cependant de temps à autre un coup d'œil
sur le golfe de sable que domine avec tant de majesté la
pyramide basaltique de Saint-Michel. C'étoit un de ces
jours redoutables, où la grève, plus mobile et plus avide
encore que de coutume, dévore le voyageur imprudent
qui se confie au sol sans le sonder. Le sable *enlisoit*,
comme on dit communément, et le glas du clocher avoit
annoncé déjà deux ou trois accidents. J'entendis tout à
coup des cris qui appeloient du secours, et je vis en
même temps l'apparence d'un corps bizarre qui n'avoit
rien de la forme humaine, mais qui attiroit les regards
par sa blancheur, et qui sembloit lutter contre l'abîme,
par une force particulière de résistance que je ne m'ex-
pliquois pas. Je courus à l'endroit d'où le bruit parvenoit ; mais à l'instant où j'eus lancé la corde d'*enlise* que
nous portons toujours dans nos résilles, sur le point du
gouffre où j'avois vu disparoître cette créature infortunée qui gémissoit encore, elle ne pouvoit plus s'en
emparer, et toute l'arène retomboit sur elle en tourbillonnant comme dans un entonnoir profond. Je vous
laisse à juger de mon désespoir, d'autant plus amer
que j'avois cru entendre articuler mon nom dans son
dernier appel à la pitié des voyageurs. Je me hâtai d'y
plonger ma pointe à coques, pour la ressaisir par quelqu'un de ses vêtements, et je m'aperçus avec un plaisir
inexprimable que mon bâton s'attachoit par son croc de
fer à un corps ferme et résistant qui me donnoit la force
de ramener à moi l'être incompréhensible que j'avois
voulu sauver. Je luttai là, monsieur, contre Charybde
acharnée à sa proie, et je ne fus pas peu surpris, quand
j'eus traîné mon précieux fardeau jusqu'au lit de sable
ferme et solide qui se trouvoit tout auprès, comme à
dessein, de reconnoître la Fée aux Miettes qui respiroit,
qui vivoit et que mon harpon avoit heureusement retenue, en s'engageant sous une de ses longues dents. —
Parbleu, dis-je cette fois, la Fée aux Miettes n'a pas

eu si grand tort que je le pensois, de conserver ces deux terribles dents qui choquoient ma délicatesse d'écolier, et l'expérience prouve aujourd'hui mieux que jamais que prudence et modestie valent mieux que la beauté. — Cette idée m'inspira une gaieté si extravagante, quand je vis la Fée aux Miettes se relever sur ses petits pieds, et sautiller joyeusement comme une de ces figurettes fantasques qui vibrent sur le piano des jeunes filles, que je ne pus retenir mes éclats de rire. Ce qu'il y a de plus singulier, c'est que la Fée aux Miettes, en deux pirouettes et en deux bonds, s'étoit débarrassée de toute la poussière qui chargeoit cet attirail de poupée dont je vous ai parlé auparavant, et qui n'auroit fait aucun tort à l'étalage élégant d'un vendeur de jouets. — En vérité, Fée aux Miettes, m'écriois-je en riant toujours, car elle n'avoit pas cessé de danser, c'est affaire à vous de rajuster promptement une toilette endommagée, et vous en apprendriez de belles à nos marchandes de modes, car vous voilà, sur mon honneur, plus leste et plus fringante que je ne vous ai vue autrefois, quand vous étiez mon amoureuse. Mais oserois-je vous demander, Fée aux Miettes, par quel singulier hasard cette riche suzeraine de tant de domaines, qui a daigné appuyer sa maison de campagne contre les murs d'un pauvre arsenal du Renfrew, s'*enlisoit* dans les sables du mont Saint-Michel, quand tous ses amis la croyoient à Greenock ?

A ces paroles, la Fée aux Miettes pinça les lèvres d'un air moitié humble et moitié coquet, autant que ses longues dents pouvoient le lui permettre, et après avoir minuté dans sa pensée quelques formules oratoires, elle me répondit ainsi :

— Je serois fâchée, Michel, que la suffisance qui est si ordinaire aux jeunes gens, surtout quand ils sont beaux et bien faits comme vous êtes, aveuglât votre esprit au point de vous faire croire que c'est une passion insensée qui me ramène dans les environs de Granville.

Non, Michel, poursuivit-elle d'une voix émue, dont
l'expression mélancolique et presque larmoyante con-
trastoit singulièrement avec les accès de gaieté où je
venois de la voir, non, la déplorable princesse de
l'Orient et du Midi, la malheureuse Belkiss ne s'est
point flattée de vaincre l'obstination d'une âme insensible qui ne peut la payer de retour! Elle ne s'est pas
dissimulée qu'elle ne devoit qu'à un mouvement de pitié
l'illusion dont vous avez un jour entretenu sa vaine espérance, au moment où vous pensiez vous en séparer
pour jamais? N'imaginez donc pas que le sentiment invincible qui la domine ait pu la porter à oublier toutes
les bienséances de sa naissance et de son sexe, et qu'elle
vienne s'exposer encore une fois à des mépris qui bri-
seroient son cœur, ou implorer de votre compassion des
consolations passagères et des promesses trompeuses qui
trahiroient votre pensée!...

J'avouerai que ce langage imprévu changea subitement les dispositions joyeuses de mon esprit, et que je
me trouvai presque aussi triste en l'écoutant que la
malheureuse princesse Belkiss elle-même. Je ne doutois
pas en effet que l'horrible danger auquel la Fée aux
Miettes venoit d'échapper par une espèce de miracle
n'eût achevé de déranger son esprit, et qu'elle ne fût
devenue folle à lier. Cette idée m'affecta péniblement,
car la conversation des fous m'a toujours inspiré un
attendrissement profond, et je sentis que je n'avois pas
fait assez pour cette pauvre femme en la rappelant à la
vie, si je ne parvenois à rendre quelque espérance à
son esprit et quelque bonheur à son imagination, pour
le peu d'années que son grand âge lui permettoit encore d'espérer.

Écoutez, Fée aux Miettes, lui dis-je, puisque vous
prenez tout ceci au sérieux, je vous proteste qu'il n'a
jamais été dans mon intention d'abuser de votre crédulité par un mensonge, car le mensonge me fait hor-

reur. Je fais plus; je prends à témoin le grand saint
Michel, mon patron, que je vous recommandois encore
ce matin à la protection du ciel, au pied de sa glorieuse
image devant laquelle nul homme n'oseroit déguiser le
moindre secret de sa conscience; et que le nom d'aucune autre femme ne s'est présenté à moi dans mes
prières, le vôtre étant le seul qui me rappelle une affection et un devoir, depuis le moment où j'ai reçu tout à
la fois le premier et le dernier baiser de ma mère.
Quant à l'amour, que je regarde, sur la foi des autres,
comme une des plus douces distractions de la paresse,
il ne trouve guère de place dans une vie partagée entre
les travaux du corps et les études de l'esprit, surtout
avant l'âge de dix-huit ans que j'ai à peine atteint depuis quelques jours. Dieu sait donc que s'il me falloit
choisir aujourd'hui une femme, je n'en connois pas
une autre au monde sur laquelle je puisse arrêter ma
pensée; mais il ne seroit pas bienséant, vous en con-
viendrez, que je m'occupasse de mariage en l'absence
de mon père et de mon oncle, avant d'avoir vingt et un
ans accomplis. Ce que je vous dis là, Fée aux Miettes,
est la véritable expression de mes sentiments, et vous
ne liriez point autre chose dans mon cœur, si vous aviez
le privilége d'y lire tout ce que j'éprouve, comme je
l'imaginois quand j'étois enfant.

— Tu m'épouseras donc, dit-elle, quand tu auras
trois ans de plus?

Et, comme je la regardois pour m'assurer de l'effet
que mon petit discours avoit produit sur elle, je m'a-
perçus qu'elle sautilloit, sautilloit, et qu'elle sourioit
d'un air de satisfaction qui n'étoit pas sans malice.
Tout à fait rassuré sur sa santé et sur son bonheur qui
tenoit à si peu de chose, je me laissai retourner au
penchant de ma gaieté de jeune homme avec un entraînement dont, à dire vrai, je n'étois pas tout à fait le
maitre.

— Oui, divine Belkiss, m'écriai-je, en lui tendant
la main en signe de fiançailles, je vous promets par ces
constellations éclatantes du Sud et de l'Orient qui baignent maintenant de leurs lumières argentées les vastes
États que vous possédez dans les royaumes favoris du
soleil, que je vous épouserai dans trois ans, si mon père
et mon oncle y consentent, ou si leur absence prolongée,
contre tous mes vœux, me permet alors de disposer de
moi-même. Je vous le promets, princesse du Midi, à
moins que votre auguste famille, dont vous venez de
me révéler les titres imposants, ne porte obstacle à la
mésalliance, peut-être unique dans l'histoire, qui intro-
duiroit un simple garçon charpentier dans la couche
d'une personne royale.

En achevant ces derniers mots, je mis un genou en
terre et je baisai respectueusement la main blanche de
la Fée aux Miettes, qui dansoit si haut que j'étois obligé
de la retenir, de peur qu'à force de s'élever elle ne m'é-
chappât tout à fait.

— C'est assez, me dit-elle en rayonnant de plaisir et
en se suspendant à mon bras pour gagner Granville,
mais il faut maintenant que je t'apprenne pourquoi je
suis restée dans le pays et pourquoi je cherchois à t'y
retrouver. Pendant deux ans, je n'avois osé me présenter devant toi, parce que l'argent que tu m'as si gra-
cieusement prêté m'avoit été volé par les Bédouins.

— Sur les côtes d'Afrique, Fée aux Miettes!... et
qu'alliez-vous faire là? Ce n'est pas, si la carte n'est
trompeuse, le droit chemin de Greenock!

— Sur les côtes de la Manche, mon cher Michel,
par des voleurs du pays. Pardonne-moi cette confusion
de noms qui se ressent de mes vieilles habitudes de
voyage. — Après un tel accident, et dans la position où
je te connoissois, je n'aurois pu me montrer à tes yeux
sans rougir de ma déconvenue, et peut-être sans t'affliger. Je me réfugiai donc au hasard partout où j'avois

lieu d'espérer l'accueil de la charité, en me rapprochant autant qu'il m'étoit possible des endroits où je pouvois entendre parler de toi. Je ne tardai pas à savoir que les dernières ressources du travail venoient de t'échapper, et que tu en étois au point de manquer d'un habit neuf à la Saint-Michel. La pauvre Fée aux Miettes se seroit inutilement évertuée à te secourir, mais j'allois trottant de côté et d'autre pour trouver quelque voie à te tirer d'embarras, et j'avois ce succès d'autant plus à cœur qu'il m'étoit revenu que tu penchois d'entrer dans le cabotage, qui n'est pas une profession malhonnête, mais qui te réduiroit à un ordre d'habitudes incompatibles avec ton éducation et avec tes mœurs. Je me hâtois donc d'aller t'apprendre qu'il n'est question dans le pays d'où je sors que de belles entreprises à la gloire de la Normandie, et qui demandent l'intelligence et les bras des plus habiles ouvriers, comme de relever la maison de Duguesclin à Pontorson, de décorer celle de Malherbe à Caen, d'étayer celle de Corneille à Rouen, où elle menace d'encombrer avant peu la rue de la Pie de ses ruines, et peut-être de consacrer quelque monument au Havre à la mémoire de ton cher Bernardin. Ce qu'il y a de plus sûr encore, c'est qu'on frète, qu'on radoube et qu'on carène tous les jours des navires à Dieppe, et que je t'ai ménagé, grâce à Dieu, assez de débouchés sur la côte pour pouvoir t'assurer positivement que l'ouvrage ne t'y manquera pas. C'étoit le besoin de te faire part de ces nouvelles qui me ramenoit aux environs de Granville, quand la Providence a permis que tu te rencontrasses sur les grèves du mont Saint-Michel pour me sauver la vie, et, bien mieux que cela, cher enfant, l'embellir d'une perspective délicieuse qui me la rendroit maintenant plus regrettable que jamais.

Pendant que la Fée aux Miettes parloit, et quoiqu'elle parlât fort vite, elle parloit fort longtemps, j'avois été en mesure de me recueillir sans perdre le fil de ses idées et de ses enseignements.

— Je vous remercie, ma bonne amie, lui répondis-je, des soins que vous avez pris pour moi, et qui me sont aussi chers qu'ils me seront profitables; mais je vois par ce que vous dites que vous êtes seule oubliée dans nos communs malheurs, car je me souviens de la passion avec laquelle vous désiriez de rentrer dans votre jolie maison de Greenock, et je comprends tout ce que cette espérance frustrée a dû vous laisser de chagrins. Puisqu'il m'est permis de vivre du produit d'un travail que j'aime, sans tenter la fortune inconstante du cabotage, à laquelle je ne m'étois livré qu'à défaut d'un genre de vie plus assorti à mon goût et à ma capacité, allons maintenant chacun de notre côté où nos inclinations nous appellent. Voilà, continuai-je en tirant mes dix doubles de ma ceinture, voilà vingt louis que j'allois exposer aux caprices de la mer et qui vous ouvriront facilement cette fois la route de Greenock, si vous prenez mieux vos précautions contre les voleurs, qui doivent être naturellement alléchés par la coquette élégance de votre toilette. Quant à moi, je serai dans deux jours à Pontorson, et je rapporte plus de coques dans ma résille, même quand vous en aurez pris double part, si cela vous convient, Fée aux Miettes, qu'il ne m'en faut pour une semaine.

La Fée aux Miettes paroissoit embarrassée de quelque scrupule dont je n'eus pas de peine à me rendre raison.

— Allons, allons! repris-je en riant, vous savez, Fée aux Miettes, qu'il n'y a plus de façons à faire entre nous; souvenez-vous que nous sommes fiancés, et qu'entre fiancés toutes les chances de l'avenir se partagent; moi, une bonne industrie, vous, un peu d'argent, c'est notre dot; nous réglerons nos comptes à Greenock, le propre jour de la noce.

— J'accepte, répondit la Fée aux Miettes, si je te suis effectivement fiancée, et il m'est avis que tu ne t'en trouveras pas mal.

— Fiancée, comme Rachel le fut à Jacob, Ruth à Booz, et la reine de Saba qu'on nommoit Belkiss, ainsi que vous, au puissant roi Salomon !

Là-dessus je baisai sa main encore une fois, et nous nous séparâmes, la Fée aux Miettes plus riche de vingt louis, et moi de la satisfaction d'une libéralité juste et utile, qui ne peut s'estimer au prix d'aucun des trésors de la terre.

J'arrivai bien tard à Granville, et je dormis aussi cette nuit-là plus longtemps que d'habitude, plongé dans un rêve singulier qui se reproduisoit sans cesse, et qui consistoit à pêcher dans le sable une multitude de jeunes princesses, éblouissantes de charmes et de parure, et à les voir danser en rond autour de moi, chantant, sur l'air de *la Mandragore,* des paroles d'une langue inconnue, mais que je trouvois harmonieuse et divine, quoiqu'il me semblât l'entendre par un autre sens que celui de l'ouïe, et l'expliquer par une autre faculté que celle de la mémoire. Ces princesses ne se lassoient donc pas de chanter, de danser, et de déployer devant moi mille séductions ravissantes qui me gagnoient le cœur, quand je fus tout de bon réveillé par mes camarades, les caboteurs, qui répétoient le même refrain sous ma fenêtre, à gorge déployée :

C'est moi, c'est moi, c'est moi !
Je suis la Mandragore,
La fille des beaux jours qui s'éveille à l'aurore,
Et qui chante pour toi !

Je compris qu'ils étoient sur le point de partir, et qu'ennuyés de m'attendre au port, ils s'étoient décidés à venir rompre mon sommeil, pour m'emmener avec eux.

— Hélas! mes chers amis, dis-je en ouvrant ma haute croisée, je n'ai plus l'argent que je croyois avoir et que Dieu m'a repris comme il me l'avoit donné ; je ne puis maintenant que vous accompagner de mes vœux, et vous serez plus heureux s'ils sont exaucés que je n'aspire à l'être jamais. Allez donc sans moi, camarades bien-aimés, et souvenez-vous quelquefois de votre pauvre frère Michel, qui se souviendra toujours de vous.

Ce fut alors pendant quelques moments un profond et triste silence ; mais tout à coup le plus malin et le plus hardi de la bande se détacha des autres et me cria d'une voix railleuse et amère : — Malheur à toi, Michel, car tu manques la plus belle occasion de fortune qui puisse se présenter de ta vie entière à un ouvrier de Granville, et cela par ton obstination dans d'extravagantes amours ! — Croiriez-vous, compagnons, ajouta-t-il en se retournant de leur côté, que ce visionnaire, auquel vous avez cru, comme moi, du bon sens et de l'esprit, s'est assez entiché d'une femme pour lui prodiguer le reste de l'argent que son oncle André lui avoit laissé, et qu'elle dépense insolemment, la folle qu'elle est, à des pommades parfumées, à des gants glacés de Venise, à des falbalas aux petits plis, et en autres inutiles bagatelles? Ce qui vous étonnera bien davantage, c'est que cette malicieuse étourdie, qu'il entretient secrètement des débris de sa fortune, et qui nous enlève notre malheureux ami...... c'est la Fée aux Miettes !

A ce mot, la risée fut si générale que je n'en pus supporter l'humiliation, et que je revins tomber sur mon lit en me disant : — Pourquoi pas la Fée aux Miettes? — Car il y a quelque chose dans l'esprit de l'homme qui lutte contre le jugement de la multitude, et qui s'opiniâtre en raison directe de la contrariété qu'elle oppose à nos sentiments.

— Pourquoi pas la Fée aux Miettes, si cela me con-

vient? répétai-je avec force, pendant que les caboteurs
s'éloignoient en chantant *la Mandragore,* qui reten-
tissoit encore à mon oreille quand je m'endormis. —
Et comme les rêves qui ont vivement occupé l'imagination se renouvellent plus facilement que les autres,
surtout dans le sommeil du matin, mes yeux n'étoient
pas clos que je pêchois encore des princesses plus belles
que les anges, aux grèves du mont Saint-Michel.

Quelque chose de surprenant que je ne dois pas
omettre, c'est qu'il n'y en avoit pas une qui ne me rap-
pelât plus ou moins les traits de la Fée aux Miettes, à
part ses rides et ses longues dents.

X.

Ce qu'étoit devenu l'oncle de Michel, et de l'utilité des voyages lointains.

Je me levai tout disposé à me mettre en route pour
Pontorson, mais je ne voulus pas partir sans chercher
une dernière fois au port quelques renseignements sur
la destinée de mes parents, dont je n'avois rien appris,
et sans voir en même temps si mes amis avoient la mer
favorable pour leur petite expédition. Nos caboteurs
filoient lestement par un joli vent frais, et je prenois
plaisir à les suivre du regard dans un horizon riant où
il n'y avoit pas l'apparence du moindre grain, quand je
crus reconnoître à quelques pas de moi un honnête
marin qui étoit parti comme pilote sur le bâtiment de
mon oncle André.

— Est-ce bien vous, maître Mathieu, m'écriai-je, et
quelles nouvelles m'apportez-vous?...

— Aucune qui soit bonne, me répondit-il tristement,
et c'est ce qui me retenoit de vous en faire part, quoique
je fusse de retour à Granville depuis trois jours.

12

— Mon Dieu, ayez pitié de moi, dis-je les larmes aux yeux, mon pauvre oncle est mort!

— Rassurez-vous, bon Michel! votre oncle n'est pas mort, mais il vaudroit tout autant, car il est devenu fou, le cher homme, et si fou qu'on ne vit jamais folie pareille à la sienne!

— Expliquez-vous, Mathieu...

— Imaginez-vous, monsieur, qu'après dix-huit mois de voyages heureux et lucratifs, un jour que nous étions arrivés...—mais je ne saurois vous dire en vérité à quelle hauteur nous nous trouvions...

— Épargnez-moi ces détails inutiles... Expliquez-vous, je le répète.

— Soit, monsieur. A peine avions-nous débarqué sur un beau sable, mêlé comme à dessein de petits coquillages de toutes les couleurs, dans une île dont aucun itinéraire n'a fait mention, je le certifie, depuis le jour où la navigation est en usage, que votre oncle s'enfonça, d'un air satisfait et délibéré, à travers des bois délicieux qui couronnent une des baies les plus magnifiques du monde...

— Et il ne revint pas?...

— Il revint le soir, ingambe, joyeux, et comme rajeuni, si je ne me trompe, de quelques bonnes années; et après nous avoir réunis : J'ai trouvé ce que je cherchois, dit-il en se frottant les mains, et mon voyage est fini; à cette heure, enfants, vous avez bonne aiguade et vivres frais qui dureront sans malencontre jusqu'aux eaux de la Manche, où le ciel vous conduise; je donne à l'équipage le bâtiment avec ses gréements neufs et sa riche cargaison, moyennant que vous ayez regagné le port de Granville avant la Saint-Michel...

— Prenez garde, Mathieu, je tremble de vous entendre! Qu'avez-vous fait de votre capitaine?

— Monsieur, repartit Mathieu d'un ton calme et sévère, je suis porteur de cette donation écrite en forme, et il convient si peu à l'équipage de s'en prévaloir, qu'il a décidé d'un commun accord de vous rendre une propriété que nous ne pouvons regarder comme la nôtre, quoique nous ayons rempli toutes les conditions qui nous étoient imposées pour l'acquérir; mais j'ai commencé par vous dire que le capitaine étoit fou, et que ses actes nous paroissoient nuls en bonne justice.

— Qui vous le prouve, Mathieu? repris-je avec force. Mon oncle étoit maître de sa fortune, et il ne pouvoit mieux en disposer qu'en faveur de ses vieux camarades de mer. Ce qu'il vous a donné est à vous, et loin d'avoir fait en cela preuve de folie, il a très-sagement agi, puisqu'il savoit que l'éducation dont je suis redevable à ses bienfaits me met en état de me passer des ressources que son vaisseau m'auroit rendues, tandis qu'elles ne seront pas inutiles à soulager la vieillesse et les fatigues de vos camarades.

— C'est précisément ce qu'il nous dit, interrompit Mathieu, quand nous nous empressâmes de faire valoir vos droits et l'incertitude de votre position. D'ailleurs, ajouta-t-il dans son délire, dont vous ne douterez plus, mon neveu a usé de ses économies en faveur de la Fée aux Miettes, et, s'il n'est pas content de son sort, qu'il épouse la Fée aux Miettes! Après quoi, il nous quitta en éclatant de rire.

— Voilà qui est extraordinaire, dis-je à demi-voix en laissant retomber ma tête sur ma poitrine.

— C'est ce que nous avons pensé; mais, quelque chose de plus extraordinaire encore, c'est qu'en cherchant à pénétrer le mystère de sa folie, nous avons appris que le bon vieillard se croit surintendant des palais d'une princesse Belkiss, qui règne, suivant lui, sur ces parages depuis je ne sais combien de milliers d'années, et dont son frère cadet, votre père, feu Robert, d'honorable mémoire, commande en chef toutes les forces maritimes.

— Cela n'est pas possible, Mathieu; et c'est vous qui êtes fou d'oser soutenir des choses pareilles. La princesse Belkiss, qui pourroit bien avoir en effet l'âge que vous dites, se trouve à Granville de sa personne, et je puis même attester qu'elle a passé la dernière nuit sous le porche de l'église.

— Incompréhensible puissance de Dieu! cria le pilote en se couchant de sa longueur sur un vieux mât vermoulu qui gisoit là sur le port, et en étouffant de ses deux mains un mélange de rires et de larmes, la princesse Belkiss sous le porche de l'église de Granville! Pourquoi faut-il que la même infirmité ait frappé en même temps toutes les dernières espérances d'une si digne famille!

— Taisez-vous, Mathieu; et, si vous m'aimez, n'ébruitez pas ces paroles qui n'ont point de sens pour vous, et qui, à vrai dire, ne me paroissent guère plus raisonnables à moi-même. Passez seulement dans ma chambre, où je confirmerai avec plaisir la donation de mon oncle, afin de satisfaire aux inquiétudes de votre conscience, et ne tardez pas surtout, car il faut que j'arrive incessamment à Pontorson pour y chercher de l'ouvrage.

Ma dix-neuvième et ma vingtième année furent donc employées comme les deux années qui les avoient précédées; mais elles me furent plus profitables, parce que le travail tenoit trop de place dans mes journées pour que j'eusse le temps de contracter de nouvelles amitiés, dont les douces obligations se seroient mal conciliées avec les petites habitudes de l'économie, devenues pour moi si nécessaires. Ce n'étoit pas qu'on s'occupât de toutes les nobles opérations dont la Fée aux Miettes m'avoit offert la perspective, et qui flattoient délicieusement mon imagination, mais on travailloit partout; et, comme elle me l'avoit promis, je n'avois qu'à m'appuyer de son crédit chez un maître charpentier, pour y trouver sur-le-champ de la besogne à faire et de l'argent à gagner. A peine me restoit-il une heure par jour pour feuilleter mes livres d'affection, dont je n'avois jamais eu le triste courage de me défaire; encore falloit-il la prendre souvent sur mon sommeil. Les dimanches seulement, après l'office, je pouvois donner le reste de la journée à l'étude; et, si c'étoit trop peu pour apprendre, c'étoit presque assez pour ne pas oublier. Je finissois au Havre ces années errantes, et cependant laborieuses, le propre jour de Saint-Michel, quand je fus averti du départ d'un petit bâtiment, nommé la *Reine de Saba,* dont le capitaine ne devoit connoître sa destination qu'en mer, parce qu'il étoit chargé d'une mission fort secrète, mais où l'on recevoit sans frais de passage les ouvriers de bonne volonté, ce qui me fit penser qu'il s'agissoit probablement d'une entreprise de colonisation. Mon livret étoit si bien tenu que je fus reçu sans objection; et je dois ajouter que le nom de la Fée aux Miettes qui se retrouvoit, je ne sais pourquoi, dans tous mes certificats, ne tomboit jamais sous les yeux de personne sans m'attirer des marques particulières de bienveillance, tant l'esprit et la vertu ont de priviléges, même dans les conditions les plus misérables de la vie humaine, et au jugement des hommes que la pratique des affaires dispose le moins à condescendre aux intercessions de la pauvreté.

J'avois vingt louis d'épargne dans ma ceinture, et j'étois sûr de vivre sans peine partout où le travail ne seroit pas compté pour rien; mais ce qui me décidoit par-dessus toutes choses à tenter la fortune chanceuse de ce bâtiment sans but et sans direction connue, c'est que je me flattois que la Providence me feroit peut-être aborder cette côte incertaine où elle avoit relégué mon oncle et mon père, et que ma jeunesse et mon zèle à les servir ne leur seroient pas inutiles. Cette idée s'étoit fixée dans mon esprit, à force d'y descendre, comme une divine inspiration, à la fin de toutes mes prières.

XI.

Qui contient le récit d'une tempête incroyable, avec la rencontre de Michel et de la Fée aux Miettes en pleine mer, et ce qui en arriva.

Ce fut là, monsieur, un voyage extraordinaire, et dont aucune aventure de mer ne vous donneroit l'idée. Nous commençâmes à cingler, par un beau temps fixe, avec une rapidité si incroyable, qu'il nous falloit filer plus de nœuds par heure que jamais fin voilier de la côte n'en avoit compté dans un jour. Le matin du lendemain, le temps se brouilla, et l'horizon devint si confus qu'il nous étoit impossible de déterminer la hauteur du soleil. Bientôt l'aiguille de la boussole se mit à tourner sur son pivot d'une manière extravagante, au point qu'elle s'effaçoit à l'œil comme le rayon d'un char emporté par des chevaux effrayés. Tous les rumbs de vent couroient les uns sur les autres, comme si l'atmosphère n'avoit été qu'une trombe, et le vaisseau, avec ses voiles carguées, siffloit horriblement en roulant sur l'Océan comme une toupie gigantesque. Des oiseaux d'une figure épouvantable se prenoient dans les mailles de nos bastingues, des poissons monstrueux tomboient en bondissant sur le tillac, et le feu Saint-Elme jaillissoit de toutes les pointes de nos mâts et de nos manœuvres en flammes si pressées qu'on auroit dit la gerbe épouvantable d'un volcan. Ce qui m'étonnoit le plus dans ce spectacle, c'est que le capitaine fumoit paisiblement sa pipe sur le pont, sans prendre garde aux phénomènes de la mer et du ciel, et que l'équipage dormoit tranquille autour de lui, quand tout s'abîma.

Je fus un moment couvert par les flots, et quand je revins à la surface, je n'aperçus rien que le ciel qui me paroissoit plus pur qu'à notre départ, et une côte peu

éloignée qu'il n'étoit pas impossible de gagner à la nage.
J'étois près d'y atteindre, lorsqu'il me sembla que je
voyois flotter à quelque distance de moi une espèce de
sac alternativement poussé et repoussé par les eaux,
mais qui perdoit progressivement de l'espace, et que la
première vague devoit infailliblement reporter en pleine
mer. Je ne me serois pas détourné pour m'en saisir, si
je n'y avois soupçonné que de vaines dépouilles de notre
naufrage, car mes forces commençoient à s'affoiblir;
mais il me sembla qu'il avoit un mouvement qui lui
étoit propre, et qui manifestoit la résistance et les efforts
d'un être vivant. Je me confirmai dans cette pensée au
moment de le saisir, tant il bondissoit étrangement sur
les flots, et je me hâtai de me glisser dessous, en le re-
tenant fortement d'une main, pendant que je nageois
de l'autre pour arriver à la plage, qui étoit par bonheur
la plus accessible et la plus douce du monde. J'y fus
déposé si mollement que je n'aurois pas choisi moi-
même un lit plus commode où me reposer de mes fatigues, si je n'avois pensé avant tout à remercier Dieu de
mon salut, et à rendre des soins qui pouvoient être
pressants à la pauvre créature qu'il venoit de me permettre de sauver. Vous jugerez de mon étonnement,
monsieur, quand, après avoir ouvert le sac avec précaution, j'en vis sortir la Fée aux Miettes, qui, sans
prendre garde à moi, se sécha de la tête aux pieds, en
deux ou trois pirouettes au soleil, et vint s'asseoir ensuite à mes côtés, sur le sable où j'étois retombé en
riant, mais plus blanche, plus proprement ajustée, et
plus agaçante encore que de coutume.

— O Fée aux Miettes! lui dis-je, que le ciel m'est
favorable de me faire trouver partout où vous avez
besoin de moi pour vous retirer des périls de la mer!
Vous en avez encore échappé une belle, cette fois; mais
aussi qu'aviez-vous affaire de retarder pendant deux ans
votre voyage à Greenock?

— C'est ainsi, répondit-elle, que parlent ceux qui n'aiment pas. Crois-tu qu'il soit si aisé de se séparer de l'être adoré auquel on a lié sa vie, et dont on attend son bonheur? Que savois-je d'ailleurs si tu trouverois les ressources que je t'avois un peu légèrement promises, et si tu n'aurois pas plus d'une fois besoin de l'or dont ta générosité t'avoit engagé à te dessaisir pour moi? Je te suivois donc, sans me laisser voir, dans les villes que tu habitois, toujours prête à te secourir en cas de nécessité, car les aumônes que je recevois en chemin suffisoient abondamment à ma subsistance. Quand j'appris enfin que tu étois muni d'assez bonnes économies, et que tu avois d'ailleurs ton passage franc pour Greenock, où tu dois m'épouser dans un an, selon ta promesse, à pareil jour qu'hier, touchée de cette marque de ton souvenir et de ta fidélité, je me décidai à faire route sur le même bâtiment que toi; mais, pour ne pas te tourmenter d'une poursuite importune, je me cachai soigneusement à un coin de l'entrepont, dans le sac qu'une heureuse inspiration t'a porté à sauver du naufrage, afin que je te dusse encore une fois la vie.

— Permettez, Fée aux Miettes; il y a ici quelque chose qui m'embarrasse et qui fait trop d'honneur à mon exactitude de fiancé pour que j'accepte vos éloges sans explication. Je ne savois point que ce bâtiment fît voile pour Greenock, et je pensois même que sa destination étoit ignorée de tout l'équipage.

— Cela est possible, reprit la Fée aux Miettes, et je ne répondrois pas moi-même qu'il ne fût entré quelque erreur de sentiment dans les calculs de mon amour. Tu comprendras un peu plus tard, mon cher Michel, ces tendres surprises de la passion quand tu les auras éprouvées!

— Je le crois, Fée aux Miettes, mais nous n'en sommes pas encore là, puisque je n'ai que vingt ans, qu'une année de plus peut vous apporter des réflexions sérieuses, et que mon cœur n'est, grâce au ciel, pas plus ouvert aux impressions de l'amour, sur cette rive inconnue, qu'il ne l'étoit il y a deux ans sur les grèves du mont Saint-Michel, où vous faillîtes vous engloutir, et où vous dansâtes si bien ! Mais vous qui savez toutes choses, ne sauriez-vous pas, Fée aux Miettes, en quel endroit nous sommes si aventureusement débarqués ?

— Si je me suis bien orientée, et tu ne saurois croire combien cela est difficile dans un sac, nous devons être tout à fait à l'est des îles Britanniques, à très-peu de distance d'une ville riche et bien peuplée, où tu ne manqueras pas de moyens d'existence pour réparer la perte de tes nippes et de ton argent. Quant à moi qui avois malheureusement payé d'avance les frais de mon passage, et qui m'estime à plus de cent cinquante lieues de ma petite maison de Greenock, il faut que je renonce à y rentrer jamais !

Cette horrible perspective contrista si horriblement la Fée aux Miettes, qu'elle fut obligée de presser sa lèvre inférieure de ses deux grandes dents, et de toutes les jolies petites dents qui les séparoient, pour ne pas laisser échapper un soupir.

— Voici qui tourne bien mieux que vous ne pouviez l'imaginer, dis-je gaiement à la Fée aux Miettes. Mes nippes, qui sont de peu de valeur, consistent en quelque linge que je porte dans ce havresac, et mon argent, auquel vous me faites penser, ne doit pas être sorti de cette ceinture.

En parlant ainsi, je la déroulai sur le sable, et il en tomba une bourse de vingt louis d'or.

— Prenez donc hardiment, continuai-je, et retournez sans vous fatiguer, par des voitures commodes, à votre petite maison de Greenock, pour que le foible service que j'ai voulu vous rendre deux fois en ma vie ne reste pas imparfait. Puisque nous ne sommes pas loin d'une ville, je ne suis pas embarrassé de gagner honnêtement ce qu'il me faut pour ne pas mourir de faim, et je me

flatte qu'il n'y a point de charpentier dans toute la
Grande-Bretagne qui ne se trouve heureux de m'avoir
à ce prix ; quant à cet argent qui ne représente dans
mes mains que le triste besoin des jours de paresse, il
me feroit horreur si vous m'obligiez de le garder comme
un avare, pendant qu'une amie, dont les conseils m'ont
été si utiles, en a besoin. Prenez, prenez, je vous le
répète, et ne vous mettez en peine de rien que du
devoir d'exécuter les volontés d'un fiancé qui sera dans
un an votre époux. C'est à cette marque d'obéissance,
ajoutai-je avec une gravité burlesque, c'est à elle seule,
Fée aux Miettes, que je puis mesurer la foi que j'ai mise
en vos engagements, et dans la promesse que vous m'a-
vez faite de vivre à notre ménage en femme soumise et
respectueuse.

— Souffre au moins, dit la Fée aux Miettes, qui s'é-
toit relevée en ramassant ma bourse et qui sautilloit à
l'ordinaire sur sa béquille, souffre, avant cette cruelle
et dernière séparation, que je te laisse un gage de ma
tendresse, dont la vue puisse adoucir ton impatience
amoureuse. C'est mon portrait, poursuivit-elle, en tirant
de son sein un médaillon suspendu à cette chaine. Qu'il
te souvienne seulement de ne jamais l'offrir aux regards
d'un homme, car je connois son funeste effet sur les
cœurs ; il trouble du premier abord les raisons les plus
éprouvées, et ce n'est que pour toi, mon bien-aimé, qu'il
est sans danger de contracter cette folie, dont la prochaine possession de ma main te guérira.

J'avoue que l'heureuse confiance avec laquelle la Fée
aux Miettes débitoit ces sornettes me jeta, comme à
l'ordinaire, en des transports de gaieté impossibles à
contenir, mais elle étoit si disposée à juger d'elle avan-
tageusement, qu'elle ne s'en aperçut que pour y prendre
part, dans la pensée, comme j'imagine, que c'étoit la
délicieuse perspective de notre union qui commençoit à
me faire extravaguer.

— Regarde, regarde ce portrait, reprit-elle en me montrant le ressort qui servoit à le découvrir ; regarde, je te prie, et ne t'afflige pas si la ressemblance en est un peu altérée. Il étoit frappant quand il fut fait par un artiste inimitable ; mais il est probable que le temps a donné à mes traits une expression plus sérieuse ; et peut-être, si je ne me trompe, un certain air de majesté qui n'est pas moins séant à un beau visage que la grâce coquette des jeunes filles. Cependant, je ne suis pas fâchée que tu me voies telle que j'étois alors, et que tu m'en dises ton avis.

Je me taisois... ou je laissois à peine échapper quelques exclamations confuses, comme les balbutiements d'un homme endormi qui se croit frappé d'une apparition...

— O miracle du ciel ! m'écriai-je enfin, l'âme attachée tout entière à cette image, Dieu a plus fait en vous produisant de sa parole, ange adorable entre tous les anges, qu'en faisant éclore du chaos le reste de sa création !... Prodige de grâce et de beauté, ravissante Belkiss, où êtes-vous ?

— Elle est devant tes yeux, répondit la Fée aux Miettes, et ne la reconnois-tu pas ?...

Je détachai en effet mes regards du portrait magique pour savoir si ce miracle ne s'étoit pas opéré ; mais je ne vis que la Fée aux Miettes, qui prenoit pour elle de si bonne foi les éclats de mon admiration, qu'elle ne pouvoit plus résister à l'instinct pétulant de ses inclinations dansantes, et qu'elle sautoit sur elle-même avec une élasticité incroyable, comme une balle sur la raquette, mais en augmentant progressivement et suivant une sorte d'ordre chromatique la portée de son élan vertical, au point de me faire craindre encore qu'elle finît par ne plus redescendre.

— Pour Dieu, Fée aux Miettes, lui dis-je, en imposant fermement mes deux mains sur ses épaules, afin de la retenir au bond, ne vous obstinez donc pas à faire

des tours de force pareils, si vous ne voulez vous estro-
pier de manière à ne jamais vous trouver au rendez-
vous nuptial!

— Oh! j'y serai, j'y serai, j'y serai, dit la Fée aux
Miettes en me narguant de sa béquille. Tu verras comme
j'y serai!...

Cependant, je ne l'écoutois plus, je ne la voyois plus.
Je ne voyois, je n'entendois que ce portrait de femme
qui parloit pour la première fois à un sens de mon âme
nouvellement révélé. Je ne sais comment cela se faisoit,
mais j'éprouvois que le sentiment même de ma vie venoit de se transformer en quelque chose qui n'étoit plus
moi et qui m'étoit plus cher que moi!... Ce n'étoit pas
une femme comme je l'avois comprise; ce n'étoit pas
non plus une divinité comme je l'avois imaginée. C'étoit
cette divinitée revêtue d'un extérieur où elle daignoit
s'assortir à la foiblesse de mes organes, sous des apparences qui troublent sans faire tout à fait mourir. C'é-
toit cette femme radieuse d'une expression indéfinissable, et dont la vue combloit mon cœur d'une félicité
plus achevée et plus parfaite que toutes les félicités
fantastiques de l'imagination. Et je me perdois dans
cette contemplation, comme le dévot extatique pour qui
le ciel des mystères vient de s'ouvrir.

Tout à coup une de mes mains faisant tomber un peu
d'ombre sur le médaillon, du côté d'où provenoit la lumière du soleil, je m'aperçus que les pierres qui le bor-
doient jetoient une petite clarté qui·leur étoit propre, et
qui trembloit dans mes doigts, à la manière de ces
lueurs phosphoriques dont on voit scintiller le feu
bleuâtre sur les anneaux du ver luisant. Cela me rappela
les escarboucles dont les anciens et les voyageurs ont si
souvent parlé, et je m'avisai que ce médaillon devoit
être une chose fort précieuse, d'autant plus que je re-
connus à l'instant qu'il étoit d'or pur. Cette idée me
tira de la préoccupation passionnée où j'étois plongé,

et ramena mon esprit à la Fée aux Miettes, sans distraire entièrement mes regards de l'image délicieuse de Belkiss.

— Sur ma foi de chrétien, Fée aux Miettes, pour une femme intelligente, savante, prudente, et en qui l'âge au moins n'a pas manqué à l'expérience, il faut que vous ayez été bien maladroitement chanceuse dans toutes vos aventures, puisque vous voilà pauvre et mendiante, depuis je ne sais combien d'années, avec un médaillon que le lapidaire du roi ne pourroit certainement pas payer, mais sur lequel il vous auroit fondé de belles rentes qui vous donneroient maison de ville, maison de campagne, une carrosse à quatre chevaux et huit laquais galonnés sur toutes les coutures. Hâtez-vous donc de me reprendre, non pas ce portrait, qui m'est plus gracieux que la vie, mais ce médaillon, qui vaut intrinsèquement mieux que votre maison de Greenock, même quand on vous rendroit l'arsenal et la ville avec !

La Fée aux Miettes ne répondant pas à cette allocution, je la cherchai des yeux à mes côtés, et je vis qu'elle étoit à plus de deux cents pas au détour que faisoit la grève, tant j'avois été absorbé longtemps dans mes réflexions, ou tant la Fée aux Miettes alloit vite quand elle étoit pressée. Je me pris sur-le-champ à courir de toutes mes forces, en l'appelant à grands cris, mais elle avoit déjà disparu. Le besoin de me défaire le plus tôt possible d'un trésor dont elle ne connoissoit pas le prix me donnoit des ailes aux talons, et je ne doutois pas de la rejoindre à l'instant, lorsqu'en arrivant à un autre angle de la côte d'où l'on découvroit plus de demi-lieue d'étendue, je l'aperçus tout au sommet d'une petite montée qui fermoit fort nettement l'horizon, et sur laquelle elle sautilloit, la béquille en arrêt d'une main, l'autre bras étendu en balancier et la jupe arrondie au vent, comme vous avez vu, sur la corde des marion-

nettes, la gracieuse Pretty, l'objet des passions illégi-
times de Master Punck. J'aurois eu beau crier pour la
retenir, mais je précipitai cette fois ma course avec tant
d'impétuosité qu'un de nos bons chevaux de Normandie
auroit eu peine à me suivre, et que je me réjouissois de
tomber à ses côtés comme une bombe à la première
descente, quand je me trouvai au-dessus d'une route
d'une lieue en ligne droite qui étoit terminée au point
où ses deux parallèles alloient se rejoindre, en vertu
de la perspective et en dépit de la géométrie, par une
petite figure toute blanche, si preste, si leste et si
modeste qu'on n'en vit jamais de plus avenante, et
qui ressembloit comme deux gouttes d'eau à la Fée
aux Miettes, regardée par le grand verre d'une lorgnette
d'Opéra.

Là je m'assis d'accablement, en calculant que, dans
la même progression, la Fée aux Miettes se retrouveroit
nécessairement derrière moi avant que j'eusse parcouru
la circonférence de la terre, et en me consolant, dans
l'intérêt de cette pauvre femme, par la pensée qu'un
bijou si rare, et si longtemps exposé à tant de hasards,
fût au moins tombé dans des mains fidèles.

— Je ne suis pas en peine, dis-je, de lui faire parvenir sûrement ce médaillon à Greenock, avec une
lettre où je lui en expliquerai la valeur, puisque ce genre
de connoissances paroît être le seul qui ait échappé à
l'immense étendue de son esprit.

Quant au portrait qu'elle m'a donné, je le garderai
si elle le permet!...—S'il faut y renoncer, ajoutai-je
les yeux collés sur le cristal, les lèvres tremblantes, et
le cœur gonflé, s'il faut y renoncer, je mourrai!

Je ne cessai de contempler le portrait de Belkiss jusqu'à la ville que la Fée aux Miettes m'avoit annoncée,
et comme elle m'avoit appris que nous étions dans les
îles Britanniques, je me proposois de m'informer en
anglois, à la première personne qui se rencontreroit sur

ma route, de l'endroit où j'arrivois. Ce fut une jolie
petite fille, toute roulée, à cause du froid, dans un plaid
quadrillé, et qui regagnoit le pays sur des jambes aussi
blanches qu'ivoire, en piétinant comme un oiseau de
rivage.

— *By God*, me dit-elle en me frappant légèrement
du bout de son plaid, comme pour me punir d'une plaisanterie de mauvais goût, il faut, beau charpentier,
que mistress Speaker n'ait pas mis aujourd'hui d'eau
dans votre vin, ou que l'honnête Finewood, votre maître,
vous ait régalé lui-même d'un peu plus d'ale que de
coutume, pour que vous ayez oublié le nom de votre
petite Folly Girlfree.

— Ce n'étoit pas cela que je vous demandois, Folly,
répondis-je en riant à cette méprise de ressemblance;
c'est le nom de cette ville où nous entrons ensemble, et
que j'ai oublié, je ne sais comment, quoique je n'aie bu
aujourd'hui ni le vin de mistress Speaker, ni l'ale de
l'honnête Finewood, mais une eau maussade et salée
qui m'a peut-être troublé la mémoire...

— Le nom de Greenock! s'écria Folly en arrêtant sur
moi ses deux yeux ronds et noirs. Vous êtes donc fou,
mon ami!

— Greenock, dites-vous!... seroit-ce là Greenock!...

Et au chemin que la Fée aux Miettes m'avoit fait
faire, je me doutois bien que j'avois gagné beaucoup
de terrain. — Mais cent cinquante lieues, c'étoit un
peu fort.

XII.

Où il est traité pour la première fois de la cérémonie du mariage
chez les chiens.

Comme le soleil étoit déjà très-bas quand j'arrivai à
Greenock, je ne jugeai pas à propos de me présenter ce

jour-là chez ce maître Finewood dont m'avoit parlé Folly, et j'allai demander un asile pour la nuit dans la première auberge qui se trouva sur mon chemin, car il me restoit quelques petites pièces de monnoie qui n'étoient pas entrées dans le compte net de mes épargnes. Je tombai justement chez cette mistress Speaker dont je venois d'apprendre le nom, et qui, probablement trompée ainsi que Folly par une ressemblance singulière, m'accueillit d'une voix éclatante, avec de grandes, éloquentes et prolixes démonstrations d'amitié.

— Cependant, mon cher enfant, me dit-elle, je ne peux te rendre ce soir ni ta chambre, ni ton lit, la maison étant occupée de fond en comble par la noce du bailli de l'île de Man, et je ne saurois t'offrir que ce pailler où couchent ordinairement les deux dogues de la maison, qui sont aujourd'hui de fête. — Comme j'étois plus pressé de me reposer que de soutenir conversation avec mistress Speaker, dont le flux de paroles menaçoit de ne pas tarir, je me hâtai de rompre un morceau de pain, arrosé d'un verre de small-beer, et de gagner la couche coutumière de ces deux chiens de bonne humeur qui avoient eu la complaisance très-grande de choisir le jour précis de mon arrivée à Greenock pour se mettre en frairie.

Mais, à peine étendu sur la paille, je m'aperçus, à mon grand déplaisir, que le lieu de réunion où s'étoient rendus les principaux locataires de mon appartement ne pouvoit pas être fort éloigné, tant mon oreille fut assourdie d'un mélange confus de hurlements, de jappements, d'abois, de grognements, de grondements, de piaulements, de murmures, pris dans toute l'échelle de la mélopée canine, depuis la basse ronflante du mâtin de basse-cour jusqu'à l'aigre fausset du roquet, et qui formoit certainement le morceau d'ensemble le plus extraordinaire dont il ait jamais été question en musique.

Mes yeux n'ayant pu se fermer de la première moitié de la nuit, je ne fus réellement pas fâché d'être distrait de mon impatience et de mon insomnie par la noce du bailli de l'île de Man, qui passoit solennellement de la salle du festin à la salle du bal, et qui traversoit pour s'y rendre le vestibule sous lequel j'étois couché. Le tintamarre épouvantable qui m'avoit incommodé jusque-là s'étoit changé d'ailleurs en une sorte de glapissement doux et presque mélodieux, qui n'étoit pas modulé sans coquetterie. Je m'assis sur ma paille pour considérer ce spectacle, et vous serez d'accord, monsieur, qu'il valoit la peine d'être vu!... C'étoit, en vérité, une société élégante et choisie, mais composée de simples chiens, différents seulement de tailles et d'espèces, et remarquables à l'envi les uns des autres par la politesse recherchée de leurs manières et par le goût exquis de leur toilette, la crinière retapée dans le dernier genre, la moustache troussée et cirée à l'espagnole, l'épée horizontale, l'habit leste et pincé, le chapeau sous le bras gauche, et la main droite à leurs dames, avec toute la bienséance requise. Jamais je n'avois vu tant de rubans, de paillettes et de galons! Il me sembla reconnoître même les deux dogues de mistress Speaker, au regard profondément dédaigneux qu'ils laissèrent tomber sur moi, en passant devant le chenil qu'ils avoient occupé la veille.

Quand le cortége eut défilé tout entier, je me recouchai en méditant sur les bizarreries de la nature, qui a répandu des variétés si incroyables dans l'œuvre de la création; car, bien que j'eusse entendu souvent parler de cette race d'hommes cynocéphales dont il est fait mention dans Hérodote, Aristote, Ælien, Plutarque, Pline, Strabon, et une multitude d'autres auteurs dont la sagesse, l'expérience et la sincérité ne sauroient être révoquées en doute, je n'y avois pas eu trop de foi jusqu'à ce jour, et je n'aurois jamais soupçonné surtout

13.

qu'elle eût jeté, près de l'embouchure de la Clyde, une colonie douée d'une aptitude si soudaine aux perfectionnements les plus raffinés de la civilisation. Aussi avois-je peine à me persuader à mon réveil que je n'eusse pas fait un songe, et que ce ne fût pas la Fée aux Miettes qui se divertissoit, dans je ne sais quel dessein, et au moyen peut-être de je ne sais quel secret qu'elle avoit rapporté de ses voyages, à infatuer mon esprit de ces visions fantasques. Cette pensée m'absorba tellement que je commençai à douter de ce qui m'étoit arrivé depuis deux jours, et que j'eus peur de chercher inutilement sur mon sein le portrait enchanteur auquel j'avois dû la veille des extases si délicieuses.

— Hélas! dis-je en moi-même, toute ma vie n'est que chimères et caprices, depuis que la Fée aux Miettes s'en mêle, probablement pour mon bien, et tout ce qui me survient d'impressions heureuses comme d'illusions grotesques n'est sans doute qu'un jeu de ses fantaisies. Je n'ai peut-être jamais vu le portrait de Belkiss!

Au même instant, je portai machinalement la main sur le médaillon; le ressort s'ouvrit, je crois, sans que je l'eusse touché, et Belkiss m'apparut plus belle encore que la veille.

— Dieu soit loué! m'écriai-je en me précipitant à genoux devant cette image vivante, car elle parloit à mon âme par une voix mystérieuse, et le céleste sourire de ses lèvres et de son regard répondoit à ma pensée avec une expression si fidèle que j'aurois craint de le troubler par une émotion inquiète...

— Dieu soit loué, Belkiss! je n'avois pas tout rêvé...

XIII.

Comme quoi Michel fut aimé d'une grisette et amoureux d'un portrait
en miniature.

Je ne manquai pas de me trouver à l'ouverture du
chantier de maître Finewood; et comme j'étois accoutumé à me présenter partout sous les auspices de la Fée
aux Miettes, je crus que son nom me seroit de meilleure
recommandation que jamais dans un pays où elle devoit
être connue au moins par tradition.

— Qu'est-ce donc que la Fée aux Miettes, s'écria
maître Finewood les mains sur les côtés, et où diable
avez-vous été élevé, si vous êtes Écossois, comme je le
pense, car vous parlez la langue du pays mieux qu'un
Hume ou un Smollett? Nous ne connoissons de fée à
Greenock, au moins entre nous autres charpentiers,
mon enfant, que l'industrie et la patience avec lesquelles
on vient à bout de tout, moyennant la grâce de Dieu,
notre souverain maître. Cependant, continua-t-il en parlant à sa femme et à ses filles, la figure de ce garçon me
revient; je ne sais où je l'ai rêvée, et pourquoi il m'est
avis qu'il portera bonheur à ma maison. Il faudra le
voir tantôt à la besogne, car c'est la véritable épreuve
de l'ouvrier, et s'il est capable et laborieux, comme le
témoignent ses certificats qui sont réellement des meilleurs que j'aie vus, nous ne serons pas arrêtés par quelques fantaisies joviales et folâtres qui sont de l'âge et de
l'état. Allez donc vous essayer, monsieur le protégé des
fées! je vous retrouverai au travail.

Là-dessus, il me serra cordialement la main, et mistress Finewood me sourit avec une expression de touchante bienveillance qui se reproduisit de la manière
la plus gracieuse sur le joli visage des six charmantes
filles dont elle étoit entourée.

Encouragé par cet accueil, je me mis donc de bon cœur à montrer mon savoir-faire aux maîtres ouvriers, qui jugèrent du premier abord que j'étois propre aux opérations les plus difficiles et les plus compliquées de la profession. — Il est probable, pensai-je intérieurement alors, en tirant mes lignes et en prenant mes mesures, que la Fée aux Miettes s'est effacée de la mémoire des habitants de Greenock, pendant le cours de sa longue absence, et qu'elle n'y a pas encore été remarquée depuis son retour, quoiqu'elle ait dû y arriver de bonne heure, au train qu'elle alloit.

J'avois été si âpre à mon ouvrage, que je ne m'aperçus qu'en finissant, que maître Finewood était là depuis longtemps à m'observer.

— Courage, mon brave, dit-il en me frappant sur l'épaule avec un air tout riant; vous avez fait montre aujourd'hui de tant de goût et d'habileté, qu'on imagineroit volontiers que vous avez quelque fée dans votre manche, s'il étoit vrai que les fées se mêlassent encore de nos affaires. Puis, se retournant du côté des ouvriers : — Holà! ho! vous autres, éclaircissez-moi d'un doute? Auriez-vous entendu parler à Greenock de la noble patronne de ce gentil compagnon, parmi les bonnes et notables dames du pays? C'est, s'il faut l'en croire, une naine de deux pieds et demi, de quelques centaines d'années, et nommée la Fée aux Miettes, qui parle toutes les langues, qui professe toutes les sciences, et qui danse dans la dernière perfection.

Pendant qu'il disoit ceci, le mouvement de toutes les scies étoit suspendu, toutes les haches étoient restées immobiles, toutes les cognées muettes. Après un moment de silence, mes nombreux camarades répondirent par un éclat de rire tellement unanime qu'il étoit impossible d'y distinguer la moindre modulation ou la moindre dissonnance. C'étoit le *tutti* le plus plein, le plus compacte et le plus simultané qu'il soit possibl d'ouïr; et à dire vrai, j'en fus presque aussi assourdi que mortifié.

A compter de ce moment, je pris le ferme dessein de ne plus parler de la Fée aux Miettes, d'autant qu'il me sembloit réellement assez difficile d'en donner une idée avantageuse aux gens qui ne la connoissoient pas; mais j'avoue que cette expansion de gaieté m'inspira peu de penchant pour les ouvriers qui se l'étoient permise aux dépens de la seule amie que je me fusse connue au monde, et qu'elle jeta depuis dans mes rapports avec eux une sorte de froideur et de malaise qui ne fut pas favorable à la réputation de mon jugement et de mon esprit. Je les surprenois souvent à se frapper le front du doigt en me regardant, avec des signes d'une pitié dédaigneuse, comme pour se faire entendre les uns aux autres que maître Finewood ne s'étoit pas trompé, le jour de mon arrivée, en me croyant travaillé de quelque sotte manie.

Quoi qu'il en soit, je m'étois tellement distingué par mon assiduité et mon aptitude au travail dès les pre- mières semaines, que maître Finewood m'avoit plus en gré qu'aucun de ses autres ouvriers, et qu'il me tenoit presque au même rang, dans son affection, que ses six garçons et ses six filles. Mon inclination à la solitude et à la méditation, lorsque je ne travaillois pas, ne lui pa- roissoit plus qu'une disposition naturelle de mon carac- tère, et il ne s'en inquiétoit point.

— Que voulez-vous? disoit-il, c'est son plaisir, à lui, d'être seul, et de rêver au bord de la mer, plutôt que de passer les jours de fête à faire sauter des bouchons d'ale, ou que de faire danser, dans le bal des charpen- tiers, Folly Girlfree et d'autres évaporées de la même espèce. Il n'y a peut-être pas grand mal à cela, car je suis bien trompé si un honnête homme n'apprend, dans la société des buveurs et dans celle des *grey gowns*, plus de mauvaises choses que de bonnes!...

Je ne pensois guère à ces plaisirs! Il n'y en avoit plus qu'un pour mon cœur, celui de contempler ma chère Belkiss et de converser avec elle, car je vous ai dit qu'il s'étoit formé entre son portrait et moi une espèce d'intelligence merveilleuse qui suppléoit à la parole, avec plus de mouvement, de rapidité, d'entraînement peut-être, comme si la plus légère des impressions de ma pensée alloit se refléter, par je ne sais quelle puissance, dans ces linéaments immobiles, dans ces couleurs fixées par le pinceau, et mettre en jeu sur l'émail une âme qui m'entendoit. — A peine étions-nous seuls, Belkiss et moi, que cette conversation imaginaire s'établissoit entre nous, et duroit pendant des heures délicieuses, variées par toutes ces alternatives de la crainte et de l'espérance qui font la douleur et la joie des amants. Si je paroissois épouvanté de la distance qui nous séparoit, et de l'impossibilité de la franchir jamais, on auroit dit que Belkiss voulût me rassurer par un sourire. Si je désespérois de réaliser le bonheur que j'aspirois dans ses regards, on auroit dit qu'elle compatissoit à mes souffrances par une larme ; et jamais je ne me séparois d'elle quand j'y étois forcé, que l'expression de sa physionomie tout entière ne me laissât un sentiment de consolation inexprimable, plus vif que toutes les extases de la vie. — Un jour, un seul jour, le désordre de ma passion m'avoit emporté si loin, et Belkiss sembloit y céder elle-même par une si invincible sympathie, que mes lèvres se rapprochèrent en frémissant du médaillon, tandis qu'un prestige, dont le délire de l'amour peut seul expliquer le mystère, prêtoit à l'image animée le mouvement et les proportions de la nature, et me la montroit émue, agitée, palpitante, prête à s'élancer, pour joindre ses lèvres aux miennes, hors de son cercle d'or et de son auréole de diamants. Je sentis que la chaleur de son baiser versoit des torrents de flammes dans mes veines, et que ma vie défailloit à ma félicité.

Ma poitrine se gonfla comme si elle étoit près d'éclater, ma vue se voila d'un nuage de sang et de feu, mon âme se réfugia sur ma bouche, et je perdis connoissance en prononçant, en balbutiant le nom de Belkiss.

Le hasard, ou une rencontre plus naturelle, faisoit que Folly Girlfree se trouvoit là, au moment où ce nom adoré expiroit avec ma voix, avec ma dernière pensée, avec le désir et le besoin de mourir dans cette volupté suprême. Folly, qui valoit qu'on l'aimât, parce qu'elle étoit effectivement la plus gentille des petites *robes grises* de Greenock, Folly, la bizarre Folly, s'étoit piquée de se faire aimer de moi, sans doute parce que l'austérité de mes mœurs solitaires avoit agacé sa vanité de jeune fille; et il étoit rare que je me recueillisse dans un endroit si écarté que Folly n'y vînt apparoître, comme par hasard et sans être attendue, au creux de quelque rocher fendu par le temps, ou au débouché d'un massif de bouleaux, avec sa jolie toilette calédonienne, sa tournure de sylphide, sa gentillesse fantastique, et sa gaieté éveillée.

—Par l'honnête mère qui m'a engendrée, disoit-elle alors en levant les mains vers le ciel, c'est donc vous, Michel, que je verrai partout! Il faut que vous soyez bien subtil à vous retrouver au devant de mes pas, car je vous évite, pour moi, avec autant de soin qu'une pauvre colombe le milan qu'elle a vu tourner sur son nid! C'est une grande misère à une jeune femme de bien qui n'a que son innocence, ajoutoit-elle en portant ses dix jolis doigts à ses yeux comme si elle avoit pleuré, de ne pouvoir jamais se dérober à la malice et aux embûches des séducteurs!

—Hélas, ma chère Folly, lui répondois-je d'ordinaire, je conviens que cette circonstance se renouvelle assez souvent pour vous causer quelque surprise, mais je puis attester sur vos beaux yeux noirs que ma volonté n'y est pour rien, et que je comprends au contraire assez le danger de vous voir pour me tenir loin de votre chemin, si je savois où vous devez passer, car mon cœur est engagé dans un lien qui m'est plus précieux que la vie, et qui lui défend d'être jamais à vous.

Le jour dont je parle, mon émotion m'entraîna plus loin que ne le permettoient la discrétion et la prudence, et j'ajoutai dans le transport auquel j'obéissois encore :

—Non, Folly! jamais à vous, jamais à une autre qu'à la divine princesse Belkiss.

Comme j'avois évité de tourner ma vue sur Folly, après lui avoir fait connoître d'une manière si positive l'obstacle invincible qui s'opposoit au succès de ses vœux, et que son profond silence me faisoit craindre qu'elle ne cédât tout à fait à son désespoir, je courus à elle pour lui donner quelque consolation, et je la trouvai en effet dans un état qui m'alarma au premier coup d'œil, mais sur lequel je fus bientôt tranquillisé à ma grande humiliation, quand je m'aperçus qu'elle se pâmoit de rire. Cependant, cette convulsion de joie délirante et d'éclats étouffés menaçant réellement de la suffoquer, je m'empressois à lui porter du secours, lorsque étendant sa main vers moi, et reprenant un peu haleine :

—Assez, assez, me dit-elle; je me remettrai toute seule, mais, pour Dieu! Michel, ne me dites plus rien, si vous ne voulez que je meure !

Alors, je m'éloignai en me demandant à moi-même si je n'avois pas donné quelque juste prétexte à sa folie, et si la passion qui me dominoit n'étoit pas mille fois plus insensée encore. Je ne me rassurai entièrement qu'en revenant au portrait de Belkiss, dont la douce et riante sérénité, plus pure que de coutume, éclaircissoit tous mes soucis et calmoit toutes mes douleurs.

Cette anecdote circula bientôt parmi les filles de Greenock, avec toutes les circonstances comiques que pouvoit y ajouter la maligne jalousie de Folly, et passa

rapidement des petites *robes grise* aux ouvriers de bon
air qui étoient peu disposés à me vouloir du bien, parce
qu'ils prenoient mal à propos ma timidité sauvage pour
de l'insouciance ou du dédain. Quelques jours après, je
ne passois plus dans les groupes joyeux des fêtes et des
dimanches, quand le caprice de mes promenades errantes me faisoit tomber au milieu d'eux, sans entendre
murmurer à mes oreilles :

— Oh ! ne troublez pas les méditations de Michel, du
plus sage et du plus savant des charpentiers de Renfrew ! Si vous le voyez ainsi refrogné et absorbé dans
ses pensées, c'est qu'il rêve incessamment à la princesse
Belkiss dont il est le galant, et qu'il emporte suspendue
à cette belle chaîne dans une boîte de laiton !

— La princesse Belkiss, disoit une matoise plus impertinente que les autres, qui sortoit de la bande, en
frottant lestement l'index de sa main droite sur celui de
sa main gauche en signe de mépris ; la princesse Belkiss, vraiment, n'est pas faite pour les charpentiers ! Il
l'épousera, si Dieu permet, quand il aura trouvé le
trèfle à quatre feuilles ou *la mandragore qui chante !*

Les hommes ne disoient rien, car ils savoient que je
n'aurois pas subi une insulte ; mais ils rioient à leurs
maîtresses, et je me hâtois de passer assez confus, parce
que ces plaisanteries n'étoient pas au fond dépourvues
de bon sens.

La nouvelle de ma passion arriva dans le chantier,
mais j'y étois aimé, et l'on ne se seroit pas avisé d'ailleurs d'y badiner à mes dépens. Un soir que maître
Finewood avoit à se louer de quelque pièce de travail
que j'avois exécutée pour lui :

— O mon pauvre Michel, dit-il, en me prenant la
tête aux deux mains, tu es un si honnête jeune homme
et un si digne ouvrier, que je regretterai jusqu'à mon
dernier jour de n'avoir pu faire assez en ta faveur, et
que je me le reprocherois à l'égard des plus noires in-

14

gratitudes, si ton esprit singulier ne s'étoit opposé à mes bonnes intentions. Je t'aurois voulu pour gendre, et pour le principal héritier de mon riche établissement; et tu sais que j'ai six filles, dont trois sont plus blanches que les lis, et trois plus vermeilles que les roses. Il n'y a pas un laird d'Écosse qui n'eût été enchanté de mener la moindre des six à l'autel, et je t'aurois donné le choix. Pourquoi faut-il que tu sois amoureux comme un vrai fou, pardonne-moi le mot, d'une princesse Belkis qui étoit, sans doute, une fort honorable personne, puisqu'elle refusa la main du grand roi Salomon, s'il ne commençoit par répudier ses sept cents femmes et ses trois cents concubines, ainsi que le rapporte le Talmud, au témoignage de mon voisin Jonathas le changeur, mais qui, si elle vivoit encore et s'il lui restoit des dents, en porteroit de telles, j'imagine, qu'elles dépasseroient d'un pouce au moins la longueur de son menton...

— Croyez-vous, lui répondis-je, que c'est ainsi que seroit aujourd'hui Belkiss?

— Et qui en doute? répliqua gaiement maître Finewood.

— Adorable Belkiss, m'écriai-je, en pressant le médaillon sur mes lèvres sans l'ouvrir, vous m'êtes témoin que rien ne peut effacer de mon cœur les engagements que j'ai pris envers vous, et que j'ai préféré le bonheur de vous appartenir sans espérance aux avantages les plus doux et les plus séduisants qui puissent flatter un homme de ma condition!

Maître Finewood étoit si consterné qu'il ne s'aperçut pas de mon départ, et je me retirai dans la pensée qu'il étoit temps de quitter Greenock, où mes extravagantes amours deviendroient de plus en plus un objet de douleur pour mes amis, et de dérision pour tout le monde.

XIV.

Comment Michel traduisoit l'hébreu à la première vue, et comment on fait des
louis d'or avec des deniers, pourvu qu'il y en ait assez ; plus, la description
d'un vaisseau de nouvelle invention, et des recherches curieuses sur la civilisation des chiens danois.

Comme je rentrois chez moi, je vis la foule assemblée
devant une grande affiche qui portoit en guise de vi-
gnette l'image d'un vaisseau fort bizarre pour le grée-
ment et la voilure, et qui étoit imprimée en lettres si
extraordinaires que les plus savants n'avoient jamais
rien vu de pareil. — Parbleu, maître Michel, vous qui
n'ignorez de rien, me dit un des ouvriers que Folly
Girlfree avoit égayés à mes dépens les jours précédents,
voici une belle occasion de nous montrer votre science ;
et c'est affaire à vous de nous expliquer cet effroyable
grimoire auquel tous les docteurs du pays perdent leur
latin ! — En parlant ainsi, on me poussoit au pied du
placard avec de mordantes railleries qui me faisoient
réfléchir péniblement sur mon ignorance ; mais je me
rassurai promptement en m'apercevant que ce n'étoit
que de l'hébreu, dont la Fée aux Miettes m'avoit fait
prendre quelque connoissance, du temps où elle dirigeoit mes études.

   — Par la grâce de Dieu tout-puissant qui s'assied au-
dessus du soleil et de la lune, dis-je alors, car je lisois
plus couramment cette langue que je ne m'en serois cru
capable : —

   « A la garde de ses brillantes étoiles, et sous la protection des saints anges qui couvrent de leurs ailes le
commerce de la mer, les mariniers, les charpentiers et
les marchands de Greenock sont avertis du départ du
grand vaisseau *la Reine de Saba*, qui fera voile après-

demain, jour de saint Michel, prince de la lumière créée
et bien-aimé du Seigneur souverain de toutes choses,
hors de ce port d'élite et de salut, qui brille au front des
îles de l'Océan comme une perle très-choisie. »

— Le grand vaisseau *la Reine de Saba* vient en
effet d'entrer dans le port, reprit l'ouvrier d'un air plus
réfléchi.

— Mes amis, continuai-je en leur adressant la parole, il ne faut pas vous étonner que le capitaine de ce
bâtiment s'adresse à vous dans sa langue, probablement
parce qu'il ne sait pas la nôtre, comme cela pourroit
nous arriver à tous si nous venions à mouiller dans un
port inconnu ; ou bien, parce qu'en abordant sur des
plages chrétiennes, il n'a pas supposé qu'elle fût ignorée des docteurs de notre sainte loi, que vous n'avez
pas encore pris le temps de consulter. La langue dans
laquelle cette affiche est écrite est celle de la divine
Écriture.

— Est-il vrai? dirent les ouvriers, en se regardant
les uns les autres, et en se croisant les bras.

Je poursuivis ma lecture :

« *La Reine de Saba* est frétée pour l'île d'Arrachieh
dans le grand désert libyque, où elle parviendra, si Dieu
ne l'a autrement résolu dans les desseins impénétrables
de sa sagesse, devant laquelle l'univers entier est un
foible atome, par les canaux souterrains qu'a ouverts à
un petit nombre de navigateurs choisis la puissante
main de la très-sage Belkiss, souveraine de tous les
royaumes inconnus de l'Orient et du Midi, héritière de
l'anneau, du sceptre et de la couronne de Salomon, et
l'unique diamant du monde. Que sa gloire soit éternelle, comme sa jeunesse et sa beauté ! »

— Belkiss! dit une voix étouffée qui paroissoit venir
de loin.

— Belkiss! répétai-je en moi-même avec surprise;
car il y avoit dans le rapprochement de ce nom et de

celui qui occupoit ordinairement mes pensées je ne sais
quel mystère sous lequel ma raison fut un moment
anéantie.

— Belkiss! s'écria enfin Folly Girlfree, qui avoit
réussi à se faire jour au travers des spectateurs, vous
voyez bien que le malheureux retombe dans sa folie!

Au même instant se leva à mes pieds un vieux petit
juif que je n'avois pas encore aperçu jusque-là, tant il
étoit modestement accroupi dans ses haillons; et, collant contre le tableau sa figure amincie et macérée par
l'âge, et sa longue barbe d'un blanc d'argent, aiguisée
en alène, comme si elle avoit été affilée à la lime et au
polissoir :

— Il y a Belkiss, répondit-il en allongeant sur le mot
un doigt décharné, plus pâle que celui des squelettes
blanchis qui sautillent, au branlement des armoires, sur
leurs faux muscles de laiton, dans les cabinets d'anatomie :

Il y a Belkiss vraiment, et ce jeune homme traduit
l'hébreu aussi nettement qu'un massorète!...

Je me retirai alors avec respect pour qu'il achevât.

— Le trajet, dit-il, ne durera que trois jours, et les
passagers ne payeront que vingt guinées. Fête perpé-
tuelle au Seigneur dans les hauteurs de sa puissance!

— Un trajet de trois jours d'ici au grand désert libyque! murmuroit le peuple en se retirant; — un voyage
de mer dans des canaux souterrains! voyez-vous ce
charlatan de corsaire qui cherche à nous soutirer vingt
guinées, et à nous enlever nos ouvriers et nos enfants!

— Qu'il a peut-être déjà vendus d'avance aux chiens
de l'île de Man, grommeloit une vieille femme toute
cassée. Maudit qui te donneroit vingt schellings, damné
de juif!...

— Pour naviguer sur un vaisseau de la princesse
Belkiss? ajoutoit Folly indignée...

— Belkiss, Belkiss!... répétois-je intérieurement en

m'écartant, seul et pensif, de la cohue qui commençoit à se dissiper. — Cette ressemblance de noms n'a rien d'extraordinaire. C'est ainsi qu'on appeloit, en effet, la reine de Saba; et les Orientaux, plus fidèles que nous aux traditions antiques, sont coutumiers de perpétuer la mémoire des souverains sous lesquels ils ont joui de quelque bonheur ou de quelque gloire. — Mais si cette princesse Belkiss étoit celle qui a recueilli dans l'île fantastique dont me parloit Mathieu l'oncle et le père que je pleure, ne seroit-ce pas un devoir sacré pour moi de courir à leur recherche, tant que l'expérience d'une nouvelle misère ne m'auroit pas détrompé? — Oh! si j'avois seulement le temps de vendre mes livres, mes collections, mes instruments de mathématiques! mais quand tout cela vaudroit vingt guinées, il me faudroit six mois pour en retirer la moitié!... — Et c'est après-demain!

Je mis la main dans ma poche, mais je n'avois qu'une guinée en monnoie.

J'allai dormir, si je ne dormois, car pour dire la vérité, monsieur, mes impressions de la veille et du sommeil se sont quelquefois confondues, et je ne me suis jamais fort inquiété de les démêler, parce que je ne saurois décider au juste quelles sont les plus raisonnables et les meilleures. J'imagine seulement qu'à la fin cela revient à peu près au même.

Le lendemain, j'arrivai triste au chantier, soit que l'idée de ce voyage me préoccupât, soit peut-être parce que je n'avois jamais travaillé la veille de la fête de mon patron, jour auquel commençoit mon pèlerinage, et qui ne revient guère comme aujourd'hui, sans me rappeler ma pointe à coques, ma large résille, les grèves inconstantes du mont Saint-Michel *dans le péril de la mer*, et surtout les bons enseignements et les conversations instructives de la Fée aux Miettes.

Ma mélancolie fut remarquée d'abord par maître Finewood, dont j'étois aimé comme d'un autre oncle ou l'un autre père. —Écoute, Michel, me dit-il, je ne suppose pas que tu veuilles t'embarquer sur le vaisseau *la Reine de Saba*, qui doit te rappeler assez désagréablement ton bâtiment de Granville, et un horrible naufrage auquel tu es seul échappé, puisqu'on n'a jamais ou retrouver la Fée aux Miettes, probablement rendue depuis longtemps à son peuple de sorciers et de lutins. Ce voyage ne me promettroit rien de bon pour toi, la princesse de Belkiss, dont tu t'es amouraché, je ne sais comment, ne me paroissant guère plus capable que la Fée aux Miettes de te prêter une protection assurée contre une nouvelle tempête; mais il en sera d'ailleurs ce que tu voudras, et l'intérêt que j'ai à te conserver dans mon chantier ne me fera pas mettre d'obstacle aux félicités que tu te promets. Ce que je voulois te dire aujourd'hui, c'est qu'à ton refus, mon enfant, je marie demain mes six filles, et que ta vue me feroit du mal ce soir au festin de leurs noces, parce que je me rappellerois en dépit de moi que j'espérois t'y voir à un autre titre, car tu es aussi près qu'elles-mêmes du cœur de maître Finewood. Promets-moi donc, Michel, d'aller passer la soirée chez mistress Speaker à l'enseigne de *Calédonie*, et d'y souper en mon honneur d'une bonne gélinotte à l'estragon, et d'une fine bouteille de vin de Porto. Je sais bien que tu ne dois pas avoir beaucoup d'argent, car tu dépenses tes bénéfices en aumônes et en livres, et tu ne demandes jamais. Viens donc que nous comptions ensemble.

— Vous me devez, maître, lui dis-je en étendant la main, plein tout cela de *plaks* ou de *bawbies*, c'est-à-dire une vingtaine de ces pièces que nous appelons en France des deniers, et que nous laissons tomber en écartant nos doigts à plaisir, pour qu'il reste quelque chose à ramasser aux pauvres. — Et si c'étoit aussi bien des guinées, l'amitié fidèle et dévouée que je ressens

pour vous ne m'empêcheroit pas de courir sur le vaisseau de Belkiss à la recherche de mon père!...

Pendant ce temps-là, maître Finewood alignoit des
chiffres sur sa longue planche d'ardoise, et ce n'étoit
jamais que des *plaks* et des *bawbies*.

— Ceci est merveilleux! dit-il; de quelque côté que
je retourne cette malheureuse addition, j'y trouve toujours vingt guinées! Ce n'est pas que le prix me déplaise,
car je t'en dois trois fois plus pour tes bons services,
mais on n'a jamais fait vingt guinées avec une colonne
de *plaks* et de *bawbies*, à moins qu'elle ne fût aussi
élevée que celle de maître Christophe Wren!

— Cela n'est pas possible en effet! m'écriai-je en saisissant la craie pour vérifier son calcul, mais il étoit
parfaitement exact, sauf une petite erreur que je ne
voulus pas rectifier, parce qu'elle étoit, je crois, d'un
demi-*plak* à l'avantage de mon maître.

— Voilà tes vingt guinées, me dit maître Finewood
en m'embrassant; et je devine trop l'usage que tu en
vas faire. Puisse au moins la bonté de Dieu ne t'abandonner jamais dans tes entreprises!

Ensuite il s'éloigna en essuyant quelques larmes auxquelles les miennes répondoient.

Une demi-heure après, j'étois au port, et j'avois payé
mon passage sur le grand vaisseau *la Reine de Saba*,
qui étoit, suivant la promesse de l'affiche, ce qu'on a vu
de plus extraordinaire en construction pour l'usage de
la mer. Vingt-quatre cheminées comme celles des
steam-boats, mais d'une proportion incomparablement
plus grande, garnissoient chacun des deux flancs de son
immense carène, et sembloient destinées à faire mouvoir
autant de paires de roues, qu'un mécanisme simple et
ingénieux rendoit propres à mordre en tout sens sur les
flots. Ses vingt-quatre mâts d'un bois léger, mais in-
corruptible, et qu'on disoit impossible à rompre, soutenoient des voiles découpées en ailes d'oiseau, et verguées

'un métal souple et obéissant, qui se déployoient, pre-
oient le vent, planoient comme un vautour, filoient
omme une hirondelle, et se refermoient à volonté sous
ı main d'un enfant, au gré d'un simple cordage de fil
'or; et ses hunes balançoient autour d'elles des cen-
aines d'aérostats captifs, aussi propres à le soutenir au
esoin dans les airs qu'à l'entraîner sur les eaux. Der-
ière la poupe, sur de hauts pliants inclinés en spirale,
ui fuyoient en s'élevant, reposoit un vaste appareil sus-
endu comme le siége postérieur d'un landaw, devant
equel le vaisseau étoit tout entier retranché, et qui
uvroit sur tous les points de la voilure des bouches dé-
nesurées. On m'apprit que c'étoit de là qu'une troupe
l'habiles physiciens distribuoit tous les rumbs, et pous-
oit le bâtiment comme un projectile dans les routes de
'Océan. Je m'étonnai que la navigation eût fait tant de
rogrès dont on n'avoit jamais entendu parler; mais
ertainement, le fameux James Watt, le Stevinus de
Greenock, n'auroit rien conçu de pareil en mille ans.

La physionomie du capitaine me frappa au premier
egard, parce qu'elle me rappeloit quelque chose de ce
narin peu soucieux qui avoit vu périr son équipage et
sa cargaison, l'année précédente, à l'embouchure de la
Clyde, sans prendre le temps de secouer les cendres de
sa pipe, et de porter un coup d'œil au gouvernail; mais
celui-ci mouilloit pour la première fois dans les eaux de
l'Occident.

Je vous ai dit qu'il me restoit une guinée, et que je
m'étois engagé envers maître Finewood à souper à l'auberge de *Calédonie*. Quoique *la Reine de Saba* ne fît
voile qu'à midi du lendemain, j'étois peu tenté cependant d'une de ces soirées de bien-être et de ces nuits de
long sommeil dont la vie de l'ouvrier m'avoit fait perdre
depuis plusieurs années l'habitude, et je ne pensois guère
à demander à mistress Speaker que deux harengs du
lac Long, arrosés d'une bouteille d'ale ou de *small-beer*,

quand elle vint à moi les bras ouverts, en me criant de l'office : — Eh ! arrivez donc, sage Michel, avant que votre gélinotte ne brûle, et que votre porto ne s'échauffe! Le digne maître Finewood a commandé tout cela dès le matin, et un bon lit d'édredon avec! il y a une heure que nos filles s'égosillent à crier : — Que fait donc monsieur Michel, qu'il laisse brunir au feu le plus joli *ptarmigan* de montagne qu'on ait jamais plumé au Bas-Pays ? Il faut qu'il s'égare au long de la côte à déchiffrer quelque livre irlandois, ou qu'il rêve à la princesse Belkiss dont il est, dit-on, le fiancé. — Ah! j'ai toujours prédit, Michel, que vous feriez un beau chemin! Et maître Finewood est bien fou, le cher homme, de vous préférer ces six petits lairds qu'il marie à ses six filles dont vous êtes bien mieux l'affaire, surtout Annah, la blondine, qui ne vous nomme jamais qu'avec de grosses larmes! Hélas, Michel! je puis en parler!... Annah est ma filleule : j'avois pour elle des entrailles de mère ; et je disois souvent à maître Finewood : Que ne la donnez-vous à Michel, qui en est aimé? Là-dessus, savez-vous ce qu'il faisoit? il hochoit la tête, et regardoit de côté. Il est vrai, lui disois-je, que Michel est bizarre, mais c'est d'ailleurs un garçon si discret, si honnête et si laborieux!...

— C'est trop, c'est trop! lui dis-je, en lui pressant la main, ne laissez pas brûler le plus joli *ptarmigan* de montagne qu'on ait jamais plumé au Bas-Pays!...

Et j'allai m'asseoir à la salle à manger pour prendre le temps de regarder le portrait de Belkiss. Elle rioit. Cette illusion que je me faisois sur l'expression de ses traits ne manquoit jamais de régler, comme je vous l'a déjà dit, tous les mouvements de mon cœur. — Il est probable, pensai-je, que la joie de Belkiss a quelque motif secret qui me touche ; peut-être a-t-elle deviné que ce voyage aventureux va me réunir à mes bons parents. Qui sait si je ne suis pas réservé au bonheur de

voir elle-même, car il est impossible qu'un type si
achevé de toutes les perfections soit le simple résultat
d'un caprice de l'art? Il faudroit pour cela que Dieu se
fût dessaisi en faveur de l'homme du plus beau privilége
de la création! — Mais si ces traits avoient appartenu
en effet à quelque princesse des temps anciens, comme
le pense maître Finewood, — à cette Belkiss, qui fut
autrefois reine de Saba, par exemple — ou à la Fée aux
miettes, — eh bien! le bonheur que je dois à ce prestige n'est-il pas assez vif et assez pur pour me dédommager de quelques plaisirs empoisonnés par la jalousie,
affoiblis par la possession, incessamment menacés dans
leur objet par les progrès inévitables du temps? Que
m'importent à moi ces grâces fugitives de la vie que
l'âge décolore et détruit, et qui effeuillent leurs roses
passagères au courant de toutes les brises, et au midi
de tous les soleils?... A moi dont le cœur, dévoré du
besoin d'une félicité éternelle, se briseroit de désespoir
à la moindre altération du modèle idéal de beauté, de
constance et d'amour, qu'il s'est formé dans des songes
mille fois plus doux que la vérité? Ce portrait seul pouvoit le remplir, et le remplir à jamais! Passent maintenant, sans que je m'en soucie, toutes les belles que la
terre admire pendant quelques printemps, puisque mon
heureuse destinée m'a donné une amante qui ne changera point!

En disant cela, j'appuyai mon front sur ma main,
obsédé d'idées vagues et confuses qui me saisissent ordinairement à la suite de toutes les impressions puissantes,
et je suppose qu'il en est ainsi chez les autres hommes
que domine une pensée profonde et passionnée.

Quelque mouvement qui se faisoit auprès de moi
m'ayant forcé à ouvrir les yeux, je m'aperçus que j'étois
servi :

— Félicitez-vous, Michel, me dit mistress Speaker
en plaçant devant moi une paire de gélinottes à l'estra-

gon et deux bouteilles de porto. C'est monsieur le bailli de l'île de Man, qui est venu à Greenock pour réaliser en *bank's notes* les contributions de sa province, et qui vous fait l'honneur de souper avec vous pour vous entretenir, parce qu'il a entendu parler de votre science et de votre bonne conduite.

Je me hâtai de me lever et de saluer le bailli de l'île de Man, qui avoit bien une des prestances les plus honorables que vous puissiez imaginer, et qui joignoit aux apparences imposantes que donnent les hautes fonctions les manières recherchées des meilleures compagnies. Ce qui m'étonna plus que je ne saurois le dire, c'est que ses épaules étoient surmontées d'une magnifique tête de chien danois, et que j'étois le seul, parmi les nombreux pensionnaires de mistress Speaker, qui parût en faire la remarque. Cette circonstance m'embarrassa, parce que je ne savois trop quelle langue lui parler et que j'entendois d'abord assez difficilement la sienne, qui consistoit dans un petit aboiement fort gravement modulé, et accompagné de gestes fort expressifs. Ce qu'il y a de certain, c'est qu'il me comprit à merveille, et qu'au bout d'un quart d'heure de conversation je fus aussi surpris de la netteté de son langage et de la délicatesse exquise de ses jugements que je l'avois été au premier coup d'œil de la nouveauté de sa physionomie. On est vraiment confus de penser au temps que les hommes perdent à feuilleter les dictionnaires, quand on a eu le bonheur de causer quelque temps avec un chien danois bien élevé, comme le bailli de l'île de Man.

Nous nous séparâmes avec une effusion réciproque d'amitié qui ne me surprenoit plus. Il y a au monde de si étranges sympathies! Mais comme ce vin de Porto dont je n'avois jamais fait usage me disposoit au sommeil, je me hâtai de gagner le bon lit d'édredon que maître Finewood m'avoit fait préparer. J'y fis mes adieux du soir au portrait toujours riant de Belkiss, et je commençois à sommeiller quand j'entendis la voix de mistress Speaker s'introduire dans mon oreille comme un souffle.

— Pardon si je vous réveille, mon enfant, me dit-elle, mais c'est un si terrible embarras dans ma maison, avec tous ces voyageurs qui s'embarquent demain sur le grand vaisseau *la Reine de Saba*, que je ne sais où mettre tout le monde, et vous m'obligeriez beaucoup de partager votre lit avec ce respectable seigneur qui vous a tenu compagnie à souper.

— J'y consens volontiers, lui répondis-je, et c'est un inconvénient de si peu de conséquence pour un ouvrier que de coucher à deux dans un lit si large et si commode, qu'il ne valoit pas la peine de m'en parler.

Cependant, je me détournai un peu pour m'assurer que je ne me trompois pas sur la personne; et je vis en effet le bailli de l'île de Man qui, après avoir revêtu à petit bruit un déshabillé fort rassurant pour la propreté la plus ombrageuse, et glissé sous l'oreiller un gros portefeuille de maroquin à fermoir, s'insinuoit entre nos draps avec une modeste et silencieuse discrétion, en conservant de lui à moi une distance décente, sur laquelle j'avois pris soin d'avance de lui donner toutes ses aises. Je m'apercevois seulement de sa présence à la tiédeur de sa respiration qui m'échauffoit de loin sans m'importuner, car il est évident qu'un chien danois ne peut dormir commodément que de profil. Au bout de quelques minutes, il ronfla d'une manière si harmonieuse et si cadencée, que je n'y pris plus garde. — Et je m'endormis aussi.

XV.

Dans lequel Michel soutient un combat à outrance avec des animaux qui ne
sont pas connus à l'Académie des sciences.

Je rêvois peu dans ce temps-là, ou plutôt je croyois
sentir que la faculté de rêver s'étoit transformée en moi.
Il me sembloit qu'elle avoit passé des impressions du
sommeil dans celle de la vie réelle, et que c'est là qu'elle
se réfugioit avec ses illusions. Je ne rentrois, à dire
vrai, dans un monde bizarre et imaginaire que lorsque
je finissois de dormir, et ce regard d'étonnement et de
dérision que nous jetons ordinairement au réveil sur
les songes de la nuit accomplie, je ne le suspendois pas
sans honte sur les songes de la journée commencée,
avant de m'y abandonner tout à fait comme à une des
nécessités irrésistibles de ma destinée. La nuit dont je
vous parle fut cependant troublée de songes étranges,
ou de réalités plus étranges encore, dont le souvenir ne
se retrace jamais à ma pensée que tous mes membres ne
soient parcourus en même temps d'un frisson d'épouvante.

Cela commença par le bruit aigre d'une croisée qui
rouloit lentement sur ses gonds, et à travers laquelle je
sentis poindre l'air pénétrant des brumes humides de
septembre. Oh! oh! dis-je à part moi, le vent a aussi
beau jeu, si je ne me trompe, à l'hôtel de Calédonie que
dans la mansarde de l'ouvrier! Et je ne m'en souciai
point. — Un instant après, je crus entendre des mouvements confus, des murmures sinistres et articulés
comme des chuchotements, une rumeur de paroles
sourdes et de rires étouffés qui bourdonnoient dans mon
oreille. — Voilà qui est bien, repris-je. L'ouragan va
faire des siennes chez mistress Speaker; mais grand sot

qui s'en dérangeroit sur un si bel édredon! — Et je me
contentai de ramener la couverture sur mon compagnon
et sur moi, et de me replonger dans le duvet, tant je
craignois de perdre la douceur de ce repos voluptueux
que je n'avois pas goûté depuis la maison de mon père,
quand mon oncle André venoit soigneusement avant de
se coucher relever mes matelas entre les ais du châlit
débordé, et me baiser sur le front.

— L'autre dort, dit une voix rauque, aussitôt couverte
de quelques grognements inintelligibles.

Et pendant que je suspendois ma respiration pour
écouter, le globe lumineux d'une lanterne dont je sentois presque la chaleur me perça de rayons ardents qui
s'enfonçoient entre mes paupières comme des coins de
feu; car, dans l'agitation vague du sommeil à peine interrompu, je m'étois retourné machinalement vers l'intérieur de la chambre. — Je vis alors, chose horrible à
penser, quatre têtes énormes qui s'élevoient au-dessus
de la lanterne flamboyante, comme si elles étoient parties d'un même corps, et sur lesquelles sa clarté se re-
flétoit avec autant d'éclat que si elle avoit eu deux foyers
opposés. C'étoient vraiment des figures extraordinaires et
formidables! — Une tête de chat sauvage qui grommeloit avec un frôlement grave, lugubre et continu, à travers les rouges vapeurs du soupirail de la lampe, en arrêtant sur moi des regards plus éblouissants que le
ventre bombé du cristal, mais qui, au lieu d'être cir-
culaires, divergeoient minces, étroits, obliques et pointus, semblables à des boutonnières de flamme. — Une
tête de dogue toute hérissée, tout écumante de sang,
et qui avoit des chairs informes, mais animées, palpi-
tantes et gémissantes encore, pendues à ses crocs. —
Une tête de cheval plus nettement dépouillée, plus effi-
lée et plus blanche que celles qui se dessèchent dans
les voiries, à demi calcinées par le soleil, et qui se balançoit sur une espèce de col de chameau, en oscillant

régulièrement comme le pendule d'une horloge, et en secouant çà et là de ses orbites creuses, à chaque vibration, quelques plumes que les corbeaux y avoient laissées. — Derrière ces trois têtes, — et ceci étoit hideux, — se dressoit une tête d'homme ou de quelque autre monstre, qui passoit les autres de beaucoup, et dont les traits, disposés à l'inverse des nôtres, sembloient avoir changé entre eux d'attributions et d'organes comme de place, de sorte que ses yeux grinçoient à droite et à gauche des dents aussi stridentes qu'un fer réfractaire sous la lime du serrurier, et que sa bouche démesurée, dont les lèvres se tordoient en affreuses convulsions, à la manière des prunelles d'un épileptique, me menaçoit d'œillades foudroyantes. Il me parut qu'elle étoit soutenue d'en bas par une large main qui s'étoit fortement nouée à ses cheveux et qui la brandissoit comme un hochet épouvantable pour amuser une multitude furieuse attachée par les pieds aux lambris des plafonds qu'elle faisoit crier sous ses trépignements, et qui battoit vers nous ses milliers de mains pendantes en signe d'applaudissement et de joie.

A ce spectacle effrayant, je poussai brusquement le bailli de l'île de Man, mais il retomba sur moi comme un cadavre, parce qu'à force de me tapir au fond de mon lit pour ne pas l'incommoder, je m'y étois creusé un trou, et je ne vis plus ce qui se passoit qu'au peu de jour que me laissoit son museau allongé entre ses oreilles droites et menues. Cependant un levier musculeux, noir et velu, un bras peut-être qui fouilloit sous notre oreiller, et qui effleura mon cou avec la froideur âpre et saisissante de la glace, m'avertit qu'on en vouloit à son portefeuille. Je m'élançai, je me saisis du poignard que j'avois acheté le matin pour ma traversée, je me ruai au milieu des fantômes, je frappai partout, sur le chat, sur le dogue, sur le cheval, sur le monstre, à travers des hiboux qui battoient mon front

de leurs ailes, des serpents qui me ceignoient de leurs
plis en se roulant autour de mes membres et qui me
mordoient les épaules, des salamandres noires et jaunes
qui me mangeoient les orteils, et qui se disoient entre
elles, pour s'encourager, que je tomberois bientôt. —
J'arrachai enfin le trésor de mon ami, à qui? — Je ne le
sais! — car mon poignard s'enfonçoit dans leurs corps
comme dans une nuée, — et puis je les vis se rapprocher, sursauter, bondir par la croisée ouverte, se confondre en peloton, tourner les uns sur les autres pêle-
mêle, se diviser au choc d'une pierre, se réunir de
nouveau à la pente de la jetée, tourner encore en fuyant
toujours, et s'abîmer dans la mer avec le bruit d'une
avalanche.

Je revins triomphant, et toutefois haletant de fatigue
et de terreur, — cherchant toutes les portes, mais elles
étoient murées, ou présentoient à peine des passages si
étroits qu'une couleuvre n'auroit osé s'y introduire, —
ébranlant le cordon de toutes les sonnettes, mais toutes
les sonnettes frappoient en vain leurs limbes de liége,
d'un battail de queue d'écureuil, — implorant à grands
cris une parole, une seule parole; mais ces cris, qui
n'étoient entendus que de moi, ne pouvoient s'échapper
de ma poitrine prête à éclater, et venoient expirer sur
mes lèvres muettes comme l'écho d'un souffle.

On me trouva le lendemain, couché à plat auprès de
mon lit, le portefeuille du bailli d'une main, et un couteau de l'autre.

Je dormois.

XVI.

Où l'on voit ce que c'est qu'une enquête judiciaire, et autres choses divertissantes.

Le crime est évident, dit un vieux robin qui paroissoit pérorer depuis quelque temps au chevet sur lequel le bailli de l'île de Man reposoit encore immobile, et attendre la réponse d'un autre homme si grave et si empesé qu'on auroit imaginé, au premier coup d'œil, qu'il pensoit à quelque chose. — Quoique le corps que voilà, et qui étoit de son vivant l'honorable sir Jap Muzzleburn, de très-gracieuse mémoire, ne présente aucune trace de blessure, comme vous l'avez admirablement démontré tout à l'heure, en termes aussi savants que choisis, il est trop certain qu'il est mort à n'en pas revenir, l'infortuné sir Jap, lui qui a toujours eu le sommeil si léger, surtout le matin, qu'au premier bruit de la poële où l'huile bouillante frissonne autour des harengs, ou de deux verres qui tintent gaillardement comme des grelots aux doigts de l'hôtesse, il ne faisoit qu'un saut du dormitoire à la salle à manger, sans prendre le temps de passer sa main blanche et agile derrière ses oreilles, et quelquefois, j'en suis témoin, sans avoir filé ses moustaches.

— Il m'est avis, continua-t-il avec autorité en me désignant du geste, que ce misérable l'a empoisonné hier au soir dans le vin de Porto qu'ils burent ensemble, si mieux vous n'aimez croire qu'il l'a fasciné de quelque sortilége, ou endormi au moyen de quelqu'une de ces mixtions diaboliques de mandragore, dont l'usage n'est que trop familier chez ces bandits d'outre-mer. Il ne se disposoit probablement à l'égorger, quand nous sommes arrivés de façon si opportune, que dans la crainte de laisser son crime imparfait.

Le docteur ne répondit pas; mais je crus remarquer qu'il accueilloit l'abominable conjecture du juge d'instruction de ce hochement de tête affirmatif et de ce bourdonnement complaisant, qui dispensent les ignorants d'approfondir et les foibles de contester.

— Eh quoi! m'écriai-je indigné... L'assassin d'un inconnu que j'ai accueilli dans mon lit, malgré le peu de sympathie de nos espèces, et quoique son profil aigu occupât, sur le traversin hospitalier dont je lui ai cédé la moitié, plus d'espace qu'il n'en faudroit pour se bercer commodément à trois têtes aussi rondes et aussi joufflues que celle de M. le docteur! moi, l'assassin d'un digne chien d'ailleurs, dont je n'ai eu qu'à me louer pour sa politesse et ses manières, et que j'ai protégé durant des heures plus longues que des siècles, contre je ne sais quels ennemis qu'il a le malheur de traîner à sa suite, qui glapissent, qui hurlent, qui miaulent, qui vagissent, qui font peur à entendre et à voir, et auxquels j'ai arraché ce portefeuille, objet de leur envie, pour le rendre intact à son maître!... — Ah c'est une calomnie si révoltante qu'elle feroit bouillonner la moelle dans les os d'un squelette!...

Ce furent mes dernières paroles. Le juge et le médecin étoient partis pour déjeuner; il ne resta autour de moi qu'une poignée de constables impassibles et sourds, qui me poussèrent brutalement dans un escalier long, étroit, tortueux, par où l'on descendoit à la chambre de justice; car elle étoit assemblée, par un hasard favorable qu'on me fit remarquer comme un témoignage particulier des bontés de la Providence.

— Il faut que ce misérable joue d'un grand bonheur, dit un de ces messieurs, dont le ton décidé annonçoit quelque ascendant de grade ou de considération sur le reste de la bande. — Pris *in flagrante delicto* pendant

les assises, et pendu entre deux soleils! il y a des co-
quins prédestinés!

— Pendu entre deux soleils! murmurai-je sourde-
ment, parce qu'il a plu à mistriss Speaker de me faire
manger de la gélinotte à l'estragon avec un chien danois;
parce que j'ai eu la complaisance de céder la moitié de
mon matelas d'édredon à ce pauvre et malencontreux
animal, et parce que j'ai passé une nuit épouvantable à
le défendre contre une ménagerie de démons dont le
seul aspect auroit fait mourir de terreur toute cette
valetaille insolente!... O mon père! ô mon oncle!...
que direz-vous si jamais l'*Adviser* du Renfrew vous
porte la nouvelle du crime dont on m'accuse, par le
grand vaisseau de *la Reine de Saba,* ou par quelque
autre voie inconnue, sans vous éclairer sur mon innocence! Que direz-vous, Belkiss, si vous soupçonnez jamais ce cœur qui n'a battu que pour vous d'avoir conçu
la pensée d'un attentat dont le seul récit épouvanteroit
les scélérats les plus endurcis!

Et tandis que je me confondois ainsi en inexprimables
douleurs, je m'aperçus à je ne sais quelle pulsation impossible à décrire que le portrait de Belkiss ne m'avoit
pas quitté, car il palpitoit contre mon cœur comme un
autre cœur. — Mais je n'osai le regarder. La physionomie atroce de ces hommes de l'ordre public que la loi
m'avoit donnés pour gardiens me glaça d'effroi.

— En verité, dis-je en frémissant, si les gens de justice voient cet or et ces bijoux, ils les voleront!

XVII.

Qui est le procès-verbal naïf des séances d'une cour d'assises.

La rumeur excitée par mon entrée dans la salle d'audience ne s'apaisa que lentement.

Et puis elle se renouvela sourde et confuse, au de-
lors de la barrière que les curieux n'avoient pu fran-
:hir.

Honneur soit rendu à l'innocence du genre humain!
.'aspect d'un grand criminel a toujours quelque chose
le nouveau pour lui. Cela est si rare!

Je me trouvai alors en face du tribunal, et je me hâtai
à mon tour d'embrasser l'assemblée d'un regard large
et effaré, pendant que ses regards fixes, aigus et péné-
trants me cribloient comme des flèches, car c'étoit moi
qui faisois ce jour-là les principaux honneurs du spectacle.

J'éprouvai peu à peu une impression singulière qui
ne s'expliqua que successivement à mon esprit par l'habitude de celles qui tenoient mon attention et mes organes subjugués depuis la veille. Quoique toutes les figures qui m'entouroient fussent à peu près des figures
humaines, il ne dépendoit pas de moi de les entrevoir
d'abord autrement qu'à travers de vagues ressemblan-
ces d'animaux, et la réflexion seule me les rendoit l'une
après l'autre sous leur type réel, c'est-à-dire aussi raisonnables que peut le comporter l'incroyable obligation
d'envoyer mourir légalement, au milieu de la place publique, un être organisé comme nous, qui est notre
égal, si plus ne passe, dans l'exercice de toutes nos facultés naturelles; et cela pour l'instruction morale de
ses compatriotes, de ses parents et de ses amis.

— N'est-il pas extraordinaire, dis-je intérieurement,
si l'homme est, comme on l'assure, le plus parfait des
ouvrages de Dieu, que ce grand artiste de la création,
qui avoit à sa disposition tous les moules d'une invention
inépuisable, ait été réduit par impuissance, comme un
ignoble fabricant de pastiches, ou se soit amusé par
caprice, comme un peintre de caricatures, à composer
son chef-d'œuvre des rognures de tous ses essais, et à
reproduire sur le masque de ce triste quadrupède ver-

tical toutes les formes plastiques des brutes? Qui le
forçoit, par exemple, à imprimer au front de cette meute
de juges, dont la moitié bâille en limiers endormis, et
l'autre moitié en panthères affamées, le sceau caracté-
ristique de la populace des êtres vivants? — M. le président ne représenteroit-il pas aussi dignement un Mi-
nos, un Æacus ou un Rhadamanthe, si ses bras, plus
raccourcis et plus disproportionnés que les pattes antérieures des gerboises, avoient moins de peine à se rejoindre au-dessous d'un mufle de taureau, sur le ventre
orbiculaire comme un turbot qui plastronne son buste
d'hippopotame? — Le formidable magistrat qui remplit
le devoir, sans doute pénible, d'accuser les pauvres
diables de mon espèce, et de les dépêcher à leurs frais
vers le pilori ou la potence, feroit moins peur à voir,
peut-être, mais il ne seroit pas investi pour cela d'un
caractère moins imposant, si la nature, dans la confusion de ses galbes capricieux, n'avoit pas articulé à la
base de son os frontal cet énorme bec de vautour qui
lui sert de nez, et qu'elle s'est cruellement égayée, pour
compléter la ressemblance, à enchâsser de tout côté
entre des membranes rugueuses et livides qui n'ont jamais rougi, même de colère!... — Quant à mon avocat
d'office, qui étoit tout à l'heure à l'extrémité de la ban-
quette, qui est maintenant juché sur le dos de ma
chaise, qui sera bientôt ailleurs, s'il plaît à Dieu, et dont
tous les soubresauts menacent le parquet d'escalade,
il auroit pu se passer sans inconvénient, dans l'exercice
de sa noble profession, de son timbre éclatant de perro-
quet, et de son incommode agilité de sapajou...

— Il faut convenir, ajoutai-je à demi-voix, sans abandonner cette pensée, que le mystère du sixième jour de
la Genèse est encore loin d'être éclairci, et qu'en réduisant l'homme dégradé par sa faute à l'état des animaux relevés jusqu'à son abaissement, le Seigneur auroit tiré une digne vengeance de l'orgueil insensé du

ère de notre race. — Et alors, ou je me trompe, les
enfants d'Adam qui auroient conservé sans altération,
pendant la nouvelle épreuve de la vie, le germe d'immortalité qui a été déposé en eux, pourroient espérer de
retourner un jour à ce paradis de délices, œuvre facile
de la toute-puissance, œuvre naturelle de la toute-bonté.
Le reste retourneroit d'où il vient : dans le foyer de la
matière éternelle !

— Que diable dit-il là? cria mon avocat d'un ton de
fausset à déchirer le tympan d'une statue de bronze,
probablement parce que j'avois eu la maladresse de prononcer ces dernières paroles assez haut pour être entendu.

— Que dit-il là? répéta-t-il. Je le tiens, je le tiens,
messeigneurs. J'ai son critérium phrénologique *ad un-
guem*. Monomanie toute pure. *Insanus aut valde sto-
lidus*. C'est ce que je vais démontrer péremptoirement
dans ma plaidoirie. — Je le tiens, reprit-il avec une
explosion plus bruyante encore, en retombant d'un élan
sur mes épaules.

Et il me tenoit en effet, parcourant ce clavier moral
que d'habiles philosophes ont découvert sur la boîte os-
seuse de notre cerveau, avec un doigté si brutal et si
aigu, que j'imaginai qu'il ne se proposoit rien moins que
d'en extraire la substance médullaire du cerveau, pour
la déployer devant le tribunal, à l'appui de son opinion,
suivant l'admirable procédé du savant Spurzheim...

— Au nom de Dieu, lui dis-je, en me débarrassant
assez vivement de ses mains pour le forcer à exécuter
une des plus belles virevoltes dont sa souplesse ait jamais étonné le barreau, abstenez-vous de me défendre
par cet indigne moyen! Quoiqu'il y ait dans tout ce qui
m'arrive, surtout depuis hier, de quoi faire extravaguer
les sept sages, et, comme disent les Italiens, *impazzare
Virgilio*, je ne suis, grâce au ciel, pas plus stupide et
pas plus fou que je ne suis coupable. Je suis innocent,

et n'ai besoin pour me justifier que de mon innocence.
Je prie seulement la cour de faire comparoître ici maître
Finewood, le charpentier de l'arsenal, et mistriss Spea-
ker, l'hôtesse de *Calédonie*.

— *Mad, mad, very mad,* interrompit le petit avocat,
en couvrant ma voix d'une note si élevée et si stridente
qu'on parieroit à coup sûr qu'elle manque à la mélopée
des oiseaux.

— De quoi va-t-il parler, messeigneurs, je vous le
demande? Le charpentier de l'arsenal et l'hôtesse de
Calédonie n'ont jamais été de votre juridiction!

Quoique je comprisse mal comment je pouvois être
privé de leur témoignage, il ne me vint pas à l'esprit
qu'on osât me condamner sur une simple apparence, et
je continuai à me défendre avec autant de sang-froid
que m'en permettoient les trémoussements tumultueux,
les passes étourdissantes, les écarts et les estrapades
gymnastiques de mon avocat, et surtout les points d'orgue perçants, les sibilations déchirantes, et les cadences
à perte d'ouïe qu'il brodoit avec une richesse impitoyable sur la basse solennelle du tribunal profondément
ronflant. J'alléguai mes derniers, mes seuls témoins, les
années peu nombreuses mais irrécusables d'une vie la-
borieuse et sans reproche, et je croyois toucher à une
péroraison assez entraînante, car si l'éloquence n'avoit
plus d'interprète sur la terre, elle se réfugieroit, peut-
être, dans la parole de l'innocent opprimé, quand je fus
interrompu par un râlement effrayant, comme ceux qui
viennent quelquefois, après trois nuits muettes, éveiller
le silence de la mort dans les ruines d'une ville sac-
cagée, et je vis au même instant se fendre et béer, sous
le bec de vautour de l'accusateur, je ne sais quel affreux
rictus qui avoit la profondeur d'un abîme et la couleur
d'une fournaise!

Celui-là ne bondissoit pas. Il vibroit seulement tout
d'une pièce avec une majestueuse lenteur, sur ses jam-

bes immobiles, en articulant, de la voix factice et pénible à entendre des automates parlants, quelques groupes de mots entremêlés d'interjections froides, mais qui
avoient l'air de former un sens, et parmi lesquels un
mot seul revenoit dans un ordre de périodicité fort industrieux, avec une netteté sonore et emphatique.
C'étoit LA MORT. Je conjecturai que le facteur de cette
machine à réquisitoires tragiques devoit en avoir ajusté
les ressorts dans l'accès de quelque fantaisie atrabilaire
ou de quelque fureur désespérée.

— Faut-il, dis-je en me recueillant, que le génie, aigri
par le spectacle de nos misères, se livre à d'aussi déplorables caprices!... et de quelle erreur ne s'aveugle pas
la multitude qui les reproche à la Providence!...

Tout ce que je pus saisir de sa diatribe mécanique, à
part le refrain trop intelligible dont elle étoit coupée en
paragraphes assez réguliers, c'est qu'il opposoit aux ga-
ranties que j'avois cru tirer de ma vie passée une objection foudroyante, fondée sur des crimes antérieurs
que je ne connoissois pas. Mais je ne puis la faire passer
dans mes paroles avec l'harmonie sauvage que prêtoit
aux siennes une sorte de clapement rauque et convulsif,
tout à fait étranger au système de notre organisme
vocal, qui les rompoit par saccades, comme le criaille-
ment d'un écrou mal graissé.

— Ah! vraiment, une jeunesse innocente et pure! —
LA MORT! LA MORT! LA MORT! je ne sortirai pas de là!

— Si l'on s'en rapportoit à eux, on n'en pendroit jamais un; et à quoi serviroit alors le code des peines? A
quoi la justice? à quoi les tribunaux? à quoi LA MORT?

— Je prie messieurs de noter pour mémoire, avant de
se rendormir, que j'ai conclu à LA MORT. — Quoique la
rapidité de l'instruction ne nous ait pas permis d'enfler
à notre contentement le dossier du condamné, je voulois dire du prévenu, mais c'est tout un, nous tenons
assez de pièces probantes, — ou probables, — ou au

moins suffisamment idoines à former la conviction de
ce gracieux tribunal, pour démontrer qu'avant l'attentat
énorme dont il est chargé, il étoit déjà coutumier d'actions détestables, damnables, et par conséquent pen-
dables, dont la plus excusable est punissable de MORT.
— LA MORT! LA MORT! LA MORT! s'il vous plait, et qu'il
n'en soit plus question. — Ce drôle est en effet véhé-
mentement soupçonné, comme il appert — évidemment
convaincu, je le répète, de séduction sous promesse de
mariage, et de soustraction frauduleuse de portrait et
joyaux précieux à une femme infortunée dont il a
trompé la candeur, et qui lui a sacrifié son innocence!
— Pour ne pas abuser des utiles moments de la cour,
je me résume dans l'intérêt de l'humanité. — LA
MORT!

Et les lèvres sanglantes du *rictus* homicide se resser-
rèrent lentement, comme les dents acérées d'une tenaille
que la clef à vis rappelle de cran en cran à l'endroit où
elles se mordent.

— O perversité de ce siècle de décadence, meugla le
gros réjoui de président, en relevant ses petits bras de
toute l'extensibilité dont ils étoient susceptibles jusque
près de la soudure horizontale de sa toque judiciaire
avec la partie de sa tête où auroit pu être soutenue sa
cervelle, et que dépassoit amplement des deux côtés le
pavillon pourpré de ses larges oreilles. — Nous sommes
donc arrivés aux temps calamiteux annoncés dans les
prophéties! Il étoit sans exemple dans notre jeunesse
qu'on eût abusé par fausses et hallucinatoires pollicita-
tions de la crédulité de ce sexe débile et fantasque, avant
d'avoir atteint l'âge de majorité! Encore cela n'étoit-il
toléré qu'aux gens de race! — Rapt! furt! homicide
commis dans le dessein de nuire! Désolation des déso-
lations! — Cependant, comme il seroit insolite, illicite,
et d'ailleurs physiquement impossible de pendre trois
fois l'individu ici présent, — je ne me rappelle pas son

nom, — j'opine pour qu'il soit pendu haut et court le plus incessamment possible, sauf à éclaircir les griefs douteux aux prochaines assises. Mais dépêchez, dépêchez, morbleu! *non festina lente* pour parfiler des périodes philanthropiques et sentimentales, monsieur du barreau, car voilà, si j'ai bien compté, vingt de ces garnements que nous expédions d'aujourd'hui; et il m'est avis que nous siégeons, dans les fonctions de notre doux ministère de propitiation paternelle, *a diluculo primo*, comme parle Cicéron, c'est-à-dire, messieurs, depuis que la naissante aurore a ouvert de ses doigts de roses les portes de l'Orient. On a beau prendre plaisir à faire son devoir, toujours pendre est insipide.

J'avois compris vaguement qu'il s'agissoit de la Fée aux Miettes. Je me levai.

— Il est bien vrai, messieurs, dis-je en pressant le médaillon de Belkiss sur mes lèvres, car je pressentois trop la nécessité de m'en séparer, que je suis fiancé à une digne femme de Greenock, que j'y ai cherchée inutilement; mais le terme de cet engagement n'expire qu'aujourd'hui, et ce n'est pas ma faute si je n'en ai pas rempli les conditions, puisqu'on m'a fait prisonnier ce matin, et qu'il me restoit un jour pour la découvrir, si elle existe encore quelque part, ce dont il est permis de douter à cause de son grand âge. Quant au portrait dont vous parlez, il le faut, et j'y renonce, quoique sa perte brise mon cœur. Mes malheurs m'ont privé du droit de le conserver! J'avois remarqué aussi qu'il étoit entouré de brillants assez riches dont je connois mal le prix; mais je prends Dieu à témoin que je n'ai pu le rendre à ma fiancée, dont la prestesse incroyable ne le cède pas même à celle de mon avocat d'office que voilà juché dans les attiques du prétoire, comme le mascaron d'un architecte hétéroclite. Je vous rends ce portrait que la Fée aux Miettes, ma prétendue, avoit la simplicité de prendre pour le sien, quoiqu'il ne lui ressemble

en aucune manière. Prenez-le, monseigneur, continuai-je en le mouillant de larmes, et prenez ma vie avec
lui, car c'étoit par lui et pour lui que je vivois.

— Tudieu! s'écria le président en saisissant le médaillon qui avoit circulé de main en main jusqu'à son
fauteuil, et en promenant un regard avide sur l'entou-
rage avant de l'arrêter sur la figure, — tudieu! le ma-
raud a de quoi payer largement les frais du procès!
L'affaire est plus digne d'attention que je ne l'avois
pensé d'abord, et mérite quelques éclaircissements. Attention au parquet! Et vous, les gens de la cour, que
l'on me fasse venir Jonathas le changeur, celui que l'on
trouve toujours, le vieux coquin, *sedentem in telonio.* —
Mais que vois-je, grands dieux! Ce sont les traits vivants, c'est la peinture parlante de l'auguste reine des
îles d'Orient! c'est notre souveraine en personne avec
sa beauté dédaigneuse, son fier regard, et ses belles
dents qu'elle semble toujours grincer quand elle me regarde. C'est la divine Belkiss!

— O prodige plus impénétrable à ma pensée que tout
le reste des événements de ma vie, m'écriai-je à mon
tour, ce sont les traits de la reine de Saba, aujourd'hui
régnante, que vous reconnoissez dans cette image!

— Prodige, drôle! reprit le juge en colère, et de quel
prodige parles-tu? Voilà-t-il pas un beau prodige qu'un
homme de mon âge, de mon expérience et de mon
savoir, qui a toujours passé, je le dis sans orgueil,
pour être doué d'un sentiment très-exquis des arts, et
qui fait depuis quarante ans une étude spéciale de si-
gnalements et d'identités, reconnoisse au premier coup
d'œil la toute ravissante Belkiss dans cette fidèle image
que ta future, ou toi, vous avez volée je ne sais où? Si
tu entends par là que tu ne pensois pas que l'art pût
atteindre à exprimer les perfections inimitables de l'original, je le concéderai pourtant volontiers, car je trouve
moi-même dans cette peinture quelque chose de rébar-

batif et de maussade qui rend mal la miraculeuse suavité de cette riante et céleste physionomie. Mais que peut le génie humain à l'expression de tant de charmes, et qu'y pourroit le pinceau même des anges et des archanges de Dieu, s'ils avoient le temps de s'occuper à cet exercice?...

Or çà, continua-t-il, en s'adressant à maître Jonathas qui venoit d'entrer, tenez-vous ici à distance respectueuse de notre personne et pour cause, entre ces deux braves *gripers* de notre bénévole justice, et dites-nous aussi loyalement que faire se pourra ce que doit valoir en monnoie royale le bijou qui est retenu à mes doigts par cette chaîne d'or? Parlez surtout sans ambiguïtés, maître Jonathas, car la cour est à jeun.

Jonathas le batteur d'or, — c'étoit le vieux juif que j'avois vu deux jours auparavant au pied de la pancarte hébraïque du capitaine, — me parut cette fois plus décharné, plus diaphane et plus misérable encore que l'avant-veille. Son échine cassée, qui se plioit en cerceau, soutenoit avec peine à la hauteur de sa poitrine une tête branlante, qui ne se soulevoit sur l'espèce de rameau fatigué auquel elle pendoit comme un fruit trop mûr qu'au tintement ou au nom de quelque métal précieux. Tout exiguë que fût cette apparence de corps, elle n'avoit certainement pas pu entrer sans un effort incroyable dans le juste étriqué de serge autrefois noire qui la comprimoit comme le fourreau d'un mauvais parapluie tordu, et qui ne descendoit jusqu'au-dessus de ses genoux, avec une somptuosité un peu prolixe, que pour dissimuler le délabrement d'un caleçon de toile cirée que le temps avoit réduit à la plus simple expression de sa trame grossière, en enlevant par larges écailles l'enduit solide qui l'avoit protégé pendant une moitié de siècle. Le tissu de cet habit, blanchi par le frottement de ses omoplates, et percé symétriquement par la saillie de ses vertèbres, rappeloit aux yeux le

16.

vent ou la nuée textile dont parle Pétrone, tant les frêles roseaux qui lui prêtoient encore une consistance fugitive sembloient près de se dissoudre au frottement flexible du premier arbuste, ou au souffle espiègle du premier passant; et vous les auriez confondus avec ceux de l'araignée travailleuse qui avoit tendu sur leur canevas presque invible une doublure de peu de valeur, prudemment respectée par la brosse de Jonathas, brosse innocente et vierge, si elle a réellement existé, qui ne frotta jamais rien, de peur d'user quelque chose.

— *Sélah, Sélah!* dit le vieil Hébreu qui tournoit en même temps sur tous les points de l'auditoire un œil aussi brillant que mes escarboucles, pour s'assurer qu'il ne s'y trouvoit point d'autre acheteur, mais en évitant soigneusement d'intéresser la partie inférieure de son corps dans cette inspection circulaire, de crainte d'user la semelle de ses pantoufles: — *Sélah, Sélah!* ce médaillon vaut dix-neuf schellings comme un plak. — Attendez, attendez, monseigneur, et ne vous emportez pas comme à l'ordinaire contre votre pauvre serviteur Jonathas! Est-ce dix-neuf guinées que j'ai dit? je voulois dire dix-neuf cents guinées, mon doux seigneur! ce n'est pas la conscience qui manque à votre honnête client et sincère admirateur Jonathas, et vous pouvez le savoir, car je vous ai vu tout petit, déjà beau et bien proportionné comme vous voilà. — Mais la vieillesse et la pauvreté obscurcissent l'intelligence, comme les ténèbres le soleil. Ceci est dans le saint livre de Job. — Hélas! je suis si affoibli d'esprit que je ne saurois dire le verset! — Cependant, si j'ai offert du premier mot quatorze cents guinées, je suis prêt à les envoyer tout de suite au greffe à M. le *recorder!* — *Sélah, Sélah!* je ne les porte pas dans mes poches, parce que cela pèse et que ce qui pèse troue; et c'est beaucoup, par la dureté des temps qui courent, que de trouver la somme exorbitante de neuf cents guinées chez soi et chez ses amis.

— *Sélah, Sélah!* s'écria le président, qui ne se contenoit plus de colère. Voilà qui est bon quand il s'agit de
l'argent d'autrui, et je t'en ai passé jusqu'ici de quoi
faire figurer vingt synagogues aux fourches de Saint-
Patrick; mais il s'agit de l'argent de la justice et de
notre pécule magistral, et si tu me mens d'un seul grain
de laiton faux, je te fais hisser avec ce vaurien, par le
beau soleil du midi, à la plus haute potence de Greenock
dans une chemise de mailles de fer, pour jouer par cet
appât un tour mémorable aux corbeaux! Tu n'auras jamais été vêtu aussi solidement.

— *Sélah, Sélah!* reprit Jonathas avec une inflexion de
voix doucereuse et caressante. Monseigneur a toujours
le mot pour rire. Il étoit déjà comme cela tout enfant
quand je le vis la première fois, un enfant si joli, si af-
fable et si gracieux! — Mais il me sembloit que dix-neuf
mille guinées étoient un assez beau prix, et si j'ai dit
vingt mille neuf cents guinées, je tâcherai de parfaire la
somme avec mes pauvres hardes, pour l'honneur de ma
parole. Je prie cependant la cour de considérer la misère
du malheureux juif obligé de mendier son pain depuis
la ruine du temple de Jérusalem, et qui n'a de fortune
quand il est vieux que son industrie et sa probité! —
Oh! ne vous emportez pas ainsi, monseigneur, car votre
aimable physionomie devient alors terrible à voir, comme
disoit la reine Esther au roi Assuérus. — S'il ne tient
qu'à une charretée de méchants sacs de guinées pour
acquérir ce bijou, j'en donnerai deux cent mille pour
mon dernier mot. — Va donc pour deux cent mille guinées!

— Va pour deux cent mille cordes qui t'étranglent!
dit le président, pâle d'avarice et de fureur. — Deux
cent mille guinées d'un pareil trésor! — Qu'on fasse
venir le shérif, et qu'on pende tout le monde!

Mon avocat sauta par la fenêtre.

— Ce n'est pas la crainte qui me touche, dit Jonathas

dont la tête pendoit jusqu'à terre, et auroit balayé les tapis de ses cheveux blancs, si la nature lui avoit laissé ce noble ornement d'une sage vieillesse. — En vérité, ce n'est pas pour moi, mais pour la gloire de mon peuple et la consolation d'Israël. — Mais quand je devrois être pendu, je ne pourrois donner de ce médaillon plus de deux millions de guinées. — Votre grâce entend bien que je n'y comprends pas le portrait, dont j'aurois peine à trouver le débit, car il menace les regardants de deux rangées de dents si effroyables, qu'il m'est avis qu'on ne verroit pas leurs pareilles dans toute la gendarmerie du bailli de l'île de Man. Je le céderai à l'amiable pour la dépouille du bandit, qui me paroit un peu plus soignée qu'il ne convient à cette espèce.

Il tournoit sur moi, au même instant, un petit monocle bordé de cuivre, pendu à une vieille ficelle. — Ma dépouille, maître Jonathas ! et mon cadavre dedans ! et vingt guinées que vous pourrez réclamer du capitaine de *la Reine de Saba*, si je ne suis pas au port à midi ! et vingt guinées plus ou moins que vaut la pacotille que j'y ai fait arrimer ! et tout ce qui me reste sur la terre de propriétés légitimes, par droit d'acquêts ou de successions, en titres, en créances, en espérances, en jouissance actuelle et à venir ! — Tout pour le portrait de Belkiss ! Tout pour le toucher, tout pour le voir encore une fois !

— Bien, bien, dit le juif, c'est une affaire comme une autre, et qui me donne recours légitime sur tous vos débiteurs dont la liste est tombée de hasard entre mes mains, gens peu solvables, comme vous savez, parmi lesquels je vois comprise une misérable mendiante qui a élu pour domicile le porche de l'église de Granville. Qu'il vous plaise donc de me bailler cédule de nos dites conventions avant le prononcé du jugement, vu que l'on ne peut plus contracter de marché valable en justice, une fois que l'on est pendu.

— Malédiction, Jonathas, gardez le portrait de Belkiss ! j'aime mieux perdre cette image adorée que le repos de mon cœur, où je suis du moins sûr de la retrouver, tant qu'il battra dans ma poitrine.

Pendant ce temps-là, les juges avoient conféré entre eux, et les deux millions de guinées de Jonathas leur faisoient aisément oublier les débats de ma procédure. Ma condamnation n'étoit plus qu'un incident imperceptible dans une magnifique opération. Comme j'entendois parler de partage, il me sembla quelque temps que les voix se divisoient, et que mon innocence, protégée par le zèle équitable de deux ou trois hommes de bien, finiroit par prévaloir ; mais je m'aperçus, en y prêtant un peu plus d'attention, que le partage qui étoit si vivement débattu par les souverains arbitres de ma vie, c'étoit le partage des diamants.

Cependant le débat se prolongeoit, et il paroissoit même qu'il eût changé de nature depuis qu'un des *tipstaffs* de la cour, qui venoit de pénétrer dans la salle d'audience, avoit déposé ostensiblement devant le président une missive scellée de sept sceaux, dont l'ouverture et le dépouillement s'étoient accomplis avec toutes les formalités d'une respectueuse déférence.

Ce nouvel épisode me laissa le temps de réfléchir pendant quelques minutes.

— Étrange créature, dis-je, que la Fée aux Miettes, si brillante d'esprit et de savoir, si instruite d'étude et d'expérience, et qui a mendié deux cents ans, de pays en pays, avec un colifichet de cinquante millions à son cou !

XVIII.

Comment Michel le charpentier étoit innocent, et comment il fut condamné à être pendu.

— Voici bien autre chose! dit tout à coup le président en déployant sa dépêche sur la table du tribunal. *Rara avis in terris!* L'auguste Belkiss, qui ne s'occupe jamais de nous qu'à ses jours de récréation, pour nous faire quelques bénignes espiégleries, daigne intervenir comme partie civile dans la cause de ce garnement, et, usant à son égard de sa générosité ordinaire, elle entend et ordonne qu'il lui soit permis de choisir entre ce portrait et sa garniture, afin d'en jouir et disposer comme il lui conviendra jusqu'à son heure dernière. — Hélas! cela ne sera pas long, et ma sensibilité naturelle s'en afflige.

Homo sum ; nihil humanum a me alienum puto.

Donc si tu as ouï, Raphaël, Gabriel, ou comme on t'appelle, — cela est écrit, — si ta naturelle ineptie t'a permis de pénétrer les suprêmes intentions de notre bien-aimée maîtresse, je t'enjoins en son nom de nous faire connoître ta résolution élective ou optative, qui ne me paroît pas difficile à prévoir.

Mais, en vérité, continua-t-il à demi-voix en se retournant du côté des juges, n'étoit que notre adorable souveraine brille de tout l'éclat de son printemps et de sa beauté, j'aurois quelque velléité de croire que sa raison s'affoiblit, et qu'elle tombe dans l'état que les juristes ont appelé *pueritia mentis*.

— Je voudrois bien savoir, pensai-je en me rongeant les doigts, depuis quand et à quel propos on rend la justice à Greenock au nom de la reine de Saba! Il faut que

a peur ait un peu détraqué mon cerveau, ou que tous
es gens-là soient eux-mêmes devenus fous.

— Est-ce ainsi, reprit-il avec emportement, que tu
ccueilles cette marque de magnificence haute et royale,
t attends-tu que je prenne acte de ton silence insolent
our confisquer ce bijou au profit de justice?

— Non pas, s'il vous plaît, monseigneur, m'écriai-je
à l'instant. Il me sembloit seulement qu'un magistrat
placé si haut dans la confiance de l'illustre Belkiss ne
douteroit pas de mon choix, et je croyois vous l'avoir
entendu dire. — C'est le portrait que je veux, le portrait
seul et dépouillé de tous ses ornements, qui n'appartiennent ni à la justice ni à moi, mais à la Fée aux Miettes.
C'est le portrait de Belkiss!

Une rumeur d'étonnement courut dans le tribunal
et dans l'auditoire, mais j'y fis peu d'attention, parce
qu'un huissier me rapportoit en courant, pour ne pas
me laisser le temps de me dédire, cette image consolante
et chérie dont la possession combloit mes derniers vœux
et rachetoit toutes mes douleurs. Elle n'étoit plus revêtue que d'une capsule de métal d'un blanc terne qui
paroissoit aussi vil que le plomb, et qu'on n'auroit pu
d'ailleurs en détacher sans la rompre, tant le ressort qui
la faisoit jouer y étoit artistement uni.

Je ne perdis pas un moment pour regarder Belkiss,
dont la joie passoit toute expression, tandis que le digne
président, absorbé par un autre soin, faisoit sauter deux
à deux les plus belles escarboucles de la bordure d'or,
pour payer sur leur produit les frais de la procédure, et
que Jonathas, à demi désappointé, essuyoit du revers de
sa main de momie les seuls pleurs qu'il eût jamais ver-
sés. Ma satisfaction étoit si pure et si complète, que je
craignis de m'en distraire en m'égayant aux détails de
cette scène grotesque, et je restai plongé si longtemps
dans la contemplation qui m'enivroit, que je n'avois
changé ni de posture ni de pensée, quand la cour, re-

venue des opinions, me notifia ma sentence. J'étois condamné sans appel, et les termes du jugement ne m'ac-
cordoient aucun délai.

— Belkiss, chère Belkiss! dis-je en la regardant avec
plus d'ardeur que jamais, comme pour accumuler sur
mon cœur, dans l'espace de quelques minutes qui me
restoient à la voir, toutes les impressions d'une longue
et heureuse vie; chère et adorée Belkiss! il faudra donc
bientôt vous quitter!...

Et alors Belkiss, qui ne se contenoit plus, rit à faire
éclater l'émail. Je me hâtai de refermer le médaillon et
de le replacer sur mon sein, de peur de compromettre
l'existence de mon trésor, pour le peu d'instants que
j'avois à le conserver, en laissant une trop libre carrière à l'expansion de sa gaieté. Cependant, cette précaution me coûta, je l'avoue, un léger mouvement de
dépit.

— En vérité, murmurai-je avec une secrète amertume, je voudrois bien savoir ce qu'elle trouve de plai-
sant dans tout cela, et de quoi elle s'amuse! Il faut
convenir que les femmes ont des caprices bien singu-
liers.

Pendant que je me faisois cette allocution intérieure,
les constables s'étoient rangés en cercle autour de moi,
et le shérif m'avoit touché de sa canne d'ébène en signe
de prise de possession.

Bientôt on marcha, et je marchai. Je descendis les
longs escaliers du palais. Je traversai lentement ses
vastes et froids vestibules entre deux lignes d'hommes
armés; je parvins au guichet de la dernière porte, d'où
je devois gagner la place fatale. J'y passai presque en
rampant, et je me relevai à la lueur du soleil qui arrivoit
au plus haut point de sa course, et que je venois voir
pour la dernière fois dans la splendeur de son midi.

Jamais le jour n'avoit été si beau. La nature ne porte
pas le deuil de l'innocent.

Mille voix qui ne formoient qu'une voix s'élevèrent comme une bourrasque.

— Le voilà, le voilà ! cria la foule, en agitant en l'air des bras, des chapeaux, et des plaids.

Et elle s'ouvrit pour me laisser passer en répétant : *Le voilà !*

XIX.

Comment Michel fut conduit à la potence, et comment il se maria.

Je ne m'étois jamais exercé à la cruelle idée de mourir pour un crime sous les regards du peuple. Mes sens restèrent quelque temps confondus dans l'horreur de cette accusation qui me faisoit oublier l'horreur du supplice, et toutes les voix de la multitude se perdirent à mon oreille dans je ne sais quel écho grave et menaçant dont le retentissement inexorable me poursuivoit des noms de voleur et d'assassin. Tout à coup je me rappelai que Belkiss étoit assurée de mon innocence, puisqu'elle paroissoit si contente ; j'avois lieu de croire qu'elle devoit connoître mon oncle et mon père, et qu'elle ne manqueroit pas de me justifier à leurs yeux s'ils existoient encore. Je récapitulai ma vie passée, qui me paroissoit exempte de reproche, au moins selon le jugement de ma conscience, et j'en fis hommage à Dieu. Dès ce moment, je m'avançai plus paisible au rapide passage qui alloit m'introduire, sans crainte et sans remords, dans les secrets de l'éternité, et je ne vis plus, dans l'étrange tableau qui se mouvoit autour de moi comme une scène de vertige, qu'une espèce de spectacle.

Je craignois cependant, je l'avouerai, d'apercevoir, parmi les curieux qui se ruoient au-devant de mes pas, quelques-unes de ces figures connues dans lesquelles je n'étois accoutumé à lire qu'une bienveillance peut-être

17

un peu inquiète, mais dont l'expression m'avoit plus
d'une fois pénétré d'attendrissement et de reconnoissance, parce qu'elle ressembloit à celle de l'amitié. En
effet, je me croyois aimé des enfants mêmes de Greenock, âge qui sait rarement aimer, et si je les avois entendus se dire quelquefois en passant près de moi, avec
leur malice rieuse : « C'est lui, c'est le beau charpentier de Granville qui est fiancé à la veuve de Salomon, »
je me flattois au moins de leur avoir inspiré quelque
sentiment plus doux par mon empressement à les aider
dans leurs études, et à leur apprendre le nom des fleurs
et des papillons. Heureusement, je ne rencontrai personne que j'eusse rencontré jamais, et comme la popu-
lation de Greenock n'est pas telle qu'on ne puisse la
passer en revue dans un an, je fus sur le point d'imaginer qu'elle s'étoit renouvelée tout entière, durant le
cours de cette terrible nuit ; j'allai même jusqu'à m'en
féliciter dans mon cœur, parce qu'il seroit meilleur de
mourir au milieu d'une génération à laquelle on ne
coûteroit du moins point de larmes.

Je ne tardai pas à me détromper. J'ai dit qu'il étoit
midi, et c'étoit l'heure où *la Reine de Saba* devoit mettre
à la voile. Comme le vent étoit contraire, je supposai
d'abord que le capitaine n'y penseroit pas ; mais j'aperçus, en arrivant, à la hauteur du port, le bâtiment tout
appareillé qui se berçoit majestueusement sur sa quille,
et qui donnoit ses derniers signaux de départ, avec une
assurance si nouvelle, même pour les fameux mariniers
de Greenock, qu'elle partagea un instant l'attention entre
l'infortuné qui alloit mourir et le vaisseau qui alloit vo-
guer. Je finissois ma course, et il commençoit la sienne
à travers des hasards aussi aventureux que ceux de la
vie, pour aborder comme moi à quelque plage inconnue.

— *La Reine de Saba!* dis-je en frissonnant, le vaisseau
triomphant de Belkiss qui devoit me rendre à mes parents ! C'étoit donc hier !

Une clameur s'éleva sur la rive, les câbles siffIaient, et le navire, qui ne nous apparoissoit plus que par sa poupe, silla si promptement à l'horizon de la mer, qu'au bout d'une seconde ce n'étoit qu'un point noir, et qu'au bout d'une autre seconde ce n'étoit rien.

Le vaisseau parti, on revint à moi. De jolies petites filles au teint un peu hâlé et aux cheveux noirs et bouclés, comme la plupart des jolies petites filles de Greenock, me précédoient en distribuant au peuple, pour un plak, l'histoire lamentable du bailli Muzzleburn que j'avois égorgé à l'auberge de *Calédonie*. D'autres jeunes filles se disputoient la feuille tout humide d'impression, afin de la reporter plus vite à un amant ou à un père qui les soulevoient d'un bras caressant pour leur montrer un homme qu'on alloit tuer au nom de la justice et des lois.

Nous allions à pas mesurés, soit à cause de la solennité qui s'attache parmi les peuples les plus sauvages à un sacrifice humain, soit pour satisfaire à loisir aux empressements de ce concours d'hommes, et surtout de femmes et d'enfants, palpitants de curiosité et de joie, qui composent le public ordinaire des exécutions. La lenteur de ce convoi vraiment funèbre, et qui ne diffère de l'autre que parce que le cadavre marche, me permettoit de saisir à mes côtés quelques paroles des spectateurs.

— Qui ne s'y seroit trompé? disoit une blonde, à l'œil triste et doux, qui s'étoit arrêtée là, son carton de modiste sous le bras. Voyez comme son regard est assuré sans être fier, et modeste sans être abattu! Croiroit-on qu'un coupable sût mourir ainsi? Oh! pour tout l'or du vieux Jonathas, je ne voudrois pas reposer ma tête la nuit prochaine sur le chevet de son juge.

— Il faut cependant, reprit une de ses compagnes, que ce soit un coupable bien convaincu, pour avoir été condamné, puisqu'on dit qu'il est riche à plus de cin-

quante millions; et Dieu sait qu'il auroit eu meilleur
marché de la conscience de toutes les cours souveraines,
d'ici au royaume de Belkiss, si son crime avoit pu s'excuser.

— ,Que dites-vous, de cinquante millions, mes belles
dames? reprit un jeune homme qui cherchoit à se mêler
à leur conversation. Le seul collier de ce bandit valoit
infiniment davantage, et le banquier Jonathas vient de
payer cent millions une seule des escarboucles qui en
avoient été retirées pour les frais de justice.

— A quel propos alors, interrompit un vieillard assez
morose, que le mouvement de la foule avoit poussé
dans ce groupe, à quel propos et dans quel intérêt auroit-il assassiné le pauvre sir Jap Muzzleburn, dont le
revenu, contenu, dit-on, dans le portefeuille volé, ne
passoit pas, à mon avis, quelques cent mille malheureuses guinées?

— A quel propos, en effet? s'écria la petite modiste
aux cheveux blonds. Il faudroit que ce malheureux fût
fou.

— C'est que je crois qu'il l'est réellement, repartit
le jeune homme en souriant. Imaginez-vous qu'on assure qu'il s'étoit proposé de rebâtir le temple de Salomon !...

Là-dessus il mordit son bambou pour s'empêcher
d'éclater, et je passai.

Les stations se ralentissoient cependant de plus en
plus, au point de me permettre de presser de temps en
temps sur mes lèvres le portrait de Belkiss, quand le
shérif s'arrêta tout de bon pour réprimer l'impatience
frénétique de la populace, en lui annonçant par un
signe imposant que mon exécution étoit suspendue d'un
moment; car la vie de l'homme est au bout du bâton
d'un officier de justice, comme au bout du doigt de Dieu.
Ces deux autorités, par bonheur, ne sont en partage que
sur la terre.

Il s'agissoit d'annoncer qu'en vertu d'un vieil usage d'Écosse, que je croyois depuis longtemps tombé en désuétude, ma vie pouvoit être rachetée par l'amour d'une jeune fille qui me prendroit en mariage. Cette idée me fit hausser involontairement les épaules, et je portai ma main avec force sur le portrait de Belkiss, pour qu'elle n'eût pas le temps de douter de l'assurance de ma résolution; mais je dois avouer que mon indignation s'augmenta du déplaisir que me causoit le mauvais langage de cette proclamation légale, dans une circonstance aussi sérieuse. — Hélas! ces gens-ci, me disois-je, ont raffiné la parole pour les plus puériles frivolités de la vie, pour échanger des faux souhaits et des compliments imposteurs, et la loi qui tue ou qui sauve est encore écrite dans le jargon des sauvages. Assassiner judiciairement un homme, c'est un crime effroyable! mais le plus grand des crimes, c'est de tuer la langue d'une nation avec tout ce qu'elle renferme d'espérance et de génie. Un homme est peu de chose sur cette terre, qui regorge de vivants, et avec une langue, on referoit un monde.

La patience me manqua, et je crois que j'aurois maudit le shérif et le patois barbare des lois, si je pouvois maudire.

Mon émotion fut remarquée, car la petite blonde me suivoit toujours.

— Je croyois, dit-elle, qu'il iroit jusqu'à la mort sans montrer de colère.

— C'est qu'il comptoit peut-être, pour échapper au supplice qui l'attend, sur les impressions que vous venez de trahir, dit le jeune homme en jetant le bras autour de son cou, et je conviens qu'il vaudroit la peine d'être sauvé sans la confiscation; mais la confiscation est de règle, et c'est même quelquefois pour cela qu'on est pendu.

— Si j'ai bien compris le sentiment qui a rembruni

son visage, interrompit le vieillard, qui les suivoit encore, parce que la foule étoit trop pressée pour se diviser en si peu de temps, je crois que les approches de la
mort y ont moins de part que la sotte allocution du shérif. Vous ne sauriez croire, mademoiselle, combien il
est fâcheux de monter à la potence, en dépit du bénéfice de *clergie*, pour satisfaire aux sanglantes conventions d'une société qui n'a pas encore mis à profit l'a-
vantage de la parole.

Je voulois sourire à ce bonhomme, et lui témoigner
qu'il avoit pénétré dans ma pensée; mais il n'y étoit
déjà plus, parce que la place élargie avoit ouvert de
libres issues aux curieux satisfaits. Quant à la jeune
blonde et à son interlocuteur, je me doutai qu'ils s'é-
toient ménagé le plaisir de me voir passer plus loin, de
la croisée d'un des cabinets particuliers de mistriss
Speaker.

Nous étions, en effet, parvenus à la place où s'exercent ces boucheries judiciaires qui maintiennent encore
notre civilisation au niveau des lois et des mœurs des
anthropophages. A l'extrémité s'élevoit un échafaudage
de mauvaise grâce dont les profils barbares n'avoient
pu être dessinés que par quelque méchant manœuvre.
L'appareil qui le surmontoit n'étoit jamais tombé sous
mes yeux, mais je n'eus pas de peine à en deviner l'u-
sage. Ma vue s'en détourna, non de terreur, car j'aspirois à la mort comme au réveil d'un songe pénible,
mais d'un mélange d'attendrissement et de dégoût dont
je fus un moment à me rendre compte. On ne sauroit
comprendre ce qui entre de dédain ou de compassion
pour le genre humain dans le cœur d'un innocent qui
va mourir.

C'étoit l'endroit de la seconde station du shérif, et
pendant qu'il reprenoit sa détestable harangue, sans
l'avoir émondée d'un solécisme, je cherchois à en distraire mon attention dans la solution d'un problème où

d'une étymologie, quand le son d'une voix connue vint vibrer au fond de mon sein.

— C'est moi, c'est moi qui le sauverai, crioit Folly en se débarrassant avec violence des mains de ses compagnes, les petites *grey gowns* de Greenock, qui ne vouloient pas la laisser partir.

Je n'avois jamais eu d'amour pour Folly, dans le sens que j'attachois à cette passion inconnue. L'amour que je m'étois fait ne se composoit que des sympathies les plus délicates de l'imagination et du sentiment. C'étoit toute une âme qu'il falloit à la mienne, une âme tendre, une âme sœur et cependant souveraine, qui m'enveloppât, qui me confondît et m'absorbât dans sa volonté, qui m'enlevât tout ce qui étoit moi pour le faire elle, qui fût autre chose que moi, un million de fois plus que moi, et qui cependant fût moi. Oh! cela ne peut pas se dire!

Cette joie immense, accablante, indéfinissable, qui me manquoit, et qui manque probablement à la plupart des hommes, j'en avois amassé tous les rayons au portrait de Belkiss, comme dans la lentille du physicien qui fond l'or et brûle le diamant à travers un froid cristal, en concentrant les tièdes chaleurs d'un jeune soleil d'avril. Je savois bien que c'étoit là une illusion; mais je ne devinois pas de réalité qui valût mieux pour le bonheur.

Et cependant, monsieur, je concevois qu'un homme autrement organisé, — je vous l'ai dit sans doute, — pût être heureux de l'amour de Folly; car Folly étoit jeune, jolie, éveillée, pleine de grâce dans sa marche et surtout dans sa danse, aimable, fraîche, ravissante comme une rose qui s'épanouit, et qui ne demande qu'à être cueillie. Les heures de délices que Folly pouvoit me donner, je les avois rêvées aussi. J'avois rêvé ses blanches dents, qui sembloient rire avec ses lèvres; j'avois rêvé son regard, non pas épanoui d'habitude sur sa

large prunelle, mais jaillissant par traits de flamme
entre tous les cils de ses yeux. J'imaginois facilement
ce que Folly émue, troublée, palpitante, se défendant
pour se laisser vaincre, Folly pressée sur ma poitrine,
les doigts dans mes cheveux et la bouche près de ma
bouche, devoit répandre de charmes sur quelques minutes, sur quelques journées de ma vie. Je m'étois fait
peut-être une chimère plus délicieuse que la vérité des
voluptés de cet amour-là; je croyois qu'il valoit mieux
que mille existences : mais ce n'étoit pas mon amour!

Si vous vous rappelez qu'il restoit à peine quelques
toises à parcourir entre l'échafaud et moi, vous trouverez cette digression bien longue. Je l'ai reprise dans
mes réflexions; elle ne tient pas une minute dans mon
histoire.

— Eh! que m'importe qu'il soit fou! disoit Folly,
je le sais aussi bien que vous; que m'importe qu'il soit
pauvre et sans ressource que son métier! que m'importe même qu'il ait tué sir Jap Muzzleburn, qui n'étoit
au fond que le roi des chiens! n'est-ce pas Michel, mon
cher Michel que j'ai tant aimé, et que j'aime plus que
jamais! — Non, non, continua-t-elle en tombant à mes
pieds, en appuyant sur mes genoux sa tête échevelée,
en les saisissant de ses mains tremblantes, non, tu ne
mourras pas, tu vivras pour moi, pour ta petite Folly!
Je guérirai ton esprit égaré, je te réveillerai dans tes
mauvais songes; et tu seras heureux, parce que mon
amour préviendra tous tes soucis, se jettera au-devant
de tous tes chagrins, et fera passer ton imagination des
folles erreurs qui la troublent dans un état constant de
repos et de joie! — Arrêtez, arrêtez, monsieur le shérif!
ajouta Folly, en renversant en arrière son front d'où
flottoient ses beaux cheveux; n'allez pas plus loin,
monsieur le shérif!... annoncez que Michel de Granville
est pris en mariage par Folly Guilfree, vous savez bien,
la petite *mantua-maker*; j'ai travaillé pour madame!

— Hélas! chère Folly, répondis-je les yeux mouillés de pleurs, le ciel m'est témoin qu'après ce qu'il m'a prescrit d'aimer, je n'aime rien mieux que toi, et que le dévouement que tu me prouves, pauvre enfant qui me crois coupable, surpasse toutes les idées que je me suis faites de la tendresse et de la vertu; mais tu n'ignores pas qu'un engagement sacré m'empêche de profiter de ton sacrifice!

— Eh quoi! dit-elle en se relevant furieuse, c'est donc là ma récompense! moi qui ai refusé ce matin la main du riche Coll Seashop, le maître du calfat, le plus beau et le plus sage des mariniers de Greenock, tu me rebutes pour l'image d'une princesse d'Orient qui n'existe peut-être pas, qui n'auroit jamais rien été pour toi si elle existe, ou qui t'auroit repoussé avec mépris au rang de ses derniers esclaves! Malédiction sur Belkiss!

— Tais-toi! m'écriai-je en portant ma main avec respect sur le portrait de Belkiss; tu as blasphémé, Folly, parce que tu ne me comprenois pas, et je sens que Belkiss te le pardonne! Mon amour pour ce portrait n'est en effet qu'une illusion, et mon esprit, si malade que tu le supposes, n'a jamais conçu l'orgueilleuse prétention d'un retour! Ce que je voulois te dire, c'est que je ne pouvois contracter de nouvel engagement, parce que j'étois fiancé avec une autre femme, et que c'est aujourd'hui même qu'elle auroit eu droit de réclamer l'exécution de ma promesse. Je n'ai pas besoin de t'apprendre, chère Folly, que les devoirs d'un honnête homme lui sont plus sacrés que sa vie et que son bonheur.

— Cette défaite humiliante, il faudroit au moins l'expliquer! reprit Folly.

— Oui, oui, répondis-je en souriant et en rapprochant sa main de mes lèvres. Je suis fiancé, et je te le jure dans ce moment imposant où le parjure me priveroit

pour l'éternité de la bénédiction de Dieu, je suis fiancé
avec une vieille mendiante qui m'a communiqué tout ce
que j'ai d'aptitude et de savoir au-dessus de la plupart
des hommes, et qui a eu la même bonté pour tous les
chefs de notre famille, en remontant jusqu'à mon septième aïeul. Cette bonne femme, qui est peut-être morte,
mais qui ne m'a pas dégagé de mes obligations, s'appelle la Fée aux Miettes.

A ces mots, Folly croisa les mains, les laissa retomber, et, secouant la tête avec une profonde expression
de pitié :

— Va donc mourir, me dit-elle, pauvre infortuné,
puisque rien ne peut te rendre à toi-même, et qu'il s'est
trouvé des juges assez stupides et assez cruels pour te
condamner. — Puis elle resta immobile et les yeux attachés à la terre pendant que je suivois le cortége, qui
s'étoit remis en marche sur les pas du shérif.

Un instant après, il avoit gagné la partie supérieure
de l'échafaud, d'où il jetoit sa proclamation au peuple
pour la troisième et dernière fois, et je prenois possession d'un pied ferme de ces fatals degrés que les condamnés ne redescendent jamais vivants, quand un brou-
haha de l'espèce la plus extraordinaire en pareille
circonstance vint distraire mon attention de l'idée sérieuse qui commençoit à l'occuper. C'étoit une tempête
d'éclats de rires frénétiques et à rendre les gens sourds,
dont l'explosion venue de loin augmentoit de force en
approchant, comme si la foudre s'étoit déchaînée en
tourbillons rivaux pour l'apporter à mon oreille. Je me
retournai du côté du peuple, et vous pouvez juger de
mon étonnement quand j'aperçus la Fée aux Miettes, la
béquille étendue à l'horizon en signe de commandement,
ainsi que je l'avois laissée quand je la perdis dans ces dunes
de Greenock, où elle me fit faire tant de chemin. Ma première pensée fut qu'elle achevoit son tour du monde par
terre, depuis que nous ne nous étions vus; mais sa tour-

nure pétulante et sa toilette plus ambitieuse encore que
d'ordinaire n'avoient rien qui annonçât les rudes fatigues du piéton. C'étoit un luxe de dentelles, de rubans
et de bouquets qui passoit toutes les féeries de l'Opéra.

— Grand Dieu! lui dis-je en m'unissant de grand
cœur à la gaieté universelle, que vous voilà magnifiquement accoutrée, Fée aux Miettes, et que j'aurois plaisir
à vous voir de la sorte dans une meilleure occasion!
Mais vous savez de quoi il s'agit ici pour moi, et je suis
désagréablement surpris, je vous l'avouerai, qu'une digne femme qui vouloit bien m'aimer un peu, que j'ai
connue si favorablement disposée envers ma famille, et
qui s'est toujours distinguée par un tact si exquis des
bienséances, ait réservé l'étalage des plus brillantes ga-
lanteries de son vestiaire pour le jour où son malheureux petit Michel doit être pendu!

— Pendu! reprit vivement la Fée aux Miettes, en bondissant sur ses jolis souliers roses avec cette élasticité
ascensionnelle que vous lui connoissez depuis longtemps;
— pendu! et pourquoi seriez-vous pendu, méchant,
puisque j'arrive pour vous sauver? Ne me devez-vous pas
merci d'amour et guerdon de loyauté au jour préfix où
nous sommes, et ne venez-vous pas de le dire vous-mème
à ma jolie *mantua-maker*, Folly Girlfree? Ce n'est pas,
Michel, que je veuille abuser de votre foi à des engagements que vous avez peut-être pris trop légèrement;
je vous aime sans doute, et plus que je ne puis le dire,
mais mon cœur se briseroit, mon enfant, plutôt que de
consentir à vous imposer un regret. Folly est jeune et
piquante, et je sens que je me fais quelque peu vieille
depuis notre dernière rencontre. Si vous trouvez votre
bonheur à épouser Folly, je suis toute prête à vous rendre votre liberté au prix des plus chères espérances de
ma vie!

Cela dépend de vous, continua-t-elle d'un son de voix
qui s'était attristé de plus en plus, et l'argent que je

vous dois a même assez profité dans mes mains pour vous assurer un bon établissement.

L'honneur de mon caractère n'exige qu'une chose, ajouta la Fée aux Miettes en se redressant avec toute la dignité que pouvoit comporter sa petite taille, c'est que vous me rendiez mon portrait.

— Le portrait de Belkiss, Fée aux Miettes ! ah ! vous en êtes la maîtresse !

Et, en disant cela, j'avois poussé machinalement le ressort de manière à entr'ouvrir assez le médaillon pour m'assurer que Belkiss pleuroit.

— Voilà ce portrait qui a fait le bonheur d'une année de ma vie, et que je n'étois pas digne de posséder si longtemps ! Mais je ne vous le rends point à la condition que vous me proposez. J'aime dans Folly les agréments d'une jeune et bonne fille qui a pitié de moi, quoiqu'elle me croie insensé et coupable, parce que son âme, toute charmante d'ailleurs, ne vit pas dans la même région que la mienne. Les engagements qui m'attachent à vous, la protectrice et l'ange tutélaire de mes années d'écolier, pour être un peu plus bizarres au jugement du monde, ne m'en sont ni moins doux ni moins sacrés. Je les ai pris librement, et je les tiendrai sans effort, car mon cœur n'est lié d'aucun amour par les créatures de la terre. Vous êtes ma fiancée et mon épouse, Fée aux Miettes, et je vous donnerois ce titre aujourd'hui avec autant de plaisir que dans les grèves où je pêchois aux coques de Saint-Michel, si ce n'étoit pas à vous à le répudier. Vous ignorez sans doute ma fatale histoire, et vous ne savez pas que cette échelle sanglante où je monte, elle a été dressée pour un assassin !...

— Un assassin ! toi, mon enfant, dit brusquement la Fée aux Miettes ; eh ! mon Dieu ! mon amour me trouble et m'étourdit tellement que j'ai oublié tout d'abord ce que j'avois à faire ici ! Personne à Greenock ne doute

maintenant de la vérité. Sir Jap n'est pas mort, mon
cher Michel ; il sait que tu as sauvé sa vie, sa fortune et
les revenus de l'île de Man. La léthargie dans laquelle la
terreur le fit tomber quand il te vit aux prises avec tant
de mauvais sujets ne l'a pas empêché de comprendre
les prodiges de valeur que tu as dû faire pour le défendre. Depuis qu'il est revenu à lui, ses émissaires n'ont
cessé de parcourir les rues en proclamant ton innocence,
et voilà que le shérif la proclame aussi. Entends plutôt
le peuple qui bat des mains ! Sir Jap lui-même ne m'auroit pas laissé l'avantage de le précéder, si quelque reste
de son indisposition ne l'avoit retenu, ou s'il ne s'étoit
arrêté, en passant, à déjeuner avec le juge instructeur
et le médecin légal que j'ai laissés disposés à faire largement honneur aux frais de la vacation. Tu es innocent,
Michel ; tu es libre et je n'aurois plus contre toi qu'une
action civile, que je n'exercerai jamais, tu le sais bien !
Dispose donc à ton aise de ta main et de ton sort, et
rends-moi mon portrait, si tu ne veux pas me tenir les
promesses étourdies que tu m'as faites.

J'étois libre en effet. Le shérif avoit brisé sa baguette,
les constables avoient disparu ; et Jonathas, que je venois de voir roulé au plus haut degré de l'échafaud
dans le linceul où il espéroit emporter mon cadavre, se
retiroit confus pour la seconde fois de la journée, en
s'enveloppant dans son drap de mort.

— Votre portrait, je vous le rends, Fée aux Miettes,
répondis-je en souriant, car mon extravagante passion
pour une adorable princesse que je ne verrai jamais
s'accorderoit mal avec les sentiments sérieux d'un
époux. Mes promesses, je les accomplis en pleine liberté
d'esprit et de cœur : j'atteste Dieu et les hommes que je
vous épouse, Fée aux Miettes, parce que je vous l'ai
promis, parce que je vous respecte comme une digne et
savante personne, et aussi parce que je vous aime.

Je tremblois que la Fée aux Miettes ne prît à ces mots

un de ces élans prodigieux qui m'avoient étonné si souvent, et par lesquels sa joie se manifestoit presque toujours dans les grandes occasions. Je me trompois : mes yeux la retrouvèrent à sa place en se rabaissant sur elle, et je fus frappé du sentiment doux et passionné qui sembloit alors humecter les siens...

— Non, non... reprit-elle en rattachant de toute l'agilité de ses jolis doigts d'ivoire le médaillon à la chaîne. Oh! vraiment non! tu le garderas toujours! je ne me croirois pas assez aimée de toi, si je n'en étois aimée aussi sous les traits de ma jeunesse !...

Je me penchai pour imposer sur son front le baiser solennel qui consacroit notre mariage, et je laissai tomber ma main à la hauteur de son petit bras, qui la ceignit fièrement à l'instant comme le bras d'une épousée.

— Merveille! merveille! crièrent les spectateurs, le fiancé de la veuve de Salomon qui épouse la Fée aux Miettes!

— Ne les écoute pas, reprit à voix basse la Fée aux Miettes. La veuve de Salomon, ce n'est pas la beauté, c'est la sagesse; et tu n'es pas aussi trompé qu'ils l'imaginent, si je parviens à te procurer un peu de bonheur.

Je lui fis entendre en pressant sa main que je n'avois rien à désirer, et que les risées stupides qui couroient sur notre passage n'humilioient pas mon cœur. Je témoignai, au contraire, par mon assurance, que j'étois fier de l'amour de cette pauvre vieille femme; et de quoi s'enorgueilleroit-on, si ce n'est du plus parfait des sentiments éprouvés par la raison et par le temps ?...

A quelques pas de là, nous fûmes arrêtés au détour d'une rue étroite par le concours d'une autre multitude qui suivoit la noce de Coll Seashop, le maître du calfat, et de Folly Girlfree, la plus jolie *mantua-maker* de Greeneck; et mon âme se dégagea du seul poids qui l'oppressoit. Je jetai cependant un regard sur la mariée, et je la trouvai bien jolie !...

— N'as-tu point d'émotion que tu me caches? me dit la Fée aux Miettes un peu troublée.

—Aucune, ma bonne amie, repris-je avec transport. Coll est un habile et honnête ouvrier, et je me réjouissois de penser que cette belle et tendre Folly pourroit être heureuse !

— Vraiment j'y compte bien aussi! répondit la Fée aux Miettes.

XX.

Ce que c'étoit que la maison de la Fée aux Miettes, et la topographie poétique de son parc, dans le goût des jardins d'Aristonoüs de M. de Fénelon.

Nous arrivâmes enfin à l'endroit des murs extérieurs de l'arsenal où devoit être appuyée cette maisonnette dont la Fée aux Miettes me parloit quelques années auparavant. Je l'avois souvent cherchée depuis sans la découvrir, et je ne fus pas surpris qu'elle m'eût échappé jusque-là, quand la Fée aux Miettes me la montra dans un recoin fort caché, en la touchant du bout de sa baguette. Je restai un moment stupéfait, et je retins mes pensées suspendues à mes lèvres, dans la crainte d'humilier cette respectable femme par une observation inconvenante ; ce qu'il y a de plus bas au monde, c'est de mortifier la pauvreté ; mais c'est le comble de l'ingratitude et de la noirceur, quand la pauvreté nous donne un abri.

Je ne vous ai pas encore dit la cause de mon embarras. Vous avez infailliblement vu, monsieur, dans les jouets des enfants, et vous vous souvenez peut-être, car c'est la dernière chose qu'on oublie, d'avoir possédé parmi les vôtres une jolie petite maison de carton verni, aux murs de couleur d'ocre badigeonnés en perfection à la laque et au bleu de Prusse, avec ses trois croisées immobiles, sa ferblanterie en papier d'argent, son toit

où l'ardoise s'est arrondie en écailles sous un pinceau
naïf qui se feroit scrupule de prêter à l'illusion par quelque artifice imposteur. Vous l'avez vu , cet édifice innocent qui n'a rien coûté aux veilles de l'architecte, aux
fatigues du maçon et du charpentier, avec son modeste
jardin composé de six arbres que l'artiste expéditif a
taillés à côté de l'allumette, et dont la cime, insensible
aux vicissitudes des saisons, se couronne de feuilles découpées en taffetas vert. Telle me parut au premier regard la maison de la Fée aux Miettes , et telle vous la
trouveriez encore si la direction ou le hasard de vos
voyages vous conduisoit nn jour à Greenock. Il me devint impossible de contenir mon étonnement.

— Par le ciel ! Fée aux Miettes, m'écriai-je, vous êtes-
vous jamais mis dans l'esprit que nous puissions entrer
là dedans ? Le nain jaune lui-même, sur l'existence duquel les critiques ne sont pas d'accord , n'y trouveroit
où loger !

— Tu t'étonnes de tout , reprit gaiement la Fée aux
Miettes, et c'est une mauvaise disposition pour vivre
dans ce monde de l'imagination et du sentiment , qui
est le seul où les âmes comme la tienne puissent respirer à leur aise. Laisse-toi conduire, car il n'y a que
deux choses qui servent au bonheur : c'est de croire et
d'aimer.

En même temps, elle me saisit par la main, se baissa
sous la porte d'entrée, et m'introduisit dans une pièce
élégante et spacieuse qui excédoit mille fois les bornes
dans lesquelles ma première conjecture avoit circonscrit
notre domicile. Je la parcourus rapidement du regard ,
et je vis qu'elle ne contenoit qu'un lit.

La Fée aux Miettes pénétra dans ma pensée, elle en
avoit l'habitude, et poussant du doigt le ressort d'une
porte qui suivoit, elle me montra sa chambre à coucher
qui n'étoit ni moins commode, ni moins jolie que la
mienne. Je ne revenois pas de ma surprise.

— Comme j'avois compté sur ta parole, dit-elle en entrant, et que je ne voulois pas t'engager dans un établissement peu sortable pour ton âge, sans t'y procurer au moins les dédommagements de l'étude et les plaisirs de l'esprit, je te disposois ici de mes petites épargnes une bibliothèque à ton goût. Si je me suis trompée sur les auteurs qui charmoient tes premières études, je crois que tous tes amis y seront. — Et d'un nouveau mouvement, elle m'ouvroit un cabinet de quelques pieds carrés, où mes livres favoris rayonnoient de maroquin et d'or sur de gracieuses tablettes.

— Attends, reprit-elle en faisant rouler sur ses gonds une troisième porte de bois de cyprès, voici tes outils de charpentier, d'un travail un peu plus soigné que ceux dont tu te sers aux chantiers de maître Finewood, et sur les gradins qui les surmontent, un assez bon assortiment d'instruments de mathématiques. S'ils deviennent insuffisants à mesure que tu te perfectionneras dans tes connoissances, nous serons en mesure d'y pourvoir, car les soixante louis que je te devois ont heureusement prospéré dans mes mains. — Ne m'interromps pas, continua-t-elle avec un sourire, par tes exclamations d'enfant à qui tout semble nouveau. Ce qui devoit te surprendre, pauvre Michel, c'étoient les épreuve de l'innocence malheureuse, et tu les as subies sans murmure. Accoutume-toi aussi sans efforts à un sort humble mais doux, qui ne changera désormais pour toi que le jour où tu le voudras, mais dont tu resteras toujours le maître. Il y a de certains esprits, et je ne te confonds pas avec eux, pour qui la continuité d'un bien-être médiocre devient en peu de temps plus intolérable que les chances orageuses de l'ambition et de l'adversité. Si tu sais te contenter dans ton état, et te réjouir dans ton ouvrage, tu auras atteint à la suprême sagesse, et tu pourras te passer de moi qui ne dois pas te rester longtemps, à en juger par la longue mesure d'années que j'ai déjà remplie. — Tu t'attendris, mon ami, tu pleures, tu m'aimes donc !...

— Eh ! Fée aux Miettes, qui pourrois-je aimer sur la terre, si ce n'est l'être généreux qui me comble de tant de bienfaits ?...

— Ce mot est de trop entre nous, dit-elle d'un son de voix attendri ; mais puisque tu n'as pas craint de blesser les sentiments les plus délicats de mon cœur, j'épuiserai avec toi sans retard la seule conversation triste que nous devions avoir de notre vie. L'idée qu'à vingt-un ans tu t'es formée du mariage a dû te faire comprendre un autre bonheur que celui qui t'est promis par notre union. Je le sens, et tu me démentirois en vain, parce que je lis dans ton âme tout aussi avant que toi-même. Conserve-toi pur pour ce bonheur que je te prépare peut-être ; au moins es-tu en droit de l'attendre de ma prévoyance, qui ne s'est occupée que de toi depuis ton berceau. Aime ces traits de mon jeune âge, aime ce portrait, le seul charme qui me soit resté pour te plaire, et ne t'inquiète pas du reste de tes obligations envers moi. Oublie jusqu'aux fougues de ma vieillesse encore jeunette qui s'éprit follement d'un joli enfant dans les écoles de Granville. Mon affection pour toi est plus vive que l'affection d'une mère, mais elle en a la chasteté. Des raisons que tu connoitras avant peu ont amorti dans mon sein la dernière étincelle des passions que tu y avois rallumées, et s'il m'en reste un désir, c'est que tu conçoives un jour quelque bonheur à posséder l'âme de la Fée aux Miettes sous les traits de Belkis ; la nature est si variée dans ses caprices que cela peut se rencontrer.

J'allois tomber à ses genoux ; elle me soutint, et enlevant aussi une larme de ses yeux, du bord de sa longue manchette : — Viens, viens, dit-elle ! tu me faisois perdre de vue quelques ordres que j'ai à donner pour notre repas de noces, quoique nous devions le faire tête à tête, comme il convient à notre condition. En attendant, continua-t-elle en soulevant une portière de soie, promène-toi dans notre petit jardin. Il n'est pas fort étendu, ainsi que tu as pu en juger du dehors, mais il est si adroitement distribué que tu t'y promènerois tout un jour sans passer au même endroit.

La portière retomba sur moi, et je m'engageai en rêvant dans le jardin de la Fée aux Miettes. J'étois si préoccupé que je marchai longtemps en effet sans prendre garde aux objets qui m'entouroient ; mais les sentiers se multiplioient à tel point sur mon passage que je commençai à concevoir tout de bon la crainte de m'égarer, et que je cherchai à me faire, pour l'avenir, une idée plus distincte des localités. Ce qui m'y frappa d'abord, ce fut la douceur de la température et l'éclat du ciel dont je n'avois jamais joui avec autant de délices à Greenock, même dans les journées les plus pures de l'été, car ce climat est froid, et le soleil n'y brille de quelque splendeur que pendant un petit nombre de semaines ; mais un phénomène encore plus nouveau pour moi vint me faire oublier celui-là ; je ne sais par quel heureux artifice, dont la Fée aux Miettes devoit sans doute le secret à sa longue expérience de toutes les sciences humaines, elle étoit parvenue à naturaliser dans ce jardin enchanté les plus rares merveilles de la végétation des tropiques et de l'Orient. C'étoient des lauriers-roses aux cymbales lavées d'un frais vermillon, des grenadiers chargés de bouquets de pourpre, des orangers dont les branches plioient sous le poids de leurs fleurs d'argent et de leurs fruits d'or, des aloès dont la tige, élancée comme un mât gracieux, balançoit à son sommet une riche couronne de girondoles, des palmiers dont la cime se déployoit au souffle d'un vent parfumé comme un éventail de verdure. Entre les groupes de ces arbres élégants et de mille autres espèces que je connoissois à peine par leurs noms, couloient sous le dais échevelé des saules de Babylone une multitude de jolis ruisseaux dont les rives étoient toutes brodées des plus riantes fleurettes de la nature. Ne vous imaginez pas que le sable sur lequel ils glissoient transparents comme une nappe de cristal, ou sur lequel ils bondissoient à leur pente en cascade de diamants, fût emprunté à la blanche arène, formée de petits cailloux choisis, qui sert de repos aux nymphes. Ce n'étoit ni plus ni moins, je vous jure, que des opales à l'œil de feu, des améthystes limpides comme le ciel, et des escarboucles rayonnantes comme celles qui avoient entouré le portrait de Belkiss; et je sentis alors pourquoi la Fée aux Miettes y attachoit si peu d'importance; mais il est tout naturel qu'on ne parvienne pas communément à cette idée, avant d'avoir parcouru les jardins de la Fée aux Miettes.

Permettez-moi de ne pas oublier un genre de ravissement moins familier à la plupart des hommes, et que l'habitude de mes premiers goûts et de mes premiers plaisirs me rendoit peut-être plus sensible que les autres. L'attrait de ce perpétuel printemps avoit fixé dans les jardins de la Fée aux Miettes les plus élégantes et les plus aimables des créatures auxquelles Dieu n'a pas encore daigné donner une âme, les magnifiques papillons qui peuplent les solitudes et qui caressent les fleurs des deux mondes. Je les connoissois presque tous par les descriptions que j'en avois lues bien jeune, ou par les images que les peintres en ont faites; mais je les voyois pour la première fois se croiser, s'éviter, se poursuivre, planer, tournoyer dans l'air, frémir en bourdonnant ou s'enfuir à peine visibles, sur des ailes fraîches et vivantes, et rivaliser d'éclat avec les corolles en coupes, en cloches, en bassinets, en cornets, en roses, en étoiles, en soleils qui pendoient, vermeilles, de tous les rameaux. Divine munificence de la création! Sublime enchantement des yeux! Spectacle digne d'embellir les

êves d'un homme de bien qui s'est endormi sur une
)onne pensée !

J'y aurois passé une journée entière sans distraction
et sans souvenir, si la voix de la Fée aux Miettes ne
n'avoit appelé à notre petit festin ; et je ne m'attendois
guère à me retrouver si près de notre maison. Comme la
bonne vieille m'éclairoit de la porte avec un flambeau ,
je m'aperçus que le jour étoit tout à fait baissé, et que
mon imagination s'étoit entretenue longtemps dans des
impressions délicieuses qui ne pouvoient plus lui être
transmises par mes sens.

Je rentrai. Près d'une petite table servie simplement,
mais avec une appétissante propreté, flamboyoit un feu
vif et pur, parce que, selon la Fée aux Miettes, la soirée
s'étoit refroidie.

— Que dites-vous du froid, ma bonne amie? m'écriai-
je en revenant à moi. Jamais le printemps n'a eu de plus
douce chaleur et l'été plus de grâces !

— Oh ! répondit-elle, dans mon jardin on ne s'aperçoit de rien, quand on est amant ou poëte !

La Fée aux Miettes ne m'avoit jamais laissé exprimer
sans l'éclaircir un doute léger dont la solution pût être
utile à mon instruction ou à mon bonheur; et cependant, depuis notre dernière rencontre, elle avoit affecté
plusieurs fois de se défendre de mes étonnements , et de
se dérober à mes questions.

— Voilà qui est bien, dis-je en moi-même. Ce vain
besoin de tout savoir et de tout expliquer qui me tourmente ne seroit-il pas une marque de la foiblesse de
notre intelligence et de la vanité de nos ambitions, le
seul motif peut-être qui nous empêche de goûter sur
terre la part légitime de félicité qui nous y est dispen-
sée? Que m'importent les causes et les motifs du bien
dont je ressens les effets, et de quel droit irois-je m'en
informer avec une sotte et orgueilleuse curiosité, quand
tout m'avertit que je suis né pour jouir de ma vie et de

mon imagination , et pour en ignorer le mystère ? Funeste instinct qui ouvrit à Ève les portes de la mort , à Pandore la boite où dormiroient encore toutes les misères de l'humanité, et à je ne sais quelle noble châtelaine, dont j'ai oublié le nom , le cabinet sanglant de la *Barbe Bleue* ! Ce que je ne sais pas, si j'avois intérêt à le savoir, la Fée aux Miettes qui le sait me l'auroit dit. C'est pour cela que mes interrogatoires l'affligent, moins parce qu'elle craint d'y voir percer l'apparence d'une défiance injurieuse, que du regret de s'y confirmer dans l'idée qu'elle commence à se faire de l'insuffisance et de la légèreté de mon esprit.

Et depuis ce moment-là je n'interrogeai presque plus. Je pris ma vie comme elle étoit.

XXI.

Dans lequel on lira tout ce qui a été écrit de plus raisonnable jusqu'à nos jours sur la manière de se donner du bon temps avec cent mille guinées de rente, et même davantage.

Ah ! la conversation de la Fée aux Miettes avoit des agréments si puissants que vous ne vous seriez jamais lassé de l'écouter ! Je remarquois seulement avec une sorte d'inquiétude que ses paroles, ses gestes, ses attitudes, avoient perdu cette vivacité folâtre et quelquefois bouffonne dont je m'étois si souvent réjoui au collége. Elle n'étoit devenue cependant ni sérieuse ni sévère, et la douce gravité de ses discours n'ôtoit rien à leur aimable aménité, mais elle affectoit de donner à nos entretiens un tour plus solennel et une direction plus élevée que dans les jours mémorables de la pêche aux coques et du naufrage sur les côtes d'Angleterre. Je supposai qu'elle croyoit devoir cette réserve à la dignité de notre fête-nuptiale, ou bien que l'âge de réflexion dans lequel

'étois entré ce jour-là imposoit de lui-même une nouvelle forme à ses sages enseignements. Je cherchai en
noi si notre vie morale ne se partageoit pas, effective-
nent, entre les riantes déceptions de l'enfance, et les
convictions austères que l'expérience apporte un jour à
l'enfant qui s'est fait homme, et je me demandai si mon
apprentissage était tout à fait fini.

J'en doutois, parce que les vicissitudes de ma jeunesse
n'avoient pas été assez nombreuses et assez variées pour
me fournir l'occasion d'embrasser sous tous les aspects
toutes les chances d'une existence complète. Je regrettois de n'avoir éprouvé ni assez de malheurs, ni surtout
assez de prospérités, pour être sûr de ma résolution dans
tous les événements de la vie. Ce que je savois, c'est
que le principal devoir qui me restât sur la terre, c'étoit
de faire le bonheur de la Fée aux Miettes. Ce que je ne
savois pas, c'est ce que je pouvois au bonheur de la Fée
aux Miettes, mais mon cœur se seroit brisé de l'idée
qu'elle n'étoit pas heureuse.

J'ignore si elle me devina, mais elle me tira de ma
préoccupation par un grand éclat de rire, et ses yeux
vifs et brillants se fixèrent en même temps sur moi, hu-
mectés de ces larmes intérieures qui ne débordent pas
la paupière, avec une si délicieuse expression d'attendrissement, de commisération et d'amour, que je ne pus
résister au besoin de saisir sa jolie petite main d'un côté
de la table à l'autre, et d'y imprimer un baiser.

Au même instant, un foible grondement, fort expres-
sif et fort chromatique, se fit entendre à la porte.

— Ah! vraiment! dit la Fée aux Miettes, en s'élançant pour ouvrir avec son indevançable prestesse, je
crois connoître cette voix harmonieuse, et je suis bien
trompée si ce n'est pas l'élégant Master Blatt, le premier
écuyer de notre ami sir Jap Muzzleburn!

C'étoit Master Blatt, en effet, c'est-à-dire un barbet
noir des plus propres et des plus mignons que l'on puisse

imaginer, au poil frisé par larges anneaux, comme s'il avoit été tourné par le fer d'un perruquier fashionable, aux bottines de maroquin jaune frappées d'un gland d'or flottant, et aux·gants de buffle à la Crispin.

C'étoit Master Blatt lui-même, qui entroit en s'éventant, avec une grâce infinie, de sa toque empanachée.

Comme c'étoit à ma femme que s'adressoit la commission de Master Blatt, et qu'il aboyoit son petit discours dans cette langue canine de l'île de Man à laquelle je n'étois légèrement initié que depuis la veille, je n'essayai pas de le suivre dans les développements de sa harangue. Cela m'auroit été difficile, à la vérité, parce qu'il en précipitoit le débit avec une si surprenante vélocité que jamais ni tironien ni sténographe ne l'eût rattrapé à la course, et qu'il avoit d'ailleurs un peu d'accent.

Quand il eut fini de parler, Master Blatt ramena devant lui sa patte droite, qu'il avoit laissée jusque-là reposer sur sa hanche d'une manière pleine de dignité, et remit aux mains de la Fée aux Miettes un portefeuille dont la forme, la couleur, la dimension, le signalement tout entier étoient bien présents à ma mémoire ; le portefeuille du bailli de l'île de Man que j'avois défendu de si grands hasards, et qui faillit me coûter si cher.

Ensuite il s'inclina profondément devant elle, me salua d'une manière plus grave, et se retira peu à peu sans se détourner, comme un chien diplomate qui est accoutumé aux grandes affaires, et qui connoît le cérémonial d'une ambassade.

— Bien, bien, bien, dit la Fée aux Miettes, en se renversant sur sa chaise longue avec une expansion de gaieté qui me charmoit. — Tes cruels malheurs d'une nuit nous auront du moins, comme tu le vois, servi à quelque chose !

— Je vous jure, Fée aux Miettes, lui répondis-je, que je n'en sais pas un mot !...

— Cher enfant, tu as raison, reprit-elle, et pardonne-

moi ma distraction. Il faut que je t'explique cela. Ta
triste aventure m'avoit rappelé que l'île de Man appartenoit de temps immémorial à une branche de ma famille dont l'héritage me revenoit de droit, par le fâcheux
bénéfice d'une longue vie, et je t'avouerai que j'attachois peu d'importance à cette propriété, à cause du
caractère maussade et hargneux des habitants ; mais
l'occasion me détermina, et comme j'étois sûre d'arriver
assez à temps pour l'empêcher d'être pendu, je m'avisai
d'expédier en passant mon homme d'affaires au bailli
pour faire reconnoître mes titres. Ils étoient si authentiques et si clairs, que l'honnête sir Jap n'a pas hésité
un moment à remettre à ma disposition les revenus de
l'année, c'est-à-dire cent mille livres sterling de bon papier, continua-t-elle tout en feuilletant les traites et les
billets, cent mille bonnes guinées que tu as tirées des
griffes de voleurs.

Et là-dessus la Fée aux Miettes se reprit à rire d'aussi
bon cœur qu'autrefois.

Je penchai ma tête sur ses mains, et je restai quelque
temps sans répondre.

— Cent mille guinées, Fée aux Miettes ! dis-je enfin.
Cent mille guinées de revenu ! — Oh ! si vous aviez eu
cette fortune quand vous veniez racheter ma vie au pied
de l'échafaud, je n'y aurois pas consenti ! une si riche
héritière que la Fée aux Miettes ne peut pas être la
femme d'un ouvrier sans ressources et sans espérances !

La Fée aux Miettes me regarda d'un air chagrin et se
mordit les lèvres. — Tu n'as point dit cela, Michel, dans
l'intention de me blesser, répondit-elle avec un son de
voix ému, et j'oublierai ce qu'il pourroit y avoir d'amer
dans cette observation, si tu avois voulu en faire un reproche. Non, non, le généreux enfant qui m'a donné
trois fois en sa vie tout ce qu'il possédoit, et qui m'a
engagé jusqu'à sa liberté pour me forcer à recevoir ses
bienfaits, ne m'accuse pas dans son cœur d'avoir man-

qué aux lois de la délicatesse quand j'ai consenti à lui tout devoir. C'est cependant ce qu'il feroit en hésitant à recevoir de moi cent fois moins qu'il ne me sacrifioit en effet, quand il se dépouilloit en ma faveur des derniers débris de sa fortune. Mais ceci même lui appartient, car je ne me serois jamais avisée de réclamer mes droits sur une propriété inutile et oubliée, sans l'événement presque miraculeux qui t'a mis en possession de ce portefeuille comme d'une propriété légitime. Il faut bien t'apprendre du reste, continua-t-elle en reprenant une complète assurance, que tes richesses n'ont rien à envier aux miennes, et qu'elles les égalent si elles ne les excèdent pas. Encore n'est-ce pas de tes espérances sur les biens de ton père et de ton oncle que j'entends parler, quoique les nouvelles qui m'en arrivent depuis longtemps me fassent concevoir une grande idée de la prospérité de leurs entreprises et de la magnificence de leurs établissements.

— Ils vivent tous les deux! m'écriai-je en pleurant de joie. Dieu soit loué à jamais!

— Dieu soit loué en toutes choses! dit la Fée aux Miettes. Ils vivent, et tu les reverras avant peu si mes projets s'accomplissent. En attendant, rien ne manque à ton opulence, puisqu'ils m'ont autorisée à fournir à tous tes besoins aussitôt que je t'aurois retrouvé, et que le seul produit de l'or dont tu m'avois si charitablement confié le dépôt passe déjà ailleurs, si je ne me trompe, la portée de tous les vœux que tu peux former en ta vie. Il me suffira de te prévenir aujourd'hui que je l'ai placé dans un commerce qui doit rapporter cent mille pour un à chaque voyage du grand vaisseau sur lequel tu te proposois de t'embarquer hier, et qui mouillera toutes les semaines à Greenock. Tu vois par là que tu seras en peu de jours le plus riche de nous deux, car je n'ai aucune raison pour suivre les mêmes chances, et la possession d'un or superflu ne tente pas mon ambition.

Je ne m'arrêtai pas d'abord aux sages paroles qui ter-
minoient ce discours singulier; l'idée de cette fortune
immense et inattendue que je n'avois jamais rêvée,
même dans le sommeil, exerça sur mon esprit une espèce de fascination et d'étourdissement où ma raison
cherchoit en vain à se retrouver. Plus je m'efforçois de
rattacher le fil de ma pensée à quelques-unes des combinaisons d'existence que je m'étois composées jusque-
là, plus je me trouvois étranger à mon avenir, et incapable de m'y placer d'une manière assortie à mon
organisation et à mon caractère. Je finis par penser tout
haut. — En vérité, repris-je en balbutiant des mots confus comme mes réflexions, de semblables événements
doivent nécessairement changer la position que nous
tenons dans la société. Je m'en félicite pour vous, Fée
aux Miettes, qu'ils appellent à jouir d'une destinée digne de votre naissance et de votre sagesse; mais pour
moi, je m'en étonne, et je ne me prépare pas sans un
mélange d'inquiétude à cet état de splendeur où la Providence m'a tout à coup élevé. C'est à vous, qui avez
acquis dans votre jeunesse l'expérience de la richesse
et des grandeurs, à m'apprendre ce que nous devons
faire de nos trésors, pour montrer à tout le monde que
nous méritons de les posséder.

— Ceci est une grande question, mais j'essayerai de
l'éclaircir puisque tu le veux, répondit la Fée aux Miettes
en souriant assez tristement, autant que je pus m'en
apercevoir, car j'osois à peine tourner mes regards sur
elle. Il y a effectivement bien des partis différents à tirer
d'une grande fortune, et je ne dois pas te le dissimuler,
plus de pernicieux que d'utiles. La plupart des hommes
regardent cet avantage inopiné du hasard comme une
raison de se livrer doucement à l'oisiveté, de jouir des
voluptés du luxe dans une tranquille paix, et d'étaler
aux yeux de la multitude un faste qui lui impose, parce
qu'elle estime les plaisirs qui y sont attachés au-dessus

de toutes les faveurs de la nature. Si cette condition te convient, tu es maître de la choisir. Tu auras demain des palais somptueux, des ameublements exquis, des voitures éblouissantes de dorures et attelées de superbes chevaux pour te transporter à travers tes vastes domaines; les artistes s'empresseront de te consacrer leurs travaux, les poëtes feront des vers à ta gloire, les grands t'accoutumeront, par leurs prévenances, à te regarder comme leur égal, et tu ne pourras plus compter tes amis. Enfin tu goûteras pour la première fois les charmes d'une mollesse tout à fait inoccupée, et le profond contentement d'âme que procure la certitude de n'avoir rien à faire.

— Rien à faire, Fée aux Miettes! Ah! ce n'est pas dans cette pensée que peut résider un profond contentement de l'âme! Le Dieu qui a daigné me former ne m'a pas donné ces bras robustes et habiles au travail pour que je les laisse indignement languir dans une lâche inaction. Et s'il lui plaisoit un jour de me retirer ces faveurs dont il me comble aujourd'hui, que deviendrois-je après avoir oublié l'exercice de mon métier, et l'agréable habitude de ces labeurs de tous les jours qui m'occupent, qui me fortifient, qui me plaisent, qui m'ont fait quelquefois honneur et ne m'ont jamais ennuyé? Un objet de mépris pour les honnêtes gens et de pitié pour les sages! j'aimerois cent fois mieux me désaccoutumer de l'espérance d'être riche, et l'effort ne seroit pas grand. Il n'y a pas longtemps qu'elle m'est venue!

— A merveille, mon cher Michel! s'écria joyeusement la Fée aux Miettes, en frappant d'aise ses blanches mains l'une contre l'autre. Ajoute à cela que le changement de la manière de vivre ne feroit illusion qu'à toi, si tu étois assez stupide pour tomber dans un pareil aveuglement. Tu aurois beau te cacher dans ton faste, comme le ver dans son cocon de soie, et la chenille dans

sa chrysalide dorée, ceux qui t'ont connu te reconnoî-
troient, et l'envie qu'inspireroit ton agrandissement
subit ne tarderoit pas à se convertir en haine secrète,
sous de fausses apparences, au fond du cœur de tes flat-
teurs les plus assidus. — A qui appartient, diroit-on,
ce carrosse aux panneaux resplendissants, qui fait voler
si haut la poussière sous ses roues ferrées d'argent ?....
— Eh quoi, répondroient les passants avec un dédaigneux mouvement d'épaules, ne le savez-vous pas encore? C'est un des trois ou quatre cents équipages, car
il en change tous les jours, dans lesquels le petit
charpentier Michel promène cette vieille naine dentue,
difforme et ridicule, que tout Granville a vue mendier
pendant cent ans sous le porche de son église. Ne voilà-
t-il pas un beau couple pour écraser le pauvre peuple,
et n'a-t-on pas raison de dire qu'il n'est telle vanité que
de petites gens? Tu n'aurois fait, à ce compte, qu'abdi-
quer la modeste réputation d'un honorable ouvrier pour
gagner celle d'un sot riche; et c'est le souvenir le plus
fâcheux qu'on puisse laisser sur la terre après celui que
laissent les méchants. — Mais si la fortune ne sert qu'à
rendre plus sensibles l'abrutissement des voluptueux et
l'incapacité des oisifs, elle peut prêter un relief éclatant
aux qualités de l'esprit et aux glorieuses ambitions du
génie. Tous les travaux de l'homme en société ne se
réduisent pas aux œuvres matérielles de la main. Il in-
flue par son crédit et par son habileté sur les développements de la richesse et de la prospérité publiques. Il
prend part à la création des lois et à l'administration des
États. Il tient les balances de la justice dans les tribunaux, ou les rênes du gouvernement dans le conseil des
rois; et pour arriver aux grands emplois, l'or est dans
tous les pays la première de toutes les aptitudes. Pauvre, ton savoir et ton éducation ne te promettoient qu'un
petit nombre de succès obscurs qui n'auroient jamais
tiré ton nom de l'oubli; opulent, il n'est point de car-

rière qui ne te soit largement ouverte, et au bout de
laquelle tu n'aies à recueillir, vivant, les faveurs de la
popularité, mort, les illustrations de l'histoire. La ban-
que de Jonathas restera bientôt sans chef, au régime
sordide que son avarice lui a fait adopter. Le président
de justice est, depuis dix ans, fou de sottise et d'orgueil,
et on n'attend qu'à le prendre sur quelque fausse application des lois qui aura coûté la vie à un bon nombre
d'innocents notables, pour lui donner un successeur. Il y
a des députés à élire et des ministres à disgracier. Choisis.

Je regardai fixement cette fois la Fée aux Miettes, et
je trouvai ses yeux arrêtés sur moi. Cette circonstance,
qui m'auroit intimidé un moment auparavant, augmenta
ma hardiesse, et me confirma dans la détermination que
j'avois prise pendant qu'elle parloit, car toutes mes irré-
solutions s'étoient dissipées.

— Mon choix est fait, lui répondis-je, et mon seul
regret est d'avoir pu hésiter; je resterai charpentier.

Elle contint sa joie; mais elle ne réussit pas à me la
dérober tout à fait. Je continuai.

— Écoutez, Fée aux Miettes, et pardonnez-moi si je
conteste une seule fois avec vous. Mes études ne m'ont
pas rendu propre aux emplois que vous me proposez, et
je suis trop sensé, grâce à Dieu, grâce aux leçons de
mes parents, grâce aux vôtres, pour mettre le sort d'un
pays en balance avec mon orgueil. Je ne cède pas, en
vous disant ceci, aux timidités de la modestie. J'imagine
au contraire que je n'ai jamais conçu pour moi-même
une plus haute estime qu'en me rendant compte des
idées où cet entretien nous entraîne, et s'il est vrai que
la vanité se mêle à tous nos jugements, elle pourroit
bien jouer son rôle dans mon refus. Je crois sincèrement
que je pourrois apporter comme un autre le tribut de
mes facultés à l'œuvre de tous, si la civilisation étoit,
comme je la comprends, une doctrine de foi, une législation d'amour et de charité, une pratique de bienveil-

ance réciproque et universelle; mais dans l'état où les
siècles nous l'ont donnée, je n'ai ni intelligence pour
l'expliquer, ni disposition à la servir. Je respecte les
pouvoirs que les nations s'imposent; je me range sans
examen aux lois qu'elles reconnoissent; j'honore les
esprits sublimes qui croient y entendre quelque chose,
et les citoyens généreux et dévoués qui consacrent leur
noble existence au soin de les interpréter et de les défendre, mais c'est tout ce que je puis. L'opinion que
nous nous formons de l'importance de notre destination
passagère est sans doute flatteuse pour notre amour-
propre. Elle est surtout consolante pour notre misère,
et je ne trouve pas mauvais qu'on s'efforce d'en atteindre
les résultats. Quant à moi, je ne les cherche pas sur la
terre, et cette vie si occupée de perfectionnements ne
me montre en réalité que de vaines agitations qui abou-
tissent à la mort pour les peuples comme pour l'homme.
L'affaire de la vie, c'est de vivre et d'espérer, car elle
ne bâtit rien de durable et d'infaillible que le tombeau.
Si le travail des mains a moins d'éclat et de grandeur
que celui de la pensée, et j'y consens avec vous, il est
donc à mon sens plus raisonnable et plus utile, et j'aurois peine à m'ôter de l'esprit que tout homme qui a
planté un arbre, ensemencé un guéret, ou construit
une maison solide, aérée, spacieuse et bien distribuée,
a rendu un service plus essentiel à ses semblables que
les économistes, les philosophes et les hommes d'État
avec leurs utopies de vieux enfants, si malheureuses en
pratique. Voilà pourquoi je resterai décidément charpentier, si vous l'avez pour agréable, ma volonté vous
étant d'ailleurs soumise en tout point. — Mais ce que je
vous demandois, Fée aux Miettes, ce n'est pas non plus
comment un usage absurde de la fortune peut couvrir
celui qu'elle possède, et qui croit la posséder, de ridicule
et de honte. Ce n'est pas comment, dans une société
que je plains et que je suis près de mépriser, les habiles

parviennent à faire servir la fortune aux triomphes de cette folle passion de pouvoir et de renommée que vous appelez en vous jouant une ambition glorieuse, et qui ne me tente guère. C'est à quoi elle est bonne pour être heureux, si elle est du moins bonne à cela, et je commence à craindre qu'il n'en soit rien.

— Il faudroit d'abord savoir ce que tu entends par le bonheur, répliqua la Fée aux Miettes.

— Ma foi, ma bonne amie, repris-je gaiement, je n'y ai jamais beaucoup réfléchi; mais je suis presque sûr que le mien ne peut pas se réaliser en barres et en billets. Le bonheur, c'est d'être le premier dans le cœur de ce qu'on aime. Le bonheur, c'est de faire du bien selon sa puissance, quand l'occasion s'en présente. Le bonheur, c'est de n'avoir rien à se reprocher. Le bonheur, c'est de se coucher en joie dans un lit propre et bien bordé, déjà content du travail de la semaine, et rêvant aux moyens de l'améliorer encore. Le bonheur, c'est de repasser dans sa mémoire les doux souvenirs d'un âge insouciant et de pureté, en suivant le cours de quelque rivière limpide, sur la lisière d'une prairie tout émaillée de fraisiers et de marguerites, aux rayons d'un soleil sans âpreté, à la chaleur d'un petit vent de sud chargé de parfums, et de s'arrêter à une jolie tonnelle de lilas où la Fée aux Miettes a préparé, en m'attendant, sous la feuillée, une jatte de lait écumeux et frais, une corbeille de fruits mûrs, couverts de leur fleur veloutée, et un peu de vin généreux. Combien croyez-vous qu'il y ait de bonheurs comme ceux-là dans cent mille guinées?

— Il y en a plus que tu ne crois, répondit la Fée aux Miettes; mais écoute plutôt! Je suppose qu'il te souvient encore de tes premiers amis de collége?

— Pourriez-vous en douter, Fée aux Miettes? Je n'oublie aucun de mes sentiments, et les amitiés de collége ne s'oublient pas.

— Jacques Pellevay, continua-t-elle, n'a pas été aussi
sage que toi. De curé qu'il étoit, il a voulu devenir
évêque, et la calomnie, irritée par son ambition, lui a
fait perdre jusqu'à sa cure. Le malheur a produit sur lui
l'effet qu'il produit d'ordinaire sur les belles âmes ; il l'a
rendu meilleur. Jacques, éclairé par ses fautes, s'est
retiré dans un village où l'instruction n'avoit jamais
pénétré, pour y former gratuitement à la religion et aux
bonnes études les enfants des pauvres familles ; son établissement a prospéré d'une manière si éclatante et si
rapide qu'il ne regrette aujourd'hui que de ne pouvoir
l'étendre à tous les villages voisins ; mais ton ami Jacques est pauvre lui-même, et il se consume dans les
rêves de sa charité impuissante. Ne penses-tu pas qu'il
seroit bon d'envoyer un millier de guinées à Jacques
Pellevey pour le seconder dans ses louables projets, dont
j'ai la certitude qu'il ne sera maintenant détourné par
aucun changement de fortune, car l'adversité agit sur
le cœur de l'homme comme certaines tempêtes sur les
fruits de la terre : elle hâte sa maturité.

— Mille guinées, c'est bien peu, dis-je à la Fée aux
Miettes ; mais nous y reviendrons souvent.

— Didier Orry s'étoit richement marié, comme tu
sais ; mais la destinée a d'étranges retours. Son beau-
père l'a engagé dans des spéculations aventureuse qui
les ont ruinés tous les deux. Il ne lui restoit plus qu'une
maison assez modeste et des grangeages médiocrement
garnis, que le feu du ciel a dévorés l'an passé. Il est allé
frapper à ta porte, avec deux enfants dans ses bras, et
suivi de sa femme enceinte et malade. Quand la malheureuse famille fut instruite de ton départ, ils s'assirent
tous sur le seuil et se prirent à pleurer, le père et la
mère, parce que tu étois leur seule espérance, et les enfants parce que leur père et leur mère pleuroient. Tous
seroient morts de misère et de désespoir, si Jacques
Pellevey, qui passoit par là, ne les avoit recueillis ; mais

Jacques a déjà tant de charges qu'il ne suffit à celle-ci
qu'en prenant sur ses propres besoins. Nous pourrions
rétablir la fortune de Didier Orry, mais il nous en coûteroit cher, parce qu'il a joui longtemps des douceurs
de l'aisance, et que l'habitude est une seconde nature.
C'est une affaire de huit mille guinées.

— Vous ne faites pas entrer dans votre compte, bonne
amie, la compensation des maux qu'il a soufferts. Il faut
lui en envoyer dix mille.

— Tu ne sais pas ce qu'est devenu Nabot ? Le pauvre
diable a eu le malheur de recueillir de grands héritages,
et tu devines aisément ce qu'il en a fait : le jeu a tout
emporté. Ce qu'il y a de pis, c'est que son luxe éphémère
lui avoit donné du crédit, et que le jour où il s'aperçut
qu'il ne lui restoit rien, il devoit beaucoup plus qu'il
n'eût jamais possédé. Ses créanciers ont obtenu prise de
corps contre lui, et je ne doute pas qu'il ne meure en
prison si tu ne l'en tires. Cependant je ne te le recom-
manderois point, car c'est se rendre complice d'une
honteuse frénésie que de lui prodiguer des secours qui
sont dus à tant de respectables infortunes, si cette dernière épreuve ne l'avoit décidément corrigé. Il a reconnu,
dès le premier mois de sa captivité, que la privation
n'étoit qu'un heureux apprentissage, et le vice qu'une
mauvaise habitude. Il n'y retombera plus. Ses études
mal ébauchées lui sont revenues en mémoire, et il les a
recommencées avec ce zèle amoureux qui rend les progrès si faciles. Tous les pas qu'il a faits dans cette nouvelle carrière ont été marqués par des jouissances qu'il
met infiniment au-dessus de celles du monde, et son
caractère, autrefois inquiet et soupçonneux, s'est ressenti du perfectionnement de son esprit. L'avantage le
plus inappréciable du travail, et il en a beaucoup d'autres, c'est de distraire l'âme de ses passions sans lui rien
enlever de son ardeur, mais en dirigeant ces puissances
exaltées d'une intelligence et d'une sensibilité de jeune

homme vers le seul but qui soit digne d'elles. J'ai lieu
de croire que Nabot le feroit un jour honneur par sa
conduite, s'il n'y avoit pas tant à payer pour le délivrer
de ses dettes. La Providence mesure les adversités
qu'elle nous dispense. L'homme ne mesure pas celles
qu'il se donne. J'ai entendu dire qu'il était écroué pour
près de quatorze mille guinées.

— Sur quinze mille guinées, répondis-je, il lui en restera mille pour recommencer sa vie. C'est assez s'il est
guéri, et surtout s'il ne l'est pas.

— Tes camarades les caboteurs avoient d'abord
prospéré dans leur commerce, mais ils l'ont étendu im-
prudemment, et la Méditerranée leur a repris ce que
l'Océan leur avoit donné. Leur beau bâtiment *la Mandragore*, qui contenoit en cargaison le produit de toutes
leurs courses, a été capturé par des pirates barbares-
ques, et l'équipage entier est prisonnier en Alger. On
n'estime pas à moins de douze mille guinées le prix de
leur rançon.

— C'est racheter à trop bas prix, Fée aux Miettes,
ces honnêtes et loyaux compagnons qui décimèrent leur
foible pécule afin de me soulager dans ma détresse et
de m'associer à leurs espérances. Douze mille guinées
aux Algériens pour leur rendre la liberté; douze mille
guinées aux caboteurs pour recommencer leur trafic!
— Mais à quoi bon, je vous en prie, cette énumération
dont j'aurois tout au plus besoin si je ne vous avois pas
comprise? Donnez, donnez, Fée aux Miettes, versez de
l'or aux mains de nos amis qui souffrent; et puisque
notre fortune, si exorbitante qu'elle soit, ne peut suffire
à secourir toutes les misères, augmentez-la, pour donner encore; multipliez nos trésors pour multiplier vos
bienfaits; nous n'aurons jamais trop, puisque nous ne
garderons rien, et que ces biens immenses dont la toute-
puissante bonté nous a faits dépositaires pour les répandre ne seront pas payés, comme je le craignois, de notre

repos, de notre indépendance et de notre obscurité. C'est ainsi seulement, vous venez de me l'apprendre, que l'opulence peut contribuer au bonheur ; c'est ainsi que je conçois la possibilité de n'avoir pas quelque jour à regretter d'être riche.

— Tes intentions seront remplies en ce qui te concerne, reprit la Fée aux Miettes ; mais, ajouta-t-elle d'un air un peu composé, j'ai aussi de nombreux amis auxquels je dois aide et protection, et que je ne saurois favoriser de tes présents si tu ne m'y autorises, puisque je suis en puissance de mari. Ne conviendra-t-il pas que je t'en soumette la liste, comme à mon souverain seigneur et maître ?

— Eh ! vraiment non ! repartis-je vivement en rougissant de sa déférence. Tout ce qui nous appartient n'appartient qu'à vous, ma toute bonne, et vous pouvez en faire l'usage qui vous conviendra le mieux. Pourvu que le charpentier ait en poche une poignée de demi-schellings à distribuer de temps en temps aux pauvres *beggars* du port, ou tout au plus une guinée par semaine pour faire emplette de quelque bon auteur grec de Foulis ou de Balfour à la *Classic Library* du vieux Macdonald, il n'a rien à envier en richesse à tous les rois de la terre. Je me croirois bien réellement indigent si j'éprouvois jamais la nécessité de posséder davantage.

— Je n'ai donc rien à désirer ! s'écria-t-elle. Me voilà en état de porter la prospérité dans cette multitude de chaumières où j'ai reçu l'aumône pendant tant d'années que j'ai mendié aux côtes de France ! Hélas ! il n'y a que les pauvres gens qui donnent, parce que l'habitude du besoin leur a enseigné la pitié. — Et mes quatre-vingt-dix-neuf sœurs qui ont coutume de me visiter tous les ans, le lendemain de la Saint-Michel, quand j'habite ma maisonnette de Greenock, tu me laisses maîtresse, n'est-il pas vrai, de leur donner à chacune soixante gui-

nées en commémoration de celles qui m'ont assuré de si
beaux jours? Cette douceur leur viendra fort à propos, et
je les sais capables d'en tirer bon parti pour leur établissement, car elles rivalisent toutes entre elles d'esprit et
de gentillesse.

— Je vous laisse maîtresse de tout, Fée aux Miettes,
et je trouve seulement cette libéralité trop parcimo-
nieuse pour un présent de noces; mais comment se fait-
il que vous ne m'ayez jamais parlé de votre nombreuse
famille?

— C'est qu'au temps de nos anciens entretiens, dit la
Fée aux Miettes, et dans l'incertitude où j'étois de te
fixer, je n'avois pas la force de m'occuper d'autre chose
que de toi.

Peu à peu notre conversation se ralentit, mais l'impression s'en prolongea en moi-même avec un charme
inexprimable. J'éprouvois ce contentement de cœur,
cette saine et pure allégresse de la pensée, cette satisfaction vague mais profonde, qu'on goûte sans la définir,
et qui fait que l'on est bien sans savoir pourquoi. J'avois
oublié le monde entier et ma propre existence avec lui,
quand je sentis la Fée aux Miettes se suspendre à ma
main et la presser contre sa bouche, en la mouillant de
quelques larmes d'émotion et de saisissement.

— Sais-tu maintenant ce que c'est que le bonheur?
dit-elle.

— Oui, oui, je le sais! le bonheur est de vivre près de
la Fée aux Miettes, et d'en être aimé.

Et je m'élançai inutilement pour l'embrasser; elle
avoit déjà disparu derrière la porte de son appartement
qui s'étoit fermée sur ses pas. Ma première idée fut de
la suivre pour la voir encore un moment; mais cette
porte étoit si bien sertie dans le panneau de la cloison
qu'il me fut impossible d'en trouver les joints. C'étoit un
merveilleux ouvrage.

Au bout d'un moment de méditation, et avant de

m'abandonner au sommeil, je me mis en tête de savoir
ce que Belkiss pensoit de ma nouvelle position. La Fée
aux Miettes m'avoit non-seulement permis de regarder
quelquefois son portrait, elle l'avoit même exigé positivement. Je me hâtai donc de faire jouer le ressort du médaillon.

Belkiss dormoit.

XXII.

*Où l'on enseigne la seule manière honnête de passer la première nuit de ses
noces avec une jeune et jolie femme, quand on vient d'en épouser une
vieille, et beaucoup d'autres matières instructives et profitables.*

Que cette nuit fut différente de celle qui l'avoit pré-
cédée ! Le sommeil ne me retira pas ses prestiges ; mais
de quelles riantes couleurs il avoit chargé sa palette !
que d'agréables caprices, que de délicieuses fantaisies il
jetoit à plaisir sur la toile magique des songes ! A peine
eut-il lié mes paupières que la décoration élégante, mais
simple, de la maisonnette, fit place aux colonnades magnifiques d'un palais éclairé de mille flambeaux qui
brûloient dans des candélabres d'or, et dont l'éclat se
multiplioit mille fois dans le cristal des miroirs, sur le
relief poli des marbres orientaux, ou à travers la limpide
épaisseur de l'albâtre, de l'agate et de la porcelaine.
Bientôt la lumière diminua par degrés, jusqu'à ne verser
sur les objets indécis qu'un jour tendre et délicat, semblable à celui de l'aube quand les profils de l'horizon
commencent à se découper sur son manteau rougissant.
Je vis alors Belkiss, c'étoit elle, s'avancer modestement,
enveloppée dans ses voiles comme une jeune mariée, et
appuyer sur mon lit ses mains pudiques et son genou de
lis, comme pour s'y introduire à mes côtés.

— Hélas ! Belkiss, m'écriai-je en la repoussant dou-

cement, que faites-vous, et qui vous amène ici ? Je suis
le mari de la Fée aux Miettes.

— Moi, je suis la Fée aux Miettes, répondit Belkiss
en se précipitant dans mes bras.

Tout s'éteignit, et je ne me réveillai pas.

— La Fée aux Miettes ! repris-je en tressaillant d'un
étrange frisson, car tout mon sang s'étoit réfugié à
mon cœur. Belkiss est incapable de me tromper, et
cependant je sens que vous êtes presque aussi grande
que moi !

— Oh ! que cela ne t'étonne pas, dit-elle, c'est que je
me déploie.

— Cette chevelure aux longs anneaux qui flotte sur
vos épaules, Belkiss, la Fée aux Miettes ne l'a point !

— Oh ! que cela ne t'étonne pas, dit-elle, c'est que je
ne la montre qu'à mon mari.

— Ces deux grandes dents de la Fée aux Miettes, Belkiss, je ne les retrouve pas entre vos lèvres fraîches et
parfumées !

— Oh ! que cela ne t'étonne pas, dit-elle, c'est que
c'est une parure de luxe qui ne convient qu'à la vieillesse.

— Ce trouble voluptueux, ces délices presque mortelles qui me saisissent auprès de vous, Belkiss, je ne les
connoissois pas auprès de la Fée aux Miettes !

— Oh ! que cela ne t'étonne pas, dit-elle, c'est que la
nuit tous les chats sont gris.

Je craignois, je l'avouerai, que cette illusion enchanteresse ne m'échappât trop vite, mais je ne la perdis pas
un moment ; elle me fut fidèle au point de me faire penser que je m'endormois le front caché sous les longs cheveux de Belkiss ; et quand la cloche du chantier m'appela
au travail, quand Belkiss s'enfuit de mes bras comme
une ombre à travers les ténèbres mal éclaircies du matin,
il me sembla que je sentois encore à mon réveil ma joue
échauffée de la moiteur suave de son haleine.

— Belkiss! criai-je en sortant à demi de mon lit pour la retenir.

— J'y suis, mon ami, répondit la Fée aux Miettes, et voilà ton déjeuner préparé.

Elle y étoit en effet, la bonne vieille, et je la vis, à la lueur de sa lampe, accroupie devant la bouilloire.

— Eh! pourquoi, Fée aux Miettes, vous lever si grand matin? ne puis-je me servir moi-même?

— Tu n'en serois pas en peine, reprit-elle, mais je ne cède pas mes plaisirs, et celui de te rendre la vie facile et agréable est le plus doux qui reste à mon âge. Il ne m'en coûte rien d'ailleurs de me mettre avant le point du jour à ces petits soins du ménage. C'est ma coutume et mon goût, et ma santé s'en trouve mieux, surtout quand j'ai passé une bonne nuit. Mais à propos, Michel, comment as-tu dormi toi-même?

— J'ose à peine vous le dire, ma chère amie, répliquai-je en balbutiant; mes rêves ont été si délicieux que j'ai peur qu'ils ne soient coupables!

— Rassure-toi, digne Michel; on n'en fait point d'autres dans ma maisonnette : et ce qui ajoute à leur prix, c'est qu'ils se renouvelleront toutes les nuits tant que tu me seras fidèle. Tu peux donc t'y livrer sans scrupule aussi longtemps que tu me garderas l'amitié que tu m'as promise, et ne crains pas que j'en sois jalouse. Les miens valent bien les tiens.

Je partis après avoir imprimé un large baiser sur son front, et j'arrivai au chantier avant qu'aucun autre ouvrier fût en chemin pour s'y rendre. J'y avois été précédé par quelqu'un cependant, par maître Finewood, qui étoit là tristement assis sur une solive, et la tête appuyée sur ses mains dans l'attitude d'un homme qui pleure. Averti par le bruit de mes pas, il se leva subitement, me reconnut, et se jeta sur mon sein.

— Est-ce bien toi, Michel? s'écria-t-il en me pressant à plusieurs reprises; est-ce toi que la sainte Providence

me renvoie pour le salut de ma maison, qui a été accablée de malheurs depuis ton départ? car il me semble
que tu étois pour nous comme un ange tutélaire du Seigneur. As-tu renoncé, mon garçon, à voyager avec ce
mécréant de Libyen qui promettoit de te rendre à si bon
marché aux terres inconnues?

— J'ai été obligé d'y renoncer, mon cher maître, et
je m'en félicite, puisque mon retour peut vous faire espérer des consolations dans le chagrin qui vous accable;
mais ne m'en apprendrez-vous pas la cause?

— Hélas! il le faut bien à ma honte, et je crois que
cet aveu me soulagera. Tu sais que je mariois hier mes
six filles à six jeunes lairds des rives de la Clyde, étourdis
et débauchés à ce qu'on m'a dit quelquefois depuis cet
arrangement; mais ce n'en étoit pas moins un grand
honneur pour un simple maître charpentier. J'avois consacré à l'établissement de ces pauvres innocentes, qui
me sont plus chères que ma propre vie, tout le produit
de mes longues épargnes, trente mille guinées, Michel,
qui m'ont coûté plus de coups de maillet et plus de traits
de scie qu'il n'entroit de placks dans le trésor de cette
reine de Saba dont je t'ai vu si entiché. Que te dirai-je,
mon ami? j'avois envoyé les six dots en si beaux sacs
de *marocco* à mes six gendres futurs, qui s'étoient
abstenus jusque-là de me visiter, et j'attendois patiem-
ment, au déclin du soleil, comme un maladroit vieillard
sans intelligence et sans esprit, l'arrivée de leurs sei-
gneuries pour conduire ma famille à cette cérémonie
dont je faisois ma gloire et ma joie, quand on est venu
m'apprendre qu'ils disparaissoient à pleines voiles avec
mon argent sur un vaisseau de malédiction qui les porte
au continent. J'en mourrois, j'imagine, si je n'espérois que
le ciel s'est chargé de ma vengeance, et que les traîtres
n'ont pas échappé à l'horrible tempête de cette nuit.

— Que dites-vous de tempête, maître Finewood? je
crois que le ciel n'a jamais été plus pur.

20.

— A d'autres, Michel! Vous avez le sommeil dur, mon garçon, si celle-là ne vous a pas réveillé; mais n'auriez-vous point trouvé, par hasard, d'autres réflexions à faire sur le récit de ma cruelle infortune?

— Pardonnez-moi, répondis-je en lui prenant affectueusement la main et en la rapprochant de mon cœur; je vous prie de croire à toute la joie que j'en ressens, et de recevoir mes félicitations.

— Dieu tout-puissant, dit maître Finewood, il ne me manquoit plus que cette douleur! Vous ne me le ramenez, Seigneur, que pour me le prendre, et vous percez la main du pécheur avec le dernier roseau sur lequel elle s'est appuyée! — N'importe, pauvre Michel, je ne t'abandonnerai pas dans la misère de ton esprit foible et malade; et tant qu'il restera un morceau de pain à gagner au chantier, je le romprai avec toi. Va travailler, mon fils, car j'ai remarqué que le travail te distrait des fantaisies qui t'offusquent, et rend le calme à ta raison troublée par de mauvais songes. Va travailler, Michel, et ne te fatigue pas!

— J'y vais, maître, j'y vais, repris-je en riant; mais ne refusez pas d'écouter quelques mots encore. Je comprends que mes paroles ne vous paroissent pas sensées, et je serois fort étonné du contraire. C'est pourtant dans la sincérité de mon âme que je vous félicitois tout à l'heure; et si c'est là une énigme à vos yeux, comme je n'en doute pas, soyez sûr qu'elle ne tardera guère à se débrouiller. Oui, maître, je vous trouve très-favorisé de la divine Providence d'être debarrassé, au prix de trente mille malheureuses guinées, de six aventuriers titrés qui auroient fait le malheur de vos filles et la honte de votre respectable maison. L'avantage que vous retirez de cet événement est incalculable, et la perte est si peu de chose que je me porterois garant qu'elle sera réparée en vingt-quatre heures. Je m'attendois bien à vous voir ainsi hocher la tête en signe d'incrédulité; mais ce que je vous promets ne s'en exécutera pas moins. Il n'y a pas longtemps que les *placks* et les *bawbies* se convertissoient en guinées sous la main de la charité. Qui sait ce que peuvent devenir les guinées sous celle de la reconnoissance ! Maintenant permettez-moi de vous parler avec une franchise que mon dévouement filial autorise, et qui n'a pas semblé vous déplaire dans d'autres occasions. Vous avez pris souvent un intérêt trop vif, et qui me touche beaucoup plus qu'il ne me mortifie, à ce que vous appeliez les aberrations de mon esprit. Eh bien ! maître, je ne puis me contenir de vous déclarer qu'il est une action, une seule action à la vérité, mais une action capitale de votre noble vie, qui enchérit mille fois sur toutes les lubies que l'on me reproche. La colombe des rochers ne s'allie point avec l'épervier des tourelles, et c'est un digne mari qu'un charpentier pour la fille d'un charpentier. Pourquoi n'avoir pas donné vos six filles en mariage au grand John d'Inverness ; à Dick le trapu, qui est si robuste à l'ouvrage ; au blondin Péterson, qui entend si bien le toisé des bâtiments ; à ce gros joufflu de Jack, qui rit toujours, et dont la seule figure vous réjouit quand il entre au chantier ; à ce pauvre Edwin, que sa douceur fait aimer de tout le monde, et qui a pris tant de soin de ses vieux parents? Elles les aimoient, je le sais, et jamais gendres mieux assortis à leurs excellentes femmes ne pouvoient prendre place à votre banquet de famille, car ce sont des ouvriers aussi honnêtes qu'habiles, et ceux-là n'auroient fait banqueroute ni à votre fortune ni à votre honneur. N'est-ce pas pour vous un vrai motif de satisfaction, maître, que de pouvoir réparer aujourd'hui votre erreur et votre injustice, et que d'acheter de ces trente mille guinées, qui ne sont d'ailleurs pas perdues, les bénédictions perpétuelles de vos douze enfants heureux ?

— Assez, assez, dit maître Finewood en passant ses

bras autour de mon cou. Non-seulement je ne t'en veux pas, Michel, de m'avoir ouvert librement ton cœur, mais je t'en remercie, parce que tu ne m'as rien dit qui ne fût souverainement raisonnable, si ce n'est pourtant ce qui a rapport à mes trente mille guinées. Plût à Dieu que je les eusse encore, et que ton esprit, dégagé de ses étranges chimères, te permît d'épouser mon Annah, et de recevoir avec sa main la direction de toutes mes affaires! J'ai remarqué que tu l'avois oubliée dans ton plan, auquel je souscris volontiers, et je tirerois un bon augure de ta retenue, si j'avois, comme hier, une dot pour elle à t'offrir!

— Ah! maître Finewood, ne me faites pas l'injure de supposer que votre fortune puisse entrer pour quelque chose dans ma détermination! J'aime Annah comme une sœur, et je crois que c'est comme un frère aussi qu'elle m'aime. Si Annah n'étoit pas aussi riche qu'elle le fut jamais, si Annah étoit plus pauvre encore que vous ne le pensez aujourd'hui, j'aurois au contraire une puissante raison de plus pour lier ma vie à la sienne; mais j'ai cru m'apercevoir qu'elle éprouvoit quelque penchant pour Patrick, le régisseur des chantiers, qui est un beau jeune homme de bonnes mœurs et de noble caractère, bien versé dans les lettres et dans les sciences. Patrick en est, de son côté, passionnément amoureux, et la sévérité seule de ses principes l'a empêché de vous la demander, car tout ce qu'il possède se réduit aux revenus de son petit emploi. Quant à moi, toutes les prétentions me sont interdites, et il faut que vous sachiez pourquoi. Je suis marié.

— Tu es marié, Michel, et avec qui donc, mon enfant?

— Avec la Fée aux Miettes.

Pendant que mes paupières s'abaissoient sous le poids de je ne sais quelle lâche pudeur qui me fait redouter le ridicule, quoiqu'il n'y ait rien de plus méprisable que la dérision des ignorants, le bon maître Finewood laissoit tomber ses bras à l'abandon, en exhalant par bouffées d'énormes et lamentables soupirs, suivi d'un long et triste silence.

— Avec la Fée aux Miettes! reprit-il enfin. Que la reine des fées en soit louée, et le roi des génies aussi, et toute la brigade chimérique des *arabian nights!* C'est un mariage comme un autre, et je te prie de présenter mes baise-mains à ton épouse, quand tu la retrouveras.—Va travailler, mon cher Michel, continua-t-il ; va travailler, car nous avons besoin de travailler pour rétablir nos affaires ; et ne travaille pas cependant jusqu'à te faire du mal.

Maître Finewood ne m'avoit rien dit de mes malheurs et de mes dangers de la veille, que je croyois généralement connus à Greenock, où de pareils événements ne sont pas ordinaires ; mais j'attribuois cet oubli aux préoccupations de sa propre mésaventure. Mes camarades, qui m'accueillirent avec la même bienveillance que de coutume, ne m'en parlèrent pas davantage, ce qui me fit supposer qu'on étoit convenu de cette réserve pour ne pas ramener ma pensée sur des souvenirs humiliants et douloureux, et ce procédé touchant enflamma tellement mon zèle à la besogne que je fis la journée de dix compagnons.

Comme je me disposois à quitter le chantier, pensif à mon habitude et peu soucieux des allants et des venants qui se croisoient sur mon chemin, je me sentis tout à coup saisi par maître Finewood, qui m'embrassoit encore plus tendrement que le matin, suspendant à peine par courts intervalles ses caresses énergiques pour donner l'essor à des exclamations de joie mêlées confusément de phrases sans liaison, dans lesquelles il étoit impossible de trouver le moindre sens, à moins d'avoir le secret d'Œdipe ou de Tirésias.

— Remettez-vous un peu, maître, lui dis-je, et faites-

moi part des nouveaux événements qui vous ont rendu
tant de gaieté, de manière à me procurer le plaisir d'y
prendre part avec connoissance de cause.

— Eh! qui auroit le droit, s'écria maître Finewood,
d'en jouir à meilleur titre que toi, qui es, ainsi que je
le disois tantôt, la providence visible de ma maison?
Apprends donc, mon fils, que tout ce que tu m'avois
annoncé dans une de ces illuminations soudaines où tu
débites souvent, passe-moi l'expression, d'assez singulières rêveries, s'est réalisé à la lettre comme par enchantement. D'abord, tu n'avois pas fait vingt pas que
ce jeune Patrick dont il a été question entre nous, instruit de la fugue de mes gens et de la catastrophe de
mes guinées, est venu me demander la main d'Annah,
en m'assurant du consentement de ma fille. Je ne lui ai
pas fait attendre le mien, et tu seras demain de six
noces à la fois, car je me montrerois ingrat en me dirigeant à l'avenir autrement que par tes conseils. Les préparatifs sont tout faits d'ailleurs, et il n'y a que six noms
à changer aux contrats. Je voudrois bien inviter ton
épouse aussi, et sa prudence nous feroit certainement
grand honneur; mais elle est d'une espèce par trop fugitive, et j'ai entendu dire que les fées ne se rencon-
troient pas facilement à domicile.

— Mes vœux pour votre famille sont comblés, répondis-je sans prendre trop garde à cette ironie que le bon
homme n'avoit aucune intention de rendre offensante.
Le reste est de peu de conséquence, et il me suffit de vous
voir rentré dans la voie du parfait bonheur.

— Le reste est de peu de conséquence, dis-tu? On
voit bien, mon ami, que tu n'as jamais eu trente mille
guinées, et surtout que tu ne les as jamais perdues, car
c'est dans ces occasions-là qu'on en connoît tout le prix;
mais si tu veux me prêter encore un moment d'attention, tu vas entendre merveille. Aussitôt après que Patrick m'eut quitté, j'allai me promener sur le port pour

rassénérer mes sens agités à la fraîche brise du matin.
La jetée étoit comble de spectateurs attirés par une triste
curiosité, qui contemploient les débris amoncelés sur le
rivage par cette effroyable tempête dont les hurlements,
capables de réveiller les morts, n'ont pas troublé ton
repos. J'appris alors que le souhait qu'il m'étoit arrivé
de proférer sans réflexion un quart d'heure auparavant
n'avoit été que trop exaucé, et j'en sentis quelque regret.
Le vaisseau de mes insignes voleurs, battu toute la nuit
par l'orage, venoit de couler à fond à la vue de la rade,
et depuis ce temps-là nos agiles mariniers et nos hardis
plongeurs s'étoient épuisés en efforts inutiles pour porter
du secours à l'équipage : tout avoit péri. Comme je mé-
ditois, les pieds presque baignés par la lame, sur ces
cruelles calamités de la nature, juge de mon étonnement quand je vis un barbet noir de la plus jolie espèce
aborder à mes pieds, y déposer, en secouant au vent
ses oreilles humides, un de mes sacs de *marocco*, et se
remettre à la nage avec tant de rapidité que tu aurois
pris son sillage pour celui d'une murène. Je n'étois pas
encore revenu de ma surprise qu'il étoit revenu, lui, de
son second voyage avec un autre sac, et je te jure qu'il
n'a pas repris haleine avant de me les avoir rapportés
tous six du fond de la mer. Comme je me mettois en
frais de gestes et de démonstrations pour lui faire comprendre qu'il ne me manquoit plus rien et lui épargner
de nouvelles fatigues, il m'a montré les talons en ga-
gnant pays à la course, car je pense en vérité qu'il le
connoissoit aussi bien que moi ; et regarde plutôt, le
voilà qui galope encore vers *Renfrew's Mounty*, ni plus
ni moins que s'il avoit entrepris de forcer un chevreuil
de Grampians !

— Je m'en doutois, dis-je en le suivant des yeux.
C'est le digne Master Blatt, la perle des pages bien appris.

— Le connoîtrois-tu en effet? Je regrette davantage
que tu n'aies pas été près de moi pour le retenir, car je

lui devois au moins la politesse d'une tranche de *roast-beef* ou d'un bon relief de pâté.

— Ne vous y trompez pas, maître Finewood! Master Blatt a les sentiments placés trop haut pour se laisser aller aux miévreries des chiens du commun, et il trouve dans sa satisfaction intérieure le prix d'une action honnête.

— Merci de moi, mon homme est reparti, reprit le maître. Où diable va-t-il chercher les sentiments et la satisfaction intérieure d'un chien barbet?

Là-dessus nous nous séparâmes, le vieux charpentier plus convaincu que jamais de ma folie, et moi réfléchissant à l'aveugle suffisance du vulgaire, qui se croit le droit de mépriser tout ce que sa foible intelligence n'explique pas.

XXIII.

Comment Michel fut introduit dans un bal de poupées vivantes, et prit plaisir à les voir danser.

J'arrivai ainsi aux murs de la maisonnette, qui me parut un peu plus accessible que la veille, car il en est de nos habitudes comme de nos études, et un esprit patient et résolu se forme à tout par accoutumance. Je m'arrêtai cependant avant d'entrer au bruit extraordinaire qui partoit de l'intérieur. Ce n'étoit rien moins qu'un concert vocal, dans lequel il falloit une oreille exercée pour distinguer une multitude de voix, tant leur unisson étoit parfait et leur accord harmonieux. J'avois déjà reconnu cette chanson si familière à mes souvenirs, dont le refrain se présentoit souvent à mon esprit :

C'est moi, c'est moi, c'est moi,
Je suis la mandragore,
La fille des beaux jours qui s'éveille à l'aurore,
Et qui chante pour toi !

Mais j'étois doublement empêché à concevoir que ce thème fantasque des écoliers de Granville fût parvenu si loin, et que la Fée aux Miettes reçût une si nombreuse société, quand je me rappelai qu'elle attendoit ce jour-là quatre-vingt-dix-neuf visites.

— Ce sont mes sœurs, cria-t-elle du plus loin qu'elle m'aperçut, qui n'ont pas voulu partir sans te remercier de tes munificences.

Et je vis en effet au même instant les quatre-vingt-dix-neuf petites vieilles s'humilier jusqu'à terre en révérences cérémonieuses et méthodiques, avec tant de régularité qu'on auroit cru qu'elles obéissoient au jeu d'un ressort commun à toute l'assemblée. J'ai assisté en ma vie à des spectacles bien extraordinaires, mais je ne m'en rappelle aucun qui m'ait jamais frappé autant que celui-là.

Il n'y avoit pas une de ces aimables petites femmes qui ne ressemblât trait pour trait à la mienne de physionomie et d'ajustements, de manière qu'il auroit été malaisé d'en faire la différence, à cela près qu'elle les surpassoit toutes par la noblesse de sa prestance et par l'élévation de sa taille, ce qui lui donnoit un air surprenant de bonne grâce et de majesté. Quand elles furent relevées sur leurs petits pieds du milieu de leurs robes bouffantes, où j'avois craint un moment de les voir disparoître, je m'aperçus, à parcourir des yeux la longue ligne sur laquelle elles étoient rangées, comme les tuyaux d'un orgue ou les pipeaux de la flûte de Pan, que cet avantage relatif les distinguoit également les unes des autres, depuis la première à la dernière, dans un ordre de décroissement insensible, mais je ne saurois vous en donner une idée qu'en supposant une machine d'optique où l'on feroit passer devant vous la même personne vue à travers cent lentilles artistement graduées, depuis la proportion naturelle jusqu'au dernier point perceptible de réduction. La quatre-vingt-dix-neuvième

de mes belles-sœurs auroit certainement pu être offerte
comme un jouet charmant à la fille cadette du roi de
Lilliput, si la dignité de sa condition l'avoit permis.

Après les politesses d'usage et la conversation animée
sans confusion d'un cercle de femmes bien nées, on reprit la musique, où je remarquai que leurs voix parcou-
roient, selon leurs tailles et dans les mêmes rapports,
l'échelle la plus étendue des dégradations toniques qu'il
soit possible d'imaginer, sans que la délicieuse unité du
chœur en fût dérangée le moins du monde, et je crois
que nos savants théoriciens seroient fort embarrassés de
se rendre compte d'une symphonie à cent parties exécutée avec autant d'ensemble et de méthode. La soirée
fut terminée par un bal, et la famille de ma femme, qui
étoit douée en toutes choses, se surpassoit dans la danse.
Je ne me sentois pas du plaisir de voir se croiser en entrechats élégants, à la hauteur de ma tête, les coins
roses de leurs bas de soie blancs ; et ces élans prodigieux, qui mettroient en défaut la souple légèreté de nos
bayadères, ne se seroient probablement pas effectués
sans désordre, dans un espace aussi étroit, si la puissance
d'élasticité verticale dont elles sembloient recevoir l'impulsion ne les avoit pas ramenées à leur place avec une
précision merveilleuse, comme la poupée des *fantoccini*
qu'un fil caché appelle aux frises du théâtre, et laisse
retomber perpendiculairement sur sa planchette.

Elles se retirèrent ensuite, après de tendres adieux,
sous les pavillons que la Fée aux Miettes leur avoit fait
préparer dans le jardin, et je ne les ai pas vues depuis.
— Mais il est certain qu'elles reviendront demain à
Greenock.

Notre souper se passa, comme la veille, en tendres et
utiles entretiens, et le sentiment de ce bien-être nouveau, qui se faisoit connoître à moi sous tant de formes
gracieuses, me plongea peu à peu, comme la veille, dans
une espèce d'extase où tout autre sentiment s'anéantit.

Je ne savois plus de ma vie que ce qu'il en falloit pour me trouver heureux.

— Sais-tu maintenant ce que c'est que le bonheur? dit la Fée aux Miettes en collant ses lèvres sur ma main.

— Oui, oui, je le sais! le bonheur est de vivre près de la Fée aux Miettes, et d'en être aimé!

Et je me mis à sa poursuite comme la veille, sans être plus habile à la rejoindre.

Je me couchai, je m'endormis; l'espace se rouvrit à ma vue, les voûtes se creusèrent au-dessus de moi comme si elles avoient voulu se perdre dans les profondeurs du ciel; les colonnes de marbre et de porphyre germèrent du sein des pavés pour aller les chercher et les soutenir dans les airs; tous les flambeaux s'allumèrent à la fois, et Belkiss parut.

Elle n'y manqua jamais depuis.

XXIV.

Ce que Michel faisoit pour se dédommager quand il fut riche.

Le soleil, qui commence à descendre vers l'occident, et qui n'a guère plus d'une heure maintenant à occuper le ciel, m'avertit trop bien de la nécessité de mettre des bornes à mon récit pour que j'abuse plus longtemps, monsieur, de la patience avec laquelle vous avez daigné m'écouter, en prolongeant l'histoire, d'ailleurs assez monotone, comme toutes les histoires heureuses, des beaux jours dont celui de mon mariage avec la Fée aux Miettes fut suivi. Je ne vous arrêterai donc, parmi les événements de ma vie qui se rattachent à cette époque de douce félicité, qu'à ceux dont la connoissance est nécessaire pour l'éclaircissement du reste.

Après l'établissement des six filles de maître Finewood, je continuai à travailler dans son chantier dont

il me donna la direction, du consentement et presque
du choix de tous mes camarades. Je plaçai même dans
ses entreprises quelques fonds que ma femme avoit mis
en réserve pour cet usage, et dont il attribua l'origine,
sans doute, à un héritage inattendu. Ce déploiement de
capitaux fut si heureusement favorisé par les circonstances, que la fortune du maître se doubla dans le
courant de l'automne ; et comme il pensoit, depuis plusieurs années, à jouir sans sollicitude, au terme de son
honorable vie, du fruit de ses longs travaux, il se décida
bientôt, d'après les instances de sa famille, à faire passer sous mon nom, mais dans l'intérêt de notre nombreuse communauté, l'administration de la maison
Finewood et compagnie. Je ne vous ai pas dit que, dès
le premier mois, j'avois obtenu son consentement au
mariage de ses six garçons avec six jeunes filles pauvres, mais belles, sages, pieuses, et pleines d'amour
pour le travail, qui en étoient adorées. Ce fut là une
belle fête, car la Fée aux Miettes, qui étoit de moitié
dans tous mes secrets et qui me dirigeoit dans toutes
mes actions, eut l'art de doter les six brus, au moment
de la signature du contrat, par des voies si imprévues
et cependant si naturelles, que personne ne s'avisa que
j'y fusse pour quelque chose. La première se trouva un
oncle mort millionnaire en Amérique, et qui n'avoit pas
plus de vingt héritiers. Le père de la seconde retourna
un trésor dans son pré en déplaçant une borne, et il lui
resta quelque chose quand le fisc eut pris sa part. Il en
fut ainsi des autres, et les moyens dont je ne vous parle
pas foisonnent en apparence dans les romans et les
comédies ; mais l'imagination de la Fée aux Miettes
avoit plus de ressources que les comédies et les romans,
d'abord parce qu'elle avoit beaucoup plus d'esprit que
les gens qui en font, et puis, parce qu'une bonté active
et inépuisable est plus ingénieuse que l'esprit.

De mon côté, ma fortune s'étoit si prodigieusement

agrandie qu'elle seroit devenue un tourment pour moi, si la Fée aux Miettes n'avoit pas consenti de bonne heure à ne m'en plus parler. Le vaisseau *la Reine de Saba* revenoit tous les huit jours, comme il l'avoit promis, mais il jetoit l'ancre hors de l'horizon des vigies, et ne communiquoit qu'avec la Fée aux Miettes, car le peuple ne savoit plus rien de ses voyages, ou n'en parloit que par manière de risée en disant, pour exprimer l'incertitude ou l'erreur d'une fausse espérance : *Quand le vaisseau de la Reine de Saba reviendra!* Cependant il naviguoit, chargé au départ des inutiles escarboucles de nos ruisseaux, et au retour des cèdres et des cyprès, — trésor plus précieux au charpentier, — que je façonnois dans mes ateliers pour la construction du palais d'Arrachieh. Tout ce que je savois de l'emploi de mes richesses et tout ce que j'avois besoin d'en savoir, c'est qu'il y avoit peu d'infortunes à la portée de nos soins qui ne fussent promptement soulagées; c'est que des hôpitaux s'ouvroient de toutes parts pour les malades, et des hospices pour les pauvres; c'est que des villes incendiées se relevoient de leurs ruines, et reflorissoient riantes aux yeux de leurs habitants consolés; c'est que la Fée aux Miettes me répétoit chaque soir : Sais-tu maintenant ce que c'est que le bonheur? — et que chaque soir je pouvois lui répondre : — Oui, Fée aux Miettes, je le sais.

Le reste de nos conversations, qui étoient presque toujours fort longues, surtout les jours de dimanche et de fête, où je n'étois pas obligé de paroître au chantier, rouloit sur d'importantes questions de morale, sur des faits curieux de l'histoire, et plus particulièrement sur l'étude des langues dont j'avois toujours fait mon plaisir. La Fée aux Miettes regardoit cette science comme le premier des liens matériels qui unissent l'homme à l'homme dans l'état de société, et elle avoit formé pour me les enseigner des méthodes si claires et si bien ordonnées, qu'il n'y en avoit point dont les principes généraux me coûtassent plus de quelques heures d'étude, au bout desquelles tous les mots venoient se ranger comme d'eux-mêmes sous les perceptions du sens intelligent que ses leçons avoient développé en moi ; de sorte que j'étois souvent disposé à croire qu'apprendre une langue, c'est s'en souvenir, et je ne serois pas étonné que Dieu, qui a créé les hommes pour s'entendre et se servir réciproquement, eût caché ce mystère parmi ceux de notre organisation.

— Mais entre tous les sujets sur lesquels j'avois coutume de ramener la Fée aux Miettes, il y en avoit un qui se reproduisoit en dépit de moi à tous les événements extraordinaires de ma fortune, et vous avez pu voir jusqu'ici, monsieur, que les occasions ne me manquoient pas.

— Ne seroit-il pas possible, en effet, Belkiss, lui disois-je quelquefois, que vous fussiez une véritable fée ?

— Bon, bon, me répondoit-elle en riant, un esprit de la trempe du tien auroit-il foi à des contes auxquels les enfants même ne croient plus ? Jamais fée n'a paru sur terre depuis le temps de la reine Mab.

— Vous parlez sagement, continuois-je en secouant la tête comme un homme qui n'ose avouer tout à fait que sa conviction n'est pas complète, mais je ne puis me persuader que ma vie soit conforme au train ordinaire des choses, et qu'il n'y ait pas un peu de surnaturel dans vos aventures et dans les miennes. J'avois résolu d'abord de ne plus vous interroger sur ce chapitre, et je vous prie de croire que je ne le ferois point si cette idée ne me poursuivoit parfois de manière à me faire craindre pour ma raison.

— J'ai des remèdes sûrs, reprenoit-elle alors sans rien perdre de sa gaieté, pour guérir plus tôt que tu ne crois tes inquiétudes d'esprit. Tu peux donc te livrer sans danger à tes illusions, tant qu'elles ne seront qu'heu-

reuses, et je ne sais si le secret de la philosophie n'est
pas là. Quel grand mal y auroit-il de t'imaginer que je
suis réellement une intelligence favorisée de quelque
supériorité sur ton espèce, qui s'est attachée à toi par
estime pour tes bonnes qualités, par reconnoissance pour
tes bienfaits, et peut-être même par ce penchant invincible de l'amour dont il paroit, au témoignage des livres
saints, que les anges du ciel ne sont pas exempts? Ces
alliances sympathiques de deux natures inégales sont possibles, puisque la religion les reconnoît, et que la raison
purement humaine, qui discute tout, parce qu'elle ne
di cerne rien clairement, ne sauroit en contester quelques exemples fort rares à la vérité, mais qui se sont
établis dans nos créances, sur la foi des hommes les plus
éclairés et les plus vertueux. Pourquoi cette amitié supérieure n'auroit-elle pas multiplié autour de toi quelques faits apparents dont le résultat bien réel devoit
être d'éprouver ta patience et ton courage, plier ta vie
par un exercice continuel à la pratique de la vertu, et de
te rendre graduellement digne de parvenir à une destinée plus élevée dans la vaste hiérarchie des créatures?
N'as-tu pas remarqué que les vaines sagesses de l'homme
le conduisent quelquefois à la folie? et qui empêche
que cet état indéfinissable de l'esprit, que l'ignorance
appelle folie, ne le conduise à son tour à la suprême
sagesse par quelque route inconnue qui n'est pas encore
marquée dans la carte grossière de vos sciences impar-
faites? Il y a des énigmes dans ta vie; mais qu'est-ce
que la vie elle-même si ce n'est une énigme? et on ne
voit pas que personne soit bien pressé d'en chercher le
mot. Je te réponds que l'explication de ces difficultés
t'arrivera un jour, si Dieu le permet; et si ce dessein
n'entroit pas dans les vues de son éternelle prudence,
tu aurois beau t'efforcer de les débrouiller sans lui. Ne
t'alarme donc plus de celles de ces impressions que tu
ne peux comprendre; accepte avec reconnoissance et

goûte avec modération ce qu'elles ont d'agréable ; remets au temps, plus savant que toi, l'interprétation des difficultés qui t'embarrassent, et attends dans la sincérité d'un cœur simple que le mystère s'en éclaircisse.

Quand elle avoit parlé ainsi, nous nous mettions ordinairement à la prière, et, de préférence, à cette prière d'effusion et de sentiment que les langages impuissants de l'homme essaieroient inutilement d'exprimer par des mots, communication vive, affectueuse et puissante avec le monde invisible, épanchement de résignation et de confiance dont l'humilité nous exalte au-dessus de toutes les grandeurs du siècle, révélation intime d'une âme qui se cherche, qui s'étudie, qui se connoît, et qui pressent d'une conviction inaltérable son infaillible immortalité.

D'autres fois la Fée aux Miettes prenoit la Bible, ou quelque belle production de la philosophie et de la poésie antiques, et m'en lisoit des passages dans la magnificence naïve de leurs langues originales, en les développant, tantôt dans ces langues mêmes, tantôt dans celles des modernes, car les faciles travaux auxquels elle n'avoit cessé d'accoutumer agréablement mon esprit ne tardèrent pas à me mettre en état de les entendre aussi distinctement que la mienne.

Et lorsqu'elle avoit fini, je me disois en moi-même : Il est incontestable que la Fée aux Miettes est une de ces intelligences supérieures dont elle vient de me parler, et dont il n'est pas permis de mettre l'existence en doute, à moins de contester outrageusement au Créateur la puissance de faire quelque chose qui vaille mieux que l'homme ; elle n'est certainement pas du nombre de celles que Dieu a maudites, car toutes ses actions et tous ses enseignements semblent n'avoir pour objet que de le faire aimer davantage. Il n'y a pas d'ailleurs de plus savante, de plus digne et de meilleure femme. C'est seulement grand dommage qu'elle soit si vieille et qu'elle ait de si grandes dents. — Mais, reprenois-je aussitôt,

on n'a pas à se plaindre de sa destinée quand on passe
les nuits à vivre d'amour avec Belkiss, et les jours à
étudier la sagesse avec la Fée aux Miettes.

XXV.

Comment la Fée aux Miettes envoya Michel à la recherche de la mandragore
qui chante, et comment il finit de l'épouser.

Six mois entiers s'écoulèrent dans cet enchantement
sans qu'il perdît rien de son ivresse. Un soir pourtant la
physionomie de la Fée aux Miettes exprimoit un sentiment de mélancolie dont j'avois cru suivre depuis quelques jours les développements, et qui mêloit dès lors un
léger trouble à mon bonheur, quoique j'eusse commencé
par l'attribuer à quelque savante préoccupation ; mais il
n'y avoit plus moyen de s'y tromper. Elle souffroit, et je
pensai même, à l'abattement de ses yeux rougis, qu'elle
devoit avoir pleuré.

— Ma bonne amie, lui dis-je au moment où elle se
disposoit à me quitter, je n'ai jamais usé du droit de
commandement que le mariage me donne sur vous, et
que vous prenez la peine de me rappeler souvent. J'espère
donc que vous me pardonnerez de le faire valoir aujour-
d'hui pour l'unique fois de ma vie. Quoique je sois moins
exercé que vous à lire dans les cœurs, le vôtre a peu de
replis où je ne me sois fait une douce étude de pénétrer
pour y surprendre vos désirs ou vos chagrins , et je sais
aujourd'hui positivement qu'il me cache un secret amer.
Ce secret, j'avois quelque titre peut-être à l'obtenir de
votre tendresse ; et puisqu'elle me l'a refusé jusqu'ici, je
l'exige de votre soumission.

— Tu m'as deviné, dit-elle en me tendant la main ,
et tu sauras ce que tu me demandes, puisque telle est ta
volonté, quoiqu'il en coûte à mon amitié de tourmenter
la tienne d'une émotion inutile. Apprends, mon pauvre

Michel, qu'il me reste peu de temps à passer près de toi, et que toute la sagesse dont tu me crois armée contre le malheur n'a pu résister à la cruelle idée de notre séparation. Voilà mon secret.

— Notre séparation, Fée aux Miettes ! Ah ! je n'y survivrois pas ! Mais qui pourroit nous séparer ?

— La mort ! Michel ! Un horoscope fatal m'a menacée au berceau de n'être heureuse que pendant un an de l'affection d'un époux, et le sixième de ces mois, qui ont fui comme des jours, vient d'expirer aujourd'hui.

— Les horoscopes sont menteurs, et votre âme se trouble sans raison.

— Les horoscopes de ma famille n'ont jamais menti.

— Celui-là mentira, s'il a dit que la mort fût capable de nous désunir, car je ne vous quitterai pas. Toute ma vie est en vous, Fée aux Miettes, et votre seule compassion pour ma solitude et pour ma misère m'a forcé à la supporter sans découragement et sans dégoût. Que ferois-je après vous dans ce monde qui m'est étranger, au milieu des hommes qui ne me comprennent pas, et dont les tristes sciences m'ont rebuté de tous les bonheurs dans lesquels vous n'entrez pas pour quelque chose ? Je vivrois parmi eux comme le proscrit auquel l'eau et le feu sont interdits par des lois féroces, et qui n'a pas même un cœur ami où épancher le sien. — Au nom de Dieu, Fée aux Miettes, vous qui connoissez tous les secrets de la terre, et si je ne m'abuse, une partie de ceux du ciel, trouvez un moyen de déjouer cet oracle cruel, ou du moins de m'en faire partager la rigueur, sans réduire mon désespoir à une extrémité qui nous séparerait pour toujours !...

— Un moyen ! mon ami, dit la Fée aux Miettes vivement émue, il y en a un peut-être ! Mais comment prescrire à ton âge sensible et passionné, surtout quand on a le mien, une pareille obligation ? Ne t'impatiente

pas, Michel, et laisse-moi parler. L'horoscope disoit
encore que si mon mari m'aimoit assez pour achever
cette année d'épreuve sans que son cœur battît de l'a-
mour d'une autre femme, et qu'il conçût un autre bien
que d'être à moi, l'homme qui m'appartiendroit ainsi
par la plus vive et la plus fidèle des sympathies ne manqueroit pas de trouver, avant que l'année s'accomplît,
le spécifique admirable qui prolongeroit mon existence
en me rendant ma jeunesse. — Et je redeviendrois
Belkiss!

Je me renversai sur ma chaise en couvrant mes yeux
de mes mains.

— Oh! ma bonne amie, qu'avez-vous dit..... et qu'a-
vez-vous fait?... C'est Belkiss qui nous a perdus!...

— Que parles-tu de Belkiss, insensé? Belkiss, c'est
moi!...

— Hélas! le sommeil m'en a donné une autre, et j'ai
inutilement cherché dans votre science un préservatif
contre les délices de cette illusion! Absorbée dans les
souvenirs de votre jeunesse, vous n'avez pas voulu comprendre le crime de mon bonheur. La Belkiss de ce funeste portrait m'a inspiré un amour adultère qui me
rend indigne de vous sauver.

— Est-ce tout? dit la Fée aux Miettes en souriant,
et n'ai-je point d'autres rivales?

— Une rivale à Belkiss, grand Dieu! Belkiss elle-
même n'est pas la vôtre, car je ne suis pas complice du
démon de mes songes, n'est-il pas vrai?... — Et ce n'est
pas ma faute si elle revient toujours, toujours! quand
je me suis défendu depuis six mois de regarder son
portrait!

— Calme donc ton cœur, Michel, car, je te le répète
encore, l'amour que tu ressens pour Belkiss est un sentiment dont je ne jouis pas moins que de ton ancienne
et constante amitié pour la vieille Fée aux Miettes; et
bien loin d'en être jalouse, comme tu le crains, je m'en

trouve doublement heureuse. Ainsi rien ne s'oppose au
succès de mes espérances, mon cher enfant, si tu te sens
capable d'arriver au coucher du soleil de la Saint-Michel
prochaine, sans ouvrir ton âme à une autre passion, et
sans y laisser pénétrer le moindre regret des engagements qui m'ont soumis ta vie.

— Exigez de moi, Fée aux Miettes, une promesse en
apparence plus difficile à tenir, et qui ne me coûtera pas
davantage! Ce que vous me demandez pour six mois,
je vous le jure pour toujours!

— J'en fais mon affaire une fois que ce premier terme
sera passé, répondit la Fée aux Miettes; mais je crains
qu'il ne te mette à des épreuves plus dangereuses que tu
ne le supposes. Il faut aller chercher ce spécifique au
loin, puisque j'ignore moi-même en quel lieu la sagesse
de Dieu l'a placé; tu es jeune et bien jeune; ta figure et
ton air feroient honneur à un prince; le costume de
voyage que je t'ai fait préparer annonce tout autre
chose qu'un simple charpentier; et quoique tu n'aies
pas vu le monde, tu t'y feras remarquer toutes les fois
que tu y paroîtras, parce que tu as deux qualités précieuses dont le meilleur ton possible n'est que l'expression convenue, une bienveillance universelle et une
parfaite modestie. Les pays que tu vas parcourir sont
remplis de femmes aimables et belles dont l'accueil
exigera de toi, si tu ne veux passer pour rustique et
grossier, un juste retour de politesse et même de sensibilité. Tu seras aimé, Michel, et l'amour demande
l'amour. Il l'impose quelquefois. Ajoute à cela, mon
ami, que je ne t'accompagne pas, et que ces entretiens
graves et tendres, où j'ai de temps en temps raffermi
ton âme dans ses incertitudes, manqueront à tes soirées
solitaires. Bien plus, pendant tout ce temps-là tu ne
reverras pas Belkiss, dont les visites nocturnes ne s'é-
garent jamais loin du toit conjugal, et tu n'auras pour
te consoler que la conversation muette de son portrait.

— Je n'en ai pas même besoin, répliquai-je vivement. Ses traits et les vôtres sont assez empreints dans mon cœur pour ne s'en effacer jamais. Les dangers dont vous pensiez m'effrayer m'alarment si peu d'ailleurs que je croirois commencer à être coupable si je pensois à me prémunir contre eux. Vous garderez le portrait de Belkiss, ajoutai-je en lui présentant le médaillon ; et si vous voulez jeter quelque charme sur notre séparation passagère, c'est le vôtre que vous me donnerez.

— Tu les conserveras tous les deux, s'écria la Fée aux Miettes, et ce sera trop de bonheur pour moi qu'un regard de toi tous les jours sous la forme disgracieuse que les ans m'ont donnée ! Mais tu n'as donc pas remarqué qu'en faisant jouer le ressort dans le sens opposé on découvroit l'autre face de ce médaillon ? — Vois plutôt !

C'étoit effectivement le portrait de la Fée aux Miettes, et j'y appliquai mes lèvres avec ardeur.

— Enfant ! reprit-elle, pauvre, mais digne créature qu'une méprise de l'intelligence qui préside à la distinction des espèces a malheureusement laissée tomber pour un petit nombre de jours dans le limon de l'homme, ne te révolte pas contre l'erreur de ta destinée ! je te reconduirai à ta place !

Et puis, comme si ces paroles lui étoient échappées par distraction, elle revint au sujet de mon entreprise et aux dispositions de mon voyage.

— Il n'y a pas de temps à perdre, dit-elle, car je sens que l'horrible crainte de te perdre pour jamais achevoit déjà de miner mes organes affoiblis. Les heures me vieillissent plus depuis quelque temps que ne faisoient les années, et je ne serois pas surprise d'avoir donné carrière devant toi à quelques idées privées de sens, comme les vagues rêveries des vieillards.

— Il n'en est rien, ma bonne amie, mais je suis prêt à vous obéir, et je crois que je serois déjà parti, quoique l'heure soit peu favorable sans doute aux recherches que vous avez à m'ordonner, si vous m'aviez fait connoître le spécifique dont vous attendez votre guérison. Il faudra qu'il soit bien difficile à conquérir s'il m'échappe !

— Eh ! seroit-il vrai, Michel, que j'eusse oublié de te le nommer ? C'est la mandragore qui chante !

— La mandragore qui chante ! dites-vous ? pensez-vous, Fée aux Miettes, qu'il y ait des mandragores qui chantent, ailleurs que dans les folles ballades des écoliers et des compagnons de Granville ?

— Une seule, mon cher Michel, une seule, et son histoire, que je te raconterai un jour, est une des plus belles de l'Orient, puisqu'elle se lit dans un des livres secrets de Salomon. C'est celle-là qu'il faut trouver.

— Bonté inépuisable du ciel ! m'écriai-je, daignez me secourir dans cette déplorable extrémité ! Comment trouver en six mois la mandragore qui chante, dont la Fée aux Miettes disoit tout à l'heure qu'elle ne savoit pas elle-même en quel lieu la sagesse de Dieu l'avoit placée, et qu'on cherche inutilement depuis le règne de Salomon !

— Ne t'épouvante pas de cette difficulté ! La mandragore qui chante se présentera d'elle-même à la main qui est faite pour la cueillir, et tu serois arrivé sans succès au dernier moment de ton généreux exil, le dernier rayon du soleil de Saint-Michel seroit près de s'éteindre dans le crépuscule, à l'horizon du monde le plus reculé où tes voyages puissent te conduire, jusque dans ces glaces du pôle où jamais une fleur ne s'est ouverte aux clartés des cieux, que la mandragore qui chante s'épanouiroit fraîche et vermeille sous tes doigts, si tu n'as cessé de m'aimer, et te répéteroit sur un mode inconnu de la terre ce refrain de ton enfance :

> C'est moi, c'est moi, c'est moi !
> Je suis la Mandragore,
> La fille des beaux jours qui s'éveille à l'aurore,
> Et qui chante pour toi.

Alors tu n'auras plus à te soucier, notre destinée sera complète, et nous ne tarderons pas à nous revoir.

— Attendez, dis-je à la Fée aux Miettes, qui se disposoit à gagner son appartement, selon l'usage, après cette allocution ; je ne vous ai jamais contrariée sur les petits arrangements de notre ménage, depuis que vous nous séparez tous les soirs par une porte si hermétiquement close que je ne croirois pas perdre au change en donnant l'île de Man pour enrichir mes ateliers de l'ouvrier qui l'a faite. Aujourd'hui c'est autre chose. Je vous quitte pour longtemps peut-être, et je vous quitte abattue et souffrante : c'est vous qui me l'avez dit. L'heure de mon départ sonnera longtemps avant votre réveil, et je partirois malheureux si je m'éloignois de vous inquiet de votre santé, sans avoir reçu votre baiser d'adieu et votre bénédiction. Ne fermez pas cette porte, Fée aux Miettes ; j'ai besoin de vous entendre respirer, et de m'endormir, assuré du calme de votre sommeil.

La porte resta ouverte et bien m'en prit, car l'inquiétude qui m'obsédoit m'empêcha de m'assoupir. Peu de minutes s'écouloient que je ne descendisse de mon lit pour venir, d'un pied furtif, prêter l'oreille au souffle de la Fée aux Miettes ; à mesure que mes incursions me ramenoient plus près d'elle, il me paroissoit plus irrégulier et plus agité. Je crus même entendre une foible plainte et deviner le mouvement d'un frisson. Je me dis :

— Si elle avoit froid ! — La draperie qui la couvre est si légère, ajoutai-je en la soulevant ; et elle retomba sur nous deux .

La Fée aux Miettes se réveilla.

— Que se passe-t-il donc de nouveau dans votre esprit, Michel ? dit-elle en me repoussant avec plus de force que je n'en attendois de ses petites mains. Je ne serois pas plus étonnée d'apprendre que l'innocente colombe s'est métamorphosée en pie effrontée ! Avez-vous oublié les conditions de notre mariage et les réserves que j'y ai mises, ou vous imaginez-vous qu'il puisse arriver un temps où les princesses de ma maison dérogeront jusqu'aux brutales amours de la populace humaine? Rendez grâce à la nuit qui vous dérobe la rougeur que votre audace vient de faire monter à mon front, car il m'est avis qu'elle vous forceroit à mourir de repentir et de honte !...

— Eh! mon Dieu, Fée aux Miettes!... Excusez ma témérité en faveur de son motif! C'est seulement que j'ai pensé que vous aviez froid, en vous entendant grelotter sous votre couverture comme un jeune oiseau qui n'a pas encore poussé ses premières plumes, quand une brise du matin court en sifflant sur son nid, pendant que sa mère est allée à la picorée dans les halliers. Si vous n'aimez pas assez votre pauvre Michel pour dormir sans défiance à côté de lui, je suis prêt à vous quitter; mais ne m'expliquerez-vous pas auparavant comment il se fait que vous soyez dans votre lit presque aussi grande que moi?

— Oh! que cela ne t'étonne pas, dit-elle; c'est que je me déploie.

— Cette chevelure aux longs anneaux qui flotte sur vos épaules, Fée aux Miettes, vous l'avez jusqu'ici cachée à tous les yeux !

— Oh! que cela ne t'étonne pas, dit-elle; c'est que je ne voulois la laisser voir qu'à mon mari.

— Ces deux grandes dents qui vous déparent un peu au jour, Fée aux Miettes, je ne les retrouve pas entre vos lèvres fraîches et parfumées.

— Oh! que cela ne t'étonne pas, dit-elle; c'est que c'est une parure de luxe qui ne convient qu'à la vieillesse.

— Ce trouble voluptueux, ces délices presque mortelles qui me saisissent auprès de vous, Fée aux Miettes, je ne les avois jamais éprouvées avec votre permission que dans les bras de Belkiss!

— Oh! que cela ne t'étonne pas, dit-elle ; c'est que la nuit tous les chats sont gris.

— Ces explications, Fée aux Miettes, je les avois rêvées une autre fois, ou je les rêve maintenant.

— Oh! que cela ne t'étonne pas, dit-elle ; tout est véréité, tout est mensonge.

La Fée aux Miettes ne me repoussoit plus, et je m'endormis le front caché sous ses longs cheveux, comme il me sembloit m'endormir dans mes songes des nuits précédentes sous les longs cheveux de Belkiss.

Je ne me réveillai qu'au bruit de la cloche du chantier qui m'annonçoit ce jour-là l'heure de mon départ pour un long voyage, et ma vieille femme étoit accroupie déjà auprès de la bouilloire à terminer les préparatifs d'un déjeuner plus substanciel qu'à l'ordinaire.

Un moment après, je l'embrassai tendrement, et je gagnai les hauteurs de la montagne pour me mettre à la recherche de la mandragore qui chante.

XXVI.

Le dernier et le plus court de la narration de Michel, qui est par conséquent le meilleur du livre.

Si mon *Iliade* vous a coûté beaucoup d'ennui, monsieur, ne craignez pas que je mette votre patience à une nouvelle épreuve par la longue narration de mon *Odyssée*. Ce n'est pas qu'elle n'ait été féconde en aventures extraordinaires dont la connoissance pourroit servir en temps et lieu à l'instruction des hommes de bonne foi ; mais il faudroit pour cela qu'elle fût racontée dans une langue plus naïve et moins spirituelle que la nôtre, chez un peuple qui jouisse encore de son imagination et de ses croyances, et je me propose bien de le faire un jour, si je découvre ce soir la mandragore qui chante. Vous voyez maintenant qu'il me reste peu de temps à m'assurer de son existence, qui est la condition nécessaire de la mienne.

Il me suffira de vous dire que j'erre depuis six mois à travers les plaines de mandragores, qui relèvent toutes de quelque châtellenie peuplée des plus jolies femmes de la terre, et que je n'ai trouvé nulle part ni une mandragore qui chantât, ni une femme qui me fît oublier l'amour de la Fée aux Miettes.

Une semaine s'est à peine écoulée que je me retrouvai aux portes de Glascow, mêlé à un couple d'*herbalistes*[1] qui cherchoient des simples.

— Monsieur, dis-je en m'adressant à celui de ces curieux dont l'air rogue et suffisant annonçoit le mieux un savant profès, oserois-je vous demander si vous savez où je pourrois me procurer la mandragore qui chante?

— Mon ami, me répondit-il en me tâtant le pouls, elle est infailliblement, si elle existe quelque part, à l'hospice des lunatiques, où ce garçon va vous conduire.

Et c'est depuis ce jour qu'on m'y retient prisonnier sans contrarier mon projet, puisque les mandragores n'y manquent pas...

Mais, je vous demande, monsieur, n'avez-vous rien entendu, et ne vous semble-t-il pas qu'une harmonie exquise court en murmurant sur ces fleurs mourantes, avec le dernier rayon du soleil horizontal? Adieu, monsieur, adieu.

Et Michel m'échappa pour courir à ses mandragores.

Dieu me préserve, infortuné, dis-je en me frappant le front de la main, et en m'élançant dans l'avenue sans regarder derrière moi ; Dieu me préserve d'être témoin de ton désespoir quand le dernier de tes prestiges s'évanouira !

[1] Il est probable que Michel se sert ici de ce vocable anglois, parce qu'il sait que le mot françois *herboriste* est un horrible barbarisme.
    (Note de l'Éditeur.)

CONCLUSION.

Qui n'explique rien et qu'on peut se dispenser de lire.

J'atteignois à ce portique élégant qui s'ouvre sur le quai de la Clyde, quand un homme roide et sévère, habillé de noir de la tête aux pieds, me retint par le bras avec un mélange de politesse et d'autorité. Je le saluai; il me répondit d'une foible inclinaison de tête, et reprit sa pose inflexible en cillant un œil solennel, et puisant largement du tabac d'Espagne dans sa tabatière d'or.

— Monsieur est probablement philanthrope, dit-il.

— Je ne sais pas ce que c'est, monsieur, lui répondis-je, mais je suis homme.

Il prit lentement sa prise de tabac pour se dispenser d'une explication dont il ne me croyoit plus digne.

— J'ai supposé que monsieur appartenoit à la profession, reprit-il, parce que je l'ai vu s'entretenir longtemps avec un misérable monomane qu'on nous amena ces jours derniers, et qui est travaillé d'un *diable bleu* fort étrange. Il a pour lubie spéciale de s'enquérir à tout venant d'une *mandragore qui chante*. Or, monsieur n'est pas sans savoir que cette plante, qui est l'*atropa mandragora* de Linnée, est dénuée, comme tous les végétaux, des organes qui servent à la vocalisation. C'est une solanée somnifère et vénéneuse, comme un grand nombre de ses congénères, dont les propriétés narcotiques, anodines, réfrigérantes et hypnotiques étoient déjà connues du temps d'Hippocrate. On l'emploie utilement contre la mélancolie, les convulsions et la goutte, et je l'ai vue héroïque résolutive en cataplasmes dans les engorgements, les squirres et les scrofules. Ce que je puis assurer, c'est que le suc de sa racine et de sa partie corticale est un éméto-cathartique puissant, mais dont on ne fait guère usage qu'avec des malades de peu d'impor-

tance, parce qu'il occasionne plus souvent la mort que
la guérison.

— En vérité! m'écriai-je en croisant les bras, pendant qu'il me retenoit fermement par un des boutons de
mon habit.

— Ce qui a occasionné, ajouta-t-il en souriant avec
une dignité dédaigneuse, l'erreur de ce pauvre garçon,
c'est une sotte superstition de ces ignorants d'anciens,
qui s'est perpétuée à travers les ténèbres du moyen âge,
et dont le bas peuple n'est pas encore entièrement dés-
abusé. On croyoit, avant les progrès immenses qu'a faits
de nos jours la médecine philosophique et rationnelle,
que la mandragore formoit des cris plaintifs quand on
l'arrachoit de la terre, et c'est pour cela qu'il étoit re-
commandé à ceux qui tentoient cette périlleuse opération de se boucher exactement les oreilles pour n'être
pas attendris; ce qui sembleroit indiquer à la vérité que
ces cris passoient pour être modulés selon les règles de
l'harmonie. Nous tenons ceci pour une aberration capitale, en faveur de laquelle on s'appuieroit en vain de
l'opinion d'Aristote, de Dioscoride, d'Aldrovande, de
Geoffroi Linacer, de Columna, de Gessner, de Lobelius,
de Duret, d'une foule d'autres grands hommes, depuis
que nous avons reconnu qu'il n'y avoit point d'absurde
folie dont on ne pût trouver l'origine écrite dans un
livre de science.

— Voilà, par exemple, un fait, répliquai-je, dont je
suis parfaitement convaincu.

— Je m'en doutois à l'attention que vous portez à
mon discours, continua-t-il en me serrant le bouton
d'une manière irrésistible. En effet, monsieur, comment
la mandragore chanteroit-elle, puisque nous savons que
la fonction mécanique du chant s'exécute virtuellement
par l'office de la membrane trico-thyroïdienne, ou, pour
m'expliquer avec beaucoup plus de précision et de clarté,
dans l'espace qui est compris entre les ligaments thyro-

aryténoïdiens, retenez bien cela, je vous prie, de sorte
que Galien assimiloit la glotte, qui est une ouverture supérieure du larynx, à un instrument à vent, bien qu'elle
ne présente pas exactement toutes les conditions que ré-
clame la composition d'une flûte à bec, et moins encore
celles d'un instrument à embouchure. Le savant M. Fer-
rein, qui est si célèbre dans le monde, a voulu y voir un instrument à cordes, mais cette opinion est abandonnée depuis les découvertes des physiologistes modernes, qui en
ont fait définitivement un instrument à anche. M. Geof-
froi-Saint-Hilaire, que vous pouvez connoître, démontre
même fort agréablement que cet instrument est à deux
fins, et qu'il fait très-bien tour à tour, moyennant les dispositions requises, la partie de clarinette et celle de flûte
traversière ; d'où il a tiré l'heureuse distinction des voix
anchées et des voix flûtées, qui est maintenant la seule
reçue dans les cours d'anatomie et dans les chœurs de
l'Opéra. Le grammairien Court de Gébelin, pédant frotté
de racines et d'étymologies, mais fort peu versé d'ailleurs dans les sciences médicales, est le seul qui ait dé-
fini la voix un instrument à touches dont le clavier est
dans la bouche de l'animal, et auquel le larynx sert de
tuyau, et le poumon de soufflet ; ce qui est assez satis-
faisant pour l'articulation, mais ce qui n'explique nul-
lement, comme vous voyez, le phénomène phonoïque.
Les ignorants se mettent encore plus à leur aise, en pré-
tendant que la voix est tout bonnement un instrument
sui generis, dont les effets se produisent comme il plaît
à Dieu. C'est un système qui fait pitié. Or il est inutile
de vous rappeler, monsieur, que l'analyse la plus scru-
puleuse n'a jamais fait découvrir, ni dans le calice mo-
nophylle et turbiné, ni dans la corolle pentapétale et
campanuliforme de la mandragore, l'ombre d'une glotte
et d'un larynx, et qu'elle manque essentiellement de
membrane trico-thyroïdienne et de ligaments thyro-
aryténoïdiens…

— C'est probablement pour cela, dis-je, que la mandragore est muette?

— Il n'y a pas de doute. Comme le sujet actuel est
flegmatique, doux et malléable d'inclinations, et inepte
de nature, il est difficile de juger de la méthode curative
qu'on pourra lui appliquer avant de l'avoir vu dans le
paroxysme qui va succéder à ses hallucinations. Le plus
sûr sera d'y procéder graduellement, en commençant par
les affusions d'eau glaciale sur l'occiput et l'épigastre,
et en passant de là aux sinapismes, aux épispastiques et
aux moxas, sans négliger, comme de raison, un fréquent
usage de la phlébotomie jusqu'à syncope. Si l'éréthisme
persiste, nous avons l'usage des ceps, des poucettes, du
gilet de force et du maillot...

— Ne me retiens pas, bourreau, m'écriai-je en laissant
mon bouton dans ses mains de cannibale, et en fran-
chissant les grilles aussi brusquement que si j'avois eu
tous les chiens de l'île de Man à mes trousses. — Il faut
que vous soyez bien mal avisé, continuai-je en parlant
au concierge presque sans m'arrêter, pour ne pas exercer
une surveillance plus attentive sur les plus dangereux
de vos prisonniers! L'égalité, si vainement cherchée par
les hommes, seroit-elle une chimère aussi à la maison
des fous?

— De qui parle monsieur? répondit gravement le concierge.

— De qui, maître Cramp, de qui? pouvez-vous le demander? de cet horrible homme noir dont je ne me suis
délivré que par miracle! Ne voyez-vous pas qu'il sorti-
roit s'il le vouloit?

— Cela ne dépend que de lui, reprit maître Cramp.
C'est un fameux médecin de Londres qui est venu faire
des observations philanthropiques dans notre maison de
Glascow, pour les appliquer au perfectionnement de la
science et à l'amélioration du sort de tous les malades
des trois royaumes.

. . . .

O le plus sage des hommes, ô Tobie, qui me rendra
a sibilation plaintive de votre *lila burello* ?

. . . .

, ...

— Oui, monsieur, il n'y a rien de plus vrai, me disoit
le lendemain Daniel Cameron, tandis que je l'écoutois la
tête appuyée sur ma main et le coude appuyé sur mon
oreiller ; le lunatique avec lequel monsieur a bien voulu
s'entretenir hier si longtemps a disparu quelques minutes après, et tous les gardiens ont passé la nuit à sa
recherche.

— Il se sera évadé, Daniel, et j'en remercie le ciel.
Le voilà quitte, le pauvre Michel, du gilet de force, du
maillot, des ceps, des poucettes, de la phlébotomie, des
moxas, des épispastiques, des sinapismes, des affusions
d'eau glacée, et des éméto-cathartiques !

— Évadé, monsieur ? et comment s'évaderoit-on de
la maison des lunatiques, à moins de s'évader par l'air,
comme le disent ses camarades, qui prétendent l'avoir vu
se balancer un moment à la hauteur des tourelles de l'é-
glise catholique, avec une fleur à la main, et chantant
d'une manière si douce qu'on ne savoit si ces chants pro-
venoient de la fleur ou de lui ?

— C'étoit de la fleur, Daniel, ne t'y trompe pas, quoique je comprenne à merveille que tu tombasses dans
cette méprise, en te souvenant que les fleurs n'ont point
de ligaments thyro-aryténoïdiens, si tu l'avois jamais su
par hasard.—Mais écoute, ajoutai-je pendant que j'ache-
vois de jeter quelques mots sur mes tablettes ; écoute,
Daniel, tu sais lire, et ce funeste avantage de l'éducation
ne t'a fait perdre aucun de ceux de ton intelligence naturelle. Va au port de Clyde, mon garçon ; prends une bonne
place pour Greenock sur *le Caledonian*, ou sur *l'Ayr*, ou
sur *le Fingal* ; salue de ma part en passant le vieux rocher de Balclutha où Wallace planta son drapeau, et

rapporte-moi demain les informations que tu auras recueillies sur ces notes que j'ai rédigées de façon à ne pas
embarrasser ton esprit. —Écoute encore, Daniel ; prends
de l'or, et ne manque pas de finir tes courses chez mistress Speaker, et d'y souper d'un bon *ptarmigan* de
montagne, arrosé de vin de Porto. Quant à moi, je t'attendrai en dormant, parce que c'est la meilleure de
toutes les manières de passer sa vie dans une grande
ville. •

Je m'éveillois à peine en effet, quand Daniel s'arrêta
le lendemain au pied de mon lit, à la même heure et
dans la même position, en tournant dans ses mains son
bonnet de loutre.

— C'est toi, Daniel ! assieds-toi, lui dis-je, et procé-
dons par ordre. Michel est-il arrivé à Greenock ?

— Il n'y a pas d'apparence, monsieur, à moins que
les fées auxquelles les bonnes gens de Glascow attribuent
sa délivrance ne l'aient rendu invisible. Il n'y a personne
à Greenock qui ne s'en souvienne, personne qui ne le
regrette, qui ne le plaigne et qui ne l'aime; et personne
ne l'a revu. Tout ce qu'on sait de lui, c'est qu'il est
parti de Greenock il y a six mois, en laissant la direction
et les profits de ses chantiers à la famille de maître Finewood, et qu'il n'a donné depuis aucune de ses nouvelles. On craint qu'il ne soit mort, et on pleure.

— Tu as fait sagement, Daniel, de ne pas affliger les
Finewood de l'idée humiliante de sa détention à la maison des lunatiques. Le souvenir d'une honte non méritée
qui s'attache au nom d'un ami nous est quelquefois plus
pénible encore que sa perte. Mais tu ne m'as rien dit de
l'intérieur de cette république de charpentiers ?

— C'est un charme que de la voir. Ils m'ont fait asseoir à leur table, monsieur, et je vous jure qu'il n'a
jamais rien existé de pareil, même dans nos clans des
Highlands, depuis le temps des patriarches. Représentez-
vous le père Finewood et sa femme entourés de leurs

six filles, de leurs six gendres, de leur six fils, de leurs
six brus et de leurs douze petits enfants pendus à la
mamelle de leur mère, car toutes les filles de maître
Finewood ont eu le même jour, au bout de neuf mois,
un petit garçon qui s'est appelé Michel, et tous ses fils,
un mois plus tard, une petite fille qui s'est appelée Mi-
chelette; mais ce qui peut passer pour un véritable miracle de nature, c'est qu'il n'y a pas un des marmots qui
ne porte sur le sein gauche une jolie fleur des bois, si
vivement enluminée en sa couleur, que la main s'étend
involontairement pour la cueillir. Il faut que ce soit un
phénomène bien rare, puisque le même signe ne se retrouve que sur un autre enfant de Greenock, et peut-être
de toute la Grande-Bretagne. C'est aussi un garçon, né,
dit-on, au même instant que les autres, et qui est le fils
d'une certaine Folly Girlfree et du maître du calfat.

— Ce qui m'étonneroit, Daniel, c'est que, familier
comme tu l'es avec les plantes de mon herbier dont je
t'ai souvent confié le soin, à ma grande satisfaction, tu
n'eusses pas trouvé moyen de comparer cette fleur à
quelque fleur qui t'est connue, si ces caractères étoient
aussi bien déterminés que tu le dis.

— Ma foi, monsieur, je vous dirai qu'elle m'a fait le
juste effet d'une mandragore !

— Après, Daniel, après? N'aurois-tu pas perdu trop
de temps à t'égayer chez le charpentier, pour arriver de
bonne heure sous les murs de l'arsenal, quoique bien
averti que la maison de la Fée aux Miettes n'étoit pas
facile à trouver?...

— Oh! que je l'aurois bien trouvée si elle y étoit,
monsieur, fût-elle aussi petite que la cage aux claies de
bois où siffle la linote du savetier, car j'ai l'œil plus fin
qu'un chatpard; mais âme qui vive à Greenock n'a ouï
parler de la Fée aux Miettes; et quant à sa maison de
l'arsenal, il faut que ces messieurs du génie l'aient fait
démolir.

23

— Tu as au moins soupé chez mistress Speaker, comme je l'avois exigé?

— D'un excellent *ptarmigan* de montagne et d'une bouteille de vin de Porto.

— A la bonne heure. Il est impossible que tu n'y aies pas appris quelque chose?

— Comment, monsieur, si j'y ai appris quelque chose!... Le *ptarmigan* est certainement, de tous les oiseaux de la terre et du ciel, celui dont les sucs se marient le mieux avec l'assaisonnement mordant et aromatique — je crois que c'est le mot — d'une sauce à l'estragon.

— Ce n'est pas de cela qu'il s'agit, Daniel. Mistress Speaker peut-elle avoir oublié Michel?...

— Oublié Michel, la digne femme! oh! ne l'en accusez pas! Si j'avois voulu l'écouter sur ses louanges, il y en avoit pour huit jours, quoiqu'elle n'ait pas une grande estime pour son jugement; mais aussitôt que j'eus entrepris de lui toucher un mot de cet homme à la tête de chien danois dont il est parlé dans votre pancarte, elle faillit m'arracher les yeux. — C'est bien à moi, dit-elle, miss Babyle Babbing, veuve Speaker, qu'on vient débiter de pareilles bourdes! Il faut que vous ayez le front de votre mère, Niel, pour vous évertuer ainsi en folâtreries avec une femme respectable, et je ne sais ce qui me tient de vous faire harceler par les deux maîtres dogues qui couchent dans ce paillier. Là-dessus je n'insistai pas.

— Et tu fis sagement, Daniel! — Mais t'es-tu informé de Jonathas?

— Jonathas est plus mort que vivant, monsieur, mais il n'est pas mort tout à fait.

— Je le crois bien, vraiment! Le traître aura placé de l'argent à fonds perdu.

— Monsieur n'a-t-il plus rien à me commander? reprit Daniel après un moment de silence.

— Eh quoi donc, Daniel? des chevaux, des chevaux, et le monde entre l'Écosse et nous! . . . . . .

. . . .

. . . .

Pendant que je me reposois à Venise des fatigues d'un long voyage, et que j'oubliois, dans l'agitation sans but des *Casini* et du *Ridotto*, les émotions plus profondes que j'avois ressenties en quelques heures à Glascow, je fis connoissance au café *Quadri* d'un personnage sérieux et concentré dont les habitudes méditatives m'avoient désarmé des préventions contraires que m'inspiroit sa physionomie. C'étoit un homme sec, étroit, anguleux, à l'œil pointu, aux regards coniques, — et après les regards directs, je ne fais cas que des regards divergents, — à la parole haute, claire, brève et décidée, aux mouvements isochrones et à l'inflexible perpendicularité. L'espèce de soliloque intérieur auquel il paroissoit incessamment livré ne pouvoit avoir d'objet, selon moi, qu'une contemplation rêveuse et austère de quelque haute vérité morale. Au bout de quelques entretiens de bienséance qui ne duroient jamais longtemps, à cause des profondes préoccupations qui absorboient ce grand homme, j'appris par un mot échappé à sa distraction pensive, et qu'il s'empressa de racheter, j'en dois convenir, par les formules les plus humbles de la modestie, tant il apprécioit à sa juste valeur la lourde responsabilité d'une telle gloire, j'appris donc qu'il faisoit partie de l'académie des *lunatici* de Sienne, et qu'il étoit venu à Venise pour y chercher des auxiliaires à son opinion, dans la double querelle qui divisoit, à forces exactement égales, les membres de cette illustre assemblée.

— Les *lunatici* de Sienne! m'écriai-je en l'entraînant brusquement sur la place Saint-Marc, où le soleil brilloit de toute sa splendeur vénitienne par une belle matinée de dimanche. — Les *lunatici* de Sienne, dites-vous? La raison expérimentale de l'espèce fait-elle enfin de jour en jour des progrès plus rapides? le sentiment et la fantaisie reprennent-ils partout la place qu'ils n'auroient jamais dû perdre, parmi les plus saines occupations de l'esprit? Oh! monsieur, votre académie des *lunatici* aura bientôt des succursales sur toute la terre — je ne lui parlai cependant pas des lunatiques de Glascow; — mais apprenez-moi, de grâce, continuai-je, quelles sont les questions ardues qui ont trouvé si peu d'harmonie dans un conseil si judicieux? Je brûle de les connoître.

— La première, me répondit-il avec une affabilité composée, n'est pas d'une nature aussi grave que vous pourriez le croire; mais plus elle sort du cercle des études vulgaires, plus elle est propre, comme vous savez, à exercer les utiles loisirs des académies. C'est de savoir si, quand Diogène fricassoit les congres qui lui attirèrent un si méchant sarcasme de la part d'Aristippe, il les fricassoit à l'huile ou au beurre.

— Par le soleil qui nous éclaire! dis-je en le regardant en face pour m'assurer qu'il ne se moquoit pas, si je m'en rapporte aux usages naturels du pays, et à la dernière mercuriale d'Athènes antique, ce devoit être de l'huile; mais je ne donnerois pas une tranche de *zucca* pour le savoir.

— La seconde, reprit-il avec un air un peu refrogné, parce qu'il jugeoit que j'avois traité trop lestement une question de cette importance, — la seconde, monsieur, touche aux intérêts moraux les plus profonds, j'ose même dire métaphoriquement, aux entrailles maternelles de notre belle Italie.

— Ah! voilà des questions! et celles-là méritent, en effet, d'être débattues avec chaleur entre des hommes éclairés et sensibles!

— Que pensez-vous, monsieur, poursuivit le lunatique de Sienne, qu'il fût arrivé des destinées éventuelles du pays, si Pompée, à la bataille de Pharsale, au lieu de disposer en échelons sa cavalerie, qui manqua par là l'occasion d'envelopper l'aile gauche de l'ennemi, l'avoit établie en potence sur une verticale immédiatement appuyée à la première horizontale de son front de guerre? (....)

— Je pense, monsieur, que je m'occuperois davantage et plus utilement, avec le poëte Villon, de ce que deviennent les neiges d'autan et les vieilles lunes, et que si, telles sont les occupations et les disputes de votre académie des *lunatici*, elle a indécemment usurpé le nom des hommes les plus intéressants, et, selon toute apparence, les plus raisonnables de la terre !

Je m'inquiétai peu de sa réponse, car du temps que je lui parlois, mon oreille avoit été délicieusement avertie par ce cri qui a toujours éveillé en moi une vive sympathie :

— Voilà, voilà, messieurs, la véritable bibliothèque merveilleuse, tout ce qu'il y a de plus extraordinaire et de plus nouveau : *la Malice des femmes, la Patience de Grisélidis, les Amours de la fée Paribanou et du génie Éblis, l'Histoire pitoyable du prince Érastus, les Prouesses des deux Tristan*; les voilà, messieurs, les voilà, pour la bagatelle d'une *demi-lire*.

Et, pendant que je courois, je voyois flotter au vent les banderoles multicolores du crieur enroué, qui continuoit à brandir fièrement, devant la foule, ses petits livrets bigarrés de jaune et de bleu, et qui reprenoit sa litanie de plus belle à l'arrivée de chaque acheteur :

— Voilà, voilà, messieurs, les superbes aventures de la *Fée aux Miettes*, et comment Michel le charpentier a été enlevé de sa prison par la princesse Mandragore; comment il a épousé la reine de Saba, et comment il est devenu empereur des sept planètes; les voici avec la figure !

— Donne, donne, m'écriai-je en lançant fièrement

23.

une *lire* au travers de son échoppe ambulante, et en saisissant la brochure au vol.

Quand je m'arrêtai pour y jeter un regard, je trouvai mon académicien à mes côtés. Ses traits portoient l'empreinte d'un mélange de consternation et de colère.

— Que vous proposez-vous de faire de cela ? me dit-il rudement.

— La dernière et la plus douce de mes études, lui répondis-je en passant, car le livre que vous voyez renferme plus de choses affectueuses, raisonnables et d'un profitable usage pour le genre humain, qu'il n'en entreroit en mille ans dans les mémoires de l'académie des *lunatiques* de Sienne.

. Et je le tiens pour plus moral et même pour plus sensé, continuai-je en marchant toujours, que tout ce que les savants ont écrit depuis que l'art d'écrire est un vil métier, et la science une sèche, rebutante et sacrilége anatomie des divins mystères de la nature.

Et j'avance hautement que de pareils livres influeroient d'une manière bien plus essentielle sur le perfectionnement moral de l'éducation d'un peuple intelligent et sensible, que toutes les babioles pédantesques de quelques méchants philosophastres brevetés, patentés et appointés, pour instruire les nations !

J'aurois mieux fait que de l'avouer. Je l'aurois prouvé par raison démonstrative, si le volume ne m'avoit été pris avec tout mon bagage par une bande de *Zingari*, pendant que je dormois comme un enfant, plongé dans un doux rêve au fond de ma calèche, sur les bords du lac de Côme.

— Heureusement, Daniel, dis-je en me réveillant, que ces pauvres *Zingari* s'en trouveront bien.

— Je le crois comme vous, répondit Daniel..... s'ils le lisent.

NOTE SUR LES FÉES

ET LA LITTÉRATURE FÉERIQUE.

Nous avons pensé qu'il seroit agréable au lecteur de consigner ici, comme appendice au conte de Nodier, quelques notes sur la tradition relative aux fées. La plupart de ces notes sont empruntées au savant ouvrage de M. Alfred Maury, bibliothécaire de l'Institut. Voici quelques extraits de ce livre qui nous ont paru propres à intéresser :

« Parques, nymphes, *junones*, déesses-mères, druidesses, prophétesses gauloises, furent pour les François crédules, pour les poëtes qui les amusoient de leurs fictions, des êtres identiques. Femmes mystérieuses tenant à la fois du caractère de l'homme et du dieu, magiciennes auxquelles l'avenir dévoiloit parfois ses secrets, enchanteresses aux mains desquelles étoit livrée la destinée des humains. Sur leur tête vinrent se confondre et se concentrer les attributs de toutes les déesses gauloises et des druidesses qui les servoient. Ces femmes, le peuple leur donna le nom de magiciennes, de fées, de sorcières; mais il les désigna plus spécialement par le nom de *fata*, sous lequel ses ancêtres avoient honoré les Parques identifiées aux déesses-mères... de *fata* on a fait *faé, fée, féerie,* comme de *pratum, prata,* on a fait *pré, prairie.*

« ... Nées sur le sol celte et germain, les fées ont vécu avec les poëtes du moyen âge, les troubadours et les trouvères. Viviane, Melchior, Mélusine, Morgane, Urgande la Déconnue forment une race de souche gauloise à laquelle sont venues se mêler les fictions de la Grèce et de Rome ; race qui s'est éteinte avec la Manto, l'Alcine, la Mélisse d'Arioste, la Titania de Shakspeare, la Gloriane de Spencer, la Silvanella de Boiardo...'

« Les fées, comme les druidesses, étoient vêtues de blanc ; elles portoient des couronnes, ainsi que les Parques et les déesses-mères :

« A donc vist plusieurs dames faés aournées et toutes couronnées de couronnes très-sumptueusement faictes et moult riches, dit le roman d'Ogier le Danois, en parlant des fées qu'Ogier vit dans l'île d'Avalon...

« Un des traits les plus caractéristiques des fées, c'étoit le soin qu'elles prenoient des enfants auxquels elles dispensoient à leur gré les défauts et les qualités, le bonheur et la mauvaise fortune. Nous reconnoissons dans cette présence près du berceau des nouveau-nés un des attributs des Parques, dont une des fonctions étoit d'assister Ilithye et de se trouver à la naissance des enfants pour prononcer sur leur avenir. Les Parques présidèrent à la naissance d'Achille. Pindare nous montre Apollon ordonnant à ces déesses d'être présentes aux couches d'Evadné. Ovide les faits pénétrer dans la chambre d'Althée pour allumer le tison fatal auquel est attaché le sort de Méléagre...

« Longtemps, à l'époque des couches de leurs femmes, les Bretons servirent un repas dans une chambre contiguë à celle de l'accouchée, repas qui étoit destiné aux fées dont ils redoutoient le ressentiment. Les fées furent invitées à la naissance d'Obéron, elles le dotèrent à l'envi des dons les plus rares ; une seule fut oubliée, comme la Discorde aux noces de Thétis et de Pélée, et pour se venger de l'outrage qui lui étoit fait, elle condamna Obéron à ne jamais dépasser la taille d'un nain...

Les traditions du moyen âge nous montrent les fées se présentant la nuit que naquit Ogier le Danois, pour lui faire chacune un don différent. Brun de la Montagne fut, peu de temps après sa naissance, placé dans la forêt de Bréchéliant, où les fées vinrent, comme les Parques, au nombre de trois, le doter de grandes vertus. Trois fées firent aussi présent d'un beau souhait au fils de Maillefer. Les fées assistent de même à la venue au monde d'Isaïe le Triste. Aux environs de la Roche-aux-Fées, dans le canton de Retiers, les paysans croient encore aux fées, qui prennent, disent-ils, soin des petits enfants dont elles pronostiquent le sort futur ; elles descendent dans les maisons par les cheminées et ressortent de même pour s'en aller...

« En Bretagne, les fées sont appelées *Korrigans*. Elles connoissent l'avenir, commandent aux agents de la nature ; elles peuvent se transformer en la forme qui leur plaît. En un clin d'œil elles peuvent se transporter d'un bout du monde à l'autre. Tous les ans, au retour du printemps, elles célèbrent une grande fête de nuit ; au clair de lune elles assistent à un repas mystérieux, puis disparoissent aux premiers rayons de l'aurore... Les paysans bretons assurent que les Korrigans sont de grandes princesses gauloises qui n'ont point voulu embrasser le christianisme lors de l'arrivée des apôtres, et voilà pourquoi la malédiction de Dieu les a frappées...

« Ils disent encore que les fées sont animées d'une haine mortelle contre le clergé. La Vierge est aussi de leur part l'objet d'une haine toute particulière. Aussi, le samedi, jour consacré à Marie, est-il pour les fées un jour néfaste. »

ALFRED MAURY : *Des Fées du moyen âge*, Paris, 1843, petit in-8°.

La croyance aux fées, qui s'est conservée sur un grand nombre de points en France, étoit au moyen âge et même dans des temps plus voisins tellement enracinée, qu'au seizième siècle encore on célébroit tous les ans dans l'église de Poissy une messe pour préserver le pays des mauvaises fées.

Comme les divinités païennes, qui, détrônées de l'Olympe, se réfugièrent dans la poésie, les fées se réfugièrent dans les

opéras comiques et les contes, lorsque l'avénement de la civilisation indéfiniment *progressive* eut brisé leurs baguettes. De
la tradition romanesque du moyen âge, des contes orientaux
importés directement par Galland, et des contes italiens natu-
ralisés et embellis par Perrault, il s'est formé en France une
littérature spéciale, laquelle a produit une foule de compositions charmantes éparpillées dans l'intervalle de deux siècles
entre *le Chat botté* et *la Fée aux Miettes*. Cette littérature,
par un rare privilége, amuse également les enfants et les gens
d'esprit; elle a amusé Montesquieu, alors même qu'il écrivoit
l'*Esprit des lois*; elle a amusé La Harpe, qui du reste devoit
avoir besoin de distraction dans une aussi lourde besogne,
lorsqu'il composoit son *Cours de littérature;* Caylus, qui ou-
blioit, pour écrire des contes de fées, l'archéologie, qui n'est
trop souvent qu'un conte de pédant; elle amusa Jean-Jacques
Rousseau lui-même au milieu de ses tristesses et de ses ombrages, et elle lui inspira *la Reine fantasque*, véritable chef-
d'œuvre de malice et de style. Ce que le dix-septième et le dix-
huitième siècle ont produit de plus important en fait de littérature féerique a été recueilli dans *le Cabinet des fées*. Amsterdam
(Paris), 1785, 41 vol. in-8°.

Les poëtes se sont inspirés comme les conteurs du souvenir
des fées. On cite entre autres, en fait de poëmes modernes,
la Reine des fées, le chef-d'œuvre de Spencer, véritable épopée
dont tous les personnages sont empruntés au monde fantastique. Les écrivains dramatiques ne négligèrent pas non plus
cette source abondante d'émotions, de péripéties et de scènes
à effet. Saint-Foix fut le premier des auteurs françois qui composa une féerie pour le théâtre; elle est intitulée *l'Oracle*.
Dancourt, Moncrif, Cahuzac, Marmontel, Favart, l'auteur si
applaudi de *la Fée Urgèle*, suivirent l'exemple de Saint-Foix; de
notre temps, les *féeries à grand spectacle* attirent aux théâtres
des boulevards un public empressé, et si 'les pièces de ce genre
n'exigent pas de leurs auteurs de grands efforts de composition

ou de style, elles ont du moins, au point de vue moral, le mérite d'être complétement inoffensives. Il se trouve encore heureusement parmi les habitués des théâtres bon nombre de gens
qui préfèrent les héros de *la Bibliothèque bleue* aux héros de *la
Cour d'assises*, et *le Petit Chaperon rouge* à *Robert Macaire*.

(*Note de l'Éditeur.*)

LE SONGE D'OR.

CHAPITRE I.

LE KARDOUON.

Le kardouon est, comme tout le monde le sait, le plus joli, le plus subtil et le plus accort des lézards. Le kardouon est vêtu d'or comme un grand seigneur; mais il est timide et modeste, et il vit seul et retiré; c'est ce qui l'a fait passer pour savant. Le kardouon n'a jamais fait de mal à personne, et il n'y a personne qui n'aime le kardouon. Les jeunes filles sont toutes fières quand il les regarde au passage avec des yeux d'amour et de joie, en redressant son cou bleu chatoyant de rubis entre les fentes d'une vieille muraille, ou en faisant étinceler sous les feux du soleil les reflets innombrables du tissu merveilleux dont il est habillé.

Elles se disent entre elles : « Ce n'est pas toi, c'est moi que le kardouon a regardée aujourd'hui, c'est moi qu'il trouve la plus belle, et qui serai son amoureuse. »

Le kardouon n'y pense pas. Le kardouon cherche çà et là de bonnes racines pour fétoyer ses camarades et s'en goberger avec eux sur une pierre resplendissante, à la pleine chaleur du midi.

Un jour, le kardouon trouva dans le désert un trésor,

tout composé de pièces à fleurs de coin si jolies et si polies qu'on auroit cru qu'elles venoient de gémir et de sauter en bondissant sous le balancier. Un roi qui se sauvoit s'en étoit débarrassé là pour aller plus vite.

« Vertu de Dieu ! dit le kardouon, voici, ou je me trompe fort, quelque précieuse denrée qui me vient à point pour mon hiver ! Ce doivent être au pire des tranches de cette carotte fraîche et sucrée qui réveille toujours mes esprits quand la solitude m'ennuie; seulement je n'en vis jamais d'aussi appétissantes. »

Et le kardouon se glissa vers le trésor, non directement, parce que ce n'est pas sa manière, mais en traçant de prudents détours; tantôt la tête levée, le museau à l'air, le corps tout d'une venue, la queue droite et verticale comme un pieu; tantôt arrêté, indécis, penchant tour à tour chacun de ses yeux vers le sol pour y appliquer sa fine oreille de kardouon, et chacune de ses oreilles pour en relever son regard; examinant la droite, la gauche, écoutant partout, voyant tout, se rassurant de plus en plus, filant un trait comme un brave kardouon, se retirant sur lui-même en palpitant de terreur, comme un pauvre kardouon qui se sent poursuivi loin de son trou; et puis tout heureux et tout fier, relevant son dos en cintre, arrondissant ses épaules à tous les jeux de la lumière, roulant les plis de son riche caparaçon, hérissant les écailles dorées de sa cotte de mailles, verdoyant, ondoyant, fuyant, lançant aux vents la poussière sous ses doigts, et la fouettant de sa queue. C'étoit sans contredit le plus beau des kardouons.

Quand il fut arrivé au trésor, il y plongea deux perçants regards, se roidit comme un bâton, se redressa sur ses deux pieds de devant, et tomba sur la première pièce d'or qui s'offrit à ses dents.

Il s'en cassa une.

Le kardouon silla de dix pieds en arrière, retourna plus réfléchi, mordit plus modestement.

« Elles sont diablement sèches, dit-il. Oh! que les kardouons qui amassent ainsi des tranches de carottes pour leur postérité sont coupables de ne pas les tenir dans un endroit humide où elles conservent leur qualité nourrissante! Il faut convenir, ajouta-t-il intérieurement, que l'espèce du kardouon n'est guère avancée! Quant à moi qui dînai l'autre jour, et qui ne suis pas, grâce au ciel, pressé d'un méchant repas comme un kardouon du commun, je vais transporter cette provende sous le grand arbre du désert, parmi des herbes humectées de la rosée du ciel et de la fraîcheur des sources; je m'endormirai à côté sur un sable doux et fin que la première aube vient échauffer; et quand une maladroite d'abeille qui se lève, tout étourdie, de la fleur où elle a dormi, m'éveillera de ses bourdonnements, en tourbillonnant comme une folle, je commencerai le plus beau déjeuner de prince qu'ait jamais fait un kardouon. »

Le kardouon dont je parle étoit un kardouon d'exécution. Ce qu'il avoit dit, il le fit; c'est beaucoup. Dès le soir, tout le trésor, transporté pièce à pièce, rafraîchissoit inutilement sur un beau tapis de mousses aux longues soies qui fléchissoient sous son poids. Au-dessus, un arbre immense étendoit ses branches luxuriantes de verdure et de fleurs, comme pour inviter les passants à goûter un agréable sommeil sous son ombrage.

Et le kardouon fatigué s'endormit paisiblement en rêvant racines fraîches.

Ceci est l'histoire du kardouon.

CHAPITRE II.

XAILOUN.

Le lendemain survint dans le même endroit le pauvre

bûcheron Xaïloun, qui fut grandement attiré par le
mélodieux glouglou des eaux courantes, et par le frais
et riant froufrou de la feuillée. Ce lieu de repos flatta
tout d'abord la paresse naturelle de Xaïloun, qui étoit
encore loin de la forêt, et qui, selon son usage, ne se
soucioit pas autrement d'y arriver.

Comme il y a peu de personnes qui aient connu Xaïloun de son vivant, je vous dirai que c'étoit un de ces
enfants disgraciés de la nature, qu'elle semble n'avoir
produits que pour vivre. Il étoit assez mal fait de sa personne, et fort empêché de son esprit; au demeurant,
simple et bonne créature, incapable de faire le mal, incapable d'y penser, et même incapable de le comprendre;
de sorte que sa famille n'avoit vu en lui depuis l'enfance
qu'un sujet de tristesse et d'embarras. Les rebuts humiliants auxquels Xaïloun étoit sans cesse exposé lui
avoient inspiré de bonne heure le goût d'une vie solitaire, et c'étoit pour cela qu'on lui avoit donné la profession de bûcheron, à défaut de toutes celles que lui inter-
disoit l'infirmité de son intelligence; car on ne l'appeloit
à la ville que l'imbécile Xaïloun. — Les enfants le sui-
voient en effet dans les rues avec des rires malins, en
criant : « Place, place à l'honnête Xaïloun, à Xaïloun,
le plus aimable bûcheron qui ait jamais manié la cognée,
car voilà qu'il va causer de science avec son cousin le
kardouon dans les clairières du bois. Oh! le digne Xaïloun ! »

Et ses frères se retiroient de son passage en rougissant d'une orgueilleuse pudeur.

Mais Xaïloun ne faisoit pas semblant de les voir, et il
rioit aux enfants.

Xaïloun s'étoit accoutumé à penser que la pauvreté
de ses vêtements entroit pour beaucoup dans les motifs
de ce dédain et de ces dérisions journalières, car aucun
homme n'est porté à juger désavantageusement de son
esprit; il en avoit conclu que le kardouon, qui est beau

entre tous les habitants de la terre quand il se pavane
au soleil, étoit la plus favorisée des créatures de Dieu ;
et il se promettoit en secret, s'il pénétroit un jour dans
les intimes amitiés du kardouon, de se parer de quelque
mise-bas de sa garde-robe de fête, pour entrer en se
prélassant dans le pays, et fasciner les yeux des bonnes
gens de toutes ces munificences.

« D'ailleurs, ajoutoit-il, quand il avoit réfléchi autant
que le permettoit son jugement de Xaïloun, le kardouon
est, dit-on, mon cousin, et je m'en aperçois à la sympathie qui m'entraîne vers cet honorable personnage.
Puisque mes frères m'ont rebuté par mépris, je n'ai
point d'autre proche parent que le kardouon, et je veux
vivre avec lui, s'il me reçoit bien, quand je ne serois
bon qu'à lui faire tous les soirs une large litière de feuilles
sèches pour son sommeil, qu'à border proprement son lit
quand il s'endort, et qu'à chauffer sa chambre d'un feu
clair et réjouissant, lorsque la saison devient mauvaise.
Le kardouon peut vieillir avant moi, poursuivit Xaïloun ;
car il étoit déjà preste et beau que j'étois encore tout
petit, et que ma mère me le montroit en disant : Tiens,
voilà le kardouon ! — Je sais, s'il plaît à Dieu, les soins
qu'on peut rendre à un malade et les petites douceurs
dont on l'amuse. C'est dommage qu'il soit un peu
fier ! »

A la vérité, le kardouon répondoit mal aux avances
ordinaires de Xaïloun. A son approche il disparoissoit
comme un éclair dans le sable et ne s'arrêtoit que derrière une butte ou une pierre pour tourner sur lui de
côté deux yeux étincelants qui auroient fait envie aux
escarboucles.

Xaïloun le regardoit alors d'un air respectueux, en
lui disant à mains jointes :

« Hélas ! mon cousin, pourquoi me fuyez-vous, moi
qui suis votre ami et votre compère ? Je ne demande
qu'à vous suivre et à vous servir, de préférence à mes

frères, pour lesquels je voudrois mourir, mais qui me paroissent moins gracieux et moins aimables que vous. Ne rebutez pas comme eux votre fidèle Xaïloun, si vous avez besoin, par hasard, d'un bon domestique. »

Mais le kardouon s'en alloit toujours, et Xaïloun rentroit en pleurant chez sa mère, parce que son cousin le kardouon n'avoit pas voulu lui parler.

Ce jour-là sa mère l'avoit chassé en le frappant de colère et en le poussant par les épaules :

« Va-t'en, misérable! lui avoit-elle dit, va rejoindre ton cousin le kardouon, indigne que tu es d'avoir d'autres parents! »

Xaïloun avoit obéi à l'ordinaire, et il cherchoit son cousin le kardouon.

« Oh! oh! dit-il en arrivant sous l'arbre aux larges ramées, en voilà vraiment bien d'un autre... Mon cousin le kardouon qui s'est endormi sous ces ombrages, au confluent de toutes les sources, quoique cela ne soit pas dans ses habitudes! — Une belle occasion, s'il en fut jamais, de causer d'affaire avec lui à son réveil. — Mais que diable garde-t-il là, et que prétend-il faire de toutes ces petites drôleries de plomb jaune, si ce n'est qu'il les ait préparées pour rajeunir ses habits? C'est peut-être qu'il est de noces. Foi de Xaïloun, il y a des dupeurs aussi au bazar des kardouons; car cette ferraille est fort grossière à la voir, et il n'y a pas une des pièces du vieux pourpoint de mon cousin qui ne vaille mille fois mieux. J'attendrai cependant qu'il m'en dise son avis, s'il est d'une humeur plus parlante que de coutume; car je dormirai commodément à cette place, et comme j'ai le sommeil léger, je me réveillerai aussitôt que lui. »

A l'instant où Xaïloun alloit se coucher, il fut soudainement frappé d'une idée.

— La nuit est fraîche, dit-il, et mon cousin le kardouon n'est pas exercé comme moi à coucher sur le bord des sources et à l'abri des forêts. L'air du matin n'est pas salutaire.

Xaïloun ôta son habit et l'étendit doucement sur le kardouon, en prenant toutes les précautions nécessaires pour ne pas le réveiller. Le kardouon ne se réveilla point.

Quand il eut fait cela, Xaïloun s'endormit profondément en rêvant à l'amitié du kardouon.

Ceci est l'histoire de Xaïloun.

CHAPITRE III.

LE FAQUIR ABHOC.

Le lendemain survint dans le même endroit le faquir Abhoc, qui feignoit d'aller en pèlerinage, mais qui cherchoit dans le fait quelque bonne chape-chute de faquir.

Comme il s'approchoit de la source pour se reposer, il aperçut le trésor, l'enveloppa du regard, et en supputa promptement la valeur sur ses doigts.

—Grâce inespérée, s'écria-t-il, que le Dieu très-puissant et très-miséricordieux accorde enfin à ma société après tant d'années d'épreuves, et qu'il a daigné mettre, pour m'en rendre la conquête plus facile, sous la simple garde d'un innocent lézard de murailles et d'un pauvre garçon imbécile!

Je dois vous dire que le faquir Abhoc connoissoit parfaitement de vue Xaïloun et le kardouon.

—Que le ciel soit loué en toutes choses, ajouta-t-il en s'asseyant quelques pas plus loin. Adieu la robe de faquir, les longs jeûnes et les rudes mortifications de corps. Je vais changer de pays et de vie, et acheter, au premier royaume où je me trouverai bien, quelque bonne province qui me rapporte de gros revenus. Une fois établi dans mon palais, je ne m'occupe désormais que de me réjouir au milieu de mes jolies esclaves, parmi les fleurs et les parfums, et que de bercer mollement mes esprits au son de leurs instruments de musique, en sablant des vins exquis dans la plus large de mes coupes d'or. Je me fais vieux, et le bon vin égaie le cœur des vieillards. — Il me paroît seulement que ce trésor sera lourd à porter, et il siéroit mal en tous cas à un grand seigneur terrien comme je suis, qui a une multitude de domestiques et une milice innombrable, de s'abaisser à un office de porte-faix, même quand je ne devrois pas être vu. Pour que le prince du peuple attire à soi le respect de ses sujets, il faut qu'il se soit accoutumé à se respecter lui-même. On croiroit d'ailleurs que ce manant n'a pas été envoyé ici à d'autre fin que de me servir, et comme il est plus robuste qu'un bœuf, il transportera aisément tout mon or jusqu'à la ville prochaine, où je lui ferai présent de ma défroque et de quelque basse monnoie à l'usage des petites gens. »

Après cette belle allocution intérieure, le faquir Abhoc, bien certain que son trésor n'avoit rien à redouter du kardouon, ni du misérable Xaïloun, qui étoit aussi loin que le kardouon d'en connoître la valeur, se laissa entraîner sans résistance aux douceurs du sommeil, et il s'endormit fièrement en rêvant de sa province, de son harem peuplé des plus rares beautés de l'Orient, et de son vin de Schiraz écumant dans des coupes d'or.

Ceci est l'histoire du faquir Abhoc.

CHAPITRE IV.

LE DOCTEUR ABHAC.

Le lendemain survint dans le même endroit le doc-

teur Abhac, qui étoit un homme très-versé dans toutes
les lois, et qui avoit perdu sa route en méditant sur un
texte embrouillé, dont les juristes donnoient déjà cent
trente-deux interprétations différentes. Il étoit sur le
point de saisir la cent trente-troisième, quand l'aspect
du trésor la lui fit oublier tout net, en transportant sa
pensée sur le terrain scabreux de l'invention, de la propriété et du fisc. Elle s'anéantit si bien dans sa mémoire
qu'il ne l'auroit pas retrouvée en cent ans. C'est une
grande perte.

— Il appert, dit le docteur Abhac, que c'est le kardouon qui a découvert le trésor, et celui-ci n'excipera
pas, j'en réponds, de son droit d'invention pour réclamer
sa part légale dans le partage. Ledit kardouon est donc
évincé de fait. Quant au fisc et à la propriété, je tiens
que le lieu est vague, commun, propre à chacun et à
tous, de façon que l'État et le particulier n'y ont rien à
voir, ce qui est d'une heureuse opportunité dans l'oc-
currence actuelle, ce confluent d'eaux errantes, mar-
quant, si je ne me trompe, une délimitation litigieuse
entre deux peuples belliqueux, et des guerres longues et
sanglantes ayant à surgir du conflit possible de deux
juridictions. Je ferois donc un acte innocent, légitime,
et même provide, en emportant le trésor de céans, si je
pouvois m'en charger d'un voyage. — Quant à ces deux
aventuriers, dont l'un me paroit être un malotru de bo-
quillon, et l'autre un méchant faquir, gens sans nom,
sans aveu et sans poids, il est probable qu'ils ne se sont
couchés ici que pour procéder demain à un partage
amiable, parce qu'ils ne savent ni texte, ni commentateurs, et qu'ils se sont estimés d'égale force. — Mais ils
ne s'en tireront pas sans procès, ou j'y perdrai ma réputation. Seulement, comme le sommeil me gagne, à cause
de la grande contention d'esprit que cette affaire m'a
donnée, je vais prendre acte de possession en mettant
quelques-unes de ces pièces dans mon turban, pour qu'il

conste ostensiblement et péremptoirement en la cour, si la cause y est évoquée, de l'antériorité de mon droit; celui qui possède la chose par appétence d'avoir, tradition d'avoir eu, et première occupation, étant présumé propriétaire, ainsi qu'il est écrit.

Et le docteur Abhac munit son turban de tant de pièces de conviction qu'il passa une grande partie du jour à le traîner, le pauvre homme, jusqu'à l'endroit où mouroit, aux rayons du soleil horizontal, l'ombre des rameaux protecteurs. Encore y retourna-t-il à plusieurs reprises, bourrant toujours son turban de nouveaux témoins, tant qu'enfin il se décida bravement à en combler la forme, sauf à dormir la tête nue au serein.

— Je ne suis pas embarrassé de me réveiller, dit-il en appuyant son occiput, fraîchement rasé, sur le turban bouffi qui lui servoit d'oreiller. Ces gens-ci se disputeront dès le point du jour, et ils seront trop heureux d'avoir un docteur ès-lois sous la main pour les accommoder, ce qui m'assure part et vacation.

Après quoi le docteur Abhac s'endormit magistralement, en rêvant procédure et or.

Ceci est l'histoire du docteur Abhac.

CHAPITRE V.

LE ROI DES SABLES.

Le lendemain, au déclin du jour, survint dans le même endroit un fameux bandit dont l'histoire ne conserve pas le nom, mais qui étoit dans toute la contrée la terreur des caravanes, auxquelles il imposoit d'énormes tributs, et qu'on appeloit, par cette raison, le ROI DES SABLES, si les mémoires de cette époque reculée sont fidèles. Jamais il n'étoit entré si avant dans le désert, parce que cette route n'étoit guère fréquentée des voya-

geurs, et l'aspect de cette source et de ces ombrages
réjouit son cœur, ordinairement peu sensible aux beautés de la nature, de manière qu'il avisa de s'y arrêter
un moment.

— Je n'ai pas été mal inspiré, vraiment, murmura-t-il
entre ses dents, en apercevant le trésor. Le kardouon
veille ici, suivant l'usage immémorial des lézards et des
dragons, à la garde de cet amas d'or dont il n'a que
faire; et ces trois insignes écornifleurs sont venus de
compagnie pour se le partager. Si je me charge de tout
ce butin pendant qu'ils dorment, je ne manquerai pas
de réveiller le kardouon, qui réveillera ces misérables,
car il a toujours l'œil au guet, et j'aurai affaire au lézard,
au bûcheron, au faquir et à l'homme de loi, qui sont
gens âpres à la curée et capables de la défendre. La
prudence m'enseigne qu'il vaut mieux feindre de dormir
à côté d'eux, tant que les ténèbres ne sont pas tout à
fait tombées, puisqu'il paroît qu'ils se sont proposé de
passer ici la nuit, et je profiterai ensuite de l'obscurité
pour les tuer un à un d'un bon coup de kangiar. Ce lieu
est si infréquenté que je ne crains pas d'être empêché
demain au transport de ces richesses, et je me propose
même de ne pas partir sans avoir déjeuné de ce kardouon, dont la chair est fort délicate, à ce que j'ai ouï
dire à mon père.

Et il s'endormit à son tour, en rêvant assassinats,
pillage et kardouons cuits sur la braise.

Ceci est l'histoire du Roi des Sables, qui étoit un
voleur, et qu'on nommoit ainsi pour le distinguer des
autres.

CHAPITRE VI.

LE SAGE LOCKMAN.

Le lendemain survint dans le même endroit le sage

Lockman, le philosophe et le poëte ; Lockman, l'amour des humains, le précepteur des peuples et le conseiller des rois ; Lockman qui cherchoit souvent les solitudes les plus écartées pour y méditer sur la nature et sur Dieu.

Et Lockman marchoit d'un pas tardif, parce qu'il étoit affaibli par son grand âge, car il avoit atteint, le même jour, le trois-centième anniversaire de sa naissance.

Lockman s'arrêta au spectacle qu'offroient alors les environs de l'arbre du désert, et il réfléchit un instant.

« Le tableau que votre divine bonté montre à mes regards, s'écria-t-il enfin, renferme, ô sublime Créateur de toutes choses ! d'ineffables enseignements, et mon âme est accablée, en le contemplant, d'admiration pour les leçons qui résultent de vos œuvres, et de compassion pour les insensés qui ne vous connoissent point.

« Voilà un trésor, comme s'expriment les hommes, qui a peut-être coûté bien des fois à son maître le repos de l'esprit et de l'âme.

« Voilà le kardouon qui a trouvé ces pièces d'or, et qui, éclairé par le foible instinct dont vous avez pourvu son espèce, les a prises pour des tranches de racines desséchées par le soleil.

« Voilà le pauvre Xaïloun, dont l'éclat des vêtements du kardouon avoit ébloui les yeux, parce que son intelligence ne pouvoit pas percer, pour remonter jusqu'à vous, les ténèbres qui l'enveloppoient comme les langes d'un enfant au berceau, et adorer, dans ce magnifique appareil, la main toute puissante qui en décore à son gré les plus viles de ses créatures.

« Voilà le faquir Abhoc, qui s'est fié à la timidité naturelle du kardouon et à l'imbécillité de Xaïloun, pour rester seul possesseur de tant de biens, et se rendre opulent sur ses vieux jours.

« Voilà le docteur Abhac, qui a compté sur le débat

que devoit exciter, au réveil, le partage de ces trompeuses vanités de la fortune pour se faire médiateur entre les prétendants, et s'attribuer double part.

« Voilà le Roi des Sables, qui est venu le dernier, en roulant des idées fatales et des projets de mort, à la manière accoutumée de ces hommes déplorables que votre grâce souveraine abandonne aux passions de la terre, et qui se promettoit peut-être d'égorger les premiers venus pendant la nuit, autant que j'en peux juger par la violence désespérée avec laquelle sa main s'est fermée sur son kangiar.

« Et tous cinq se sont endormis pour toujours sous l'ombre empoisonnée de l'upas, dont un souffle de votre colère a jeté ici les semences funestes du fond des forêts de Java. »

Quand il eut dit ce que je viens de dire, Lockman se prosterna, et il adora Dieu.

Et quand Lockman se fut relevé, il passa la main dans sa barbe et il continua :

« Le respect qui est dû aux morts, reprit-il, nous défend de laisser leurs dépouilles en proie aux bêtes du désert. Le vivant juge le vivant, mais le mort appartient à Dieu. »

Et il détacha de la ceinture de Xaïloun la serpe du bûcheron pour creuser trois fosses.

Dans la première fosse il mit le faquir Abhoc.

Dans la seconde fosse il mit le docteur Abhac.

Dans la troisième fosse il enterra le Roi des Sables.

« Quant à toi, Xaïloun, continua Lockman, je t'emporterai hors de l'influence mortelle de l'arbre-poison, pour que tes amis, s'il t'en reste sur la terre depuis la mort du kardouon, puissent venir te pleurer sans danger à l'endroit où tu reposeras; et je le ferai ainsi, mon frère, parce que tu as étendu ton manteau sur le kardouon endormi pour le préserver du froid. »

Ensuite Lockman emporta Xaïloun bien loin de là, et

il lui creusa une fosse dans un petit ravin tout fleuri
que les sources du désert baignoient souvent sans jamais l'inonder, sous des arbres dont les frondes flottantes au vent n'épanchoient autour d'elles que de la
fraîcheur et des parfums.

Et quand cela fut fini, Lockman passa une seconde
fois la main dans sa barbe; et, après y avoir réfléchi,
Lockman alla chercher le kardouon, qui étoit mort sous
l'arbre-poison de Java.

Après quoi Lockman creusa une cinquième fosse pour
le kardouon au-dessus de celle de Xaïloun, sur un petit
revers mieux exposé au soleil, dont les rayons naissants
éveillent la gaieté des lézards.

— Dieu me préserve, dit Lockman, de séparer dans
la mort ceux qui se sont aimés!

Et quand il eut parlé ainsi, Lockman passa une troisième fois sa main dans sa barbe; et, après y avoir
réfléchi, Lockman retourna jusqu'au pied de l'arbre
upas.

Après quoi il y creusa une fosse très-profonde, et il
y enterra le trésor.

— Cette précaution, dit-il en souriant dans son âme,
peut sauver la vie d'un homme ou celle d'un kardouon.

Après quoi Lockman reprit son chemin avec une
grande fatigue pour venir se coucher près de la fosse
de Xaïloun, et il se sentit défaillir avant d'y arriver, à
cause de son grand âge.

Et quand Lockman fut arrivé à la fosse de Xaïloun,
il défaillit tout à fait, se laissa tomber sur la terre,
éleva son âme vers Dieu, et mourut.

Ceci est l'histoire du sage Lockman.

CHAPITRE VII.

L'ESPRIT DE DIEU.

Le lendemain survint dans l'air un de ces esprits de Dieu que vous n'avez jamais vus que dans vos songes, qui planoit, remontoit, sembloit se perdre parfois dans l'azur éternel, redescendoit encore, et se balançoit à des hauteurs que la pensée ne peut mesurer sur de larges ailes bleus, comme un papillon géant.

A mesure qu'il se rapprochoit, on le voyoit déployer les anneaux d'une chevelure blonde comme l'or dans la fournaise, et il se laissoit aller au courant des airs qui le berçoient, en jetant ses bras d'ivoire et sa tête abandonnée à tous les petits nuages du ciel.

Puis il se posa, en bondissant du pied, sur les frêles rameaux, sans peser sur une feuille, sans faire fléchir une fleur; et puis il vola, en la caressant du battement de ses ailes, autour de la fosse récente de Xaïloun.

— Eh quoi! s'écria-t-il, Xaïloun est donc mort, Xaïloun que le ciel attend, à cause de son innocence et de sa simplicité?

Et de ses larges ailes bleues qui caressoient la fosse de Xaïloun, il laissa tomber au milieu de la terre qui le couvroit une petite plume qui soudainement y prit racine, y germa et s'y développa comme le plus beau panache qu'on ait jamais vu couronner le cercueil des rois; ce qu'il fit pour mieux le retrouver.

Alors il aperçut le poëte qui s'étoit endormi dans la mort comme dans un rêve joyeux, et dont tous les traits rioient de paix et de félicité.

— Mon Lockman aussi, dit l'esprit, a voulu rajeunir pour se rapprocher de nous, quoiqu'il n'ait passé qu'un petit nombre de saisons parmi les hommes, qui n'ont pas eu le temps, hélas! de profiter de ses leçons. Viens cependant, mon frère, viens avec moi, réveille-toi de la mort pour me suivre; allons au jour éternel, allons à Dieu !...

Au même instant il appliqua un baiser de résurrection sur le front de Lockman, le souleva légèrement de son lit de mousse, et le précipita dans le ciel si profond que l'œil des aigles se fatigua de les chercher, avant de s'être tout à fait ouvert à leur départ.

Ceci est l'histoire de l'ange.

CHAPITRE VIII.

LA FIN DU SONGE D'OR.

Ce que je viens de raconter s'est passé il y a des siècles infinis, et depuis ce temps-là le nom du sage Lockman n'est jamais sorti de la mémoire des hommes.

Et depuis ce temps-là l'upas étend toujours ses rameaux, dont l'ombre donne la mort entre des sources qui coulent toujours.

Ceci est l'histoire du monde.

SMARRA

OU LES DÉMONS DE LA NUIT.

PRÉFACE NOUVELLE.

Sur des sujets nouveaux faisons des vers antiques,

a dit André Chénier. Cette idée me préoccupoit singulièrement
dans ma jeunesse; et il faut dire, pour expliquer mes inductions et pour les excuser, que j'étois seul, dans ma jeunesse,
à pressentir l'infaillible avénement d'une littérature nouvelle.
Pour le génie, ce pouvoit être une révélation. Pour moi, ce
n'étoit qu'un tourment.

Je savois bien que les sujets n'étoient pas épuisés, et qu'il
restoit encore des domaines immenses à exploiter à l'imagination; mais je le savois obscurément, à la manière des hommes
médiocres, et je louvoyois de loin sur les parages de l'Amérique, sans m'apercevoir qu'il y avoit là un monde. J'attendois
qu'une voix aimée criàt : TERRE !

Une chose m'avoit frappé. C'est qu'à la fin de toutes les littératures, l'invention sembloit s'enrichir en proportion des
pertes du goût, et que les écrivains en qui elle surgissoit toute
neuve et toute brillante, retenus par quelque étrange pudeur,
n'avoient jamais osé la livrer à la multitude que sous un masque de cynisme et de dérision, comme la Folie des joies populaires ou la Ménade des bacchanales. Ceci est le signalement

distinctif des génies trigémeaux de Lucien, d'Apulée et de Voltaire.

Si on cherche maintenant quelle étoit l'âme de cette création des temps achevés, on la trouvera dans la fantaisie. Les grands hommes des vieux peuples retournent comme les vieillards aux jeux des petits enfants, en affectant de les dédaigner devant les sages : mais c'est là qu'ils laissent déborder en riant tout ce que la nature leur avoit donné de puissance. Apulée, philosophe platonicien, et Voltaire, poëte épique, sont des nains à faire pitié. L'auteur de l'*Ane d'or* [1], celui de *la Pucelle* et de *Zadig*, voilà des géants !

Je m'avisai un jour que la voie du fantastique, pris au sérieux, seroit tout à fait nouvelle, autant que l'idée de nouveauté peut se présenter sous une acception absolue dans une civilisation usée. L'*Odyssée* d'Homère est du fantastique sérieux, mais elle a un caractère qui est propre aux conceptions des premiers âges, celui de la naïveté. Il ne me restoit plus, pour satisfaire à cet instinct curieux et inutile de mon foible esprit, que de découvrir dans l'homme la source d'un fantastique vraisemblable ou vrai, qui ne résulteroit que d'impressions naturelles ou de croyances répandues, même parmi les hauts esprits de notre siècle incrédule, si profondément déchu

---

[1] Quoique l'érudition, qu'il est si difficile de ne pas gâter par un peu de pédantisme, figure mal au milieu des brillantes fantaisies qui composent ce volume, on nous pardonnera de placer ici sur Apulée une note qui peut être utile, comme éclaircissement, aux personnes qui n'ont point sous la main une *biographie quelconque*. Apulée, philosophe, rhéteur et romancier latin, naquit en Afrique, à Madaure, colonie romaine, l'an 114 de J.-C., à la fin du règne de Trajan. Après avoir étudié à Carthage, visité l'Afrique, l'Asie, la Grèce, et exercé la charge de décurion à Madaure, sa patrie, il se fixa, vers l'an 143, à Œa, et là, à l'âge de trente et un ans, il épousa une veuve nommée Pudentilla, qui touchait au moment de ce mariage à sa quarante-cinquième année. En l'an 148, Apulée se rendit à Carthage et il y mourut entre les années 184 et 191, laissant un grand nombre d'ouvrages sur les sujets les plus divers : un *Traités sur les proverbes*, un *Traité sur la république*, un *Traité d'arithmétique*, un *Traité de musique*, des *Questions de table*, des *Badinages*, un *Discours sur la majesté d'Esculape*, un *Dialogue* en

de la naïveté antique. Ce que je cherchois, plusieurs hommes l'ont trouvé depuis; Walter Scott et Victor Hugo, dans des types extraordinaires mais *possibles*, circonstance aujourd'hui essentielle qui manque à la réalité poétique de Circé et de Polyphème; Hoffmann, dans la frénésie nerveuse de l'artiste enthousiaste, ou dans les phénomènes plus ou moins démontrés du magnétisme. Schiller, qui se jouoit de toutes les difficultés, avoit déjà fait jaillir des émotions graves et terribles d'une combinaison encore plus commune dans ses moyens, de la collusion de deux charlatans de place, experts en fantasmagorie.

Le mauvais succès de *Smarra* ne m'a pas prouvé que je me fusse entièrement trompé sur un autre ressort du fantastique moderne, plus merveilleux, selon moi, que les autres. Ce qu'il m'auroit prouvé, c'est que je manquois de puissance pour m'en servir, et je n'avois pas besoin de l'apprendre. Je le savois.

La vie d'un homme organisé poétiquement se divise en deux séries de sensations à peu près égales, même en valeur, l'une qui résulte des illusions de la vie éveillée, l'autre qui se forme des illusions du sommeil. Je ne disputerai pas sur l'avantage relatif de l'une ou de l'autre de ces deux manières de percevoir le monde imaginaire, mais je suis souverainement con-

---

faveur du même dieu, un *Discours à l'occasion de la statue qu'on devoit lui ériger dans la ville d'OEa*, des *satires* et des *griphes*, des *épîtres*, des *abrégés historiques*, etc., etc. C'étoit, on le voit, un polygraphe non moins fécond que Nodier, et par une coïncidence qui mérite d'être rappelée, le conteur franc-comtois et le philosophe de Madaure se sont rencontrés plusieurs fois dans les sujets de leurs études et même dans les titres de leurs écrits. Ainsi, Apulée a fait *sur la République* un traité, et Nodier a fait un article. Apulée a écrit sur les *diphthongues*, Nodier sur les *onomatopées;* Apulée étudia les *herbes*, et Nodier la *botanique*. Apulée composa un ouvrage *sur les poissons*, et Nodier une dissertation *sur les insectes*. Enfin, tous deux, à dix-sept siècles de distance, se délassoient d'études sérieuses en écrivant des *contes fantastiques*.

Parmi les ouvrages d'Apulée, un grand nombre sont perdus; ceux qui nous restent sont : 1° *Les Florides*, qui sont une espèce d'anthologie ; 2° *Sur le dieu de Socrate*, un livre; 3° *Sur le dogme de Platon*, trois livres ; 4° *Du*

vaincu qu'elles n'ont rien à s'envier réciproquement à l'heure
de la mort. Le songeur n'auroit rien à gagner à se donner pour
le poëte, ni le poëte pour le songeur.

Ce qui m'étonne, c'est que le poëte éveillé ait si rarement
profité dans ses œuvres des fantaisies du poëte endormi, ou
du moins qu'il ait si rarement avoué son emprunt, car la réalité de cet emprunt dans les conceptions les plus audacieuses
du génie est une chose qu'on ne peut pas contester. La descente
d'Ulysse aux enfers est un rêve. Ce partage de facultés alternatives étoit probablement compris par les écrivains primitifs.
Les songes tiennent une grande place dans l'Écriture. L'idée
même de leur influence sur les développements de la pensée,
dans son action extérieure, s'est conservée par une singulière
tradition, à travers toutes les circonspections de l'école classique. Il n'y a pas vingt ans que le songe étoit de rigueur, quand
on composoit une tragédie; j'en ai entendu cinquante, et malheureusement il sembloit à les entendre que leurs auteurs
n'eussent jamais rêvé.

A force de m'étonner que la moitié, et la plus forte moitié
sans doute des imaginations de l'esprit, ne fussent jamais devenues le sujet d'une fable idéale si propre à la poésie, je pensai à l'essayer pour moi seul, car je n'aspirois guère à jamais

---

Monde, un livre; 5° *Apologie devant Claudius Maximus, ou livre sur la
magie*; 6° ᾽ΑΝΕΧΟΜΕΝΟΣ, qu'on peut traduire par l'*Amant platonique*;
7° *Fragments*, au nombre de vingt; 8° *Les Métamorphoses*, onze livres;
c'est de ce dernier ouvrage qu'il est question dans la préface de *Smarra*.

Les Métamorphoses, qui se trouvent aussi quelquefois intitulées *les Milé-
siennes*, sont plus connues sous le nom de *l'Ane d'or*. Les éditions et les traductions d'Apulée, et principalement celles de *l'Ane d'or*, sont très-nom-
breuses. Nous renverrons les lecteurs curieux de connoître cette composition
bizarre à la traduction de M. Bétolaud, Paris, 1835, 2 vol. in-8, dans la
Bibliothèque latine-française publiée par C.-L.-F. Panckoucke. Nous ajouterons encore, pour éviter toute confusion, que l'antiquité nous a légué un
autre roman du même genre, mais dans des proportions beaucoup plus res-
treintes. Ce roman, attribué par les uns à Lucien, par les autres à Lucius de
Patras, est intitulé *la Luciade ou l'Ane*. Voir, dans cette *Bibliothèque*, les
romans grecs. Paris, 1841.   (*Note de l'Éditeur.*)

occuper les autres de mes livres et de mes préfaces, dont ils ne s'occupent pas beaucoup. Un accident assez vulgaire d'organisation qui m'a livré toute ma vie à ces féeries du sommeil, cent fois plus lucides pour moi que mes amours, mes intérêts et mes ambitions, m'entraînoit vers ce sujet. Une seule chose m'en rebutoit presque invinciblement, et il faut que je la dise. J'étois admirateur passionné des classiques, les seuls auteurs que j'eusse lus sous les yeux de mon père, et j'aurois renoncé à mon projet si je n'avois trouvé à l'exécuter dans la paraphrase poétique du premier livre d'Apulée, auquel je devois tant de rêves étranges qui avoient fini par préoccuper mes jours du souvenir de mes nuits.

Cependant ce n'étoit pas tout. J'avois besoin aussi pour moi (cela est bien entendu) de l'expression vive et cependant élégante et harmonieuse de ces caprices du rêve qui n'avoient jamais été écrits, et dont le conte de fées d'Apulée n'étoit que le canevas. Comme le cadre de cette étude ne paroissoit pas encore illimité à ma jeune et vigoureuse patience, je m'exerçai intrépidement à traduire et à retraduire toutes les phrases presque intraduisibles des classiques qui se rapportoient à mon plan, à les fondre, à les assouplir à la forme du premier auteur, comme je l'avois appris de Klopstock, ou comme je l'avois appris d'Horace :

Et male tornatos incudi reddere versus.

Tout ceci seroit fort ridicule à l'occasion de *Smarra*, s'il n'en sortoit une leçon assez utile pour les jeunes gens qui se forment à écrire la langue littéraire, et qui ne l'écriront jamais bien, si je ne me trompe, sans cette élaboration consciencieuse de la phrase bien faite et de l'expression bien trouvée. Je souhaite qu'elle leur soit plus favorable qu'à moi [1].

[1] La critique a tenu compte à Nodier de ce grand et patient travail de style. *Smarra*, a dit M. J. Janin, est une fantaisie composée de toutes sortes d'éléments divers : il y a de l'Hoffmann, il y a du Schiller, il y a de l'Apulée ; c'est le rêve d'un poète éveillé, ou, si vous aimez mieux, l'histoire des féeries

Un jour ma vie changea, et passa de l'âge délicieux de l'espérance à l'âge impérieux de la nécessité. Je ne rêvois plus mes livres à venir, et je vendois mes rêves aux libraires. C'est ainsi que parut *Smarra*, qui n'auroit jamais paru sous cette forme si j'avois été libre de lui en donner une autre.

Tel qu'il est, je crois que *Smarra*, qui n'est qu'une étude, et je ne saurois trop le répéter, ne sera pas une étude inutile pour les grammairiens un peu philologues, et c'est peut-être une raison qui m'excuse de le reproduire. Ils verront que j'ai cherché à y épuiser toutes les formes de la phraséologie françoise, en luttant de toute ma puissance d'écolier contre les difficultés de la construction grecque et latine, travail immense et minutieux comme celui de cet homme qui faisoit passer des grains de mil par le trou d'une aiguille, mais qui mériteroit peut-être un boisseau de mil chez les peuples civilisés.

Le reste ne me regarde point. J'ai dit de qui étoit la fable : sauf quelques phrases de transition, tout appartient à Homère, à Théocrite, à Virgile, à Catulle, à Stace, à Lucien, à Dante, à Shakspeare, à Milton. Je ne lisois pas autre chose. Le défaut criant de *Smarra* étoit donc de paroître ce qu'il étoit réellement, une étude, un centon, un pastiche des classiques, le plus mauvais *volumen* de l'école d'Alexandrie échappé à l'incendie de la bibliothèque des Ptolémées. Personne ne s'en avisa.

du sommeil. Comme étude d'une langue habilement travaillée, ce conte de *Smarra* est une étude admirable. Nodier a mis dans ces pages tout ce qu'il a pu prendre aux anciens : Homère, Théocrite, Virgile, Catulle, Stace, Lucien, sans oublier Dante, Shakspeare et Milton ; mais comme Nodier arrivoit le premier de toute la nouvelle école, sans être précédé du grand tapage que font d'ordinaire les novateurs, le public ne comprit pas tout de suite la piquante nouveauté de ce style aux formes limpides, aux transparentes couleurs. — Partisan déclaré de l'invocation, a dit à son tour M. Mérimée, Nodier s'arrêta devant la langue de Pascal et de Bossuet, et ne cessa de la regarder comme l'arche sainte à laquelle il est défendu de toucher. Dans ses conceptions, il poussa peut-être quelquefois la hardiesse jusqu'à la bizarrerie, mais il régla toujours son style sur les meilleurs modèles. Sa phrase demeura claire, facile, harmonieuse. *Smarra*, le plus étrange de ses récits fantastiques, semble le rêve d'un Scythe raconté par un poëte de la Grèce.   (*Note de l'Éditeur.*)

Devineriez-vous ce qu'on fit de *Smarra*, de cette fiction d'Apulée, peut-être gauchement parfumée des roses d'Anacréon? Oh! le livre studieux, livre méticuleux, livre d'innocence et de pudeur scolaire, livre écrit sous l'inspiration de l'antiquité la plus pure! on en fit un livre *romantique!* et Henri Estienne, Scapula et Schrevelius ne se levèrent pas de leurs tombeaux pour les démentir! Pauvres gens! — Ce n'est pas de Schrevelius, de Scapula et d'Henri Estienne que je parle.

J'avois alors quelques amis illustres dans les lettres, qui répugnoient à m'abandonner sous le poids d'une accusation aussi capitale. Ils auroient bien fait quelques concessions, mais *romantique* étoit un peu fort. Ils avoient tenu bon longtemps. Quand on leur parla de *Smarra*, ils lâchèrent pied. La Thessalie sonnoit plus rudement à leurs oreilles que le *Scotland.* — Larisse et le Pénée, où diable a-t-il pris cela? disoit ce bon Lémontey (Dieu l'ait en sa sainte garde). — C'étoient de rudes classiques, je vous en réponds [1]!

Ce qu'il y a de particulier et de risible dans ce jugement, c'est qu'on ne fit grâce tout au plus qu'à certaines parties du style, et c'étoit à ma honte la seule chose qui fût de moi dans le livre. Des conceptions fantastiques de l'esprit le plus éminent de la décadence, de l'image homérique, du tour virgilien,

---

[1] Il est bon de rappeler que si Nodier fut l'un des promoteurs les plus actifs du mouvement romantique, en ce que ce mouvement avoit d'élevé et d'heureusement novateur, il resta du moins constamment en dehors des querelles d'école et des questions de personnes. Sa douceur, sa modestie sincère, et quelquefois ombrageuse, s'accommodoient mal de la lutte et du bruit, et au plus fort de la bataille, il garda toujours une espèce de neutralité bienveillante, comme il l'a fort bien exprimé dans les lignes suivantes : « Honneur, respect, reconnoissance à ceux qui ont trouvé le beau, le vrai, et le bon; sympathie et protection à ceux qui les cherchent; silence et pitié à ceux qui les méconnoissent!... J'aime trop le repos pour me compromettre dans ces dangereuses querelles dont la prévoyante nature m'a isolé de bonne heure, en me réduisant pour tout lot à une médiocrité obscure et pacifique; et je ne suis jamais sorti par mégarde ou par maladresse du cercle étroit dans lequel elle m'avoit enfermé, sans avoir soudainement à m'en repentir. Il n'y a pas quinze

de ces figures de construction si laborieusement, et quelquefois si artistement calquées, il n'en fut pas question. On leur
accorda d'être écrites, et c'étoit tout. Imaginez, je vous prie,
une statue comme l'Apollon ou l'Antinoüs sur laquelle un méchant manœuvre a jeté en passant, pour s'en débarrasser,
quelque pan de haillon, et que l'Académie des beaux-arts
trouve mauvaise, mais assez proprement drapée!...

Mon travail sur *Smarra* n'est donc qu'un travail verbal,
l'œuvre d'un écolier attentif; il vaut tout au plus un prix de
composition au collége, mais il ne valoit pas tant de mépris;
j'adressai quelques jours après à mon malheureux ami Auger
un exemplaire de *Smarra* avec les renvois aux classiques, et
je pense qu'il peut s'être trouvé dans sa bibliothèque. Le lendemain, M. Ponthieu, mon libraire, me fit la grâce de m'annoncer qu'il avoit vendu l'édition au poids.

J'avois tellement redouté de me mesurer avec la haute puissance d'expression qui caractérise l'antiquité, que je m'étois
caché sous le rôle obscur de traducteur. Les pièces qui sui-
voient *Smarra* favorisoient cette supposition, que mon séjour
assez long dans des provinces esclavones rendoit d'ailleurs
vraisemblable. C'étoient d'autres études que j'avois faites,
jeune encore, sur une langue primitive, ou au moins autoch-
thone, qui a pourtant son Iliade, la belle *Osmanide* de Gondola;

jours, hélas! que j'avois tous les savants sur les bras, et que j'ai été obligé
de les mettre à terre. Que deviendrois-je si j'avois le malheur d'y attirer les
classiques et les romantiques, peuples altiers, superbes, indomptables, fidèles
à leurs rancunes, et altérés de vengeances, qui s'accordent mal, même entre
eux, dans l'enceinte respective de leurs camps et de leurs murailles? Il me
faut si peu de chose, à moi, dans toutes les littératures du monde, pour me
désintéresser de la bataille, que je suis prêt à faire droit de part ou d'autre
aux premières sommations du vainqueur, si on me permet d'emporter seulement en dépouilles opimes les bottes du courrier de M. le marquis du Carabas,
ou la galette du *Chaperon*, délices de mon enfance qui peuvent suffire à mes
vieux jours; et je ferai sonner si haut cette prétention, que les hautes puissances belligérantes en passeront probablement par là tôt ou tard pour s'assurer ma neutralité. »   *(Note de l'Éditeur.)*

mais je ne pensois pas que cette précaution mal entendue fût précisément ce qui souleveroit contre moi, à la seule inspection du titre de mon livre, l'indignation des littérateurs de ce temps-là, hommes d'une érudition modeste et tempérée dont les sages études n'avoient jamais passé la portée du père Pomey dans l'investigation des histoires mythologiques, et celle de M. l'abbé Valart dans l'analyse philosophique des langues. Le nom sauvage de l'Esclavonie les prévint contre tout ce qui pouvoit arriver d'une contrée de barbares. On ne savoit pas encore en France, mais aujourd'hui on le sait même à l'Institut, que Raguse est le dernier temple des muses grecques et latines; que les Boscovich, les Stay, les Bernard de Zamagna, les Urbain Appendini, les Sorgo, ont brillé à son horizon comme une constellation classique, du temps même où Paris se pâmoit à la prose de M. Louvet et aux vers de M. Demoustier; et que les savants esclavons, fort réservés d'ailleurs dans leurs prétentions, se permettent quelquefois de sourire assez malignement quand on leur parle des nôtres. Ce pays est le dernier, dit-on, qui ait conservé le culte d'Esculape, et on croiroit qu'Apollon reconnoissant a trouvé quelque charme à exhaler les derniers sons de sa lyre aux lieux où l'on aimoit encore le souvenir de son fils.

Un autre que moi auroit gardé pour sa péroraison la phrase que vous venez de lire, et qui exciteroit un murmure extrêmement flatteur à la fin d'un discours d'apparat, mais je ne suis pas si fier, et il me reste quelque chose à dire; c'est que j'ai précisément oublié jusqu'ici la critique la plus sévère qu'ait essuyée ce malheureux *Smarra*. On a jugé que la fable n'en étoit pas claire; qu'elle ne laissoit à la fin de la lecture qu'une idée vague et presque inextricable; que l'esprit du narrateur, continuellement distrait par les détails les plus fugitifs, se perdoit à tout propos dans des digressions sans objet; que les transitions du récit n'étoient jamais déterminées par la liaison naturelle des pensées, *junctura mixturaque*, mais paroissoient abandonnées au caprice de la parole comme une chance du jeu de dés ; qu'il étoit impossible enfin d'y discerner un plan rationnel et une intention écrite.

J'ai dit que ces observations avoient été faites sous une forme qui n'étoit pas celle de l'éloge ; *on pourroit aisément s'y tromper* ; car c'est l'éloge que j'aurois voulu. Ces caractères sont précisément ceux du rêve ; et quiconque s'est résigné à lire *Smarra* d'un bout à l'autre, sans s'apercevoir qu'il lisoit un rêve, a pris une peine inutile.

PRÉFACE DE LA PREMIÈRE ÉDITION.

L'ouvrage singulier dont j'offre la traduction au public est moderne et même récent. On l'attribue généralement en Illyrie à un noble Ragusain qui a caché son nom sous celui du comte Maxime Odin[1], à la tête de plusieurs poëmes du même genre. Celui-ci, dont je dois la communication à l'amitié de M. le chevalier Fedorovich Albinoni, n'étoit point imprimé lors de mon séjour dans ces provinces. Il l'a probablement été depuis.

Smarra est le nom primitif du mauvais esprit auquel les anciens rapportoient le triste phénomène du *cauchemar*. Le même mot exprime encore la même idée dans la plupart des dialectes slaves, chez les peuples de la terre qui sont le plus sujets à cette affreuse maladie. Il y a peu de familles morlaques où quelqu'un n'en soit tourmenté. Ainsi, la Providence a placé aux deux extrémités de la vaste chaîne des Alpes de Suisse et d'Italie les deux infirmités les plus contrastées de

---

[1] Nous rappellerons ici que ce prétendu comte Maxime Odin est aussi le pseudonyme derrière lequel Nodier s'abrite dans ses *Souvenirs de Jeunesse*, qu'il avoit donnés comme un livre dont il n'étoit que l'éditeur, lorsqu'il les fit paroître pour la première fois. *(Note de l'Éditeur.)*

l'homme ; dans la Dalmatie, les délires d'une imagination exaltée qui a transporté l'exercice de toutes ses facultés sur un ordre purement intellectuel d'idées ; dans la Savoie et le Valais, l'absence presque totale des perceptions qui distinguent l'homme de la brute : ce sont, d'un côté, les frénésies d'Ariel, et de l'autre, la stupeur farouche de Caliban.

Pour entrer avec intérêt dans le secret de la composition de *Smarra*, il faut peut-être avoir éprouvé les illusions du *cauchemar* dont ce poëme est l'histoire fidèle, et c'est payer un peu cher l'insipide plaisir de lire une mauvaise traduction. Toutefois, il y a si peu de personnes qui n'aient jamais été poursuivies dans leur sommeil de quelque rêve fâcheux, ou éblouies des prestiges de quelque rêve enchanteur qui a fini trop tôt, que j'ai pensé que cet ouvrage auroit au moins pour le grand nombre le mérite de rappeler des sensations connues qui, comme le dit l'auteur, n'ont encore été décrites en aucune langue, et dont il est même rare qu'on se rende compte à soi-même en se réveillant. L'artifice le plus difficile du poëte est d'avoir enfermé le récit d'une anecdote assez soutenue, qui a son exposition, son nœud, sa péripétie et son dénoûment, dans une succession de songes bizarres dont la transition n'est souvent déterminée que par un mot. En ce point même, cependant, il n'a fait que se conformer au caprice piquant de la nature, qui se joue à nous faire parcourir dans la durée d'un seul rêve, plusieurs fois interrompu par des épisodes étrangers à son objet, tous les développements d'une action régulière, complète et plus ou moins vraisemblable.

Les personnes qui ont lu Apulée s'apercevront facilement que la fable du premier livre de l'*Ane d'or* de cet ingénieux conteur a beaucoup de rapport avec celle-ci, et qu'elles se ressemblent par le fond presque autant qu'elles diffèrent par la forme. L'auteur paroît même avoir affecté de solliciter ce rapprochement en conservant à son principal personnage le nom de *Lucius.* Le récit du philosophe de Madaure et celui du prêtre dalmate, cité par Fortis, tome I, page 65, ont en effet une origine commune dans les chants traditionnels d'une contrée qu'Apulée avoit curieusement visitée, mais dont il a dédaigné de retracer le caractère, ce qui n'empêche pas qu'Apulée ne soit un des écrivains les plus romantiques des temps anciens. Il florissoit à l'époque même qui sépare les âges du goût des âges de l'imagination.

Je dois avouer en finissant que si j'avois apprécié les difficultés de cette traduction avant de l'entreprendre, je ne m'en serois jamais occupé. Séduit par l'effet général du poëme sans me rendre compte des combinaisons qui le produisoient, j'en avois attribué le mérite à la composition, qui est cependant tout à fait nulle, et dont le foible intérêt ne soutiendroit pas longtemps l'attention, si l'auteur ne l'avoit relevé par l'emploi des prestiges d'une imagination qui étonne, et surtout par la hardiesse incroyable d'un style qui ne cesse jamais cependant d'être élevé, pittcresque, harmonieux. Voilà précisément ce qu'il ne m'étoit pas donné de reproduire, et ce que je n'aurois pu essayer de faire passer dans notre langue sans une présomption ridicule. Certain que les lecteurs qui connoissent l'ouvrage original ne verront dans cette foible copie qu'une tentative impuissante, j'avois du moins à cœur qu'ils ne crussent pas y voir l'effort trompé d'une vanité malheureuse. J'ai en littérature des juges si sévèrement inflexibles et des amis si religieusement impartiaux, que je suis persuadé d'avance que cette explication ne sera pas inutile pour les uns et pour les autres.

SMARRA

OU

LES DÉMONS DE LA NUIT.

LE PROLOGUE[1].

Somnia fallaci ludunt temeraria nocte,
Et pavidas mentes falsa timere jubent.
CATULLE.

L'île est remplie de bruits, de sons et de doux airs qui donnent du plaisir sans jamais nuire. Quelquefois des milliers d'instruments tintent confusément à mon oreille ; quelquefois ce sont des voix telles que, si je m'éveillois après un long sommeil, elles me feroient dormir encore ; et quelquefois en dormant il m'a semblé voir les nuées s'ouvrir, et montrer toutes sortes de biens qui pleuvoient sur moi, de façon qu'en me réveillant je pleurois comme un enfant de l'envie de toujours rêver. SHAKSPEARE.

Ah ! qu'il est doux, ma Lisidis, quand le dernier tintement de la cloche, qui expire dans les tours d'Arona, vient de nommer minuit, — qu'il est doux de venir partager avec toi la couche longtemps solitaire où je te rêvois depuis un an !

Tu es à moi, Lisidis, et les mauvais génies qui séparoient de ton gracieux sommeil le sommeil de Lorenzo ne m'épouvanteront plus de leurs prestiges !

On disoit avec raison, sois-en sûre, que ces nocturnes terreurs qui assailloient, qui brisoient mon âme pendant le cours des heures destinées au repos, n'étoient qu'un résultat naturel de mes études obstinées sur la

---

[1] On peut rapprocher de *Smarra* le morceau intitulé *le Pays des rêves*, dans le volume des *Contes de la Veillée*. (*Note de l'Éditeur.*)

26.

merveilleuse poésie des anciens, et de l'impression que
m'avoient laissée quelques fables fantastiques d'Apulée,
car le premier livre d'Apulée saisit l'imagination d'une
étreinte si vive et si douloureuse, que je ne voudrois
pas, au prix de mes yeux, qu'il tombât jamais sous les
tiens.

Qu'on ne me parle plus aujourd'hui d'Apulée et de
ses visions; qu'on ne me parle plus ni des Latins ni des
Grecs, ni des éblouissants caprices de leurs génies! N'es-
tu pas pour moi, Lisidis, une poésie plus belle que la
poésie, et plus riche en divins enchantements que la
nature tout entière?

Mais vous dormez, enfant, et vous ne m'entendez
plus! Vous avez dansé trop tard ce soir au bal de l'île
Belle!... Vous avez trop dansé, surtout quand vous ne
dansiez pas avec moi, et vous voilà fatiguée comme une
rose que les brises ont balancée tout le jour, et qui
attend pour se relever, plus vermeille sur sa tige à demi
penchée, le premier regard du matin!

Dormez donc ainsi près de moi, le front appuyé sur
mon épaule, et réchauffant mon cœur de la tiédeur
parfumée de votre haleine. Le sommeil me gagne aussi,
mais il descend cette fois sur mes paupières, presque
aussi gracieux qu'un de vos baisers. Dormez, Lisidis,
dormez. .   .   .   .

.   .   .   .

Il y a un moment où l'esprit suspendu dans le vague
de ses pensées..... Paix! la nuit est tout à fait sur la
terre. Vous n'entendez plus retentir sur le pavé sonore
les pas du citadin qui regagne sa maison, ou la sole
armée des mules qui arrivent au gîte du soir. Le bruit
du vent qui pleure ou siffle entre les ais mal joints de
la croisée, voilà tout ce qui vous reste des impressions
ordinaires de vos sens, et au bout de quelques instants,
vous imaginez que ce murmure lui-même existe en vous.
Il devient une voix de votre âme, l'écho d'une idée

indéfinissable, mais fixe, qui se confond avec les premières perceptions du sommeil. Vous commencez cette vie nocturne qui se passe (ô prodige!) dans des mondes toujours nouveaux, parmi d'innombrables créatures dont le grand Esprit a conçu la forme sans daigner l'accomplir, et qu'il s'est contenté de semer, volages et mystérieux fantômes, dans l'univers illimité des songes. Les sylphes, tout étourdis du bruit de la veillée, descendent autour de vous en bourdonnant. Ils frappent du battement monotone de leurs ailes de phalènes vos yeux appesantis, et vous voyez longtemps flotter dans l'obscurité profonde la poussière transparente et bigarrée qui s'en échappe, comme un petit nuage lumineux au milieu d'un ciel éteint. Ils se pressent, ils s'embrassent, ils se confondent, impatients de renouer la conversation magique des nuits précédentes, et de se raconter des événements inouïs qui se présentent cependant à votre esprit sous l'aspect d'une réminiscence merveilleuse. Peu à peu leur voix s'affoiblit, ou bien elle ne vous parvient que par un organe inconnu qui transforme leurs récits en tableaux vivants, et qui vous rend acteur involontaire des scènes qu'ils ont préparées; car l'imagination de l'homme endormi, dans la puissance de son âme indépendante et solitaire, participe en quelque chose à la perfection des esprits. Elle s'élance avec eux, et, portée par miracle au milieu du chœur aérien des songes, elle vole de surprise en surprise jusqu'à l'instant où le chant d'un oiseau matinal avertit son escorte aventureuse du retour de la lumière. Effrayés du cri précurseur, ils se rassemblent comme un essaim d'abeilles au premier grondement du tonnerre, quand de larges gouttes de pluie font pencher la couronne des fleurs que l'hirondelle caresse sans la toucher. Ils tombent, rebondissent, remontent, se croisent comme des atomes entraînés par des puissances contraires, et disparoissent en désordre dans un rayon du soleil.

LE RÉCIT.

. . . . O rebus meis
Non infideles arbitræ,
Nox, et Diana, quæ silentium regis,
Arcana cum fiunt sacra ;
Nunc, nunc adeste. . . . .

Par quel ordre ces esprits irrités viennent-ils m'effrayer de leurs clameurs et de leurs figures de lutins ?
Qui roule devant moi ces rayons de feu ? Qui me fait
perdre mon chemin dans la forêt ? Des singes hideux
dont les dents grincent et mordent, ou bien des
hérissons qui traversent exprès les sentiers pour se
trouver sous mes pas et me blesser de leurs piquants.
SHAKSPEARE.

Je venois d'achever mes études à l'école des philosophes d'Athènes, et, curieux des beautés de la Grèce, je
visitois pour la première fois la poétique Thessalie. Mes
esclaves m'attendoient à Larisse dans un palais disposé
pour me recevoir. J'avois voulu parcourir seul, et dans
les heures imposantes de la nuit, cette forêt fameuse
par les prestiges des magiciennes, qui étend de longs
rideaux d'arbres verts sur les rives du Pénée. Les ombres épaisses qui s'accumuloient sur le dais immense
des bois laissoient à peine échapper à travers quelques
rameaux plus rares, dans une clairière ouverte sans
doute par la cognée du bûcheron, le rayon tremblant
d'une étoile pâle et cernée de brouillards. Mes paupières
appesanties se rabaissoient malgré moi sur mes yeux
fatigués de chercher la trace blanchâtre du sentier qui
s'effaçoit dans le taillis, et je ne résistois au sommeil
qu'en suivant d'une attention pénible le bruit des pieds
de mon cheval, qui tantôt faisoient crier l'arène, et
tantôt gémir l'herbe sèche en retombant symétriquement sur la route. S'il s'arrêtoit quelquefois, réveillé

par son repos, je le nommois d'une voix forte, et je
pressois sa marche devenue trop lente au gré de ma
lassitude et de mon impatience. Étonné de je ne sais
quel obstacle inconnu, il s'élançoit par bonds, rouloit
dans ses narines des hennissements de feu, se cabroit
de terreur et reculoit plus effrayé par les éclairs que les
cailloux brisés faisoient jaillir sous mes pas...

Phlégon! Phlégon, lui dis-je en frappant de ma tête
accablée son cou qui se dressoit d'épouvante, ô mon
cher Phlégon! n'est-il pas temps d'arriver à Larisse où
nous attendent les plaisirs et surtout le sommeil si doux!
Un instant de courage encore, et tu dormiras sur une
litière de fleurs choisies ; car la paille dorée qu'on re-
cueille pour les bœufs de Cérès n'est pas assez fraîche
pour toi!... — Tu ne vois pas, tu ne vois pas, dit-il en
tressaillant... les torches qu'elles secouent devant nous
dévorent la bruyère et mêlent des vapeurs mortelles à
l'air que je respire.... Comment veux-tu que je traverse
leurs cercles magiques et leurs danses menaçantes, qui
feroient reculer jusqu'aux chevaux du soleil?

Et cependant le pas cadencé de mon cheval continuoit toujours à résonner à mon oreille, et le sommeil
plus profond suspendoit plus longtemps mes inquiétudes. Seulement, il arrivoit d'un instant à l'autre qu'un
groupe éclairé de flammes bizarres passoit en riant sur
ma tête... qu'un esprit difforme, sous l'apparence d'un
mendiant ou d'un blessé, s'attachoit à mon pied et se
laissoit entraîner à ma suite avec une horrible joie, ou
bien qu'un vieillard hideux, qui joignoit la laideur honteuse du crime à celle de la caducité, s'élançoit en croupe
derrière moi et me lioit de ses bras décharnés comme
ceux de la mort.

— Allons! Phlégon! m'écriois-je, allons, le plus beau
des coursiers qu'ait nourris le mont Ida, brave les perni-
cieuses terreurs qui enchaînent ton courage! Ces démons
ne sont que de vaines apparences. Mon épée, tournée en

cercle autour de ta tête, divise leurs formes trompeuses, qui se dissipent comme un nuage. Quand les vapeurs du matin flottent au-dessous des cimes de nos montagnes, et que, frappées par le soleil levant, elles les enveloppent d'une ceinture à demi transparente, le sommet, séparé de la base, paroît suspendu dans les cieux par une main invisible. C'est ainsi, Phlégon, que les sorcières de Thessalie se divisent sous le tranchant de mon épée. N'entends-tu pas au loin les cris de plaisir qui s'élèvent des murs de Larisse?... Voilà, voilà les tours superbes de la ville de Thessalie, si chère à la volupté ; et cette musique qui vole dans l'air, c'est le chant de ses jeunes filles !

Qui me rendra d'entre vous, songes séducteurs qui bercez l'âme enivrée dans les souvenirs ineffables du plaisir, qui me rendra le chant des jeunes filles de Thessalie et les nuits voluptueuses de Larisse? Entre des colonnes d'un marbre à demi transparent, sous douze coupoles brillantes qui réfléchissent dans l'or et le cristal les feux de cent mille flambeaux, les jeunes filles de Thessalie, enveloppées de la vapeur colorée qui s'exhale de tous les parfums, n'offrent aux yeux qu'une forme indécise et charmante qui semble prête à s'évanouir. Le nuage merveilleux balance autour d'elles ou promène sur leurs groupes enchanteurs tous les jeux inconstants de sa lumière, les teintes fraîches de la rose, les reflets animés de l'aurore, le cliquetis éblouissant des rayons de l'opale capricieuse. Ce sont quelquefois des pluies de perles qui roulent sur leurs tuniques légères, ce sont quelquefois des aigrettes de feu qui jaillissent de tous les nœuds du lien d'or qui attache leurs cheveux. Ne vous effrayez pas de les voir plus pâles que les autres filles de la Grèce. Elles appartiennent à peine à la terre, et semblent se réveiller d'une vie passée. Elles sont tristes aussi, soit parce qu'elles viennent d'un monde où elles ont quitté l'amour d'un Esprit ou d'un Dieu, soit parce qu'il y a dans le cœur d'une femme qui commence à aimer un immense besoin de souffrir.

Ecoutez cependant. Voilà les chants des jeunes filles de Thessalie, la musique qui monte, qui monte dans l'air, qui émeut, en passant comme une nue harmonieuse, les vitraux solitaires des ruines chères aux poëtes. Écoutez! Elles embrassent leurs lyres d'ivoire, interrogent les cordes sonores qui répondent une fois, vibrent un moment, s'arrêtent, et, devenues immobiles, prolongent encore je ne sais quelle harmonie sans fin que l'âme entend par tous les sens : mélodie pure comme la plus douce pensée d'une âme heureuse, comme le premier baiser de l'amour avant que l'amour se soit compris lui-même; comme le regard d'une mère qui caresse le berceau de l'enfant dont elle a rêvé la mort, et qu'on vient de lui rapporter, tranquille et beau dans son sommeil. Ainsi s'évanouit, abandonné aux airs, égaré dans les échos, suspendu au milieu du silence du lac, ou mourant avec la vague au pied du rocher insensible, le dernier soupir du sistre d'une jeune femme qui pleure parce que son amant n'est pas venu. Elles se regardent, se penchent, se consolent, croisent leurs bras élégants, confondent leurs chevelures flottantes, dansent pour donner de la jalousie aux nymphes, et font jaillir sous leurs pas une poussière enflammée, qui vole, qui blanchit, qui s'éteint, qui retombe en cendres d'argent; et l'harmonie de leurs chants coule toujours comme un fleuve de miel, comme le ruisseau gracieux qui embellit de ses murmures si doux des rives aimées du soleil et riches de secrets détours, de baies fraîches et ombragées, de papillons et de fleurs. Elles chantent...

Une seule peut-être... grande, immobile, debout, pensive... Dieux! qu'elle est sombre et affligée derrière ses compagnes, et que veut-elle de moi? Ah! ne poursuis pas ma pensée, apparence imparfaite de la bien-aimée qui n'est plus, ne trouble pas le doux charme de

mes veillées du reproche effrayant de ta vue? Laisse-
moi, car je t'ai pleurée sept ans, laisse-moi oublier les
pleurs qui brûlent encore mes joues dans les innocentes
délices de la danse des sylphides et de la musique des
fées. Tu vois bien qu'elles viennent, tu vois leurs
groupes se lier, s'arrondir en festons mobiles, inconstants, qui se disputent, qui se succèdent, qui s'appro-
chent, qui fuient, qui montent comme la vague apportée
par le flux, et descendent comme elle, en roulant sur
leurs ondes fugitives toutes les couleurs de l'écharpe
qui embrasse le ciel et la mer à la fin des tempêtes, quand
elle vient briser en expirant le dernier point de son cercle immense contre la proue du vaisseau.

Et que m'importent à moi les accidents de la mer et
les curieuses inquiétudes du voyageur, à moi qu'une
faveur divine, qui fut peut-être dans une vie ancienne
un des priviléges de l'homme, affranchit quand je le
veux (bénéfice délicieux du sommeil) de tous les périls
qui vous menacent? A peine mes yeux sont fermés, à
peine cesse la mélodie qui ravissoit mes esprits, si le
créateur des prestiges de la nuit creuse devant moi
quelque abîme profond, gouffre inconnu où expirent
toutes les formes, tous les sons et toutes les lumières de
la terre; s'il jette sur un torrent bouillonnant et avide
de morts quelque pont rapide, étroit, glissant, qui ne
promet pas d'issue; s'il me lance à l'extrémité d'une
planche élastique, tremblante, qui domine sur des pré-
cipices que l'œil même craint de sonder... paisible, je
frappe le sol obéissant d'un pied accoutumé à lui commander. Il cède, il répond, je pars, et content de quitter
les hommes, je vois fuir, sous mon essor facile, les ri-
vières bleues des continents, les sombres déserts de la
mer, le toit varié des forêts que bigarrent le vert naissant du printemps, la pourpre et l'or de l'automne, le
bronze mat et le violet terne des feuilles crispées de
l'hiver. Si quelque oiseau étourdi fait bruire à mon

oreille ses ailes haletantes, je m'élance, je monte encore, j'aspire à des mondes nouveaux. Le fleuve n'est plus qu'un fil qui s'efface dans une verdure sombre, les montagnes qu'un point vague dont le sommet s'anéantit dans sa base, l'Océan qu'une tache obscure dans je ne sais quelle masse égarée au milieu des airs, où elle tourne plus rapidement que l'osselet à six faces que font rouler sur son axe pointu les petits enfants d'Athènes, le long des galeries aux larges dalles qui embrassent le Céramique.

Avez-vous jamais vu le long des murs du Céramique, lorsqu'ils sont frappés dans les premiers jours de l'année par les rayons du soleil qui régénère le monde, une longue suite d'hommes hâves, immobiles, aux joues creusées par le besoin, aux regards éteints et stupides : les uns accroupis comme des brutes ; les autres debout, mais appuyés contre les piliers, et fléchissants à demi sous le poids de leur corps exténué? Les avez-vous vus, la bouche entr'ouverte pour aspirer encore une fois les premières influences de l'air vivifiant, recueillir avec une morne volupté les douces impressions de la tiède chaleur du printemps? Le même spectacle vous auroit frappé dans les murailles de Larisse, car il y a des malheureux partout : mais ici le malheur porte l'empreinte d'une fatalité particulière qui est plus dégradante que la misère, plus poignante que la faim, plus accablante que le désespoir. Ces infortunés s'avancent lentement à la suite les uns des autres, et marquent entre tous leurs pas de longues stations, comme des figures fantastiques disposées par un mécanicien habile sur une roue qui indique les divisions du temps. Douze heures s'écoulent pendant que le cortége silencieux suit le contour de la place circulaire, quoique l'étendue en soit si bornée qu'un amant peut lire d'une extrémité à l'autre, sur la main plus ou moins déployée de sa maîtresse, le nombre des heures de la nuit qui doivent amener l'heure si

27

désirée du rendez-vous. Ces spectres vivants n'ont conservé presque rien d'humain. Leur peau ressemble à un
parchemin blanc tendu sur des ossements. L'orbite de
leurs yeux n'est pas animé par une seule étincelle de
l'âme. Leurs lèvres pâles frémissent d'inquiétude et de
terreur, ou, plus hideuses encore, elles roulent un sourire
dédaigneux et farouche, comme la dernière pensée d'un
condamné résolu qui subit son supplice. La plupart
sont agités de convulsions foibles, mais continues, et
tremblent comme la branche de fer de cet instrument
sonore que les enfants font bruire entre leurs dents.
Les plus à plaindre de tous, vaincus par la destinée
qui les poursuit, sont condamnés à effrayer à jamais
les passants de la repoussante difformité de leurs
membres noués et de leurs attitudes inflexibles. Cependant, cette période régulière de leur vie qui sépare
deux sommeils est pour eux celle de la suspension des
douleurs qu'ils redoutent le plus. Victimes de la vengeance des sorcières de Thessalie, ils retombent en proie
à des tourments qu'aucune langue ne peut exprimer,
dès que le soleil, prosterné sous l'horizon occidental, a
cessé de les protéger contre les redoutables souveraines
des ténèbres. Voilà pourquoi ils suivent son cours trop
rapide, l'œil toujours fixé sur l'espace qu'il embrasse,
dans l'espérance, toujours déçue, qu'il oubliera une fois
son lit d'azur, et qu'il finira par rester suspendu aux
nuages d'or du couchant. A peine la nuit vient les détromper, en développant ses ailes de crêpe, sur lesquelles
il ne reste pas même une des clartés livides qui mouroient
tout à l'heure au sommet des arbres; à peine le dernier
reflet qui pétilloit encore sur le métal poli au faîte d'un
bâtiment élevé achève de s'évanouir, comme un charbon
encore ardent dans un brasier éteint, qui blanchit peu
à peu sous la cendre, et ne se distingue bientôt plus du
fond de l'âtre abandonné, un murmure formidable s'élève
parmi eux, leurs dents se claquent de désespoir et de

rage, ils se pressent et s'évitent de peur de trouver partout des sorcières et des fantômes. Il fait nuit!... et l'enfer va se rouvrir!

Il y en avoit un, entre autres, dont toutes les articulations crioient comme des ressorts fatigués, et dont la poitrine exhaloit un son plus rauque et plus sourd que celui de la vis rouillée qui tourne avec peine dans son écrou. Mais quelques lambeaux d'une riche broderie qui pendoient encore à son manteau, un regard plein de tristesse et de grâce qui éclaircissoit de temps en temps la langueur de ses traits abattus, je ne sais quel mélange inconcevable d'abrutissement et de fierté qui rappeloit le désespoir d'une panthère assujettie au bâillon déchirant du chasseur, le faisoient remarquer dans la foule de ses misérables compagnons; et quand il passoit devant des femmes, on n'entendoit qu'un soupir. Ses cheveux blonds rouloient en boucles négligées sur ses épaules, qui s'élevoient blanches et pures comme une étoffe de lis au-dessus de sa tunique de pourpre. Cependant, son cou portoit l'empreinte du sang, la cicatrice triangulaire d'un fer de lance, la marque de la blessure qui me ravit Polémon au siége de Corinthe, quand ce fidèle ami se précipita sur mon cœur, au-devant de la rage effrénée du soldat déjà victorieux, mais jaloux de donner au champ de bataille un cadavre de plus. C'étoit ce Polémon que j'avois si longtemps pleuré, et qui revient toujours dans mon sommeil me rappeler avec un baiser froid que nous devons nous retrouver dans l'immortelle vie de la mort. C'étoit Polémon encore vivant, mais conservé pour une existence si horrible que les larves et les spectres de l'enfer se consolent entre eux en se racontant ses douleurs; Polémon tombé sous l'empire des sorcières de Thessalie et des démons qui composent leur cortége dans les solennités, les inexplicables solennités de leurs fêtes nocturnes. Il s'arrêta, chercha longtemps d'un regard étonné à lier un souvenir à mes traits, se rapprocha de moi à pas inquiets et mesurés, toucha mes mains d'une main palpitante qui trembloit de les saisir, et après m'avoir enveloppé d'une étreinte subite que je ne ressentis pas sans effroi, après avoir fixé sur mes yeux un rayon pâle qui tomboit de ses yeux voilés, comme le dernier jet d'un flambeau qui s'éloigne à travers la trappe d'un cachot : — Lucius ! Lucius ! s'écria-t-il avec un rire affreux. — Polémon, cher Polémon, l'ami, le sauveur de Lucius !... — Dans un autre monde, dit-il en baissant la voix ; je m'en souviens... c'étoit dans un autre monde, dans une vie qui n'appartenoit pas au sommeil et à ses fantômes ?... — Que dis-tu de fantômes ?... — Regarde, répondit-il en étendant le doigt dans le crépuscule !... Les voilà qui viennent.

Oh ! ne te livre pas, jeune infortuné, aux inquiétudes des ténèbres ! Quand les ombres des montagnes descendent en grandissant, rapprochent de toutes parts la pointe et les côtés de leurs pyramides gigantesques, et finissent par s'embrasser en silence sur la terre obscure ; quand les images fantastiques des nuages s'étendent, se confondent et rentrent ensemble sous le voile protecteur de la nuit, comme des époux clandestins ; quand les oiseaux des funérailles commencent à crier derrière les bois, et que les reptiles chantent d'une voix cassée quelques paroles monotones à la lisière des marécages... alors, mon Polémon, ne livre pas ton imagination tourmentée aux illusions de l'ombre et de la solitude. Fuis les sentiers cachés où les spectres se donnent rendez-vous pour former de noires conjurations contre le repos des hommes ; le voisinage des cimetières où se rassemble le conseil mystérieux des morts, quand ils viennent, enveloppés de leurs suaires, apparoître devant l'aréopage qui siége dans des cercueils : fuis la prairie découverte où l'herbe foulée en rond noircit, stérile et desséchée, sous le pas cadencé des sorcières. Veux-tu m'en croire, Polémon ? Quand la lumière, épouvantée à l'approche des mauvais esprits, se retire en pâlissant, viens ranimer avec moi ses prestiges dans les fêtes de l'opulence et dans les orgies de la volupté. L'or manque-t-il jamais à mes souhaits? Les mines les plus précieuses ont-elles une veine cachée qui me refuse ses trésors? Le sable même des ruisseaux se transforme sous ma main en pierres exquises qui feroient l'ornement de la couronne des rois. Veux-tu m'en croire, Polémon? C'est en vain que le jour s'éteindroit, tant que les feux que ses rayons ont allumés pour l'usage de l'homme pétillent encore dans les illuminations des festins, ou dans les clartés plus discrètes qui embellissent les veillées délicieuses de l'amour. Les démons, tu le sais, craignent les vapeurs odorantes de la cire et de l'huile embaumée qui brillent doucement dans l'albâtre, ou versent des ténèbres roses à travers la double soie de nos riches tentures. Ils frémissent à l'aspect des marbres polis, éclairés par les lustres aux cristaux mobiles, qui lancent autour d'eux de longs jets de diamants, comme une cascade frappée du dernier regard d'adieu du soleil horizontal. Jamais une sombre lamie, une mante décharnée n'osa étaler la hideuse laideur de ses traits dans les banquets de Thessalie. La lune même qu'elles invoquent les effraie souvent, quand elle laisse tomber sur elles un de ces rayons passagers qui donnent aux objets qu'ils effleurent la blancheur terne de l'étain. Elles s'échappent alors plus rapides que la couleuvre avertie par le bruit du grain de sable qui roule sous le pied du voyageur. Ne crains pas qu'elles te surprennent au milieu des feux qui étincellent dans mon palais, et qui rayonnent de toutes parts sur l'acier éblouissant des miroirs. Vois plutôt, mon Polémon, avec quelle agilité elles se sont éloignées de nous depuis que nous marchons entre les flambeaux de mes serviteurs, dans ces galeries décorées de statues, chefs-d'œuvre inimitables du génie de la Grèce. Quelqu'une de ces images t'auroit-elle révélé par un mouvement menaçant la présence de ces esprits fantastiques qui les animent quelquefois, quand la dernière lueur qui se détache de la dernière lampe monte et s'éteint dans les airs? L'immobilité de leurs formes, la pureté de leurs traits, le calme de leurs attitudes qui ne changeront jamais, rassureroient la frayeur même. Si quelque bruit étrange a frappé ton oreille, ô frère chéri de mon cœur! c'est celui de la nymphe attentive qui répand sur tes membres appesantis par la fatigue les trésors de son urne de cristal, en y mêlant des parfums jusqu'ici inconnus à Larisse, un ambre limpide que j'ai recueilli sur le bord des mers qui baignent le berceau du soleil; le suc d'une fleur mille fois plus suave que la rose, qui ne croît que dans les épais ombrages de la brune Corcyre[1]; les pleurs d'un arbuste aimé d'Apollon et de son fils, et qui étale sur les rochers d'Épidaure ses bouquets composés de cymbales de pourpre toutes tremblantes sous le poids de la rosée. Et comment les charmes des magiciennes troubleroient-ils la pureté des eaux qui bercent autour de toi leurs ondes d'argent? Myrthé, cette belle Myrthé aux cheveux blonds, la plus jeune et la plus chérie de mes esclaves, celle que tu as vue se pencher à ton passage, car elle aime tout ce que j'aime... elle a des enchantements qui ne sont connus que d'elle et d'un esprit qui les lui confie dans les mystères du sommeil; elle erre maintenant comme une ombre autour de l'enceinte des bains où s'élève peu à peu la surface de l'onde salutaire; elle court en chantant des airs qui chassent les démons, et en touchant de temps à autre les cordes d'une harpe errante que des génies obéissants ne manquent jamais de lui offrir avant que ses désirs aient le temps de se faire connoître en passant de son âme à ses

[1] Je crois qu'il n'est pas question ici de l'ancienne Corcyre, mais de l'île de *Curzola*, que les Grecs appeloient *Corcyre la Brune*, à cause de l'aspect que lui donnoient au loin les vastes forêts dont elle étoit couverte.

                                 (Note du Traducteur.)

yeux. Elle marche; elle court; la harpe marche, court
et chante sous sa main. Écoute le bruit de la harpe qui
résonne, la voix de la harpe de Myrthé : c'est un son
plein, grave, solennel, qui fait oublier les idées de la
terre, qui se prolonge, qui se soutient, qui occupe l'âme
comme une pensée sérieuse; et puis il vole, il fuit, il
s'évanouit, il revient; et les airs de la harpe de Myrthé
(enchantement ravissant des nuits!), les airs de la harpe
de Myrthé qui volent, qui fuient, qui s'évanouissent,
qui reviennent encore — comme elle chante, comme ils
volent, les airs de la harpe de Myrthé, les airs qui chassent le démon!... Écoute, Polémon, les entends-tu?

J'ai éprouvé en vérité toutes les illusions des rêves,
et que serois-je alors devenu sans le secours de la harpe
de Myrthé, sans le secours de sa voix, si attentive à
troubler le repos douloureux et gémissant de mes
nuits?... Combien de fois je me suis penché dans mon
sommeil sur l'onde limpide et dormante, l'onde trop
fidèle à reproduire mes traits altérés, mes cheveux hérissés de terreur, mon regard fixe et morne comme celui
du désespoir qui ne pleure plus!... Combien de fois j'ai
frémi en voyant des traces d'un sang livide courir autour
de mes lèvres pâles; en sentant mes dents chancelantes
repoussées de leurs alvéoles, mes ongles détachés de
leur racine s'ébranler et tomber! Combien de fois,
effrayé de ma nudité, de ma honteuse nudité, je me suis
livré inquiet à l'ironie de la foule avec une tunique plus
courte, plus légère, plus transparente que celle qui
enveloppe une courtisane au seuil du lit effronté de la
débauche! Oh! combien de fois des rêves plus hideux,
des rêves que Polémon lui-même ne connoît point... Et
que serois-je devenu alors, que serois-je devenu sans le
secours de la harpe de Myrthé, sans le secours de sa voix
et de l'harmonie qu'elle enseigne à ses sœurs, quand
elles l'entourent obéissantes, pour charmer les terreurs
du malheureux qui dort, pour faire bruire à son oreille

des chants venus de loin, comme la brise qui court
entre peu de voiles, des chants qui se marient, qui se
confondent, qui assoupissent les songes orageux du
cœur et qui enchantent leur silence dans une longue
mélodie.

Et maintenant, voici les sœurs de Myrthé qui ont
préparé le festin. Il y a Théis reconnoissable entre toutes
les filles de Thessalie, quoique la plupart des filles de
Thessalie aient des cheveux noirs qui tombent sur des
épaules plus blanches que l'albâtre ; mais il n'y en a
point qui aient des cheveux bouclés en ondes souples
et voluptueuses, comme les cheveux noirs de Théis.
C'est elle qui penche sur la coupe ardente où blanchit
un vin bouillant le vase d'une précieuse argile, et qui
en laisse tomber goutte à goutte en topazes liquides le
miel le plus exquis qu'on ait jamais recueilli sur les or-
meaux de Sicile. L'abeille privée de son trésor vole
inquiète au milieu des fleurs ; elle se pend aux branches
solitaires de l'arbre abandonné, en demandant son miel
aux zéphyrs. Elle murmure de douleur, parce que ses
petits n'auront plus d'asile dans aucun des mille palais
à cinq murailles qu'elle leur a bâtis avec une cire légère
et transparente, et qu'ils ne goûteront pas le miel
qu'elle avoit récolté pour eux sur les buissons parfumés
du mont Hybla. C'est Théis qui répand dans un vin
bouillant le miel dérobé aux abeilles de Sicile ; et les
autres sœurs de Théis, celles qui ont des cheveux noirs,
car il n'y a que Myrthé qui soit blonde, elles courent
soumises, empressées, caressantes, avec un sourire obéissant, autour des apprêts du banquet. Elles sèment des
fleurs de grenades ou des feuilles de roses sur le lait
écumeux ; ou bien elles attisent les fournaises d'ambre
et d'encens qui brûlent sous la coupe ardente où blanchit un vin bouillant, les flammes qui se courbent de
loin autour du rebord circulaire, qui se penchent, qui
se rapprochent, qui l'effleurent, qui caressent ses lèvres

d'or, et finissent par se confondre avec les flammes aux
langues blanches et bleues qui volent sur le vin. Les
flammes montent, descendent, s'égarent comme ce démon fantastique des solitudes qui aime à se mirer dans
les fontaines. Qui pourra dire combien de fois la coupe
a circulé autour de la table du festin, combien de fois
épuisée, elle a vu ses bords inondés d'un nouveau nec-
tar? Jeunes filles, n'épargnez ni le vin ni l'hydromel.
Le soleil ne cesse de gonfler de nouveaux raisins, et de
verser des rayons de son immortelle splendeur dans la
grappe éclatante qui se balance aux riches festons de
nos vignes, à travers les feuilles rembrunies du pampre
arrondi en guirlandes qui court parmi les mûriers de
Tempé. Encore cette libation pour chasser les démons
de la nuit! Quant à moi, je ne vois plus ici que les esprits joyeux de l'ivresse qui s'échappent en pétillant de
la mousse frémissante, se poursuivent dans l'air comme
des moucherons de feu, ou viennent éblouir de leurs
ailes radieuses mes paupières échauffées; semblables à
ces insectes agiles que la nature a ornés de feux innocents, et que souvent, dans la silencieuse fraîcheur d'une
courte nuit d'été, on voit jaillir en essaim du milieu d'une
touffe de verdure, comme une gerbe d'étincelles sous les
coups redoublés du forgeron. Ils flottent emportés par
une légère brise qui passe, ou appelés par quelque doux
parfum dont ils se nourrissent dans le calice des roses.
Le nuage lumineux se promène, se berce inconstant, se
repose ou tourne un moment sur lui-même, et tombe
tout entier sur le sommet d'un jeune pin qu'il illumine
comme une pyramide consacrée aux fêtes publiques, ou
à la branche inférieure d'un grand chêne à laquelle il
donne l'aspect d'une girandole préparée pour les veillées
de la forêt. Vois comme ils jouent autour de toi, comme
ils frémissent dans les fleurs, comme ils rayonnent en
reflets de feu sur les vases polis : ce ne sont point des
démons ennemis. Ils dansent, ils se réjouissent, ils ont

l'abandon et les éclats de la folie. S'ils s'exercent quelquefois à troubler le repos des hommes, ce n'est jamais
que pour satisfaire, comme un enfant étourdi, à de riants
caprices. Ils se roulent, malicieux, dans le lin confus qui
court autour du fuseau d'une vieille bergère, croisent,
embrouillent les fils égarés, et multiplient les nœuds
contrariants sous les efforts de son adresse inutile.
Quand un voyageur qui a perdu sa route cherche d'un
œil avide à travers tout l'horizon de la nuit quelque
point lumineux qui lui promette un asile, longtemps ils
le font errer de sentiers en sentiers, à la lueur d'un feu
infidèle, au bruit d'une voix trompeuse, ou de l'aboiement éloigné d'un chien vigilant qui rôde comme une
sentinelle autour de la ferme solitaire ; ils abusent ainsi
l'espérance du pauvre voyageur, jusqu'à l'instant où,
touchés de pitié pour sa fatigue, ils lui présentent tout
à coup un gîte inattendu, que personne n'avoit jamais
remarqué dans ce désert ; quelquefois même, il est
étonné de trouver à son arrivée un foyer pétillant dont
le seul aspect inspire la gaieté, des mets rares et délicats
que le hasard a procurés à la chaumière du pêcheur ou
du braconnier, et une jeune fille, belle comme les
Grâces, qui le sert en craignant de lever les yeux : car il
lui a paru que cet étranger étoit dangereux à regarder.
Le lendemain, surpris qu'un si court repos lui ait rendu
toutes ses forces, il se lève heureux au chant de l'alouette
qui salue un ciel pur ; il apprend que son erreur favorable a raccourci son chemin de vingt stades et demi, et
son cheval, hennissant d'impatience, les naseaux ouverts, le poil lustré, la crinière lisse et brillante, frappe
devant lui la terre d'un triple signal de départ. Le lutin
bondit de la croupe à la tête du cheval du voyageur, il
passe ses doigts subtils dans la vaste crinière, il la roule,
la relève en ondes ; il regarde, il s'applaudit de ce qu'il
a fait, et il part content pour aller s'égayer du dépit d'un
homme endormi qui brûle de soif, et qui voit fuir, se

diminuer, tarir devant ses lèvres allongées un breuvage rafraîchissant ; qui sonde inutilement la coupe du regard ; qui aspire inutilement la liqueur absente ; puis se réveille, et trouve le vase rempli d'un vin de Syracuse qu'il n'a pas encore goûté, et que le follet a exprimé de raisins de choix, tout en s'amusant des inquiétudes de son sommeil. Ici, tu peux boire, parler ou dormir sans terreur, car les follets sont nos amis. Satisfais seulement à la curiosité impatiente de Théis et de Myrthé, à la curiosité plus intéressée de Thélaïre, qui n'a pas détourné de toi ses longs cils brillants, ses grands yeux noirs qui roulent comme des astres favorables sur un ciel baigné du plus tendre azur. Raconte-nous, Polémon, les extravagantes douleurs que tu as cru éprouver sous l'empire des sorcières ; car les tourments dont elles poursuivent notre imagination ne sont que la vaine illusion d'un rêve qui s'évanouit au premier rayon de l'aurore. Théis, Thélaïre et Myrthé sont attentives... Elles écoutent... Eh bien ! parle... raconte-nous tes désespoirs, tes craintes et les folles erreurs de la nuit ; et toi, Théis, verse du vin ; et toi, Thélaïre, souris à son récit pour que son âme se console ; et toi, Myrthé, si tu le vois, surpris du souvenir de ses égarements, céder à une illusion nouvelle, chante et soulève les cordes de la harpe magique... Demande-lui des sons consolateurs, des sons qui renvoient les mauvais esprits... C'est ainsi qu'on affranchit les heures austères de la nuit de l'empire tumultueux des songes, et qu'on échappe de plaisirs en plaisirs aux sinistres enchantements qui remplissent la terre pendant l'absence du soleil.

L'ÉPISODE.

Qui de vous ne connoît, ô jeunes filles! les doux caprices des femmes, dit Polémon réjoui. Vous avez aimé
sans doute, et vous savez comment le cœur d'une veuve
pensive, qui égare ses souvenirs solitaires sur les rives
ombragées du Pénée, se laisse surprendre quelquefois
par le teint rembruni d'un soldat dont les yeux étincellent du feu de la guerre, et dont le sein brille de l'éclat
d'une généreuse cicatrice. Il marche fier et tendre parmi
les belles comme un lion apprivoisé qui cherche à oublier dans les plaisirs d'une heureuse et facile servitude
le regret de ses déserts. C'est ainsi que le soldat aime à
occuper le cœur des femmes, quand il n'est plus appelé
par le clairon des batailles et que les hasards du combat
ne sollicitent plus son ambition impatiente. Il sourit du
regard aux jeunes filles, et il semble leur dire : Aimez-
moi!...

Vous savez aussi, puisque vous êtes Thessaliennes,
qu'aucune femme n'a jamais égalé en beauté cette noble
Méroé qui, depuis son veuvage, traîne de longues dra-
peries blanches brodées d'argent ; Méroé, la plus belle

des belles de Thessalie, vous le savez. Elle est majestueuse comme les déesses, et cependant il y a dans ses yeux je ne sais quelles flammes mortelles qui enhardissent les prétentions de l'amour. — Oh! combien de fois je me suis plongé dans l'air qu'elle entraîne, dans la poussière que ses pieds font voler, dans l'ombre fortunée qui la suit!... Combien de fois je me suis jeté au-devant de sa marche pour dérober un rayon à ses regards, un souffle à sa bouche, un atome au tourbillon qui flatte, qui caresse ses mouvements; combien de fois (Thélaïre, me le pardonneras-tu?), j'épiai la volupté brûlante de sentir un des plis de sa robe frémir contre ma tunique, ou de pouvoir ramasser d'une lèvre avide une des paillettes de ses broderies dans les allées des jardins de Larisse! Quand elle passoit, vois-tu, tous les nuages rougissoient comme à l'approche de la tempête; mes oreilles siffloient, mes prunelles s'obscurcissoient dans leur orbite égaré, mon cœur étoit près de s'anéantir sous le poids d'une intolérable joie. Elle étoit là! je saluois les ombres qui avoient flotté sur elle, j'aspirois l'air qui l'avoit touchée; je disois à tous les arbres des rivages : Avez-vous vu Méroé? Si elle s'étoit couchée sur un banc de fleurs, avec quel amour jaloux je recueillois les fleurs que son corps avoit froissées, les blancs pétales imbibés de carmin qui décorent le front penché de l'anémone, les flèches éblouissantes qui jaillissent du disque d'or de la marguerite, le voile d'une chaste gaze qui se roule autour d'un jeune lis avant qu'il ait souri au soleil; et si j'osois presser d'un embrassement sacrilége tout ce lit de fraîche verdure, elle m'incendioit d'un feu plus subtil que celui dont la mort a tissu les vêtements nocturnes d'un fiévreux. Méroé ne pouvoit pas manquer de me remarquer. J'étois partout. Un jour, à l'approche du crépuscule, je trouvai son regard : il sourioit; elle m'avoit devancé, son pas se ralentit. J'étois seul derrière elle, et je la vis se détourner. L'air étoit calme, il ne

troubloit pas ses cheveux, et sa main soulevée s'en rapprochoit comme pour réparer leur désordre. Je la suivis,
Lucius, jusqu'au palais, jusqu'au temple de la princesse
de Thessalie, et la nuit descendit sur nous, nuit de délices et de terreur!... Puisse-t-elle avoir été la dernière
de ma vie et avoir fini plus tôt!

Je ne sais si tu as jamais supporté avec une résignation mêlée d'impatience et de tendresse le poids du corps
d'une maîtresse endormie qui s'abandonne au repos sur
ton bras étendu sans s'imaginer que tu souffres; si tu
as essayé de lutter contre le frisson qui saisit peu à peu
ton sang, contre l'engourdissement qui enchaîne tes
muscles soumis; de t'opposer à la conquête de la mort
qui menace de s'étendre jusqu'à ton âme[1]! C'est ainsi,
Lucius, qu'un frémissement douloureux parcouroit rapidement mes nerfs, en les ébranlant de tremblements
inattendus, comme le crochet aigu du *plectrum* qui fait
dissoner toutes les cordes de la lyre, sous les doigts
d'un musicien habile. Ma chair se tourmentoit comme
une membrane sèche approchée du feu. Ma poitrine
soulevée étoit près de rompre, en éclatant, les liens de
fer qui l'enveloppoient, quand Méroé, tout à coup assise
à mes côtés, arrêta sur mes yeux un regard profond,
étendit sa main sur mon cœur pour s'assurer que le
mouvement en étoit suspendu, l'y reposa longtemps,
pesante et froide, et s'enfuit loin de moi de toute la vitesse d'une flèche que la corde de l'arbalète repousse
en frémissant. Elle couroit sur les marbres du palais,
en répétant les airs des vieilles bergères de Syracuse qui
enchantent la lune dans ses nuages de nacre et d'ar-

---

[1] Dans *la Tempête* de Shakspeare, type inimitable de ce genre de composition, *l'homme monstre* qui est dévoué aux malins esprits se plaint aussi des
crampes insupportables qui précèdent ses rêves. Il est singulier que cette induction physiologique, sur une des plus cruelles maladies dont l'espèce humaine soit tourmentée, n'ait été saisie que par des poëtes.

gent, tournoit dans les profondeurs de la salle immense,
et crioit de temps à autre, avec les éclats d'une gaieté
horrible, pour appeler je ne sais quels amis qu'elle ne
m'avoit pas encore nommés.

Pendant que je regardois plein de terreur, et que je
voyois descendre le long des murailles, se presser sous
les portiques, se balancer sous les voûtes, une foule innombrable de vapeurs distinctes les unes des autres,
mais qui n'avoient de la vie que des apparences de formes, une voix foible comme le bruit de l'étang le plus
calme dans une nuit silencieuse, une couleur indécise
empruntée aux objets devant lesquels flottoient leurs
figures transparentes..... la flamme azurée et pétillante
jaillit tout à coup de tous les trépieds, et Méroé formidable voloit de l'un à l'autre en murmurant des paroles
confuses :

« Ici de la verveine en fleur..... là, trois brins de
sauge cueillis à minuit dans le cimetière de ceux qui
sont morts par l'épée... ici, le voile de la bien-aimée
sous lequel le bien-aimé cacha sa pâleur et sa désolation après avoir égorgé l'époux endormi pour jouir de
ses amours... ici encore, les larmes d'une tigresse excé-
dée par la faim, qui ne se console pas d'avoir dévoré
un de ses petits ! »

Et ses traits renversés exprimoient tant de souffrance
et d'horreur qu'elle me fit presque de la pitié. Inquiète
de voir ses conjurations suspendues par quelque obstacle
imprévu, elle bondit de rage, s'éloigna, revint armée de
deux longues baguettes d'ivoire, liées à leur extrémité
par un lacet composé de treize crins, détachés du cou
d'une superbe cavale blanche par le voleur même qui
avoit tué son maître, et sur la tresse flexible elle fit voler
le *rhombus*[1] d'ébène, aux globes vides et sonores, qui
bruit et hurla dans l'air et revint en roulant avec un

---

[1] Voyez la note sur le *rhombus*.

grondement sourd, et roula encore en grondant, et puis
se ralentit et tomba. Les flammes des trépieds se dres-
soient comme des langues de couleuvres; et les ombres
étoient contentes. « Venez, venez, crioit Méroé, il faut
que les démons de la nuit s'apaisent, et que les morts se
réjouissent. Apportez-moi de la verveine en fleur, de la
sauge cueillie à minuit, et du trèfle à quatre feuilles;
donnez des moissons de jolis bouquets à Saga et aux
démons de la nuit. » Puis tournant un œil étonné sur
l'aspic d'or dont les replis s'arrondissoient autour de son
bras nu; sur le bracelet précieux, ouvrage du plus habile artiste de la Thessalie qui n'y avoit épargné ni le
choix des métaux, ni la perfection du travail, — l'argent
y étoit incrusté en écailles délicates, et il n'y en avoit
pas une dont la blancheur ne fût relevée par l'éclat d'un
rubis ou par la transparence si douce au regard d'un
saphir plus bleu que le ciel. — Elle le détache, elle mé-
dite, elle rêve, elle appelle le serpent en murmurant des
paroles secrètes; et le serpent animé se déroule et fuit
avec un sifflement de joie comme un esclave délivré. Et
le *rhombus* roule encore; il roule toujours en grondant,
il roule comme la foudre éloignée qui se plaint dans des
nuages emportés par le vent, et qui s'éteint en gémissant dans un orage fini. Cependant, toutes les voûtes
s'ouvrent, tous les espaces du ciel se déploient, tous
les astres descendent, tous les nuages s'aplanissent et
baignent le seuil comme des parvis de ténèbres. La
lune, tachée de sang, ressemble au bouclier de fer sur
lequel on vient de rapporter le corps d'un jeune Spar-
tiate égorgé par l'ennemi. Elle roule et appesantit sur
moi son disque livide, qu'obscurcit encore la fumée des
trépieds éteints. Méroé continue à courir en frappant de
ses doigts, d'où jaillissent de longs éclairs, les innombrables colonnes du palais, et chaque colonne qui se
divise sous les doigts de Méroé découvre une colonnade
immense qui est peuplée de fantômes, et chacun des

fantômes frappe comme elle une colonne qui ouvre des colonnades nouvelles; et il n'y a pas une colonne qui ne soit témoin du sacrifice d'un enfant nouveau-né arraché aux caresses de sa mère. Pitié! pitié! m'écriai-je, pour la mère infortunée qui dispute son enfant à la mort. — Mais cette prière étouffée n'arrivoit à mes lèvres qu'avec la force du souffle d'un agonisant qui dit : Adieu! Elle expiroit en sons inarticulés sur ma bouche balbutiante. Elle mouroit comme le cri d'un homme qui se noie, et qui cherche en vain à confier aux eaux muettes le dernier appel du désespoir. L'eau insensible étouffe sa voix; elle le recouvre, morne et froide; elle dévore sa plainte; elle ne la portera jamais jusqu'au rivage.

Tandis que je me débattois contre la terreur dont j'étois accablé, et que j'essayois d'arracher de mon sein quelque malédiction qui réveillât dans le ciel la vengeance des dieux : Misérable! s'écria Méroé, sois puni à jamais de ton insolente curiosité!... Ah! tu oses violer les enchantements du sommeil... Tu parles, tu cries et tu vois.... Eh bien! tu ne parleras plus que pour te plaindre, tu ne crieras plus que pour implorer en vain la sourde pitié des absents, tu ne verras plus que des scènes d'horreur qui glaceront ton âme... Et en s'exprimant ainsi, avec une voix plus grêle et plus déchirante que celle d'une hyène égorgée qui menace encore les chasseurs, elle détachoit de son doigt la turquoise chatoyante qui étinceloit de flammes variées comme les couleurs de l'arc en ciel, ou comme la vague qui bondit à la marée montante, et réfléchit en se roulant sur elle-même les feux du soleil levant. Elle presse du doigt un ressort inconnu qui soulève la pierre merveilleuse sur sa charnière invisible, et découvre dans un écrin d'or je ne sais quel monstre sans couleur et sans forme, qui bondit, hurle, s'élance, et tombe accroupi sur le sein de la magicienne. — Te voilà, dit-elle, mon cher Smarra, le bien-aimé, l'unique favori de mes pensées amou-

reuses, toi que la haine du ciel a choisi dans tous ses trésors pour le désespoir des enfants de l'homme. Va, je te
l'ordonne, spectre flatteur, ou décevant ou terrible, va
tourmenter la victime que je t'ai livrée; fais-lui des
supplices aussi variés que les épouvantements de l'enfer
qui t'a conçu, aussi cruels, aussi implacables que ma
colère. Va te rassasier des angoisses de son cœur palpitant, compter les battements convulsifs de son pouls
qui se précipite, qui s'arrête... contempler sa douloureuse agonie et la suspendre pour la recommencer... A
ce prix, fidèle esclave de l'amour, tu pourras au départ
des songes redescendre sur l'oreiller embaumé de ta
maîtresse, et presser dans tes bras caressants la reine
des terreurs nocturnes...— Elle dit, et le monstre jaillit
de sa main brûlante comme le palet arrondi du discobole, il tourne dans l'air avec la rapidité de ces feux
artificiels qu'on lance sur les navires, étend des ailes
bizarrement festonnées, monte, descend, grandit, se
rapetisse, et, nain difforme et joyeux, dont les mains
sont armées d'ongles d'un métal plus fin que l'acier,
qui pénètrent la chair sans la déchirer, et boivent le sang
à la manière de la pompe insidieuse des sangsues, il
s'attache sur mon cœur, se développe, soulève sa tête
énorme et rit. En vain mon œil, fixe d'effroi, cherche
dans l'espace qu'il peut embrasser un objet qui le ras-
sure : les mille démons de la nuit escortent l'affreux
démon de la turquoise. Des femmes rabougries au regard ivre ; des serpents rouges et violets dont la bouche
jette du feu ; des lézards qui élèvent au-dessus d'un
lac de boue et de sang un visage pareil à celui de
l'homme ; des têtes nouvellement détachées du tronc
par la hache du soldat, mais qui me regardent avec des
yeux vivants, et s'enfuient en sautillant sur des pieds de
reptiles...

Depuis cette nuit funeste, ô Lucius, il n'est plus de
nuits paisibles pour moi. La couche parfumée des jeunes

filles qui n'est ouverte qu'aux songes voluptueux; la
tente infidèle du voyageur qui se déploie tous les soirs
sous de nouveaux ombrages; le sanctuaire même des
temples est un asile impuissant contre les démons de la
nuit. A peine mes paupières, fatiguées de lutter contre
le sommeil si redouté, se ferment d'accablement, tous
les monstres sont là, comme à l'instant où je les ai vus
s'échapper avec Smarra de la bague magique de Méroé.
Ils courent en cercle autour de moi, m'étourdissent de
leurs cris, m'effraient de leurs plaisirs et souillent mes
lèvres frémissantes de leurs caresses de harpies. Méroé
les conduit et plane au-dessus d'eux, en secouant sa
longue chevelure, d'où s'échappent des éclairs d'un
bleu livide. Hier encore... elle étoit bien plus grande
que je ne l'ai vue autrefois... c'étoient les mêmes formes
et les mêmes traits, mais sous leur apparence séduisante
je discernois avec effroi, comme au travers d'une gaze
subtile et légère, le teint plombé de la magicienne et
ses membres couleur de soufre : ses yeux fixes et creux
étoient tout noyés de sang, des larmes de sang sillon-
noient ses joues profondes, et sa main, déployée dans
l'espace, laissoit imprimée sur l'air même la trace d'une
main de sang...— Viens, me dit-elle, en m'effleurant
d'un signe du doigt qui m'auroit anéanti s'il m'avoit
touché, viens visiter l'empire que je donne à mon époux,
car je veux que tu connoisses tous les domaines de la
terreur et du désespoir.... — Et en parlant ainsi elle
voloit devant moi, les pieds à peine détachés du sol, et
s'approchant ou s'éloignant alternativement de la terre,
comme la flamme qui danse au-dessus d'une torche
prête à s'éteindre. Oh! que l'aspect du chemin que nous
dévorions en courant étoit affreux à tous les sens! Que
la magicienne elle-même paroissoit impatiente d'en
trouver la fin! Imagine-toi le caveau funèbre où elles
entassent les débris de toutes les innocentes victimes de
leurs sacrifices, et, parmi les plus imparfaits de ces

restes mutilés, pas un lambeau qui n'ait conservé une voix, des gémissements et des pleurs! Imagine-toi des murailles mobiles, mobiles et animées, qui se resserrent de part et d'autre au-devant de tes pas, et qui embrassent peu à peu tous les membres de l'enceinte d'une prison étroite et glacée.... Ton sein oppressé qui se soulève, qui tressaille, qui bondit pour aspirer l'air de la vie à travers la poussière des ruines, la fumée des flambeaux, l'humidité des catacombes, le souffle empoisonné des morts... et tous les démons de la nuit qui crient, qui sifflent, hurlent ou rugissent à ton oreille épouvantée : Tu ne respireras plus !

Et pendant que je marchois, un insecte mille fois plus petit que celui qui attaque d'une dent impuissante le tissu délicat des feuilles de rose ; un atome disgracié qui passe mille ans à imposer un de ses pas sur la sphère universelle des cieux dont la matière est mille fois plus dure que le diamant... Il marchoit, il marchoit aussi ; et la trace obstinée de ses pieds paresseux avoit divisé ce globe impérissable jusqu'à son axe.

Après avoir parcouru ainsi, tant notre élan étoit rapide, une distance pour laquelle les langages de l'homme n'ont point de terme de comparaison, je vis jaillir de la bouche d'un soupirail, voisin comme la plus éloignée des étoiles, quelques traits d'une blanche clarté. Pleine d'espérance, Méroé s'élança, je la suivis, entraîné par une puissance invincible ; et d'ailleurs le chemin du retour, effacé comme le néant, infini comme l'éternité, venoit de se fermer derrière moi d'une manière impénétrable au courage et à la patience de l'homme. Il y avoit déjà entre Larisse et nous tous les débris des mondes innombrables qui ont précédé celui-ci dans les essais de la création, depuis le commencement des temps, et dont le plus grand nombre ne le surpassent pas moins en immensité qu'il n'excède lui-même de son étendue prodigieuse le nid invisible du moucheron. La porte sé-

pulcrale qui nous reçut ou plutôt qui nous aspira au
sortir de ce gouffre s'ouvroit sur un champ sans horizon,
qui n'avoit jamais rien produit. On y distinguoit à peine
dans un coin reculé du ciel le contour indécis d'un astre
immobile et obscur, plus immobile que l'air, plus obscur
que les ténèbres qui règnent dans ce séjour de désolation. C'étoit le cadavre du plus ancien des soleils, couché sur le fond ténébreux du firmament, comme un
bateau submergé sur un lac grossi par la fonte des neiges.
La lueur pâle qui venoit·de frapper mes yeux ne provenoit point de lui. On auroit dit qu'elle n'avoit aucune
origine et qu'elle n'étoit qu'une couleur particulière de
la nuit, à moins qu'elle ne résultât de l'incendie de quelque monde éloigné dont la cendre brûloit encore. Alors,
le croirois-tu? elles vinrent toutes, les sorcières de
Thessalie, escortées de ces nains de la terre qui tra-
vaillent dans les mines, qui ont un visage comme le
cuivre et des cheveux bleus comme l'argent dans la fournaise; de ces salamandres aux longs bras, à la queue
aplatie en rame, aux couleurs inconnues, qui descendent
vivantes et agiles du milieu des flammes, comme des
lézards noirs à travers une poussière de feu; elles vinrent suivies des Aspioles qui ont le corps si frêle, si
élancé, surmonté d'une tête difforme, mais riante, et
qui se balancent sur les ossements de leurs jambes vides
et grêles, semblables à un chaume stérile agité par le
vent; des Achrones qui n'ont point de membres, point
de voix, point de figures, point d'âge, et qui bondissent
en pleurant sur la terre gémissante, comme des outres
gonflées d'air; des Psylles qui sucent un venin cruel, et
qui, avides de poisons, dansent en rond en poussant des
sifflements aigus pour éveiller les serpents, pour les réveiller dans l'asile caché, dans le trou sinueux des serpents. Il y avoit là jusqu'aux Morphoses que vous avez
tant aimées, qui sont belles comme Psyché, qui jouent
comme les Grâces, qui ont des concerts comme les Muses,

et dont le regard séducteur, plus pénétrant, plus enve-
nimé que la dent de la vipère, va incendier votre sang et
faire bouillir la moelle dans vos os calcinés. Tu les aurois
vues, enveloppées dans leurs linceuls de pourpre, promener autour d'elles des nuages plus brillants que
l'Orient, plus parfumés que l'encens d'Arabie, plus harmonieux que le premier soupir d'une vierge attendrie
par l'amour, et dont la vapeur enivrante fascinoit l'âme
pour la tuer. Tantôt leurs yeux roulent une flamme humide qui charme et qui dévore; tantôt elles penchent la
tête avec une grâce qui n'appartient qu'à elles, en solli-
citant votre confiance crédule, d'un sourire caressant,
du sourire d'un masque perfide et animé qui cache la
joie du crime et la laideur de la mort. Que te dirai-je?
Entraîné par le tourbillon des esprits qui flottoit comme
un nuage; comme la fumée d'un rouge sanglant qui
descend d'une ville incendiée; comme la lave liquide
qui répand, croise, entrelace des ruisseaux ardents sur
une campagne de cendres... j'arrivai... j'arrivai... Tous
les sépulcres étoient ouverts... tous les morts étoient
exhumés... toutes les goules[1], pâles, impatientes, affamées, étoient présentes; elles brisoient les ais des cercueils, déchiroient les vêtements sacrés, les derniers
vêtements du cadavre; se partageoient d'affreux débris
avec une plus affreuse volupté, et, d'une main irrésistible, car j'étois, hélas! foible et captif comme un enfant au berceau, elles me forçoient à m'associer... ô
terreur!... à leur exécrable festin!...

En achevant ces paroles, Polémon se souleva sur son
lit, et, tremblant, éperdu, les cheveux hérissés, le regard
fixe et terrible, il nous appela d'une voix qui n'avoit

---

[1] En esclavon, *ogoljen,* dépouillé, soit parce qu'elles sont nues comme des
spectres, soit par antiphrase, parce qu'elles dépouillent les morts. J'écris
goules, parce que ce mot, consacré dans les traductions des contes arabes,
ne nous est pas étranger, et qu'il est évidemment formé de la même racine.

rien d'humain. — Mais les airs de la harpe de Myrthé
voloient déjà dans les airs; les démons étoient apaisés,
le silence étoit calme comme la pensée de l'innocent
qui s'endort la veille de son jugement. Polémon dormoit
paisible aux doux sons de la harpe de Myrthé.

L'ÉPODE.

Ergo exercentur pœnis, veterumque malorum
Supplicia expendunt ; aliæ panduntur inanes,
Suspensæ ad ventos, aliis sub gurgite vasto
Infectum eluitur scelus, aut exuritur igni.

VIRGILE.

C'est sa coutume de dormir après ses repas, et le moment est favorable pour lui briser le crâne avec un marteau, lui ouvrir le ventre avec un pieu, ou lui couper la
gorge avec un poignard.

SHAKSPEARE.

Les vapeurs du plaisir et du vin avoient étourdi mes esprits, et je voyois malgré moi les fantômes de l'imagination de Polémon se poursuivre dans les recoins les moins éclairés de la salle du festin. Déjà il s'étoit endormi d'un sommeil profond sur le lit semé de fleurs, à côté de sa coupe renversée, et mes jeunes esclaves, surprises par un abattement plus doux, avoient laissé tomber leur tête appesantie contre la harpe qu'elles tenoient embrassée. Les cheveux d'or de Myrthé descendoient comme un long voile sur son visage entre les fils d'or qui pâlissoient auprès d'eux, et l'haleine de son doux sommeil, errant sur les cordes harmonieuses, en tiroit encore je ne sais quel son voluptueux qui venoit mourir à mon oreille. Cependant les fantômes n'étoient pas partis ; ils dansoient toujours dans les ombres des colonnes et dans la fumée des flambeaux. Impatient de ce prestige imposteur de l'ivresse, je ramenai sur ma tête les frais rameaux du lierre préservateur, et je fermai avec force mes yeux tourmentés par les illusions de la lumière. J'entendis alors une étrange rumeur, où je distinguois des voix tour à tour graves et menaçantes, ou injurieuses et ironiques. Une d'elles me répétoit, avec une fastidieuse monotonie, quelques vers d'une scène d'Eschyle; une autre les dernières leçons que m'avoit adressées mon aïeul mourant; de temps en temps, comme une bouffée de vent qui court en sifflant parmi les branches mortes et les feuilles desséchées dans les intervalles de la tempête, une figure dont je sentois le souffle éclatoit de rire contre ma joue, et s'éloignoit en riant encore. Des illusions bizarres et horribles succédèrent à cette illusion. Je croyois voir, à travers un nuage de sang, tous les objets sur lesquels mes regards venoient de s'éteindre : ils flottoient devant moi, et me poursuivoient d'attitudes horribles et de gémissements accusateurs. Polémon, toujours couché auprès de sa coupe vide, Myrthé, toujours appuyée sur sa harpe immobile, poussoient contre moi des imprécations furieuses, et me demandoient compte de je ne sais quel assassinat. Au moment où je me soulevois pour leur répondre, et où j'étendois mes bras sur la couche rafraîchie par d'amples libations de liqueurs et de parfums, quelque chose de froid saisit les articulations de mes mains frémissantes : c'étoit un nœud de fer, qui au même instant tomba sur mes pieds engourdis, et je me trouvai debout entre deux haies de soldats livides, étroitement serrés, dont les lances terminées par un fer éblouissant représentoient une longue suite de candélabres. Alors je me mis à marcher, en cherchant du regard, dans le ciel, le vol de la colombe voyageuse, pour confier au moins à ses soupirs, avant le moment horrible que je commençois à prévoir, le secret d'un amour caché qu'elle pourroit raconter un jour en planant près de la baie de Corcyre, au-dessus d'une jolie maison blanche; mais la colombe pleuroit sur son nid, parce que l'autour venoit de lui enlever le plus cher des oiseaux de sa couvée, et je m'avançois d'un pas pénible et mal assuré vers le but de ce convoi tragique, au mi-

lieu d'un murmure d'affreuse joie qui couroit à travers
la foule, et qui appeloit impatiemment mon passage; le
murmure du peuple à la bouche béante, à la vue altérée
de douleurs dont la sanglante curiosité boit du plus loin
possible toutes les larmes de la victime que le bourreau
va lui jeter. Le voilà, crioient-ils tous, le voilà!... — Je
l'ai vu sur un champ de bataille, disoit un vieux soldat,
mais il n'étoit pas alors blême comme un spectre, et il
paroissoit brave à la guerre. — Qu'il est petit, ce Lucius
dont on faisoit un Achille et un Hercule! reprenoit un
nain que je n'avois pas remarqué parmi eux. C'est la
terreur, sans doute, qui anéantit sa force et qui fléchit
ses genoux. — Est-on bien sûr que tant de férocité ait
pu trouver place dans le cœur d'un homme? dit un vieillard aux cheveux blancs dont le doute glaça mon cœur.
Il ressembloit à mon père. — Lui! repartit la voix d'une
femme, dont la physionomie exprimoit tant de douceur...
Lui! répéta-t-elle en s'enveloppant de son voile pour
éviter l'horreur de mon aspect... le meurtrier de Polémon et de la belle Myrthé!... — Je crois que le monstre
me regarde, dit une femme du peuple. Ferme-toi,
œil de basilic, âme de vipère, que le ciel te maudisse!
— Pendant ce temps-là les tours, les rues, la ville entière fuyoient derrière moi comme le port abandonné par
un vaisseau aventureux qui va tenter les destins de la
mer. Il ne restoit qu'une place nouvellement bâtie, vaste,
régulière, superbe, couverte d'édifices majestueux,
inondée d'une foule de citoyens de tous les états, qui
renonçoient à leurs devoirs pour obéir à l'attrait d'un
plaisir piquant. Les croisées étoient garnies de curieux
avides, entre lesquels on voyoit des jeunes gens disputer l'étroite embrasure à leur mère ou à leur maîtresse.
L'obélisque élevé au-dessus des fontaines, l'échafaudage
tremblant du maçon, les tréteaux nomades du baladin,
portoient des spectateurs. Des hommes haletants d'impatience et de volupté pendoient aux corniches des pa-

lais, et embrassant de leurs genoux les arêtes de la muraille, ils répétoient avec une joie immodérée : Le voilà ! Une petite fille dont les yeux hagards annonçoient la folie, et qui avoit une tunique bleue toute froissée et des cheveux blonds poudrés de paillettes, chantoit l'histoire de mon supplice. Elle disoit les paroles de ma mort et la confession de mes forfaits, et sa complainte cruelle révéloit à mon âme épouvantée des mystères du crime impossibles à concevoir pour le crime même. L'objet de tout ce spectacle, c'étoit moi, un autre homme qui m'accompagnoit, et quelques planches exhaussées sur quelques pieux, au-dessus desquelles le charpentier avoit fixé un siége grossier et un bloc de bois mal équarri qui le dépassoit d'une demi-brasse. Je montai quatorze degrés ; je m'assis : je promenai mes yeux sur la foule ; je désirai de reconnoître des traits amis, de trouver, dans le regard circonspect d'un adieu honteux, des lueurs d'espérance ou de regret ; je ne vis que Myrthé qui se réveilloit contre sa harpe, et qui la touchoit en riant ; que Polémon qui relevoit sa coupe vide, et qui, à demi étourdi par les fumées de son breuvage, la remplissoit encore d'une main égarée. Plus tranquille, je livrai ma tête au sabre si tranchant et si glacé de l'officier de la mort. Jamais un frisson plus pénétrant n'a couru entre les vertèbres de l'homme ; il étoit saisissant comme le dernier baiser que la fièvre imprime au cou d'un moribond, aigu comme l'acier raffiné, dévorant comme le plomb fondu. Je ne fus tiré de cette angoisse que par une commotion terrible : ma tête étoit tombée..... elle avoit roulé, rebondi sur le hideux parvis de l'échafaud, et, prête à descendre toute meurtrie entre les mains des enfants, des jolis enfants de Larisse, qui se jouent avec des têtes de morts, elle s'étoit rattachée à une planche saillante en la mordant avec ces dents de fer que la rage prête à l'agonie. De là je tournois mes yeux vers l'assemblée, qui se retiroit silencieuse, mais satisfaite. Un

homme venoit de mourir devant le peuple. Tout s'écoula
en exprimant un sentiment d'admiration pour celui qui
ne m'avoit pas manqué, et un sentiment d'horreur contre l'assassin de Polémon et de la belle Myrthé.— Myrthé! Myrthé! m'écriai-je en rugissant, mais sans quitter
la planche salutaire.— Lucius! Lucius! répondit-elle
en sommeillant à demi, tu ne dormiras donc jamais
tranquille quand tu as vidé une coupe de trop! Que les
dieux infernaux te pardonnent, et ne dérange plus mon
repos. J'aimerois mieux coucher au bruit du marteau de
mon père, dans l'atelier où il tourmente le cuivre, que
parmi les terreurs nocturnes de ton palais.

Et pendant qu'elle me parloit, je mordois, obstiné, le
bois humecté de mon sang fraîchement répandu, et je
me félicitois de sentir croître les sombres ailes de la
mort qui se déployoient lentement au-dessous de mon
cou mutilé. Toutes les chauves-souris du crépuscule
m'effleuroient caressantes, en me disant : Prends des
ailes!... et je commençois à battre avec effort je ne
sais quels lambeaux qui me soutenoient à peine. Cependant tout à coup j'éprouvai une illusion rassurante. Dix
fois je frappai les lambris funèbres du mouvement de
cette membrane presque inanimée que je traînois autour
de moi comme les pieds flexibles du reptile qui se roule
dans le sable des fontaines; dix fois je rebondis en m'es-
sayant peu à peu dans l'humide brouillard. Qu'il étoit
noir et glacé! et que les déserts des ténèbres sont tristes !
Je remontai enfin jusqu'à la hauteur des bâtiments les
plus élevés, et je planai en rond autour du socle solitaire,
du socle que ma bouche mourante venoit d'effleurer
d'un sourire et d'un baiser d'adieu. Tous les spectateurs
avoient disparu, tous les bruits avoient cessé, tous les
astres étoient cachés, toutes les lumières évanouies.
L'air étoit immobile, le ciel glauque, terne, froid comme
une tôle mate. Il ne restoit rien de ce que j'avois vu,
de ce que j'avois imaginé sur la terre, et mon âme épou-

vantée d'être vivante fuyoit avec horreur une solitude
plus immense, une obscurité plus profonde que la solitude et l'obscurité du néant. Mais cet asile que je cherchois, je ne le trouvois pas. Je m'élevois comme le
papillon de nuit qui a nouvellement brisé ses langes
mystérieux pour déployer le luxe inutile de sa parure de
pourpre, d'azur et d'or. S'il aperçoit de loin la croisée
du sage qui veille en écrivant à la lueur d'une lampe de
peu de valeur, ou celle d'une jeune épouse dont le mari
s'est oublié à la chasse, il monte, cherche à se fixer,
bat le vitrage en frémissant, s'éloigne, revient, roule,
bourdonne, et tombe en chargeant le talc transparent
de toute la poussière de ses ailes fragiles. C'est ainsi que
je battois des mornes ailes que le trépas m'avoit données
les voûtes d'un ciel d'airain, qui ne me répondoit que
par un sourd retentissement, et je redescendois en planant en rond autour du socle solitaire, du socle que
ma bouche mourante venoit d'effleurer d'un sourire et
d'un baiser d'adieu. Le socle n'étoit plus vide. Un autre
homme venoit d'y appuyer sa tête, sa tête renversée en
arrière, et son cou montroit à mes yeux la trace de la
blessure, la cicatrice triangulaire du fer de lance qui me
ravit Polémon au siége de Corinthe. Ses cheveux ondoyants rouloient leurs boucles dorées autour du bloc
sanglant : mais Polémon, tranquille et les paupières
abattues, paroissoit dormir d'un sommeil heureux. Quelque sourire qui n'étoit pas celui de la terreur voloit sur
ses lèvres épanouies, et appeloit de nouveaux chants de
Myrthé, ou de nouvelles caresses de Thélaïre. Aux traits
du jour pâle qui commençoit à se répandre dans l'enceinte de mon palais, je reconnoissois à des formes
encore un peu indécises toutes les colonnes et tous les
vestibules, parmi lesquels j'avois vu se former pendant
la nuit les danses funèbres des mauvais esprits. Je cherchai Myrthé; mais elle avoit quitté sa harpe, et, immobile entre Thélaïre et Théis, elle arrêtoit un regard

morne et cruel sur le guerrier endormi. Tout à coup au milieu d'elles s'élança Méroé : l'aspic d'or qu'elle avoit détaché de son bras siffloit en glissant sous les voûtes; le *rhombus* retentissant rouloit et grondoit dans l'air; Smarra, convoqué pour le départ des songes du matin, venoit réclamer la récompense promise par la reine des terreurs nocturnes, et palpitoit auprès d'elle d'un hideux amour en faisant bourdonner ses ailes avec tant de rapidité, qu'elles n'obscurcissoient pas du moindre nuage la transparence de l'air. — Théis, et Thélaïre, et Myrthé dansoient échevelées et poussoient des hurlements de joie. Près de moi, d'horribles enfants aux cheveux blancs, au front ridé, à l'œil éteint, s'amusoient à m'enchaîner sur mon lit des plus fragiles réseaux de l'araignée qui jette son filet perfide à l'angle de deux murailles contiguës pour y surprendre un pauvre papillon égaré. Quelques-uns recueilloient ces fils d'un blanc soyeux dont les flocons légers échappent au fuseau miraculeux des fées, et ils les laissoient tomber de tout le poids d'une chaîne de plomb sur mes membres excédés de douleur. — Lève-toi, me disoient-ils avec des rires insolents, et ils brisoient mon sein oppressé en le frappant d'un chalumeau de paille, rompu en forme de fléau, qu'ils avoient dérobé à la gerbe d'une glaneuse. Cependant j'essayois de dégager des frêles liens qui les captivoient mes mains redoutables à l'ennemi, et dont le poids s'est fait sentir souvent aux Thessaliens dans les jeux cruels du ceste et du pugilat; et mes mains redoutables, mes mains exercées à soulever un ceste de fer qui donne la mort, mollissoient sur la poitrine désarmée du nain fantastique, comme l'éponge battue par la tempête au pied d'un vieux rocher que la mer attaque sans l'ébranler depuis le commencement des siècles. Ainsi s'évanouit sans laisser de traces, avant même d'effleurer l'obstacle dont le rapproche un souffle jaloux, ce globe aux mille couleurs, jouet éblouissant et fugitif des enfants.

La cicatrice de Polémon versoit du sang, et Méroé, ivre de volupté, élevait au-dessus du groupe avide de ses compagnes le cœur déchiré du soldat qu'elle venoit d'arracher de sa poitrine. Elle en refusoit, elle en disputoit les lambeaux aux filles de Larisse altérées de sang. Smarra protégeoit de son vol rapide et de ses sifflements menaçants l'effroyable conquête de la reine des terreurs nocturnes. A peine il caressoit lui-même de l'extrémité de sa trompe, dont la longue spirale se dérouloit comme un ressort, le cœur sanglant de Polémon, pour tromper un moment l'impatience de sa soif; et Méroé, la belle Méroé, sourioit à sa vigilance et à son amour.

Les liens qui me retenoient avoient enfin cédé; et je tombois debout, éveillé au pied du lit de Polémon, tandis que loin de moi fuyoient tous les démons, et toutes les sorcières, et toutes les illusions de la nuit. Mon palais même, et les jeunes esclaves qui en faisoient l'ornement, fortune passagère des songes, avoient fait place à la tente d'un guerrier blessé sous les murailles de Corinthe, et au cortége lugubre des officiers de la mort. Les flambeaux du deuil commençoient à pâlir devant les rayons du soleil levant; les chants du regret commençoient à retentir sous les voûtes souterraines du tombeau. Et Polémon... ô désespoir! ma main tremblante demandoit en vain une foible ondulation à sa poitrine. — Son cœur ne battoit plus. — Son sein étoit vide.

L'ÉPILOGUE.

Hic umbrarum tenui stridore volantum
Flebilis auditur questus, simulacra coloni
Pallida, defunctasque vident migrare figuras.
CLAUDIEN.

Jamais je ne pourrai ajouter foi à ces vieilles fables, ni à ces jeux de féerie. Les amants, les fous et les poëtes ont des cerveaux brûlants, une imagination qui ne conçoit que des fantômes, et dont les conceptions, roulant dans un brûlant délire, s'égarent toutes au delà des limites de la raison.
SHAKSPEARE.

Ah! qui viendra briser leurs poignards, qui pourra étancher le sang de mon frère et le rappeler à la vie! Oh! que suis-je venu chercher ici! Éternelle douleur! Larisse, Thessalie, Tempé, flots du Pénée que j'abhorre! ô Polémon, cher Polémon!...

« Que dis-tu, au nom de notre bon ange, que dis-tu de poignards et de sang? Qui te fait balbutier depuis si longtemps des paroles qui n'ont point d'ordre, ou gémir d'une voix étouffée comme un voyageur qu'on assassine au milieu de son sommeil, et qui est réveillé par la mort?... Lorenzo, mon cher Lorenzo..... »

Lisidis, Lisidis, est-ce toi qui m'as parlé? en vérité, j'ai cru reconnoître ta voix, et j'ai pensé que les ombres s'en alloient. Pourquoi m'as-tu quitté pendant que je recevois dans mon palais de Larisse les derniers soupirs de Polémon, au milieu des sorcières qui dansent de joie? Vois, comme elles dansent de joie.....

« Hélas! je ne connois ni Polémon, ni Larisse, ni la joie formidable des sorcières de Thessalie. Je ne connois que Lorenzo. C'étoit hier — as-tu pu l'oublier si vite? — que revenoit pour la première fois le jour qui a

vu consacrer notre mariage; c'étoit hier le huitième jour
de notre mariage... regarde, regarde le jour, regarde
Arona, le lac et le ciel de Lombardie... »

Les ombres vont et reviennent, elles me menacent,
elles parlent avec colère, elles parlent de Lisidis, d'une
jolie petite maison au bord des eaux, et d'un rêve que
j'ai fait sur une terre éloignée... elles grandissent, elles
me menacent, elles crient...

« De quel nouveau reproche veux-tu me tourmenter,
cœur ingrat et jaloux? Ah! je sais bien que tu te joues
de ma douleur, et que tu ne cherches qu'à excuser quelque infidélité, ou à couvrir d'un prétexte bizarre une
rupture préparée d'avance... Je ne te parlerai plus. »

Où est Théis, où est Myrthé, où sont les harpes de
Thessalie? Lisidis, Lisidis, si je ne me suis pas trompé
en entendant ta voix, ta douce voix, tu dois être là, près
de moi... toi seule peux me délivrer des prestiges et des
vengeances de Méroé... Délivre-moi de Théis, de Myrthé,
de Thélaïre elle-même...

« C'est toi, cruel, qui portes trop loin la vengeance,
et qui veux me punir d'avoir dansé hier trop longtemps
avec un autre que toi au bal de l'île Belle; mais s'il avoit
osé me parlé d'amour, s'il m'avoit parlé d'amour... »

Par saint Charles d'Arona, que Dieu l'en préserve à
jamais... Seroit-il vrai en effet, ma Lisidis, que nous
sommes revenus de l'île Belle au doux bruit de ta gui-
tare, jusqu'à notre jolie maison d'Arona, — de Larisse,
de Thessalie, au doux bruit de ta harpe et des eaux du
Pénée?

« Laisse la Thessalie. Lorenzo, réveille-toi... vois les
rayons du soleil levant qui frappent la tête colossale de
saint Charles. Écoute le bruit du lac qui vient mourir

sur la grève au pied de notre jolie maison d'Arona. Respire les brises du matin qui portent sur leurs ailes si fraîches tous les parfums des jardins et des îles, tous les murmures du jour naissant. Le Pénée coule bien loin d'ici. »

Tu ne comprendras jamais ce que j'ai souffert cette nuit sur ses rivages. Que ce fleuve soit maudit de la nature, et maudite aussi la maladie funeste qui a égaré mon âme pendant des heures plus longues que la vie dans des scènes de fausses délices et de cruelles terreurs ! elle a imposé sur mes cheveux le poids de dix ans de vieillesse !

« Je te jure qu'ils n'ont pas blanchi... mais une autre fois plus attentive, je lierai une de mes mains à ta main, je glisserai l'autre dans les boucles de tes cheveux, je respirerai toute la nuit le souffle de tes lèvres, et je me défendrai d'un sommeil profond pour pouvoir te réveiller toujours avant que le mal qui te tourmente soit parvenu jusqu'à ton cœur... Dors-tu ? »

NOTE SUR LE RHOMBUS.

Ce mot, fort mal expliqué par les lexicographes et les commentateurs, a occasionné tant de singulières méprises, qu'on me pardonnera peut-être d'en épargner de nouvelles aux traducteurs à venir. M. Noël lui-même, dont la saine érudition est rarement en défaut, n'y voit qu'*une sorte de roue en usage dans les opérations magiques*; plus heureux toutefois dans cette rencontre que son estimable homonyme, l'auteur de l'*Histoire des Pêches*, qui, trompé par une conformité de nom fondée sur une conformité de figure, a regardé le *rhombus* comme un poisson, et qui fait honneur au turbot des merveilles de cet instrument de Sicile et de Thessalie. Lucien, cependant, qui parle d'un *rhombos* d'airain, témoigne assez qu'il est question d'autre chose que d'un poisson. Perrot d'Ablancourt a traduit un « miroir d'airain, » parce qu'il y avoit en effet des miroirs faits en rhombe, et que la forme se prend quelquefois pour la chose dans le style figuré. Belin de Ballu a rectifié cette erreur pour tomber dans une autre. Théocrite fait dire à une de ses bergères : « Comme le *rhombos* tourne rapidement au gré de mes désirs, ordonne, Vénus, que mon amant revienne à ma porte avec la même vitesse. » Le traducteur latin de l'inappréciable édition de Libert approche beaucoup de la vérité :

Utque volvitur hic æneus orbis, ope Veneris,
   Sic ille volvatur ante nostras fores.

Un *globe d'airain* n'a rien de commun avec un miroir. Il est fait aussi mention du *rhombus* dans la seconde élégie du livre second de Properce, et dans la trentième épigramme du neu-

vième livre de Martial, sauf erreur. Il est presque décrit dans
la huitième élégie du livre premier des *Amours*, où Ovide
passe en revue les secrets de la magicienne qui instruit sa
fille aux mystères exécrables de son art; et je dois le secret
d'une découverte, d'ailleurs bien insignifiante, à cette réminis_
cence :

> Scit bene — *Saga* — quid gramen, quid torto concita rhombo
> Licia, quid valeat, etc.

Concita licia, torto rhombo, indiquent assez clairement un
instrument arrondi chassé par des lanières, et qu'on ne sauroit
confondre avec le *turbo* [1] des enfants de Rome, qui n'a jamais
été d'airain, et qui ne ressemble pas plus à un miroir qu'à un
poisson; les poëtes n'auroient d'ailleurs pas cherché pour le
désigner le terme inusité de *rhombus*, puisque *turbo* figuroit
assez honorablement dans la langue poétique. Virgile a dit :
Versare turbinem, et Horace :

> Citamque retro solve turbinem.

Je ne suis toutefois pas éloigné de croire que, dans ce dernier
exemple où Horace parle des enchantements des sorcières, il
fait allusion au *rhombos* de Thessalie et de Sicile, dont le nom
latinisé n'a été employé qu'après lui.

On me demandera probablement ce que c'est que le *rhombus*,
si on a pris la peine de lire cette note qui n'est pas destinée
aux dames et qui est de fort peu d'intérêt pour tout le monde.
Tout s'accorde à prouver que le *rhombus* n'est autre chose
que ce jouet d'enfant dont la projection et le bruit ont effec-

---

[1] *Turbo* signifioit ce que nous appelons une toupie, un cône lancé par un
fouet et qui roule sur sa pointe. En Bourgogne, le *turbo* s'appelle encore un
trebi :

> Ai ne fau qu'eine chaiterie.
> Vou qu'un subló, vou qu'un trebi.
> NOEL DE LA MONNOYE.

tivement quelque chose d'effrayant et de magique, et qui, par une singulière analogie d'impression, a été renouvelé de nos jours sous le nom de DIABLE. (*Note du Traducteur.*)

NOTE SUR LE VAMPIRISME.

Nodier s'est occupé à diverses reprises du cauchemar et du *vampirisme*, l'une de ses hallucinations les plus fantastiques. En 1820, il a publié, sans nom d'auteur, un roman qui a eu deux éditions dans la même année, *Lord Ruthven, ou les Vampires*. Paris, Ladvocat, 2 vol. in-12. Il a fait jouer vers le même temps un mélodrame en prose et en trois actes, *les Vampires*. Paris, Barbà, in-8°. Enfin, il a rendu compte, dans un journal, de la traduction du *Vampire* de lord Byron, par M. H. Faber. Nous croyons devoir reproduire ici un extrait de ce compte rendu, à la suite duquel nous réunirons sur le même sujet quelques notes sommaires empruntées à divers auteurs. Il nous semble que les rapprochements de cette nature, trop négligés dans les éditions modernes, ne peuvent que tourner à l'agrément du lecteur.

« La fable des *Vampires*, dit Ch. Nodier dans le compte rendu dont nous avons parlé plus haut, la fable des *Vampires* est peut-être la plus universelle de nos superstitions. Plus on avance vers l'Orient, plus on la trouve accréditée. Dans de certains pays, elle s'appuie sur l'histoire des tribunaux, sur les témoignages les moins suspects. Elle a partout l'autorité de la tradition. Elle ne manque ni de celle de la théologie, ni de celle de la médecine ; la philosophie même en a parlé, sinon du ton de l'incertitude (car la philosophie moderne ne doute de rien), du moins avec de merveilleuses réticences. Une chose étrange, c'est que les hommes les plus simples, les moins intéressés à tromper, c'est que des hommes naturels, des sauvages qui n'auroient aucun avantage à tirer d'une maladie supposée, confessent le *vampirisme*, et s'accusent avec horreur de ce crime involontaire de leur sommeil. Souvent un malheureux paysan dalmate, affaibli par une longue et morne mélancolie, hâve, décharné, mourant, se résout enfin à mettre un terme à son affreuse infirmité. Armé de la faucille des moissons, il profite de l'absence de ses enfants pour se couper les jarrets. La famille éplorée qui l'a retrouvé baigné dans son sang, le pope qui est venu lui apporter les secours de la religion, s'informent en tremblant du motif de cette action désespérée. « Vous ne savez pas, leur dit-il; mais cela est fini. Je n'irai plus troubler le repos des morts, fouiller les fosses des cimetières pour en exhumer les cadavres, ou, ce qui est plus affreux encore, sucer le sang des enfants nouveau-nés dans leur berceau... Seulement, n'oubliez pas, quand vous descendrez mon corps dans sa dernière demeure, de traverser mon cœur avec un pieu, et de me fixer ainsi à la terre de la sépulture. » On le réconcilie, on le bénit. Sa maladie se calme; enchaîné sur la natte qu'il ne quittera plus que pour passer au tombeau, il cesse de rêver ses excursions nocturnes et ses horribles festins. Ce n'est plus à lui qu'on impute la violation des cercueils; et quand un enfant à la mamelle, miné par une maladie secrète, voit sa vie s'éteindre sur le sein de sa mère, ce n'est plus lui qu'on accuse d'avoir tari, dans l'accès d'une soif exécrable, le sang de cette pauvre victime. La maladie terrible que je viens de peindre s'appelle en esclavon le *smarra*. Il est probable que c'est la même que nous appelons en françois *cochemar*, et l'étymologie ne paroîtroit pas trop forcée, quand l'analogie seroit moins sensible dans les choses. En effet, le *vampirisme* est probablement une combinaison assez naturelle, mais heureusement très-rare, du somnambulisme et du *cochemar*. Parmi les infortunés qui sont en proie à cette dernière maladie, il en est beaucoup, au moins parmi ceux que j'ai pu consulter,

dont l'accès ressemble à une scène du *vampirisme*. Si l'homme
atteint du *cochemar* est somnambule ; s'il est libre de sortir à
toute heure de sa hutte, comme le Morlaque de Narente et de
Macarsca, si le hasard ou quelque instinct épouvantable le
conduit au milieu de la nuit dans les cimetières, et qu'il y soit
rencontré par un passant, par un voyageur, par la veuve ou
l'orphelin qui viennent pleurer un époux ou un père, l'histoire
du *vampirisme* tout entière est expliquée, et il en est ainsi de
tous les préjugés, de toutes les superstitions, de toutes les fables.
Il n'y a point d'erreur dans les croyances de l'homme qui ne
soit fille d'une vérité, et cela même a son charme, car les vérités positives n'ont rien de flatteur pour l'imagination. Elle
est au contraire si amoureuse du mensonge, qu'elle préfère à
la peinture d'une émotion agréable, mais naturelle, une illusion
qui épouvante. Cette dernière ressource du cœur humain, fatigué des sentiments ordinaires, c'est ce qu'on appelle le genre
romantique ; poésie étrange, mais très-bien appropriée à l'état
moral de la société, aux besoins des générations blasées qui
demandent des sensations à tout prix, et qui ne croient pas les
payer trop cher du bonheur même des générations à venir.
L'idéal des poëtes primitifs et des poëtes classiques, leurs élégants imitateurs, étoit placé dans les perfections de notre nature. Celui des poëtes romantiques est dans nos misères. Ce
n'est pas un défaut de l'art, c'est un effet nécessaire des progrès de notre perfectionnement social. On sait où nous en
sommes en politique ; en poésie nous en sommes au *cochemar*
et aux *vampires !* »

On a peine à croire qu'il y a cent ans à peine, cette superstition des paysans morlaques dont Nodier parle avec tant
d'intérêt, et dont il explique si bien l'origine, on a peine à croire,
disons-nous, que cette superstition trouvoit encore en France
des croyants très-sincères. Il en est cependant ainsi ; et il n'est
pas besoin de rappeler que dom Calmet, dans son *Traité sur
les apparitions*, publié en 1751, à Paris, a consacré de nom-

breuses pages aux vampires. Pour un homme aussi savant que
dom Calmet, c'étoit pousser un peu loin l'humilité de l'esprit ; du
moins cette croyance, chez le savant bénédictin, pouvoit se lier
d'une manière plus ou moins directe à des scrupules de foi, et,
dans ce motif même, elle a son explication et son excuse ; mais
on est beaucoup plus surpris de la trouver chez l'un des philosophes, nous ne dirons pas les moins crédules, mais les moins
croyants du dix-huitième siècle, chez un ami du grand Fré-
déric, enfin chez le marquis d'Argens, qui raconte, de la meilleure foi du monde, plusieurs histoires dans le genre de celle
que nous rapportons ici :

« Au commencement de septembre (1736), dit le marquis
d'Argens, mourut, dans le village de Kisilova, à trois lieues de
Gradisch (en Esclavonie), un vieillard âgé de soixante-deux
ans, et, trois jours après avoir été enterré, il apparut à son
fils et lui demanda à manger. Celui-ci lui en ayant servi, il
mangea et disparut. Le lendemain, le fils raconta à ses
voisins ce qui étoit arrivé. Cette nuit le père ne parut pas ;
mais la nuit suivante il se fit voir, et demanda à manger. On
ne sait pas si son fils lui en donna ou non ; mais on trouva le
lendemain celui-ci mort dans son lit. Le même jour, cinq ou
six personnes tombèrent subitement malades dans le village,
et moururent l'une après l'autre peu de jours après. L'officier
ou bailli du lieu, informé de ce qui étoit arrivé, envoya une
relation au tribunal de Belgrade, qui envoya dans ce village
deux de ses officiers avec un bourreau pour examiner cette
affaire. L'officier impérial dont on tient cette relation s'y
rendit de Gradisch pour être témoin d'un fait dont il avoit
si souvent ouï parler. On ouvrit tous les tombeaux de ceux
qui étoient morts depuis six semaines. Quand on vint à celui
du vieillard, on le trouva les yeux ouverts, d'une couleur
vermeille et ayant une respiration naturelle, cependant immobile et mort ; d'où l'on conclut qu'il étoit un signalé *vampire*.
Le bourreau lui enfonça un pieu dans le cœur ; on fit un bû-

cher, et l'on y réduisit en cendres ce cadavre. On ne trouva
aucune marque de vampirisme ni dans le cadavre du fils ni
dans celui des autres [1]. »

L'impitoyable bon sens de Voltaire ne pouvoit laisser passer sans protestation de semblables contes, si sérieusement rapportés. Aussi Voltaire s'empressa-t-il d'insérer au *Dictionnaire
philosophique* un article VAMPIRE, dans lequel il déploya la
verve de son incomparable raillerie. « Les vampires (il n'est
pas besoin de rappeler que c'est Voltaire qui parle), les vampires étoient des morts qui sortoient la nuit de leurs cimetières
pour venir sucer le sang des vivants, soit à la gorge, soit au
ventre, après quoi ils alloient se remettre dans leurs fosses.
Les vivants sucés maigrissoient, pâlissoient, tomboient en con-
somption, et les morts suceurs engraissoient, prenoient des
couleurs vermeilles, étoient tout à fait appétissants. C'étoit en
Pologne, en Hongrie, en Silésie, en Moravie, en Autriche, en
Lorraine, que les morts faisoient cette bonne chère. On n'entendoit point parler de vampires à Londres, ni même à Paris.
J'avoue que dans ces deux villes il y eut des agioteurs, des
traitants, des gens d'affaires qui sucèrent en plein jour le sang
du peuple, mais ils n'étoient point morts, quoique corrompus.
Ces suceurs véritables ne demeuroient pas dans des cimetières,
mais dans des palais forts agréables..... »

« Quoi! c'est dans le dix-huitième siècle qu'il y a eu des
vampires! C'est après le règne des Locke, des Shaftesbury, des
Trenchard, des Collins; c'est sous le règne des d'Alembert, des
Diderot, des Saint-Lambert, des Duclos, qu'on a cru aux vampires, et que le révérend père dom Augustin Calmet, prêtre
bénédictin de la congrégation de Saint-Vannes et de Saint-Hidul-
phe, abbé de Senones, abbaye de cent mille livres de rente,
voisine de deux autres abbayes du même revenu, a imprimé
et réimprimé l'histoire des vampires, avec approbation de la
Sorbonne, signée Marcilli!..... »

---

[1] *Lettres Juives*. La Haye, 1742. In-12. Tome IV, p. 157 et 158.

« Cette superstition... alla dans tout l'orient de l'Allemagne. On n'entendit plus parler que de vampires depuis 1730 jusqu'en 1735; on les guetta, on leur arracha le cœur et on les brûla. Ils ressembloient aux anciens martyrs : plus on en brûloit, plus il s'en trouvoit... C'est une chose, à mon gré, très-curieuse que les procès-verbaux faits juridiquement concernant tous les morts qui étoient sortis de leurs tombeaux pour venir sucer les petits garçons et les petites filles de leur voisinage. Calmet rapporte qu'en Hongrie, deux officiers délégués par l'empereur Charles VI, assistés du bailli du lieu et du bourreau, allèrent faire enquête d'un vampire, mort depuis six semaines, qui suçoit tout le voisinage. On le trouva dans sa bière, frais, gaillard, les yeux ouverts et demandant à manger. Le bailli rendit sa sentence. Le bourreau arracha le cœur au vampire et le brûla; après quoi le vampire ne mangea plus. »

(Note de l'Éditeur.)

FIN DES CONTES FANTASTIQUES.

TABLE DES MATIÈRES.

FIN DE LA TABLE.

Imprimerie de Gustave GRATIOT, 30, rue Mazarine.

Catalogue de la BIBLIOTHÈQUE CHARPENTIER.

LITTÉRATURE FRANÇAISE.

XVᵉ au XVIIIᵉ siècle.

		vol.
Le Roi Louis XI.	100 Nouvelles nouv..	1
Rabelais.	OEuvres	1
Montaigne.	Essais, éd. complète..	2
Malherbe.	Édit. Andr. Chénier.	1
Satire Ménippée.	Édition Ch. Labitte.	1
Corneille (P. et T.)	OEuvres	2
Molière.	OEuvres complètes.	3
Pascal.	Pensées	1
	Lettres provinciales.	1
La Bruyère.	Caractères	1
J. Racine.	Théâtre complet	1
Boileau.	OEuvres poétiques.	1
La Fontaine..	Fables	1
Bossuet.	Histoire universelle.	1
Lesage.	Gil Blas	1
Prévost (l'Abbé)	Manon Lescaut	1
Voltaire.	Siècle de Louis XIV.	1
J.-J. Rousseau.	Émile.	1
—	Nouvelle Héloïse..	1
—	Confessions	1
André Chénier.	Poésies complètes	1
M. J. Chénier.	Poésies..	1

XIXᵉ siècle.

Aimé Martin.	Éducation des mères.	2
Ancelot.	Poésies	1
Balzac (H. de).	Physiol. du mariage.	1
—	Scènes , de province.	2
—	, parisienne.	2
—	Lambert, Séraphita.	1
—	Eugénie Grandet.	1
—	Histoire des Treize.	1
—	Peau de chagrin.	1
—	César Birotteau..	1
—	Médecin de campag.	1
—	Lys dans la vallée.	1
—	Rech. de l'Absolu..	1
—	Le père Goriot..	1
Barante (de).	Tableau de littérature	1
Brillat-Savarin.	Physiologie du Goût.	1
Capefigue.	H. de la Restauration.	4
Benjam. Constant.	Adolphe	1
Casim. Delavigne	Messéniennes.....	1
—	Théâtre..	3
Charrière (Mᵐᵉ)	Caliste	1
Delécluze.	Romans, contes, etc.	1
Desplaces (A.).	Les Poëtes vivants.	1
Duras (Mᵐᵉ de).	Ourika-Édouard.	1
Feuiy.	Voyage au Mexique.	1
Gautier (Théoph.)	Poésies complètes.	1
—	Voyage en Espagne.	1
—	Nouvelles..	1
—	Mademois. Maupin..	1
Gérard de Nerval.	Voyage en Orient.	2
Girardin (Mᵐᵉ de).	Poésies complètes.	1
—	Lettres parisiennes..	1
Guizot.	Essais sur l'histoire.	1
Houssaye (A.).	Portr. du 18ᵉ siècle.	2
Jurien.	Guerres maritimes.	2
Krudner (Mᵐᵉ de).	Valérie..	1
Laprade (V. de).	Poëmes évangéliques.	1
Lavallée (Théoph.)	Hist. des Français.	4
—	Géographie.	1
Maistre (Joseph).	Du Pape.	1
Maistre (Xavier).	OEuvres complètes..	1
Marmier (X.).	Nouveaux Souvenirs.	1
Mérimée (P.).	Chroniq. Charles IX.	1
—	Colomba, etc., etc.	1
—	Clara Gazul	1
Millevoye.	Poésies..	1
Musset (Alfred).	Premières poésies..	1
—	Poésies nouvelles.	1
—	Comédies, éd. compl.	1
—	Confess. d'un Enfant.	1
—	Nouvelles..	1
—	Contes	1
Musset (Paul).	Les Originaux..	1
—	Femmes de la Régence	1
—	Mémoires de Gozzi..	1

		vol.
Planche (Gust.).	Portraits et critiques.	2
Reboul (Jean).	Poésies nouvelles..	1
Rémusat (Mᵐᵉ).	Éducation d'femmes.	1
S.-Marc-Girardin.	Cours de littérature.	2
	Essais de littérature.	1
Sainte-Beuve.	Tabl. de la poésie..	1
	Volupté	1
	Poésies complètes.	1
Saintine.	Picciola.	1
Sandeau (Jules).	Marianna	1
	Docteur Herbeau	1
	Fernand,	1
	Vaillance et Richar	
	Valcreuse	1
	Chasse au roman	
	Mᵐᵉ de Sommerville	
	Madeleine	1
	Mlle de la Seiglière..	1
Senancour.	Obermann	1
Staël (Mᵐᵉ de).	Corinne	1
	Delphine	1
	De l'Allemagne.	1
	Révolution française.	1
	Mémoires.	1
	De la littérature.	1
Topffer.	Nouvelles genevoises.	1
Valmore (Mᵐᵉ)	Poésies	1
Vigny (Alfred)	Cinq-Mars	1
—	Stello	1
—	Nouvelles.	1
—	Théâtre.	1
—	Poésies	1
Vitet.	Études s l beaux-arts.	2

Bibliothèque latine-française.

Tacite.	OEuvr. compl., trad.	
	Louandre	2

Sous presse :

Jules César.	
Virgile.	
Horace.	Traductions nouvelles.
Térence.	
Plaute.	
Suétone.	

Bibliothèque grecque-française.

Aristophane.	Comédies, t. Artaud.	2
Aristote.	Politique, etc., etc.	1
Démosthènes.	Chefs-d'œuvre.	1
Diodore d Sicile.	Biblioth. historique.	4
Diogène Laerte.	Vies d Philosophes..	2
Eschyle.	Théâtre, tr. Pierron.	1
Euripide.	Théâtre, tr. Artaud.	2
Hérodote.	Histoire, tr. Larcher.	2
Homère.	Iliade, tr. Dacier.	1
	Odyssée, tr. Dacier..	1
Lucien.	OEuvres choisies..	2
Marc-Aurèle.	OEuvr., tr. Pierron.	1
Moralistes grecs.	Socrate, Épictète..	1
Orateurs grecs.	Choix de Harangues.	1
Platon.	La République.	1
	Les Lois.	1
	Dialogues biograph.	2
	Dialogues métaphys.	1
Plutarque.	Grands Hommes, traduction Pierron	2
	Traités de morale.	2
Polybe.	Histoire, t. Bouchet.	3
Sophocle.	Théâtre, tr. Artaud.	1
Thucydide.	Histoire, tr. nouv..	2
Xénophon.	OEuvres, tr. Dacier.	2

Bibliothèque anglo-française.

Miss B. Stowe.	Oncle Tom, t. Belloc.	1
	Nouvelles américaines	1
Lingard.	Hist. d'Angleterre.	6
Milton.	Paradis perdu.	1
Sterne.	OEuvres.	2
Robert Burns.	Poésies, tr. Wailly.	1
Goldsmith.	Vicaire de Wakefield.	1
Fielding.	Tom Jones, t. Wailly.	2

Mis Burney..	Evelina, tr. Wailly	1
Walter-Scott.	OEuvres, trad. Wa	
	Waverley.	
	Guy Mannering.	
	L'Antiquaire.	
	Rob Roy.	
	Les Puritains.	
	Le Nain noir.	
	Prison d'Édimbourg	
	La Fiancée	
	L'Officier.	
	Ivanhoé.	
	Le Monastère	
	L'Abbé	
	Kenilworth	
	Quentin Durward.	

Biblioth. allemande-française

Goethe.	Théâtre, t. Marmier	
	Faust, tr. H. Blaze	
	Wilhem Meister, t.	
	Werther, t. P. Leroux	
	Affinités, t. Carlowitz	
	Poésies, tr. H. Blaze	
Schiller.	Théâtre, tr. Marmier	
	Guerre de 30 ans	
	Poésies, tr. Marmier	
Klopstock.	La Messiade, tr.	
Hoffmann.	Contes, tr. Marmier	
Poètes du Nord.	Chants populaires.	
Conteurs allem.	Nouvelles allemande	

Biblioth. italien.-espag.-fran

Le Dante.	Divine Comédie, et	
Le Tasse.	Jérusalem délivrée.	
Manzoni.	Les Fiancés.	
Silvio Pellico.	Mes Prisons, t. Lato	
Machiavel.	Hist. de Florence.	
	OEuvres politiques	
	OEuvres littéraires.	
Calderon.	Théâtre, tr. Hivard	
Lope de Vega.	Théâtre, id.	
Cervantès.	Don Quichotte, id.	
Camoëns.	Les Lusiades, t.	

Religion et Philosophie.

Saint-Augustin.	Confessions, t. S.-V	
	Cité de Dieu, tr.	
Bossuet.	Hist. des Variations	
	Élévations (Mystèr.	
	Méditations Évang	
	OEuvres philosoph.	
Fénelon.	OEuvres philosoph.	
Descartes.	OEuvres, éd. Simon	
Malebranche.	OEuvres, éd. Simon	
Leibnitz.	OEuvres, éd. Jacque	
Bacon.	OEuvr., éd. Riaux.	
Buffier.	OEuv., éd. Bouillier	
Euler.	Lettres à une princes	
Arnauld.	OEuvr., éd. Jacque	
Clarke.	OEuv., éd. Jacque	
Spinosa.	OEuvres, tr. Saiss	
Le Père André.	OEuvres, éd. Jacque	
Émile Saisset.	Philosophie-Religi	

Ouvrages divers.

Cabanis.	Physique et moral	
Bichat	Vie et Mort.	
Zimmermann.	De la Solitude.	
Roussel.	Syst. de la Femme	
J. Liebig.	Lettres sur la Chim	
	Nouvelles lettres	
F. Klée.	Le Déluge.	
Mahomet.	Le Koran	
Confucius.	Les 4 liv. de la Chin	
D'Houdetot.	Le Chasseur rustiq	
David.	Hist. de la Sculp	
	— Peinture au mo	
	Âge,	
	— Peint. en Fra	
	— de l'Architec	

Près de 300 vol. — Prix de chaque volume : 3 fr. 50 c. G. Gratiot, rue Mazarine, 3